AS PEÇAS INFERNAIS

Anjo Mecânico

Obras da autora publicadas pela Editora Record:

***Série* Os Instrumentos Mortais**

Cidade dos ossos
Cidade das cinzas
Cidade de vidro
Cidade dos anjos caídos
Cidade das almas perdidas
Cidade do fogo celestial

***Série* As Peças Infernais**

Anjo mecânico
Príncipe mecânico
Princesa mecânica

***Série* Os Artifícios das Trevas**

Dama da meia-noite
Senhor das sombras
Rainha do ar e da escuridão

***Série* As Maldições Ancestrais**

Os pergaminhos vermelhos da magia
O livro branco perdido

O códex dos Caçadores de Sombras
As crônicas de Bane
Uma história de notáveis Caçadores de Sombras e Seres do Submundo:
Contada na linguagem das flores
Contos da Academia dos Caçadores de Sombras
Fantasmas do Mercado das Sombras

CASSANDRA CLARE

Anjo Mecânico

CASSANDRA CLARE

AS PEÇAS INFERNAIS

LIVRO UM

Tradução de
Rita Sussekind

36ª edição

— Galera —

RIO DE JANEIRO

2023

CIP-Brasil. Catalogação na Publicação
Sindicato Nacional dos Editores de Livros, RJ

C541a
36ª ed Clare, Cassandra
Anjo mecânico/ Cassandra Clare; tradução de Rita Sussekind.
– 36ª ed. – Rio de Janeiro: Galera Record, 2023.
(As peças infernais; 1)

Tradução de: Clockwork angel
Continua com: Príncipe mecânico
ISBN 978-65-5587-036-7

1. Romance americano. I. Sussekind, Rita. II. Título. III. Série.

20-64635 CDD: 813
CDU: 82-31(73)

Título original em inglês:
Clockwork angel: The infernal devices

Publicado mediante acordo com Barry Goldblatt Literary LLC e Sandra Bruna Agencia Literaria S.L.

Texto revisado segundo o novo Acordo Ortográfico da Língua Portuguesa.

Composição de miolo: Abreu's System

Direitos exclusivos de publicação em língua portuguesa somente para o Brasil adquiridos pela
EDITORA RECORD LTDA.
Rua Argentina, 171 - Rio de Janeiro, RJ - 20921-380 - Tel.: (21) 2585-2000,
que se reserva a propriedade literária desta tradução.

Impresso no Brasil

ISBN 978-65-5587-036-7

Seja um leitor preferencial Record.
Cadastre-se e receba informações sobre
nossos lançamentos e nossas promoções.

Atendimento e venda direta ao leitor:
sac@record.com.br

Para Jim e Kate

Agradecimentos

Muito obrigada pelo apoio da minha mãe e do meu pai, assim como de Jim Hill e Kate Connor; Nao, Tim, David e Ben; Melanie, Jonathan e Helen Lewis; Florence e Joyce. Para aqueles que leram, criticaram e destacaram anacronismos: Clary, Eve Sinaiko, Sarah Smith, Delia Sherman, Holly Black, Sarah Rees Brennan, Justine Larbalestier — milhares de agradecimentos. E obrigada àqueles cujos sorrisos e comentários sarcásticos me fazem seguir em frente: Elka Cloke, Holly Black, Robin Wasserman, Maureen Johnson, Libba Bray e Sarah Rees Brennan. Obrigada a Margie Longoria pelo apoio no Project Book Babe. Obrigada a Lisa Gold: expert em pesquisa Maven (http://lisagoldresearch.wordpress.com) pela ajuda na caça às fontes primárias tão difíceis de encontrar. Minha eterna gratidão ao meu agente, Barry Goldblatt; minha editora, Karen Wojtyla; e as equipes da Simon & Schuster e Walker Books por fazerem acontecer. E finalmente, meus agradecimentos a Josh, que lavou muita roupa enquanto eu estava fazendo as revisões deste livro e só reclamou um pouquinho.

Canção do Rio Tâmisa

Uma nota de sal
cai e o rio sobe
escurecendo até a cor do chá
avolumando-se para encontrar o verde.
Acima das margens as engrenagens e rodas
de máquinas monstruosas
retinem e giram, o fantasma interior
desaparece em meio a suas bobinas
sussurrando mistérios.
Cada pequena engrenagem tem dentes,
cada roda gigantesca move
um par de mãos que pega
a água do rio,
a devora, converte em vapor,
coage a grande máquina a funcionar
pela força de sua dissolução.
Suavemente, a maré sobe,
corrompendo o mecanismo.
Sal, ferrugem e silte
desacelerando as engrenagens.
Nas margens
os reservatórios de ferro
oscilam em suas amarras
com o soar oco
de um sino gigante,
de tambor e canhão
gritando em uma língua de trovão,
e o rio corre por baixo.

— Elka Cloke

Prólogo

Londres. Abril de 1878.

O demônio explodiu em um banho de icor e entranhas.

William Herondale puxou de volta a adaga, mas era tarde demais. O ácido viscoso do sangue da criatura já começava a corroer a lâmina brilhante. Ele praguejou e jogou a arma de lado; ela aterrissou em uma poça imunda e começou a se extinguir como um fósforo mergulhado na água. O demônio em si, é claro, já desaparecera — despachado de volta para qualquer mundo infernal do qual viera, mas não sem deixar uma bagunça para trás.

— Jem! — chamou Will, se virando. — Onde você está? Viu isso? Morto com um golpe! Nada mal, hein?

Mas não houve resposta ao grito; o parceiro de caça estivera atrás cobrindo sua retaguarda na rua úmida e torta há poucos instantes, Will tinha certeza, mas agora estava sozinho nas sombras. Franziu a testa com irritação — era muito menos divertido se mostrar quando Jem não estava lá pra ver. Olhou para trás, onde a rua se estreitava em uma passagem que dava nas águas escuras e agitadas do Tâmisa ao longe. Pela abertura Will podia ver os contornos escuros dos navios ancorados, como uma floresta de mastros, um pomar sem folhas. Nada de Jem ali; talvez tivesse voltado para a Narrow Street à procura de mais luz. Dando de ombros, Will voltou pelo caminho pelo qual tinha vindo.

A Narrow Street passava por Limehouse, entre as docas ao lado do rio e os pardieiros amontoados a oeste em direção a Whitechapel. Era bastante estreita, repleta de armazéns e construções assimétricas de madeira. No momento estava deserta; mesmo os bêbados cambaleando para casa vindos do Grapes no alto da rua haviam achado algum lugar para cair no sono. Will gostava de Limehouse, gostava da sensação de estar na beira do mundo, onde os navios saíam diariamente para portos tão distantes que era difícil imaginá-los. O fato de que a área era frequentada por marinheiros, e consequentemente cheia de antros de jogatina e ópio, além dos bordéis, também não era ruim. Era fácil se perder em um lugar como este. Ele nem se importava com o cheiro — fumaça, corda e alcatrão, temperos estrangeiros misturados ao fedor de água suja do Tâmisa.

Olhando para todos os lados da rua vazia, ele esfregou a manga do casaco no rosto, tentando limpar o icor que ardia e queimava a pele. O tecido voltou manchado de verde e preto. Havia também um corte, bem feio, na parte de trás de sua mão. Um símbolo de cura seria bom agora. Um dos de Charlotte, de preferência. Ela era particularmente boa em desenhar *iratzes*.

Uma forma surgiu das sombras e foi na direção de Will. Ela avançou rapidamente, mas logo parou. Não era Jem, mas um policial mundano com um capacete em formato de sino, um sobretudo pesado e uma expressão confusa. Olhou para Will, ou melhor, *através* de Will. Por mais acostumado que ele estivesse a feitiços, era sempre estranho que olhassem em sua direção e não o vissem. Will foi dominado por um impulso repentino de agarrar o cassetete do policial e observar o homem olhando em volta, tentando imaginar onde tinha ido parar; mas Jem o censurou nas poucas vezes em que fizera isso, e apesar de Will jamais ter entendido direito as objeções dele em relação a se divertir, não valia a pena irritá-lo.

Dando de ombros e piscando, o policial passou por Will, balançando a cabeça e murmurando para si mesmo algo sobre parar com o gim antes que realmente começasse a ver coisas. Will chegou para o lado a fim de permitir que o homem passasse, depois gritou:

— James Carstairs! Jem! Onde você *está*, seu canalha desleal?

Desta vez, houve uma resposta fraca:

— Aqui. Siga a luz enfeitiçada.

Will se moveu em direção ao som da voz de Jem. Parecia vir de uma abertura escura entre dois armazéns; um brilho fraco era visível entre as sombras, como a luz de um fogo-fátuo.

— Você me ouviu antes? Aquele demônio Shax achou que pudesse me pegar com aquelas malditas pinças, mas eu o encurralei em um beco e...

— Sim, ouvi.

— O jovem que apareceu na entrada do beco estava pálido à luz do poste; mais pálido do que o normal, que já era bastante. Estava com a cabeça descoberta, o que atraía qualquer olho imediatamente para seu cabelo. Era de um estranho tom prateado brilhante, como um xelim novo. Os olhos tinham a mesma cor prateada e o rosto fino era angular; a leve curva dos olhos oferecia a única pista de sua origem.

Tinha manchas escuras na frente da camisa branca, e as mãos estavam ensopadas de vermelho.

Will ficou tenso.

— Você está sangrando. O que aconteceu?

Jem afastou a preocupação de Will com um gesto.

— O sangue não é meu. — Virou a cabeça, apontando o beco atrás de si. — É dela.

Will olhou para além do amigo, para as sombras mais densas do beco. No canto ao longe havia uma figura encolhida, apenas uma sombra na escuridão, mas quando Will olhou de perto, conseguiu identificar uma mão pálida e um tufo de cabelo claro.

— Uma mulher morta? — perguntou Will. — Uma mundana?

— Uma garota, na verdade. Não mais de 14 anos.

Com isso, Will soltou um palavrão alto e bem claro. Jem esperou pacientemente até que ele acabasse.

— Se ao menos tivéssemos passado um pouco mais cedo — disse Will finalmente. — Aquele maldito demônio...

— Isso é que é estranho. Não acho que seja obra do demônio. — Jem franziu o rosto. — Demônios Shax são parasitas, parasitas de ninhada. Ele teria levado a vítima de volta para a toca para depositar ovos na pele enquanto ainda estava viva. Esta menina foi esfaqueada, repetidas vezes. E também não acho que foi aqui. Não há sangue o bastante no beco. Acho que foi atacada em outro lugar e se arrastou até aqui para morrer.

— Mas o demônio Shax...

— Já disse, não acho que *tenha sido* o Shax. Acho que o demônio a perseguiu, caçando-a por alguma outra coisa, ou outra pessoa.

— Shaxes têm um olfato apurado — concedeu Will. — Já ouvi falar em feiticeiros utilizando-os para seguir rastros de desaparecidos. E ele realmente parecia estar se movendo com algum propósito estranho. — Olhou para além de Jem, para a miudeza deplorável da forma encolhida no beco. — Não encontrou a arma, encontrou?

— Aqui. — Jem sacou alguma coisa de dentro do casaco, uma faca, enrolada em tecido branco. — É uma espécie de misericórdia, ou adaga de caça. Veja como a lâmina é fina.

Will a pegou. Era fina de fato, acabando em um cabo de osso polido. A lâmina e o cabo estavam manchados de sangue seco. Com o rosto franzido, limpou-a no tecido espesso da manga, esfregando até que um símbolo, marcado a fogo na lâmina, se tornasse visível. Duas serpentes, uma mordendo a cauda da outra, formando um círculo perfeito.

— *Ouroboros* — disse Jem, inclinando-se para olhar a faca. — Um duplo. Agora, o que acha que isso significa?

— O fim do mundo — disse Will, ainda olhando para a adaga e com um pequeno sorriso se formando na boca —, e o começo.

Jem franziu a testa.

— Entendo a simbologia, William. Quis dizer, o que você acha que significa ele estar marcado na adaga?

O vento do rio sacudia o cabelo de Will; ele o tirou dos olhos com um gesto impaciente e voltou a estudar a faca.

— É um símbolo alquímico, não de um feiticeiro, ou do Submundo. Geralmente significa coisa de humano, do tipo tolo que acha que trafegar pela magia é o passe para conseguir riqueza e fama.

— Do tipo que geralmente acaba uma pilha de trapos sangrentos dentro de algum pentagrama. — A voz de Jem era grave.

— Do tipo que gosta de espreitar nas partes do Submundo da nossa adorável cidade. — Após enrolar cuidadosamente o lenço na lâmina, Will a colocou no bolso do casaco. — Acha que Charlotte vai me deixar cuidar da investigação?

— Acha que *você* é confiável no Submundo? Os antros de apostas, os covis de vício mágicos, as mulheres sem moral...

Will sorriu do mesmo jeito que Lúcifer deve ter sorrido momentos antes de cair do Paraíso.

— Você acha que amanhã seria cedo demais para começar a procurar?

Jem suspirou.

— Faça o que quiser, William. Você sempre faz.

Southampton. Maio.

Tessa não conseguia se lembrar de uma época em que não tivesse amado o anjo mecânico. Outrora pertencera à sua mãe, que o usava no momento de sua morte. Depois disso tinha permanecido na caixa de joias, até que seu irmão, Nathaniel, um dia o pegou para ver se ainda funcionava.

O anjo não era maior do que o dedo mindinho de Tessa, era uma minúscula estatueta de bronze com asas metálicas dobradas, não maiores do que as de um grilo. Tinha um rosto delicado de metal com pálpebras fechadas em forma crescente e mãos cruzadas sobre uma espada na frente. Uma corrente fina que passava sob as asas permitia que o anjo fosse usado no pescoço como um medalhão.

Tessa sabia que ele era mecânico pois se o colocasse na orelha podia ouvir o ruído do mecanismo, como o som de um relógio. Nate ficara surpreso por ainda estar funcionando depois de tantos anos e procurou, em vão, por algum arranhão, amassado, ou qualquer outra coisa que pudesse ter danificado o anjo. Mas não havia nada. Dando de ombros, entregou-o a Tessa. Desde aquele instante, ela jamais o tirou; mesmo à noite, o anjo ficava apoiado contra seu peito enquanto dormia, o *tique-taque, tique-taque* constante, como as batidas de um segundo coração.

Ela o segurava apertado entre os dedos agora, enquanto o *Primordial* passava em meio a outras embarcações a vapor à procura de um local para ancorar no porto de Southampton. Nate havia insistido para que ela fosse para lá em vez de Liverpool, aonde a maioria dos transatlânticos aportava. Ele alegara que era por Southampton ser um local mais agradável para se chegar, então Tessa não conseguiu deixar de se decepcionar um pouco com sua primeira visão da Inglaterra. Era assustadoramente cinza. A chuva batia nos pináculos de uma igreja distante enquanto fumaça negra se erguia das chaminés de navios e manchava o céu já opaco. Uma multidão de pessoas com roupas escuras, empunhando guarda-chuvas, esperava no porto. Tessa se esforçou para ver se o irmão estava no meio, mas a bruma e o vapor do navio eram espessos demais para que pudesse identificar qualquer pessoa.

Tessa estremeceu. O vento do mar era gelado. Todas as cartas de Nate alegavam que Londres era linda, o sol brilhando todos os dias. Bem, pensou Tessa, com sorte o tempo lá seria melhor do que aqui, já que não tinha roupas quentes consigo, nada mais substancial do que um xale de lã que pertencera à tia Harriet e um par de luvas finas. Ela vendera quase todas as roupas para pagar o enterro da tia, segura de que o irmão compraria novas para ela quando chegasse a Londres para morar com ele.

Um estrondo soou. O *Primordial*, com seu casco preto brilhante reluzindo com as gotas de chuva, havia ancorado, e rebocadores abriam caminho pela água cinzenta, prontos para levar bagagens e passageiros até a costa. Torrentes de pessoas deixavam o navio, claramente desesperados para sentir terra sob os pés. Tão diferente da partida de Nova York. Naquela ocasião o céu estivera azul, e uma banda de metais tocava. Mas, sem ninguém lá para se despedir dela, não foi uma ocasião feliz.

Curvada, Tessa se juntou à multidão que desembarcava. Gotas de chuva ferroavam sua cabeça e seu pescoço desprotegidos como agulhas de gelo, e suas mãos, dentro das luvas leves, estavam pegajosas e molhadas. Chegando ao cais, olhou em volta ansiosa, tentando achar Nate. Fazia quase duas semanas desde que falara com alguém, tendo passado quase todo o tempo isolada a bordo do *Primordial*. Seria maravilhoso ter novamente o irmão para conversar.

Mas ele não estava lá. Os ancoradouros estavam cheios de pilhas de bagagem e todo tipo de caixas e carga, até montes de frutas e legumes murchando e se despedaçando sob a chuva. Uma embarcação a vapor partia para Le Havre ali perto, e marinheiros de aparência desanimada se agruparam perto de Tessa, gritando em francês. Ela tentou se mover para o lado, quase sendo pisoteada por uma multidão de passageiros que desembarcavam, apressados para chegar ao abrigo da estação de trem.

Mas Nate não estava em lugar algum.

— Você é a srta. Gray? — A voz era rouca, com um sotaque pesado.

Um homem se moveu para se colocar diante de Tessa. Era alto e vestia um casaco preto e um chapéu alto, cuja aba acumulava água da chuva como uma cisterna. Tinha olhos peculiarmente esbugalhados, quase protuberantes, como os de um sapo, a pele de aparência tão áspera quanto uma cicatriz.

Tessa teve que combater o impulso de se encolher. Mas ele sabia o nome dela. Quem saberia seu nome, além de alguém que também conhecesse Nate?

— Sim?

— Seu irmão me mandou. Venha comigo.

— Onde ele está? — perguntou Tessa, mas o homem já se afastava. Suas passadas não eram uniformes, como se algum antigo ferimento o fizesse mancar. Após um instante, Tessa segurou a saia e se apressou atrás dele.

Ele costurou pela multidão, avançando com velocidade decidida. Pessoas pulavam para o lado, murmurando sobre sua grosseria enquanto ele passava abrindo caminho com os ombros, com Tessa quase correndo para acompanhar. Ele virou abruptamente ao passar por uma pilha de caixas e parou diante de uma carruagem grande, preta e reluzente. Havia letras douradas pintadas na lateral, mas a chuva e a bruma estavam espessas demais para que ela conseguisse ler.

A porta da carruagem se abriu e uma mulher se inclinou para fora. Usava um enorme chapéu de plumas que escondia seu rosto.

— Srta. Theresa Gray?

Tessa assentiu. O homem de olhos esbugalhados se apressou para ajudar a mulher a saltar — e em seguida outra, atrás dela. Cada uma abriu um guarda-chuva imediatamente. Em seguida fixaram os olhos em Tessa.

Formavam um par estranho, as mulheres. Uma era muito alta e magra, com um rosto ossudo e pontudo. Os cabelos sem cor estavam amarrados em um coque atrás da cabeça. Trajava um vestido de seda violeta brilhante, já manchado aqui e ali com gotas de chuva, e luvas combinando. A outra mulher era baixa e roliça, com olhos pequenos afundados na cabeça; as luvas rosas brilhantes esticavam-se sobre as mãos largas e as faziam parecer patas coloridas.

— Theresa Gray — disse a mais baixa. — Que prazer conhecê-la afinal. Sou a sra. Black, e esta é a minha irmã, sra. Dark. Seu irmão nos mandou para acompanhá-la até Londres.

Tessa — abatida, com frio e espantada — enrolou o xale molhado com mais firmeza em volta de si.

— Não entendo. Onde está Nate? Por que não veio pessoalmente?

— Ficou retido por negócios inadiáveis em Londres. Mortmain não pôde liberá-lo. Mas enviou um bilhete para você. — A sra. Black entregou um bilhete enrolado, já molhado pela chuva.

Tessa o pegou, virando-o para ler. Era um bilhete curto do irmão, se desculpando por não estar no porto para recebê-la, e informando-a de que confiava na sra. Black e na sra. Dark — *as chamo de Irmãs Sombrias, Tessie, por razões óbvias, e elas parecem achar o nome adequado!* — para trazerem-na em segurança até sua casa em Londres. Elas eram, dizia o bilhete, suas senhorias e também amigas de confiança, e tinham sua mais alta recomendação.

Isso a fez decidir. A carta era certamente de Nate. A letra era dele, e ninguém mais a chamava de Tessie. Ela engoliu em seco e guardou o bilhete na manga, virando-se novamente para encarar as irmãs.

— Muito bem — disse, combatendo a sensação de decepção, pois estava muito ansiosa para ver o irmão. — Devemos chamar um carregador para buscar minha bagagem?

— Não precisa, não precisa. — O tom vibrante da sra. Dark não combinava com suas feições cinzentas. — Já providenciamos para que fosse despachada. — Ela estalou os dedos para o homem de olhos arregalados, que se posicionou no assento de guia da carruagem. Ela pôs a mão no ombro de Tessa. — Vamos, criança; vamos tirá-la da chuva.

Enquanto Tessa se movia em direção à carruagem, puxada pela garra esquelética da sra. Dark, a bruma clareou, revelando a imagem dourada pintada na porta lateral. As palavras "O Clube Pandemônio" se curvavam elaboradamente ao redor de duas cobras mordendo a cauda uma da outra, formando um círculo. Tessa franziu o rosto.

— O que isso significa?

— Nada com que precise se preocupar — disse a sra. Black, que já tinha entrado e espalhara a saia sobre um dos assentos de aspecto confortável.

O interior da carruagem era ricamente decorado com bancos macios de veludo roxo, um de frente para o outro, e cortinas douradas penduradas nas janelas.

A sra. Dark ajudou Tessa a subir e entrou em seguida. Enquanto Tessa se ajeitava no banco, a sra. Black esticou o braço para fechar a porta atrás da irmã, bloqueando o céu cinzento. Quando sorriu, os dentes brilharam na escuridão como se fossem de metal.

— Acomode-se, Theresa. Temos um longo caminho à frente.

Tessa colocou a mão no anjo mecânico no pescoço, confortando-se com a batida firme, enquanto a carruagem partia balançando através da chuva.

Seis Semanas Depois

1

A Casa Sombria

Além deste local de ira e lágrimas
Ergue-se apenas o Horror da sombra.
— William Ernest Henley, "Invictus"

— As irmãs gostariam de vê-la em seus aposentos, srta. Gray.

Tessa repousou o livro que estava lendo na cabeceira, e se virou, vendo Miranda parada na entrada do quartinho — exatamente como fazia todos os dias a essa hora, entregando a mesma mensagem de todos os dias. Como sempre, Tessa solicitaria que esperasse no corredor, e Miranda deixaria o recinto. Dez minutos depois voltaria e diria a mesma coisa. Se Tessa não viesse de maneira obediente após algumas destas tentativas, Miranda a pegava e arrastava, sob protestos, pelas escadas até o quarto quente e malcheiroso no qual as Irmãs Sombrias esperavam.

Aconteceu todos os dias da primeira semana em que Tessa esteve na Casa Sombria, como passou a chamar o lugar em que a mantinham prisioneira, até eventualmente Tessa perceber que os protestos não ajudavam muito e apenas a faziam gastar energia. Energia que seria mais útil se conservada para outros fins.

— Um instante, Miranda — disse Tessa. A criada fez uma breve reverência desajeitada e saiu do quarto, fechando a porta atrás de si.

Tessa se levantou, olhando para o quartinho ao redor, sua cela há seis semanas. Era pequeno, com papel de parede florido e escassamente mobiliado — uma mesa de pinho com um tecido de renda branca em cima, onde fazia suas refeições; a cama estreita de metal onde dormia; um lavatório rachado e um jarro de porcelana para que pudesse se lavar; o parapeito onde guardava livros, e a pequena cadeira onde se sentava a cada noite e escrevia cartas para o irmão — cartas que sabia que jamais poderia mandar, que guardava escondidas sob o colchão, onde as Irmãs Sombrias não poderiam encontrar. Era a forma de manter um diário e de se assegurar, de algum jeito, de que voltaria a ver Nate um dia e poderia entregá-las a ele.

Atravessou o quarto até o espelho pendurado na parede oposta e ajeitou o cabelo. As Irmãs Sombrias, como de fato pareciam desejar ser chamadas, preferiam que não parecesse desarrumada, apesar de não aparentarem se incomodar com nada além disso em sua aparência — o que era bom, pois seu reflexo a fez recuar. Viu o formato oval do rosto pálido dominado pelos olhos ocos e cinzentos — um rosto de sombra, sem cor nas bochechas ou esperança na expressão. Estava com o vestido negro que a fazia parecer uma professorinha do interior, nada elegante, que as Irmãs lhe deram quando chegou; sua bagagem nunca viera, apesar das promessas, e esta agora era a única peça de roupa que possuía. Ela desviou o olhar rapidamente.

Nem sempre ela se encolhera diante do próprio reflexo. Nate, com sua beleza natural, era aquele sobre quem a família inteira concordava ter herdado a beleza da mãe, mas Tessa sempre se contentou com o próprio cabelo castanho suave e firmes olhos cinzentos. Jane Eyre tinha cabelo castanho, e muitas outras heroínas também. Além disso, não era tão ruim assim ser alta — mais alta do que a maioria dos meninos da sua idade, era verdade, mas a tia Harriet sempre dizia que, contanto que uma mulher alta se conduzisse bem, sempre pareceria suntuosa.

Não parecia suntuosa agora, no entanto. Parecia abatida, esfarrapada e no geral como um espantalho assustado. Ficou imaginando se Nate sequer a reconheceria se a visse.

Ao pensar nisso, seu coração pareceu encolher no peito. *Nate*. Era por ele que estava fazendo tudo isto, mas às vezes sentia tanta saudade dele que parecia ter engolido cacos de vidro. Sem Nate, estava completamente sozinha no mundo. Não havia ninguém por ela. Ninguém no mundo que se importasse se estava viva ou morta. Às vezes o horror desse pensamento ameaçava dominá-la e empurrá-la para uma escuridão sem fim da qual não retornaria. Se ninguém no mundo se importa com você, você sequer existe?

O clique da tranca interrompeu seus pensamentos abruptamente. A porta se abriu; Miranda estava na entrada.

— Está na hora de vir comigo — disse. — A sra. Black e a sra. Dark estão esperando.

Tessa olhou com desgosto para ela. Não conseguia adivinhar quantos anos Miranda teria. Dezenove? Vinte e cinco? Havia algo naquele rosto redondo e suave que tornava sua idade indecifrável. Tinha cabelos da cor de água de fosso, esticados firmemente atrás das orelhas. Da mesma forma que o cocheiro das Irmãs Sombrias, tinha olhos protuberantes como os de um sapo que faziam com que ela parecesse viver em constante estado de surpresa. Tessa supunha que fossem parentes.

Ao descerem juntas, Miranda marchando com passos curtos e deselegantes, Tessa levantou a mão para tocar a corrente da qual pendia o anjo mecânico. Era um hábito — algo que fazia cada vez que era forçada a ver as Irmãs Sombrias. De alguma forma, sentir o medalhão no pescoço a confortava. Continuou segurando ao passar por cada andar. Havia diversos níveis de corredores na Casa Sombria, apesar de Tessa não ter visto nada além dos aposentos das Irmãs Sombrias, os salões e as escadas, e o próprio quarto. Finalmente chegaram ao porão escuro. Lá embaixo era frio e as paredes eram pegajosas com umidade desagradável, mas aparentemente as Irmãs não se importavam. O escritório delas ficava à frente, atrás de amplas portas duplas. Um corredor estreito levava à outra direção, desaparecendo na escuridão; Tessa não fazia ideia do que havia naquele corredor, mas alguma coisa na densidade das sombras a deixava satisfeita por não ter que descobrir.

As portas do escritório das Irmãs estavam abertas. Miranda não hesitou, batendo seus tamancos para dentro, e Tessa a seguiu com grande relutância. Detestava este recinto mais do que qualquer outro lugar na terra.

Para começar, estava sempre quente e úmido lá dentro, como um pântano, mesmo quando o céu lá fora era cinzento e chuvoso. As paredes pareciam ter infiltrações, e no estofamento das cadeiras e dos sofás o mofo florescia permanentemente. Também tinha um cheiro estranho, como as margens do Hudson em um dia quente: água, lixo e lodo.

As Irmãs já estavam lá, como sempre, sentadas atrás da enorme escrivaninha. Coloridas como de costume, a sra. Black usava um vestido rosa-salmão vibrante e a sra. Dark, um vestido azul-pavão. Sobre os cetins coloridos brilhantes, os rostos eram como balões cinzentos e vazios. Ambas usavam luvas apesar do calor.

— Deixe-nos agora, Miranda — disse a sra. Black, girando o pesado globo de bronze que ficava sobre a mesa com um dedo roliço coberto por uma luva branca. Tessa muitas vezes tentou olhar melhor para o globo, pois alguma coisa na disposição dos continentes nunca lhe pareceu certa, em especial o espaço no centro da Europa, mas as irmãs sempre o mantinham afastado dela. — E feche a porta quando sair.

Sem expressão, Miranda fez como solicitado. Tessa tentou não se encolher enquanto a porta se fechava atrás de si, cortando qualquer sinal de brisa que pudesse entrar naquele local abafado.

A sra. Dark tombou a cabeça para o lado.

— Venha aqui, Theresa. — Das duas mulheres, ela era a mais gentil, mais inclinada a adular e persuadir do que a irmã, que gostava de argumentar com tapas e ameaças sibiladas. — E pegue isto.

Ela lhe estendeu alguma coisa. Um pedacinho de tecido rosa em mau estado, do tipo que poderia ser usado como um laço para prender o cabelo de uma menina.

Já estava acostumada a receber coisas das Irmãs Sombrias a essa altura. Coisas que outrora pertenceram a outras pessoas: alfinetes de gravata e relógios de pulso, joias de luto e brinquedos de criança. Uma vez os cadarços de uma bota; em outra ocasião, um único brinco, manchado de sangue.

— Pegue isto — disse novamente a sra. Dark, com um toque de impaciência na voz. — E Transforme.

Tessa pegou a fita. Segurou-a na mão, leve como a asa de uma mariposa, e as Irmãs Sombrias a encararam, impassíveis. Lembrou-se de livros que lera, romances nos quais as personagens aguardavam, trêmulas, por um julgamento no Old Bailey, rezando por um veredicto positivo. Frequentemente se sentia como se estivesse sendo julgada neste cômodo, sem saber de que crime era acusada.

Virou o laço na mão, lembrando-se da primeira vez que as Irmãs Sombrias lhe entregaram um objeto — uma luva de mulher, com botões de pérola no punho. Gritaram para ela Trocar, estapearam-na e a sacudiram, enquanto Tessa repetia sem parar e em uma histeria crescente que não fazia ideia do que estavam falando, não fazia ideia do queriam que fizesse.

Não chorou, apesar de sentir vontade. Tessa detestava chorar, principalmente na frente de pessoas em quem não confiava. E, das duas únicas pessoas no mundo nas quais confiava, uma estava morta e a outra, aprisionada. As Irmãs Sombrias disseram isso a ela; disseram que estavam com Nate, e que se não fizesse o que mandassem, ele morreria. Mostraram a ela o anel dele, o que havia pertencido ao seu pai — agora manchado de sangue — para provar. Não a deixaram segurar ou tocar, guardaram de volta quando tentou alcançá-lo, mas ela reconheceu. Era de Nate.

Depois disso fez tudo o que pediram. Tomou as poções que lhe deram, fez horas de exercícios agonizantes, se forçou a pensar do jeito que queriam que pensasse. Pediram que se imaginasse como barro, sendo moldada e esculpida na roda de um artista, amorfa e mutável. Disseram-lhe para se projetar nos objetos que lhe davam, para imaginá-los como coisas vivas, e para retirar o espírito que os animava.

Levou semanas, e na primeira vez que Tessa se Transformou, sentiu uma dor tão atordoante que vomitou e desmaiou. Quando acordou, estava deitada em uma das cadeiras nos aposentos das Irmãs Sombrias com uma toalha úmida no rosto. A sra. Black estava inclinada sobre ela, o hálito amargo como vinagre, os olhos iluminados.

— Você foi bem hoje, Theresa — dissera. — Muito bem.

Naquela noite, quando Tessa foi para o quarto, havia presentes para ela na cabeceira: dois novos livros. De algum jeito, as Irmãs Sombrias perceberam que ler romances era a paixão de Tessa. Tinha uma cópia de *Grandes esperanças* e — quem diria — *Mulherzinhas*. Tessa abraçou os livros e, sozinha, sem ninguém que a vigiasse no quarto, se permitiu chorar.

Transformar ficou mais fácil depois daquilo. Tessa ainda não entendia o que tinha acontecido dentro dela que tornava aquilo possível, mas decorou a série de instruções que as Irmãs Sombrias ensinaram, do jeito que uma pessoa cega poderia memorizar o número de passos necessários para ir da cama até a porta do quarto. Não sabia o que havia em volta de si no lugar estranho e escuro pelo qual pediam que passasse, mas conhecia o caminho.

Tessa invocava aquelas lembranças agora, apertando o pedaço de tecido rosa esfarrapado que segurava. Abriu a mente e deixou a escuridão invadir, a conexão que a ligava ao laço de cabelo e o espírito no interior do objeto — o eco fantasmagórico da pessoa que outrora o possuiu — se desenrolar como um fio dourado atravessando as sombras. O aposento em que estava, o calor sufocante, a respiração barulhenta das Irmãs Sombrias, tudo desaparecia enquanto ela seguia o fio, na medida em que a luz se intensificava ao redor e Tessa se enrolava nela como se estivesse se embrulhando em um cobertor.

Sua pele começou a formigar sob as pontadas de milhares de levíssimos choques. Das outras vezes, esta tinha sido a pior parte — a parte que a fizera pensar que estava morrendo. Agora estava acostumada, e suportava estoicamente enquanto estremecia por inteiro, do couro cabeludo aos dedos dos pés. O anjo mecânico em volta da garganta parecia bater mais rápido, como que no ritmo de seu coração acelerado. A pressão dentro de si cresceu — Tessa engasgou — e seus olhos, que estavam fechados, se abriram quando a sensação chegou a um clímax — e depois desapareceu.

Acabou.

Ela piscou, tonta. O primeiro instante após a Transformação era sempre como piscar para tirar a água dos olhos depois de ficar mergulhado em uma banheira. Olhou para si mesma. Seu novo corpo era delicado, quase frágil, o tecido meio solto do vestido se acumulava no chão aos seus pés. As mãos, entrelaçadas diante de si, eram pálidas e esguias, com as pontas dos dedos rachadas e unhas roídas. Mãos alheias, estranhas.

— Qual é o seu nome? — perguntou a sra. Black, que ficara de pé e olhava para Tessa com os olhos claros brilhando. Parecia quase faminta.

Tessa não precisou responder. A menina cuja pele vestia respondeu por ela, falando da forma como se dizia que espíritos falavam através de seus médiuns — mas Tessa detestava pensar desta maneira; a Transformação era muito mais íntima, muito mais assustadora que isso.

— Emma — disse a voz que veio de Tessa. — Srta. Emma Bayliss, senhora.

— E quem é você, Emma Bayliss?

A voz respondeu, as palavras se atropelando para fora da boca de Tessa, trazendo consigo imagens fortes. Nascida em Cheapside, Emma tinha sido uma entre seis filhos. O pai estava morto, e a mãe vendia água mentolada em um carrinho no East End. A menina tinha aprendido a costurar para levar dinheiro para casa quando ainda era bem pequena. Passava as noites sentada à mesinha na cozinha, costurando sob a luz de uma vela de sebo. Às vezes, quando a vela acabava e não tinha dinheiro para outra, saía às ruas e se sentava sob uma das lâmpadas de gás do município, usando a luz para costurar...

— Era isso que estava fazendo na rua na noite em que morreu, Emma Bayliss? — perguntou a sra. Dark. Ela esboçava um sorriso tênue agora, passando a língua no lábio inferior, como se pudesse sentir qual seria a resposta.

Tessa viu ruas estreitas e sombrias envoltas em névoa espessa, uma agulha prateada trabalhando sob o brilho fraco e amarelo da lâmpada de gás. Um passo, abafado na névoa. Mãos que se esticaram das sombras e a agarraram pelos ombros, mãos que a arrastavam, gritando, para a escuridão. A agulha e a linha caindo, os laços arrancados do cabelo enquanto lutava. Uma voz áspera gritando algo furiosamente. E depois o brilho da lâmina prateada de uma faca descendo pelo escuro, cortando sua pele, arrancando sangue. Dor que parecia fogo, e pavor como nada que jamais conhecera. Chutou o homem que a segurava, tendo êxito em arrancar a adaga de sua mão; pegou a lâmina e correu, tropeçando enquanto enfraquecia, o sangue vazando depressa, tão depressa. Encolheu-se em um beco, ouvindo o grito sibilado de *alguma coisa* atrás. Sabia que estava atrás dela, e torceu para morrer antes que aquilo a alcançasse...

A Transformação estilhaçou como vidro. Com um grito, Tessa caiu de joelhos, o laço rasgado escapando de sua mão. Era a mão *dela* outra vez — Emma tinha ido embora, como uma pele descartada. Tessa estava novamente sozinha na própria mente.

A voz da sra. Black veio de longe.

— Theresa? Onde está Emma?

— Está morta — sussurrou Tessa. — Morreu em um beco, sangrou até a morte.

— Ótimo. — A sra. Dark exalou um ruído de satisfação. — Muito bem, Theresa. Foi muito bom.

Tessa não disse nada. A frente do seu vestido estava manchada de sangue, mas ela não sentia dor. Sabia que não era o sangue dela própria; não era a primeira vez que isso acontecia. Fechou os olhos, girando na escuridão, obrigando-se a permanecer consciente.

— Deveríamos ter feito isto antes — disse a sra. Black. — A questão desta menina Bayliss tem me incomodado.

A resposta da sra. Dark foi curta:

— Não tinha certeza de que ela conseguiria. Você se lembra do que aconteceu com aquela mulher, Adams.

Tessa soube imediatamente do que estavam falando. Há semanas passara por uma Transformação: uma mulher que havia morrido com um tiro no coração. O sangue escorreu pelo vestido de Tessa, que interrompeu na hora o procedimento, gritando histericamente até as Irmãs mostrarem que ela não estava ferida.

— Ela progrediu muito desde então, não acha, Irmã? — disse a sra. Black. — Considerando com o que tivemos que trabalhar no início... Nem sabia o que ela *era*.

— De fato, era absolutamente sem forma, como *barro* — concordou a sra. Dark. — Operamos um verdadeiro milagre aqui. Não consigo ver como o Magistrado não se agradaria.

A sra. Black engasgou.

— Isso significa... Você acha que é a *hora*?

— Ah, absolutamente, querida irmã. Ela está mais pronta do que nunca. Hora de nossa Theresa conhecer seu mestre. — Havia uma nota de regozijo na voz da sra. Dark, um som tão desagradável que cortou a tontura cegante de Tessa.

Do que estavam falando? Quem era o Magistrado? Observou com os olhos meio fechados enquanto a sra. Dark sacudiu o sino que chamaria Miranda, para que ela levasse Tessa de volta ao quarto. Parecia que a aula estava encerrada por hoje.

— Talvez amanhã — disse a sra. Black —, ou até hoje à noite. Se dissermos ao Magistrado que ela está pronta, duvido que ele não venha imediatamente.

A sra. Dark, saindo de trás da mesa, riu.

— Entendo que está ansiosa para ser remunerada por todo o nosso trabalho, querida irmã. Mas Theresa não deve simplesmente estar *pronta*. Deve estar... apresentável, além de capacitada. Não concorda?

A sra. Black, seguindo a irmã, murmurou uma resposta que foi interrompida quando a porta se abriu e Miranda entrou. Estava com o mesmo olhar vazio de sempre. A visão de Tessa agachada e sangrando no chão não pareceu despertar qualquer surpresa nela. Se bem que, Tessa pensou, provavelmente já vira coisas muito piores naquela sala.

— Leve a menina de volta para o quarto, Miranda. — A ansiedade abandonara a voz da sra. Black, deixando-a completamente ríspida outra vez. — Pegue as coisas que lhe mostramos, e a deixe vestida e arrumada.

— As coisas... que me mostraram? — Miranda soou confusa.

A sra. Dark e a sra. Black trocaram um olhar enojado e se aproximaram de Miranda, bloqueando a visão de Tessa da moça. Tessa as ouviu sussurrando para ela e captou algumas palavras — "vestidos" e "quarto de vestir" e "faça o que puder para deixá-la bonita", e finalmente, Tessa ouviu o cruel "não tenho certeza se Miranda é *esperta* o bastante para obedecer a instruções vagas assim, irmã".

Deixá-la bonita. Mas o que importava se estava bonita ou não quando podiam forçá-la a ficar como quisessem? Que diferença fazia qual era sua verdadeira aparência? E por que o Magistrado se importaria? No entanto, o comportamento das Irmãs deixava muito claro que elas acreditavam que ele ligaria.

A sra. Black saiu do recinto e a irmã atrás, como sempre. Na porta a sra. Dark parou e olhou novamente para Tessa.

— Lembre-se, Theresa — disse —, de que este dia, esta noite, é a razão de toda a nossa preparação. — Segurou a saia com as duas mãos ossudas. — *Não* nos desaponte.

Deixou a porta bater atrás de si. Tessa se encolheu com o barulho, mas Miranda, como sempre, não parecia nem um pouco afetada. Durante todo o tempo que tinha passado na Casa Sombria, Tessa jamais tinha conseguido surpreender a garota ou pegá-la com uma expressão despreparada no rosto.

— Venha — disse Miranda. — Temos que subir agora.

Tessa se levantou devagar. Sua mente girava. A vida na Casa Sombria era terrível, mas Tessa tinha — percebia agora — quase se acostumado. Sabia o que esperar a cada dia. Sabia que as Irmãs Sombrias a estavam preparando para alguma coisa, mas não sabia o quê. Acreditara — ingenuamente, talvez — que não a matariam. Por que desperdiçar todo este treinamento se ela fosse morrer?

Mas alguma coisa no tom malicioso de satisfação da sra. Dark a fez reconsiderar. Alguma coisa tinha mudado. Tinham alcançado o que queriam com ela. Seriam "pagas". Mas quem faria o pagamento?

— Vamos — disse Miranda novamente. — Temos que prepará-la para o Magistrado.

— Miranda — disse Tessa suavemente, como teria feito com um gato nervoso. Miranda jamais havia respondido alguma pergunta de Tessa antes, mas isso não significava que não valia a pena tentar. — Quem é o Magistrado?

Fez-se um longo silêncio. Miranda olhou para a frente, o rosto impassível. Então, para surpresa de Tessa, falou:

— O Magistrado é um grande homem — disse. — Ser casada com ele será uma honra para você.

— *Casada?* — ecoou Tessa. O choque foi tão intenso que de repente conseguiu ver todo o recinto com mais clareza: Miranda, o tapete sujo de sangue no chão, o globo pesado de bronze na mesa, ainda inclinado na posição em que a sra. Black o deixara. — Eu? Mas... quem é ele?

— É um grande homem — disse Miranda novamente. — Será uma honra. — Foi em direção a Tessa. — Deve vir comigo agora.

— Não. — Tessa recuou se afastando da menina, indo para trás até as costas baterem dolorosamente contra a mesa. Olhou em volta desesperada. Poderia correr, mas jamais passaria por Miranda até chegar à porta; não havia janelas, nem portas para outros cômodos. Caso se escondesse atrás da escrivaninha, Miranda simplesmente a arrastaria para o quarto. — Miranda, *por favor*.

— Precisa vir comigo agora — repetiu Miranda; estava quase alcançando Tessa. Tessa podia se ver refletida nas pupilas negras da outra menina, sentia o cheiro fraco, amargo, quase carbonizado das roupas e da pele de Miranda. — Precisa...

Com uma força que não sabia que tinha, Tessa pegou a base do globo de bronze na mesa, levantou, e bateu com toda força na cabeça de Miranda.

O choque fez um barulho nauseante. Miranda cambaleou para trás, se endireitando em seguida. Tessa soltou um gritinho e derrubou o globo, olhando fixamente para ela — todo o lado esquerdo do rosto de Miranda estava amassado para dentro como uma máscara de papel que tivesse sido esmagada de um dos lados. A maçã do rosto estava plana, o lábio misturado com os dentes. Mas não havia sangue, sangue nenhum.

— Precisa vir comigo agora — disse Miranda, como o mesmo tom que sempre usava.

Tessa ficou pasma.

— Você precisa vir... você p-precisa... você... você... você... vvvvvvvvv — a voz de Miranda estremeceu e se interrompeu, degenerando-se em um fluxo sem nexo.

Ela foi em direção a Tessa, e então fez um movimento abrupto para o lado, se contorcendo e cambaleando. Tessa virou-se e começou a recuar enquanto a menina ferida girava, cada vez mais rápido. Cambaleou pela sala como um bêbado, ainda gritando, e bateu na parede oposta, o que pareceu deixá-la inconsciente. Caiu no chão e ficou ali, parada.

Tessa correu para a porta e saiu pelo corredor, parando apenas uma vez para olhar para trás. Pareceu, naquele breve instante, que um fio de fumaça negra se erguia do corpo de Miranda, mas não havia tempo para encarar. Tessa disparou pelo corredor, deixando a porta aberta atrás de si.

Correu para as escadas e as subiu de qualquer maneira, quase tropeçando na saia, e bateu o joelho dolorosamente em um dos degraus. Gritou e seguiu esbarrando até o primeiro andar, onde arrancou pelo corredor. Ele se prolongava à frente, longo e curvo, desaparecendo nas sombras. Enquanto corria, viu que era repleto de portas. Parou e tentou uma delas, mas estava trancada, assim como a seguinte, e a outra depois. Mas tinha que haver uma porta da frente, não é?

Outro conjunto de degraus levava ao fim do corredor. Tessa correu e se viu em um hall de entrada. Parecia ter sido grandioso em outra época — o chão era de mármore manchado e rachado, e havia janelas altas nas laterais cobertas por cortinas. Um pouco de luz se filtrava através das rendas, iluminando uma enorme porta dupla. O coração de Tessa deu um salto. Ela mergulhou para alcançar a maçaneta, a girou, e a porta se abriu.

Havia uma rua estreita de paralelepípedos além, com fileiras de casas com varandas em ambos os lados. O cheiro da cidade atingiu Tessa como um golpe — fazia muito tempo desde que tinha respirado o ar da rua. Estava quase escuro, o azul-escuro do crepúsculo obscurecido por pedaços de névoa. Ao longe ouvia vozes, crianças gritando, o ruído de cascos de cavalo. Mas ali a rua estava quase deserta, exceto por um homem apoiado em um poste próximo, lendo o jornal sob a luz.

Tessa desceu os degraus em direção ao estranho, pegando-o pela manga.

— Por favor, senhor... se puder me ajudar...

Ele se virou e olhou para ela.

Tessa reprimiu um grito. O rosto estava tão branco e ceroso como no primeiro dia em que o viu, no porto em Southampton; os olhos esbugalhados ainda lembravam os de Miranda e os dentes brilharam como metal quando sorriu.

Era o cocheiro das Irmãs Sombrias.

Tessa se virou para correr, mas era tarde demais.

2

O Inferno É Gelado

Entre dois mundos a vida paira como uma estrela,
Entre noite e aurora, sobre a linha do horizonte.
Quão pouco sabemos do que somos!
E menos ainda do que podemos ser!
— Lord Byron, "Don Juan"

— Sua menininha tola — disparou a sra. Black ao amarrar os nós que prendiam os pulsos de Tessa à cama. — O que achou que fosse conseguir, fugindo daquele jeito? Aonde achou que *poderia* chegar?

Tessa não disse nada, simplesmente levantou o queixo e olhou para a parede. Recusou-se a permitir que a sra. Black ou sua terrível irmã vissem o quão perto estava de chorar, ou o quanto machucavam as cordas que lhe amarravam os tornozelos e punhos à cama.

— Ela é inteiramente alheia à honra que lhe está sendo oferecida — disse a sra. Dark, que estava perto da porta como se quisesse se certificar de que Tessa não arrancaria as amarras e fugiria. — É repugnante de se ver.

— Fizemos o que podíamos para prepará-la para o Magistrado — disse a sra. Black, e suspirou. — Uma pena termos precisado trabalhar com um barro tão bruto, apesar do talento. É uma tolinha traiçoeira.

— De fato — concordou a irmã. — Ela entende, não entende, o que acontecerá ao irmão se tentar nos desobedecer de novo? Podemos estar dispostas a ser tolerantes desta vez, mas na próxima... — sibilou entre os dentes, um som que fez os pelos na nuca de Tessa se arrepiarem. — Nathaniel pode não ter tanta sorte.

Tessa não podia mais suportar; mesmo sabendo que não deveria falar, que não deveria lhes dar essa satisfação, não conseguiu conter as palavras:

— Se me dissessem quem é o Magistrado, ou o que ele quer comigo...

— Quer se casar com você, tolinha. — A sra. Black acabou de dar os nós e recuou para admirar o trabalho. — Quer lhe dar *tudo*.

— Mas por quê? — sussurrou Tessa. — Por que eu?

— Por causa do seu talento — disse a sra. Dark. — Por causa do que é, e do que pode fazer. Do que a treinamos para fazer. Deveria ser *grata* a nós.

— Mas meu irmão. — Lágrimas queimavam os olhos de Tessa. *Não vou chorar, não vou chorar, não vou chorar*, disse a si mesma. — Disseram que se eu fizesse tudo o que mandassem, vocês o soltariam...

— Quando se casar com o Magistrado, ele lhe dará o que quiser. Se for o seu irmão, ele dará. — Não havia qualquer remorso ou emoção na voz da sra. Black.

A sra. Dark riu.

— Sei o que ela está pensando. Que se pudesse ter qualquer coisa, desejaria que nós morrêssemos.

— Não gaste energia sequer contemplando a possibilidade. — A sra. Black afagou Tessa sob o queixo. — Temos um rígido contrato com o Magistrado. Ele não pode nos fazer mal algum, e nem iria querer isso. Deve tudo a nós, nós a entregaremos a ele. — Inclinou-se para perto, reduzindo a voz a um sussurro: — Ele a quer saudável e intacta. Caso contrário, você levaria uma surra até sangrar. Se ousar nos desobedecer novamente, desafiarei os desejos dele e você será chicoteada até sua pele descolar do corpo. Entendeu?

Tessa virou o rosto para a parede.

Houve uma noite no *Primordial*, ao passarem por Newfoundland, que Tessa não conseguiu dormir. Saiu no convés para respirar, e viu o mar noturno reluzindo com montanhas brancas brilhantes — icebergs, um dos marinheiros contou ao passar, desprendidos das camadas de gelo do norte pelo clima mais quente. Eles flutuavam lentamente pela água escura, como as torres de uma cidade branca afogada. Tessa pensou que aquela era a coisa mais solitária que já havia visto.

Tinha apenas começado a imaginar a solidão, agora sabia. Uma vez que as Irmãs se retiraram, Tessa descobriu que não sentia mais vontade de chorar. A pressão no fundo dos olhos havia desaparecido e sido substituída por uma sensação entorpecida de desespero. A sra. Dark tinha razão: se Tessa pudesse matar as duas, ela o faria.

Experimentou puxar as cordas que prendiam suas pernas e braços à cama. Não cederam. Os nós estavam firmes; rígidos o bastante para se enterrarem em sua carne e fazer com que suas mãos e pés formigassem e estremecessem. Pelo que estimava, tinha alguns minutos antes que as extremidades ficassem completamente dormentes.

Parte dela — e não era uma parte pequena — queria parar de se debater e ficar ali deitada, largada, até o Magistrado chegar para levá-la embora. O céu já estava escurecendo através da pequena janela; não demoraria muito. Talvez ele realmente quisesse se casar com ela. Talvez realmente quisesse dar tudo a ela.

De repente ouviu a voz da tia Harriet na cabeça: *Quando encontrar um homem com quem queira se casar, Tessa, lembre-se disto: saberá que tipo de homem ele é não pelas coisas que ele diz, mas pelas que* faz.

Tia Harriet tinha razão, é claro. Nenhum homem com o qual ela pudesse querer se casar jamais teria feito com que fosse tratada como prisioneira e escravizada, aprisionado seu irmão e mandado torturá-la em nome do seu "talento". Era uma piada de mau gosto, um verdadeiro deboche. Só Deus sabia o que o Magistrado ia querer fazer assim que pusesse as mãos nela. Se fosse algo a que pudesse sobreviver, imaginava que em breve desejaria não ter conseguido.

Meu Deus, que talento inútil tinha! O poder de mudar de aparência? Se ao menos tivesse o poder de incendiar as coisas, ou de estilhaçar metal, ou fazer com que facas crescessem dos dedos! Se ao menos tivesse o poder de se tornar invisível, ou se encolher ao tamanho de um rato...

De repente ficou parada, tão parada que podia escutar as batidas do anjo mecânico no peito. Não precisava se encolher ao tamanho de um rato, precisava? Tudo o que precisava era diminuir o suficiente para que os nós ao redor dos pulsos se soltassem.

Era possível para ela se Transformar em alguém pela segunda vez, sem precisar tocar em algo que tivesse pertencido a esta pessoa... contanto que já tivesse feito isso antes. As Irmãs a fizeram memorizar o método. Pela primeira vez, sentia-se grata por algo que lhe forçaram a aprender.

Pressionou o corpo contra o colchão duro e se forçou a lembrar. A rua, a cozinha, o movimento da agulha, o brilho do lampião. Desejou que ocorresse, desejou que a Transformação viesse. *Qual é o seu nome? Emma. Emma Bayliss...*

A Transformação a transportou como um trem, quase lhe arrancando o fôlego — remodelando a pele, reformando os ossos. Tessa conteve os gritos e arqueou as costas...

E pronto. Piscando os olhos, Tessa olhou para o teto, em seguida para os pulsos e a corda que o envolvia. Lá estavam as mãos — de Emma — finas e frágeis, a corda frouxa em torno dos punhos finos. Triunfante, Tessa soltou as mãos e se sentou, esfregando as marcas vermelhas onde a corda havia queimado a pele.

Os tornozelos ainda estavam amarrados. Inclinou-se para a frente e os dedos trabalharam rapidamente nos nós. A sra. Black, ao que parecia, conseguia atá-los como um marinheiro. Os dedos de Tessa sangravam e doíam quando a corda finalmente cedeu e ela se levantou.

O cabelo de Emma era tão fino e liso que soltou dos pregadores que antes prendiam os cabelos negros de Tessa para trás. Ela puxou o cabelo impacientemente sobre os ombros e se libertou de Emma, deixando a Transformação se esvair dela até que o próprio cabelo deslizasse pelos dedos, espessos e familiares ao toque. Olhando para o espelho do outro lado da sala, viu que a pequena Emma Bayliss havia ido embora, e Tessa era ela mesma outra vez.

Um barulho a suas costas a fez girar. A maçaneta da porta do quarto estava rodando, girando de um lado para o outro como se a pessoa do outro lado estivesse com dificuldade de abrir.

Sra. Dark, pensou. A mulher estava de volta, para chicoteá-la até sangrar. De volta para levá-la ao Magistrado. Tessa correu pelo quarto, pegou o jarro de porcelana do lavatório e rapidamente foi para o lado da porta. Segurava o jarro com tanta força que seus dedos ficaram embranquecidos.

A maçaneta girou; a porta se abriu. Sob a luz fraca, tudo o que Tessa podia ver eram as sombras enquanto alguém entrava no quarto. Avançou, atirando o jarro com toda a força...

A figura sombria se moveu, rápida como um chicote, mas não o bastante; o jarro acertou o braço esticado da criatura ao voar das mãos de Tessa, antes de bater na parede oposta. Louça quebrada choveu no chão quando o estranho gritou.

O grito era inegavelmente masculino. Assim como a enxurrada de palavrões que se seguiu.

Ela recuou e então correu para a porta — mas já estava fechada, e por mais que lutasse com a maçaneta, ela não se mexia. Uma luz resplandecente brilhou pelo quarto, como se o sol tivesse nascido. Tessa girou, piscando para tirar as lágrimas dos olhos — e congelou.

Havia um menino diante dela. Não podia ser muito mais velho do que ela — 17, ou possivelmente 18 anos. Trajava o que pareciam roupas de operário — um casaco preto gasto, calças, e botas pesadas. Não usava colete, e alças espessas de couro estavam cruzadas sobre a cintura e o peito. Armas estavam presas a elas — adagas, facas dobráveis e coisas que pareciam lâminas de gelo. Com a mão direita ele segurava uma espécie de pedra luminosa — estava brilhando, enchendo o quarto com uma luz que quase cegou Tessa. A outra mão — fina e com dedos longos — sangrava na parte de cima graças ao rasgo provocado pelo jarro.

Mas não foi isso que a fez parar. Ele tinha o rosto mais bonito que Tessa já vira. Cabelos pretos emaranhados e olhos como vidro azul. Maçãs do rosto elegantes, lábios cheios, e cílios longos e espessos. Até a curva da garganta era perfeita. Parecia com todos os heróis fictícios que já tinha imaginado. Apesar de nunca os ter imaginado xingando-a enquanto sacudiam a mão sangrenta de forma acusatória.

Ele pareceu notar que ela o encarava, porque os xingamentos pararam.

— Você me cortou — disse. Tinha a voz agradável. Sotaque britânico. Muito comum. Olhou para a mão com interesse crítico. — Pode ser fatal.

Tessa o olhou com olhos arregalados.

— Você é o Magistrado?

Ele inclinou a mão para o lado. Sangue escorreu por ela, salpicando o chão.

— Céus, grande perda de sangue. A morte pode ser iminente.

— *Você é o Magistrado?*

— Magistrado? — Ele pareceu ligeiramente surpreso com a veemência dela. — Isso vem de "mestre" em latim, não é?

— Eu... — Tessa tinha a crescente sensação de estar presa em um sonho estranho. — Suponho que sim.

— Tornei-me mestre em muitas coisas na vida. Em me guiar pelas ruas de Londres, dançar quadrilha, na arte japonesa de fazer arranjos de flores, mentir em charadas, disfarçar estados de embriaguez extrema, encantar jovens moças com meu charme...

Tessa o encarou.

— Enfim — prosseguiu —, mas ninguém nunca se referiu a mim como "o mestre", ou "o magistrado". Uma pena...

— Está extremamente embriagado agora? — perguntou Tessa com toda seriedade, mas assim que as palavras saíram ela percebeu que deve ter soado incrivelmente grosseira, ou pior, como se estivesse flertando.

De qualquer forma, ele parecia bem firme sobre os pés para estar bêbado. Já tinha visto Nate bêbado vezes o suficiente para saber a diferença. Talvez fosse apenas maluco.

— Como é direta... Mas suponho que todas vocês americanas sejam, não é? — O garoto pareceu se divertir. — Sim, seu sotaque a denuncia. Qual é o seu nome, a propósito?

Tessa o olhou, incrédula.

— Qual é o *meu* nome?

— Você não sabe?

— Você... você invade meu quarto, quase me mata de susto e agora pergunta meu nome? Qual é o *seu* nome? Quem é você, aliás?

— Meu nome é Herondale — disse o garoto alegremente. — William Herondale, mas todo mundo me chama de Will. Este é realmente o seu quarto? Não é muito bom, né? — Ele vagou na direção da janela, parando para examinar as pilhas de livros na cabeceira, e depois a cama. Acenou com as mãos para as cordas. — Dorme amarrada à cama com frequência?

Tessa sentiu as bochechas queimarem e ficou impressionada, dadas as circunstâncias, por ainda ter a capacidade de ficar constrangida. Será que deveria contar a ele a verdade? Seria possível que ele fosse o Magistrado? Se bem que ninguém com aquela aparência precisaria amarrar meninas e aprisioná-las para fazer com que se casassem com ele.

— Aqui. Segure isto. — Ele entregou a pedra brilhante a ela. Tessa pegou, meio esperando que lhe queimasse os dedos, mas era fria ao toque. No instante em que encostou na palma de sua mão, a luz foi reduzida a uma faísca brilhante. Olhou para ele com desânimo, mas o garoto já tinha ido até a janela e estava olhando para fora, aparentemente despreocupado. — Pena estarmos no terceiro andar. Eu dou conta do salto, mas você provavelmente morreria. Não, temos que sair pela porta e assumir o risco.

— Sair pela... O quê? — Tessa, sentindo-se presa em um estado semipermanente de confusão, balançou a cabeça. — Não estou entendendo.

— Como não está entendendo? — Ele apontou para os livros dela. — Você lê romances. Obviamente, estou aqui para resgatá-la. Não *pareço* o Sir Galahad? — Ele ergueu os braços de forma dramática. — "Minha força é como a força de dez homens, porque meu coração é puro..."

Alguma coisa ecoou, longe, de dentro da casa — o som de uma porta batendo.

Will disse uma palavra que Sir Galahad jamais teria dito e saltou para longe da janela. Aterrissou com uma careta, e olhou pesarosamente para a mão ferida.

— Terei que cuidar disto mais tarde. Vamos... — Ele lhe lançou um olhar enfático e questionador.

— Srta. Gray — disse Tessa fracamente. — Srta. Theresa Gray.

— Srta. Gray — repetiu ele. — Vamos, então, srta. Gray. — Passou por ela, foi em direção à porta, encontrou a maçaneta, girou, puxou...

Nada aconteceu.

— Não vai funcionar — disse ela. — A porta não pode ser aberta por dentro.

Will deu um sorriso feroz.

— Não pode?

Ele colocou a mão no cinto, procurando um dos objetos pendurados. Pegou o que parecia um graveto longo e fino, escolhido cuidadosamente entre galhos menores e feito de um material prateado e esbranquiçado. Colocou a ponta contra a porta e *desenhou* — não havia outra palavra para descrever o que fez. Linhas pretas espessas saíram em espirais pela ponta do cilindro flexível, emitindo um audível ruído sibilado enquanto se espalhavam pela superfície de madeira como um derramamento ininterrupto de tinta.

— Você está *desenhando*? — perguntou Tessa. — Não vejo como isso poderia...

Houve um barulho como de vidro rachando. A maçaneta, intocada, girou — rápido, em seguida mais rápido, e a porta se abriu, uma fraca lufada de fumaça se erguendo das dobradiças.

— Agora você vê — disse Will, guardando o estranho objeto e fazendo um gesto para que Tessa o seguisse. — Vamos.

Inexplicavelmente, ela hesitou, olhando para o quarto que foi sua prisão por quase dois meses.

— Meus livros...

— Eu te arranjo mais livros.

Apressou-a para o corredor na frente dele, e fechou a porta atrás. Após agarrá-la pelo punho, puxou-a pelo caminho e fez uma curva. Aqui estavam as escadas por onde descera tantas vezes com Miranda. Will descia dois degraus de cada vez, puxando-a atrás de si.

De cima deles, Tessa ouviu um grito. Não havia dúvidas de que era a sra. Dark.

— Deram por sua falta — disse Will. Chegaram ao primeiro andar e Tessa diminuiu o ritmo, mas Will, que não parecia inclinado a parar, empurrou-a para frente.

— Não vamos sair pela porta da frente? — perguntou Tessa.

— Não podemos. O prédio está cercado. Há uma fila de carruagens parada na frente. Parece que cheguei em um momento inesperadamente empolgante. — Começou a descer as escadas novamente, e Tessa o seguiu. — Você sabe o que as Irmãs Sombrias planejaram para esta noite?

— Não.

— Mas você estava esperando por alguém conhecido como Magistrado? — Agora estavam no porão, onde as paredes de gesso davam lugar à pedra úmida. Sem o lampião de Miranda, era bastante escuro. Calor emergia como uma onda indo ao encontro deles. — Pelo Anjo, é como o nono círculo do Inferno aqui embaixo...

— O nono círculo do Inferno é frio — disse Tessa automaticamente.

Will a encarou.

— O quê?

— Em *Inferno*, da Divina Comédia — disse ela. — O Inferno é frio. É coberto de gelo.

Ele a encarou por um longo instante, os cantos da boca tremendo, em seguida esticou a mão.

— Me dê a luz enfeitiçada. — Ao ver o rosto de Tessa sem expressão, emitiu um ruído de impaciência. — A pedra. Me dê a pedra.

No instante em que a mão dele se fechou em torno da pedra, a luz brilhou novamente, irradiando através de seus dedos. Pela primeira vez Tessa viu que ele tinha um desenho nas costas da mão, gravado ali como que em tinta preta. Parecia um olho aberto.

— Quanto à temperatura do Inferno, srta. Gray — disse —, permita que eu lhe dê um conselho. O belo jovem que está tentando resgatá-la de um destino pavoroso *nunca* está errado. Nem se disser que o céu é roxo e feito de ouriços.

Ele realmente é *maluco*, pensou Tessa, mas não disse nada; estava apavorada demais com o fato de que ele tinha começado a ir em direção às amplas portas duplas dos aposentos das Irmãs Sombrias.

— Não! — Tessa agarrou o braço dele, puxando-o de volta. — Por aí não. Não tem passagem. É um beco sem saída.

— Corrigindo-me outra vez, percebo. — Will se virou e marchou para o outro lado, em direção ao corredor sombrio do qual Tessa sempre teve medo. Engolindo em seco, ela o seguiu.

O corredor se estreitava à medida que avançavam por ele, as paredes se estreitando. O calor era ainda mais intenso aqui, fazendo o cabelo de Tessa ondular e se grudar nas têmporas e no pescoço. O ar era espesso e difícil de respirar. Durante um tempo caminharam em silêncio, até Tessa não aguentar mais. Tinha que perguntar, apesar de saber que a resposta seria negativa.

— Sr. Herondale — disse —, foi meu irmão que o mandou aqui para me encontrar?

Em parte temia que ele respondesse com algum comentário furioso, mas ele simplesmente a olhou com curiosidade.

— Nunca ouvi falar no seu irmão — disse, e Tessa sentiu a dor entorpecente da decepção consumindo seu coração. Sabia que não poderia ter sido enviado por Nate (nesse caso, ele saberia o nome dela, não é?) mas doeu ainda assim. — E até dez minutos atrás, srta. Gray, também nunca tinha ouvido falar em você. Venho seguindo o rastro de uma menina morta há quase dois meses. Ela foi assassinada e deixada em um beco para sangrar até a morte. Estava fugindo de... alguma coisa. — O corredor desembocou em uma bifurcação e, após uma pausa, Will foi para a esquerda.

— Havia uma adaga ao lado dela, coberta de sangue. Tinha um símbolo marcado nela. Duas cobras, mordendo a cauda uma da outra.

Tessa sentiu um abalo. *Deixada em um beco para sangrar até a morte. Havia uma adaga ao lado dela.* Certamente ele falava de Emma.

— É o mesmo símbolo na lateral da carruagem das Irmãs Sombrias; é assim que as chamo, a sra. Dark e a sra. Black...

— Não é a única a chamá-las assim; os outros integrantes do Submundo fazem o mesmo — disse Will. — Descobri isso enquanto investigava o símbolo. Devo ter carregado aquela faca em centenas de caçadas pelo Submundo, procurando alguém que pudesse reconhecê-la. Ofereci uma recompensa por informações. Eventualmente o nome das Irmãs Sombrias chegou aos meus ouvidos.

— Submundo? — repetiu Tessa, confusa. — Isso é um lugar em Londres?

— Esquece — disse Will. — Estou ostentando minhas habilidades investigativas, e prefiro fazê-lo sem interrupções. Onde estava?

— A adaga... — Tessa se interrompeu quando uma voz ecoou pelo corredor, aguda, doce e inconfundível.

— *Srta. Gray.* — A voz da sra. Dark. Parecia flutuar entre as paredes como fumaça. — *Srta. Graaaaay. Onde você está?*

Tessa congelou.

— Ah, Deus, elas alcançaram...

Will a pegou pelo pulso novamente, a luz enfeitiçada que trazia na outra mão formando um padrão louco de sombras e luz contra as paredes de pedra enquanto corriam como podiam ao longo do corredor que serpenteava. O chão se inclinava para baixo, as pedras no piso se tornando cada vez mais escorregadias e úmidas enquanto o ar ao redor ficava cada vez mais quente. Era como se estivessem correndo para o próprio Inferno enquanto as vozes das Irmãs Sombrias ecoavam das paredes.

— *Srta. Graaaaay! Não podemos permitir que fuja, você sabe. Não podemos permitir que se esconda! Nós vamos encontrá-la, boneca. Você sabe que vamos.*

Will e Tessa derraparam em uma das curvas e pararam — o corredor terminava em um par de portas metálicas altas. Soltando Tessa, Will se jogou contra elas. Abriram em uma explosão e ele tropeçou para dentro, seguido por Tessa, que se virou para fechá-las. O peso era quase demais para que conseguisse, e ela precisou empurrar com as costas para forçá-las a fechar.

A única luz no recinto vinha da pedra brilhante de Will, agora reduzida a uma brasa entre os dedos. Ela iluminava a escuridão, como um holofote em um palco, enquanto ele se esticava perto de Tessa para trancar a porta. O pino era pesado e enferrujado, e próxima como estava, Tessa podia sentir a tensão no corpo dele enquanto arrastava a peça e a deixava cair em seu lugar.

— Srta. Gray?

Ele estava inclinado diante dela, cujas costas estavam contra as portas fechadas. Podia sentir o ritmo acelerado do coração dele, ou seria o dela própria? A estranha iluminação branca projetada pela pedra brilhava contra os ângulos marcados de suas bochechas, e era possível ver um suave reflexo de suor nas clavículas. Havia marcas ali também, ela reparou, aparecendo por entre o colarinho aberto da camisa, assim como a marca na mão, espessa e preta, como se alguém tivesse pintado desenhos na pele dele.

— Onde estamos? — sussurrou. — Estamos seguros?

Sem responder, ele recuou, erguendo a mão direita. Ao levantá-la, a luz brilhou com mais força, iluminando o recinto.

Era uma espécie de cela, embora fosse muito grande. As paredes, o chão e o teto eram feitos de pedra, inclinando-se para um grande ralo no meio do chão. Havia apenas uma janela, bem no alto da parede, e com grades. Não havia portas exceto as que tinham utilizado para entrar. Mas não foi nada disso que fez Tessa prender a respiração.

O lugar era um abatedouro. Havia longas mesas de madeira ocupando todo o comprimento da sala. Corpos estavam dispostos sobre uma delas — corpos humanos, desnudos e pálidos. Cada um tinha uma incisão preta em forma de Y marcando o peito, e cada cabeça pendia da borda da mesa, o cabelo das mulheres varrendo o chão como vassouras. Na mesa do centro havia pilhas de facas manchadas de sangue e instrumentos — rodas dentadas de cobre, engrenagens de latão e serras de arco afiadas.

Tessa colocou a mão sobre a boca, sufocando um grito. Sentiu gosto de sangue ao morder os próprios dedos. Will não pareceu notar; estava pálido enquanto olhava em volta, falando baixinho consigo mesmo algo que Tessa não conseguia compreender.

Houve um estrondo e as portas de metal estremeceram, como se algo pesado tivesse batido nelas. Tessa abaixou a mão sangrando e gritou:

— Sr. Herondale!

Ele se virou e as portas tremeram novamente. Uma voz ecoou do outro lado delas:

— Srta. Gray! Saia agora e não vamos machucá-la!

— Estão mentindo — disse Tessa rapidamente.

— Ah, você acha mesmo?

Colocando a maior dose possível de sarcasmo na pergunta, Will guardou a pedra de luz enfeitiçada no bolso e saltou sobre a mesa central, a que estava coberta de equipamentos ensanguentados. Ele se abaixou, pegou uma roda dentada que parecia pesada e a sopesou. Com grande esforço, a lançou em direção à janela alta; o vidro estilhaçou, e Will gritou.

— Henry! Preciso de ajuda aqui, por favor! Henry!

— Quem é Henry? — perguntou Tessa, mas naquele instante as portas estremeceram pela terceira vez, e finas rachaduras apareceram no metal.

Claramente, não resistiriam por muito mais tempo. Tessa correu para a mesa e pegou uma arma quase ao acaso, uma serra dentada de metal do tipo que açougueiros usavam para cortar ossos. Girou, segurando-a firmemente, quando as portas se abriram.

As Irmãs Sombrias estavam na entrada — a sra. Dark, alta e esguia como um ancinho em seu vestido verde brilhante, e a sra. Black, com o rosto corado os olhos tão cerrados que se reduziam a linhas. Uma coroa brilhante de faíscas azuis as cercavam, como minúsculos fogos de artifício. Os olhos delas passaram por Will — que, ainda sobre a mesa, havia sacado uma das lâminas do cinto — e repousaram em Tessa. A boca da sra. Black, um corte vermelho no rosto pálido, esticou-se em um sorriso.

— Srta. Gray — disse. — Deveria saber que era melhor não fugir. Dissemos o que aconteceria se fizesse isso novamente...

— Então façam! Me chicoteiem até sangrar. Me matem. Não me importo! — gritou Tessa, e ficou satisfeita ao ver que as Irmãs Sombrias pareceram no mínimo espantadas com a explosão; antes estivera assustada demais para ousar levantar a voz. — Não permitirei que me entreguem ao Magistrado! Prefiro morrer!

— Srta. Gray, que língua inesperadamente afiada você tem, minha querida — disse a sra. Black. Propositadamente, tirou a luva direita, e pela primeira vez, Tessa viu a mão descoberta. A pele era cinza e espessa, como de elefante, e as unhas eram garras longas e escuras. Pareciam afiadas como facas. A sra. Black sorriu fixamente para Tessa. — Talvez se cortássemos sua cabeça fora, aprendesse a ser mais educada.

Ela se moveu em direção a Tessa — e foi bloqueada por Will, que saltou da mesa para se colocar entre elas.

— *Malik* — disse ele, e sua lâmina branca como gelo iluminou-se como uma estrela.

— Saia do meu caminho, pequeno guerreiro Nephilim — disse a sra. Black. — E leve consigo suas lâminas serafim. Esta batalha não é sua.

— Está enganada quanto a isso. — Will estreitou os olhos. — Ouvi algumas coisas a seu respeito, milady. Sussurros que correm pelo Submundo como um rio de veneno sombrio. Soube que você e sua irmã pagam caro pelos corpos de humanos mortos, e não se importam com a maneira pela qual chegaram a tal estado.

— Quanto alarde por causa de alguns mundanos. — A sra. Dark riu e foi para perto da irmã, de modo que Will, com sua espada resplandecente, ficou entre Tessa e as duas mulheres. — Não temos desavenças com você, Caçador de Sombras, a não ser que resolva criar uma. Invadiu nosso território, e ao fazê-lo transgrediu a Lei do Pacto. Poderíamos denunciá-lo à Clave...

— Se por um lado a Clave reprova invasões, estranhamente condenam ainda mais a decapitação e o esfolamento de pessoas. São excêntricos a esse ponto — disse Will.

— Pessoas? — irritou-se a sra. Dark. — *Mundanos*. Você não se importa com eles mais do que nós. — Olhou então para Tessa. — Ele contou a você o que realmente é? Não é humano...

— Olha quem fala — retrucou Tessa com a voz trêmula,

— E ela contou a *você* o que *ela* é? — perguntou a sra. Black a Will. — Sobre seu talento? Sobre o que ela pode fazer?

— Se tivesse que dar um palpite — respondeu Will —, diria que tem alguma coisa a ver com o Magistrado.

A sra. Dark pareceu desconfiada.

— Você sabe do Magistrado? — Olhou para Tessa. — Ah, entendo. Apenas o que ela contou. O Magistrado, menininho anjo, é mais perigoso do que poderia imaginar. E esperou muito tempo por alguém com a habilidade de Tessa. Pode-se dizer até que foi ele quem a fez nascer...

As palavras foram engolidas por um barulho colossal quando toda a parede leste cedeu de repente. Era como as paredes de Jericó sucumbindo no velho livro ilustrado de histórias bíblicas de Tessa. Em um instante a parede estava lá, e no seguinte, não mais; no lugar havia um enorme buraco retangular, fumegando com uma poeira sufocante de gesso.

A sra. Dark soltou um grito fino e segurou a saia com as mãos ossudas. Claramente não esperava que a parede desmoronasse, assim como Tessa.

Will segurou a mão da menina e a puxou em sua direção, protegendo-a com o corpo enquanto pedaços de pedra e gesso choviam sobre eles. Enquanto ele a envolvia com os braços, Tessa pôde ouvir a sra. Black gritando.

Ela se contorceu sob o aperto de Will, tentando ver o que estava acontecendo. A sra. Dark estava imóvel, apontando um dedo trêmulo e enluvado para o buraco escuro na parede. A poeira começou a baixar um pouco — o suficiente para que as figuras se movendo em direção a eles pelos escombros começassem a tomar forma. Os contornos sombrios de duas figuras humanas se tornaram visíveis; cada uma brandia uma lâmina, e elas brilhavam com a mesma luz azul-esbranquiçada produzida pela de Will. *Anjos*, pensou Tessa, imaginando. Aquela luz, tão brilhante, o que mais poderiam ser?

A sra. Black gritou e se lançou para a frente, esticando as mãos e fazendo faíscas dispararam delas como pequenos fogos de artifício. Tessa ouviu alguém gritar — um grito bem humano — e Will, soltando-a, girou e atacou a sra. Black com a espada incandescente. A lâmina cortou o ar, de ponta a ponta, e se enterrou no peito dela. Gritando e se contorcendo, ela cambaleou para trás e caiu sobre uma das horríveis mesas, que se partiu em uma bagunça de sangue e madeira quebrada.

Will sorriu. Não era um tipo de sorriso agradável. Ele se virou para olhar Tessa. Por um instante, encararam um ao outro em silêncio — e então seus companheiros surgiram, dois homens com casacos pretos justos, brandindo armas brilhantes e se movendo com tanta velocidade que a visão de Tessa se turvou.

Ela recuou até a parede oposta, tentando evitar o caos no centro da sala, onde a sra. Dark, uivando maldições, tentava conter os agressores com as faíscas flamejantes de energia que voavam de suas mãos como uma chuva de fogo. A sra. Black agonizava no chão, camadas de fumaça negra emergindo de seu corpo como se estivesse queimando de dentro para fora.

Tessa foi na direção da porta aberta que levava ao corredor quando mãos fortes a agarraram, puxando-a para trás. Ela gritou e se debateu, mas as mãos que lhe envolviam os braços eram fortes como ferro. Então virou a cabeça para o lado e enterrou os dentes na mão que a segurava pelo braço esquerdo. Alguém gritou e a soltou; virando-se, Tessa viu um homem alto com cabelos ruivos desalinhados olhando para ela com expressão de reprovação, a mão esquerda ensanguentada apoiada no peito.

— Will! — gritou ele. — Will, ela me mordeu!

— Mordeu, Henry? — Will, parecendo entretido como sempre, apareceu como um espírito invocado do caos de fumaça e chamas. Atrás dele, Tessa podia ver o segundo companheiro, um jovem musculoso de cabelos castanhos, segurando a sra. Dark, que se debatia. A sra. Black era uma forma encolhida no chão. Will ergueu uma sobrancelha na direção de Tessa. — Não é bonito morder — informou ele. — É grosseiro, sabe. Nunca lhe disseram isso?

— Também é grosseiro sair por aí agarrando moças às quais não foi apresentado — disse Tessa, séria. — Ninguém lhe disse *isso*?

O homem de cabelos ruivos a quem Will chamara de Henry sacudiu a mão que sangrava com um sorriso magoado. Tinha um rosto bonito, pensou Tessa; sentindo-se quase culpada por tê-lo mordido.

— Will! Cuidado! — gritou o homem de cabelos castanhos.

Will girou quando algo voou pelo ar, errando por pouco a cabeça de Henry, e bateu na parede atrás de Tessa. Era uma roda dentada de bronze, e atingiu a parede com tanta força que ficou presa como se fosse mármore encravado numa massa. Tessa se virou e viu a sra. Black avançando em direção a eles, os olhos queimando como carvão no rosto pálido e contorcido. Chamas negras se espalhavam ao redor do cabo da espada cravada em seu peito.

— Maldição... — Will alcançou o cabo de outra lâmina guardada no cinto. — Pensei que já tivéssemos acabado com essa coisa...

Exibindo os dentes, a sra. Black atacou. Will saltou para fora do caminho, mas Henry não foi tão veloz; ela o atingiu, derrubando-o. Agarrando-o como um carrapato, subiu em cima dele, rosnando e enterrando as garras nos ombros enquanto ele berrava. Will girou e, levantando a lâmina agora em suas mãos, gritou:

— *Uriel*! — E de repente a espada brilhou em sua mão como uma tocha viva. Tessa caiu contra a parede quando ele avançou com a lâmina. A sra. Black recuou, com as garras expostas, tentando alcançá-lo...

E a lâmina fez um corte perfeito na garganta dela. Completamente decepada, a cabeça caiu no chão, rolando e quicando, enquanto Henry, gritando de nojo e ensopado de sangue preto, tirou os restos do corpo de cima de si, e levantou cambaleando.

Um grito terrível rasgou o recinto.

— *Nãããããão!*

Viera da sra. Dark. O homem de cabelos castanhos que a segurava a soltou com um grito repentino quando fogo azul saiu dos olhos e mãos dela. Gritando de dor, ele caiu para o lado, e a sra. Dark se soltou dele para correr na direção de Will e Tessa, com os olhos flamejando como tochas sombrias. Ela sibilava palavras em uma língua que Tessa jamais havia escutado. Pareciam chamas estalando. Erguendo a mão, a mulher arremessou o que parecia ser um raio de luz na direção de Tessa. Com um grito, Will saltou para a frente dela, a lâmina brilhante erguida. O raio ricocheteou na lâmina e atingiu uma das paredes de pedra, que brilhou subitamente com uma luz estranha.

— Henry — gritou Will, sem se virar —, se pudesse levar a srta. Gray para um local seguro... *logo*...

A mão mordida de Henry repousou no ombro de Tessa, e, ao mesmo tempo, a sra. Dark lançou mais um raio em direção a ela. *Por que ela está tentando me matar?*, pensou Tessa, tonta. *Por que não Will?* E então, quando Henry a puxou para perto de si, mais luz partiu da lâmina de Will, refratando em uma dúzia de cacos ardentes que brilhavam. Por um instante Tessa observou, enfeitiçada pela improvável beleza — então escutou Henry gritar que ela se jogasse ao chão, mas era tarde demais. Um dos cacos ardentes a atingiu no ombro com incrível força. Foi como ser atingida por um trem. O impacto a soltou de Henry e a ergueu do chão, lançando-a para trás. Sua cabeça bateu na parede com violência. Ficou apenas ligeiramente consciente do guincho agudo que era a risada da sra. Dark antes de o mundo desaparecer.

3
O Instituto

Amor, esperança, medo, fé — isso faz a humanidade;
Esses são seu sinal, registro e caráter.
— Robert Browning, "Paracelsus"

No sonho Tessa estava mais uma vez amarrada à pequena cama *metálica na Casa Sombria. As irmãs se inclinavam sobre ela, tilintando pares de longas agulhas de costura, rindo com vozes agudas e penetrantes. Enquanto Tessa olhava, as feições mudaram, os olhos afundando nas cabeças, os cabelos caindo e pontos de costura aparecendo nas bocas até fechá-las. Tessa soltou um guincho sem voz, mas elas não pareceram ouvir.*

Então as Irmãs desapareceram por completo e a tia Harriet estava ao lado de Tessa, com o rosto ruborizado de febre, como havia estado durante a terrível doença que a havia matado. Olhou para Tessa com muita tristeza.

— Eu tentei — disse ela. — Tentei amá-la. Mas não é fácil amar uma criança que não é sequer humana...

— Não é humana? — disse uma voz feminina desconhecida. — Bem, se não é humana, Enoch, o que ela é? — A voz ficava cortante com a impaci-

ência. — Como assim, não sabe? Todo mundo é alguma coisa. Esta menina não pode ser nada...

Tessa acordou com um grito, os olhos abriram subitamente e ela se viu olhando para as sombras. A escuridão pesava sobre ela. Mal podia ouvir o murmúrio de vozes graças ao pânico que sentia; e lutou para se sentar, chutando os cobertores e os travesseiros. Vagamente, reparou que o cobertor era grosso e pesado, e não fino e trançado como o que havia na Casa Sombria.

Estava em uma cama, como tinha sonhado, em um grande quarto de pedra, e quase não havia luz. Ouviu o som áspero da própria respiração ao se virar, e um grito escapou de sua garganta. O rosto do pesadelo pairava na escuridão diante dela — um grande rosto branco e redondo como a lua, a cabeça raspada e careca, lisa como mármore. Onde deveriam estar os olhos havia apenas entalhes — não como se os olhos tivessem sido arrancados, mas como se jamais tivessem existido. Os lábios eram atados com linha preta e o rosto tinha marcas pretas como as que Will tinha na pele, apesar de estas parecerem ter sido entalhadas à faca.

Ela gritou novamente e se lançou para trás, caindo da cama. Atingiu o chão frio de pedra e o tecido do vestido branco noturno que estava usando — alguém provavelmente a vestiu enquanto estava inconsciente — rasgou na bainha enquanto cambaleava para se levantar.

— Srta. Gray.

Alguém a chamava pelo nome, mas, em pânico, só conseguiu perceber que a voz era desconhecida. A pessoa que falava *não* era o monstro que continuava observando-a ao lado da cama, com o rosto de cicatrizes impassível. Ele não se movera quando ela o fez, e apesar de não ter demonstrado qualquer sinal de que iria persegui-la, Tessa começou a recuar, cuidadosamente, apalpando atrás de si à procura de uma porta. O quarto estava tão escuro que ela só conseguia enxergar que era ligeiramente oval, as paredes e o chão todos de pedra. O teto era alto o suficiente para estar imerso em sombra, e havia longas janelas na parede oposta, do tipo que poderia ter pertencido a uma igreja. Pouca luz entrava por elas; parecia que o céu do lado de fora estava escuro.

— Theresa Gray...

Ela encontrou a porta e sua maçaneta de metal; agradecida, virou-se e agarrou a peça para puxá-la. Nada aconteceu. Um soluço subiu na garganta de Tessa.

— Srta. Gray! — disse a voz novamente, e de repente o quarto foi inundado por luz; uma luz forte, prateada, que ela reconheceu. — Srta. Gray, sinto muito. Não era nossa intenção assustá-la. — A voz era de mulher: ainda desconhecida, mas jovem e preocupada. — Srta. Gray, por favor.

Tessa se virou lentamente e pôs as costas contra a porta. Podia enxergar com clareza agora. Estava em um quarto de pedra cujo foco central era uma cama grande de dossel, a coberta de veludo agora amarrotada estava pendurada na lateral de onde ela havia se arrastado para fora. Havia cortinas de tapeçarias abertas e um tapete elegante no chão que, fora isso, era vazio. Aliás, o próprio quarto era um tanto quanto despido. Não havia quadros ou fotos nas paredes, nenhum enfeite nas superfícies da mobília de madeira escura. Duas cadeiras, uma diante da outra, ficavam perto da cama, com uma pequena mesa de chá entre elas. Um biombo chinês em um canto do quarto escondia o que provavelmente se tratava de uma banheira e um lavatório.

Ao lado da cama havia um homem alto, com túnicas como as de um monge, feitas de um material longo, áspero e com cor de pergaminho. Símbolos antigos vermelho-amarronzados circulavam os punhos e a bainha. Carregava um bastão prateado com a ponta em forma de anjo e símbolos decorando. O capuz da roupa estava abaixado, mostrando o rosto branco, cego e com cicatrizes.

Ao lado dele havia uma mulher muito pequena, quase do tamanho de uma criança, com espessos cabelos castanhos amarrados na nuca e um rosto limpo e inteligente, com olhos escuros e brilhantes como os de um pássaro. Não era exatamente bonita, mas tinha uma expressão calma e gentil, que fez com que a dor no estômago causada pelo pânico de Tessa diminuísse um pouco, mesmo que não soubesse dizer exatamente por quê. Trazia nas mãos uma pedra branca brilhante, exatamente como a que Will segurava na Casa Sombria. A luz brilhou por entre seus dedos, iluminando o recinto.

— Srta. Gray — disse. — Sou Charlotte Branwell, coordenadora do Instituto de Londres, e este ao meu lado é o Irmão Enoch...

— Que tipo de monstro ele é? — sussurrou Tessa.

O Irmão Enoch nada disse. Estava completamente inexpressivo.

— Sei que existem monstros nesta terra — disse Tessa. — Não pode me dizer o contrário. Já os vi.

— Eu não desejaria dizer o contrário — disse a sra. Branwell. — Se o mundo não fosse cheio de monstros, os Caçadores de Sombras não seriam necessários.

Caçador de Sombras. Como as Irmãs Sombrias chamaram Will Herondale.

Will.

— Eu estava... Will estava comigo — disse Tessa, com a voz tremendo. — No porão. Will disse... — ela se interrompeu, repreendendo a si mesma. Não deveria ter chamado Will pelo primeiro nome; implicava uma intimidade inexistente entre os dois. — Onde está o sr. Herondale?

— Está aqui — disse calmamente a sra. Branwell. — No Instituto.

— Ele também me trouxe aqui? — sussurrou Tessa.

— Trouxe, mas não há razão para se sentir traída, srta. Gray. Você tinha batido a cabeça com muita força e Will ficou preocupado. O Irmão Enoch, apesar de sua aparência talvez assustá-la, é um habilidoso praticante da medicina. Constatou que seu ferimento na cabeça é leve, e que de modo geral você está sofrendo de choque e ansiedade. Aliás, seria melhor se sentar agora. Ficar vagando assim descalça perto da porta só vai deixá-la com frio, o que não fará bem algum.

— E isso quer dizer que eu não posso correr — disse Tessa, lambendo os lábios secos. — Não posso sair.

— Se pedir para sair, como colocou, depois que tivermos conversado, permitirei que vá — disse a sra. Branwell. — Os Nephilim não prendem integrantes do Submundo sob coação. Os Acordos proíbem.

— Acordos?

A sra. Branwell hesitou, em seguida voltou-se para o Irmão Enoch e disse alguma coisa para ele em voz baixa. Para alívio de Tessa, ele puxou o capuz das vestes cor de pergaminho para cima, escondendo o rosto. No instante seguinte estava indo na direção de Tessa, que recuou apressadamente. Ele abriu a porta, pausando na entrada por apenas um momento.

Nesse meio-tempo, ele falou com Tessa. Ou talvez "falar" não seja exatamente a palavra: ela ouviu a voz dele dentro da própria cabeça.

Você é Eidolon, Theresa Gray. Transformadora. Mas nada disso me parece familiar. Não há marca de demônio em você.

Transformadora. Ele sabia o que ela era. Observou-o, com o coração acelerado, ao passar pela porta e fechá-la atrás de si. Tessa de algum jeito sabia que se corresse para a porta e tentasse girar a maçaneta, novamente a encontraria trancada, mas o impulso de escapar já a abandonara. Seus joelhos pareciam ter virado água. Afundou em uma das cadeiras perto da cama.

— O que foi? — perguntou a sra. Branwell, movendo-se para se sentar na cadeira diante de Tessa. O vestido era tão largo sobre seu corpo pequeno que era impossível dizer se estava com um espartilho por baixo, e os ossos dos pulsos eram como os de uma criança. — O que ele lhe disse?

Tessa balançou a cabeça, apertando as mãos uma contra a outra sobre o colo para que a sra. Branwell não visse seus dedos tremendo.

A sra. Branwell olhou para ela atentamente.

— Primeiro — disse —, por favor, me chame de Charlotte, srta. Gray. Todos no Instituto chamam. Nós, Caçadores de Sombras, não somos formais como a maioria das pessoas.

Tessa assentiu, sentindo as bochechas enrubescerem. Era difícil dizer quantos anos tinha Charlotte. Era tão pequena que parecia muito jovem, mas seu ar de autoridade a fazia parecer mais velha o suficiente para que a ideia de chamá-la pelo primeiro nome parecesse muito estranha. Ainda assim, como a tia Harriet teria dito, quando em Roma...

— Charlotte — experimentou dizer Tessa.

Com um sorriso, a sra. Branwell — Charlotte — inclinou-se ligeiramente para trás na cadeira e Tessa viu com alguma surpresa suas tatuagens escuras. Uma *mulher* com tatuagens! As marcas eram como as de Will: visíveis nos pulsos sob os punhos apertados do vestido, uma parecida com um olho na parte de cima da mão esquerda.

— Segundo, deixe-me contar o que já sei sobre você, Theresa Gray. — Ela falava com o mesmo tom calmo de antes, mas seus olhos, apesar de ainda gentis, estavam penetrantes como alfinetes. — Você é norte-americana. Veio para cá de Nova York porque estava seguindo seu irmão, que lhe mandou uma passagem de navio. O nome dele é Nathaniel.

Tessa congelou.

— Como você sabe tudo isso?

— Sei que Will a encontrou na casa das Irmãs Sombrias — disse Charlotte. — Sei que alegou que alguém conhecido como Magistrado estava indo buscá-la. Sei que não faz ideia de quem ele seja. E sei que em uma batalha com as Irmãs Sombrias, acabou inconsciente e foi trazida para cá.

As palavras de Charlotte eram como uma chave destrancando uma porta. De repente, Tessa se lembrou. Lembrou-se de ter corrido com Will por um corredor; de portas metálicas e de uma sala cheia de sangue do outro lado; lembrou-se da sra. Black, da cabeça arrancada; lembrou-se de Will arremessando a faca...

— A sra. Black — sussurrou.

— Morta — disse Charlotte. — Bem morta. — Apoiou os ombros nas costas da cadeira; era tão pequena que o encosto se erguia bem acima dela, como uma criança sentada na cadeira de um dos pais.

— E a sra. Dark?

— Sumiu. Vasculhamos a casa inteira e a área ao redor, mas não encontramos rastro algum.

— A casa inteira? — A voz de Tessa tremeu ligeiramente. — E não havia ninguém lá? Ninguém vivo, ou... ou morto?

— Não encontramos seu irmão, srta. Gray — disse Charlotte. O tom era delicado. — Nem na casa, nem nos prédios ao redor.

— Vocês... estavam procurando por ele? — Tessa estava aturdida.

— Não o encontramos — repetiu Charlotte. — Mas achamos suas cartas.

— Minhas cartas?

— As cartas que escreveu para o seu irmão e nunca enviou — disse Charlotte. — Dobradas sob o colchão.

— Vocês as *leram*?

— Tivemos que ler — disse Charlotte com o mesmo tom delicado. — Peço desculpas por isso. Não é sempre que trazemos alguém do Submundo para o Instituto, ou alguém que não seja Caçador de Sombras. Representa um grande risco para nós. Tínhamos que ter certeza de que não era perigosa.

Tessa virou a cabeça. Havia algo terrivelmente invasivo no fato de esta estranha ter lido seus pensamentos mais particulares, todos os sonhos, esperanças e medos que despejara no papel achando que ninguém jamais leria. Seus olhos ardiam, anunciando as lágrimas, mas ela as conteve à força, furiosa consigo mesma e com tudo mais.

— Está tentando não chorar — disse Charlotte. — Quando quero fazer isso, olhar diretamente para uma luz brilhante costuma ajudar. Tente a luz enfeitiçada.

Tessa desviou o olhar para a pedra na mão de Charlotte, e a encarou fixamente. O brilho cresceu diante dela como um sol em expansão.

— Então — disse, lutando contra o nó na garganta —, decidiu que não sou um perigo?

— Talvez seja apenas para si mesma — disse Charlotte. — Um poder como o seu, o poder de trocar de forma... não é de espantar que as Irmãs Sombrias quisessem pôr as mãos em você. Outros também quererão.

— Outros como você? — disse Tessa. — Ou vai fingir que me deixou entrar no seu precioso Instituto por simples caridade?

Um olhar magoado passou pelo rosto de Charlotte. Foi breve, porém real, e fez mais para convencer Tessa de que podia estar enganada a respeito de Charlotte do que qualquer coisa que ela pudesse ter dito.

— Não é caridade — disse. — É minha vocação. Nossa vocação.

Tessa simplesmente olhou para ela, confusa.

— Talvez — disse Charlotte —, seja melhor se eu explicar o que somos, e o que fazemos.

— *Nephilim* — disse Tessa. — Foi do que as Irmãs Sombrias chamaram o sr. Herondale. — Apontou para as marcas escuras na mão de Charlotte. — Você também é, não é? Por isso que tem essas... essas marcas?

Charlotte assentiu.

— Eu sou uma Nephilim, uma Caçadora de Sombras. Somos... uma raça, por assim dizer, de pessoas, pessoas com habilidades especiais. Somos mais fortes e velozes que a maioria dos humanos. Somos capazes de nos esconder com magias que chamamos de feitiços. E somos especialmente treinados para matar demônios.

— Demônios. Quer dizer, tipo Satã?

— Demônios são criaturas maléficas. Viajam grandes distâncias para vir a este mundo se alimentar dele. Eles o reduziriam a cinzas e destruiriam os habitantes se não impedíssemos. — Seu tom era decidido. — Assim como é o trabalho da polícia humana proteger os cidadãos uns dos outros, é nosso trabalho protegê-los dos demônios e de outros perigos sobrenaturais. Quando há crimes que afetam o Mundo das Sombras, quando a Lei do nosso mundo é transgredida, devemos investigar. Na verdade, somos obrigados pela Lei a investigar mesmo quando há apenas *rumores* de que a Lei do Pacto possa estar sendo violada. Will lhe contou sobre a menina morta que ele encontrou no beco; o dela foi o único *corpo*, mas houve outros desaparecimentos, rumores sinistros de meninos e meninas mundanos desaparecendo nas ruas mais pobres da cidade. Utilizar magia para assassinar humanos é contra a Lei, e, portanto, um assunto para a nossa jurisdição.

— O sr. Herondale me parece jovem demais para ser uma espécie de policial.

— Caçadores de Sombras crescem rápido, e Will não investigou sozinho. — Charlotte não parecia inclinada a se aprofundar no assunto. — Isso não é tudo que fazemos. Defendemos a Lei do Pacto e mantemos os Acordos, as leis que governam a paz entre os integrantes do Submundo.

Will também tinha usado essa palavra.

— Submundo? Isso é um lugar?

— Um integrante do Submundo é um ser, uma *pessoa*, que é de origem sobrenatural, ao menos em parte. Vampiros, lobisomens, fadas, feiticeiros... São todos membros do Submundo.

Tessa a encarou. Fadas faziam parte de contos de criança, e vampiros, de histórias de terror.

— Essas criaturas existem?

— *Você* é uma integrante do Submundo — disse Charlotte. — O Irmão Enoch confirmou. Só não sabemos de que espécie. Veja bem, o tipo de mágica que você faz, sua habilidade, não é algo que um ser humano comum possa fazer. Nem mesmo um de nós, um Caçador de Sombras, pode. Will achou que você fosse uma espécie de feiticeira, o mesmo que eu teria suposto, mas todos os feiticeiros têm algum atributo que os marca como tal. Asas, cascos, membranas entre os dedos, ou, como viu no caso da sra. Black, mãos como garras. Mas você, você é completamente humana em termos de aparência. E pelas suas cartas fica claro que sabe, ou acredita, que ambos os seus pais são humanos.

— *Humanos*? — Tessa ainda a encarava. — Por que eles não seriam humanos?

Antes que Charlotte pudesse responder, a porta se abriu e uma menina esguia, de cabelos escuros com um chapéu branco e um avental entrou, trazendo uma bandeja de chá, que repousou na mesa entre elas.

— Sophie — disse Charlotte, soando aliviada por vê-la. — Obrigada. Esta é a srta. Gray. Será nossa convidada hoje à noite.

Sophie se endireitou, voltou-se para Tessa e fez uma reverência com a cabeça.

— Madame — disse, mas a novidade no fato de ser chamada de "madame" se perdeu para Tessa quando Sophie levantou a cabeça e seu rosto se tornou visível.

Ela devia ter sido muito bonita, os olhos eram luminosos e escuros como avelãs, a pele lisa, os lábios suaves e de formato delicado, mas uma cicatriz espessa, prateada e estriada estendia-se do canto esquerdo da boca à têmpora, puxando o rosto de lado e deformando as feições em uma máscara retorcida. Tessa tentou esconder o choque no próprio rosto, mas quando o olhar de Sophie tornou-se sombrio percebeu que não tinha dado certo.

— Sophie — disse Charlotte —, trouxe aquele vestido vermelho escuro mais cedo, como pedi? Pode escová-lo e limpá-lo para Tessa? — Voltou-se novamente para Tessa enquanto a criada assentia e ia até o armário. — Tomei a liberdade de refazer um dos velhos vestidos de Jessamine para você. As roupas que você vestia estavam arruinadas.

— Agradeço muito — disse Tessa, automaticamente. Detestava ter que ser grata. As Irmãs fingiram estar lhe fazendo favores, e veja como terminou.

— Srta. Gray. — Charlotte olhou ansiosa para ela. — Caçadores de Sombras e integrantes do Submundo não são inimigos. Nosso acordo pode não ser fácil, mas acredito que devamos confiar nos membros do Submundo já que, de fato, eles têm a chave do nosso eventual sucesso contra os reinos demoníacos. Existe algo que eu possa fazer para provar que não planejamos tirar vantagem de você?

— Eu... — Tessa respirou fundo. — Quando as Irmãs Sombrias me contaram sobre meu poder, pensei que estivessem loucas. Disse a elas que tais coisas não existiam. Depois achei que estivesse presa em alguma espécie de pesadelo em que elas existiam. Mas então o sr. Herondale apareceu, e sabia sobre mágica, tinha uma pedra brilhante, e pensei, *aí está alguém que talvez possa me ajudar*. — Olhou para Charlotte. — Mas você não parece saber por que sou do jeito que sou, ou sequer *o que* sou. E mesmo que não...

— Pode ser... difícil aprender como o mundo é verdadeiramente, enxergá-lo em sua verdadeira forma e condição — disse Charlotte. — A maioria dos humanos nunca o faz. A maioria não suportaria. Mas li suas cartas. E sei que é forte, srta. Gray. Você resistiu ao que poderia ter matado outra jovem, do Submundo ou não.

— Não tive escolha. Fiz pelo meu irmão. Elas o teriam assassinado.

— Algumas pessoas — disse Charlotte —, teriam deixado que isso acontecesse. Mas sei, pelo que li de suas próprias palavras, que você sequer considerou a hipótese. — Inclinou-se para a frente. — Faz alguma ideia de onde possa estar o seu irmão? Acha que provavelmente está morto?

Tessa prendeu a respiração.

— Sra. Branwell! — Sophie, que estava cuidado da bainha de um vestido cor de vinho com uma escova, levantou o olhar e seu tom de reprovação surpreendeu Tessa. Não cabia a serventes corrigir os patrões; os livros que havia lido deixavam isso bem claro.

Mas Charlotte apenas pareceu pesarosa.

— Sophie é o meu anjinho do bem — disse. — Tendo a ser um pouco direta demais. Pensei que pudesse saber de alguma coisa, algo que não estivesse nas cartas, que poderia nos informar sobre a localização dele.

Tessa balançou a cabeça.

— As Irmãs Sombrias me disseram que estava preso em um local seguro. Presumo que ainda esteja. Mas não faço ideia de como encontrá-lo.

— Então talvez devesse ficar aqui no Instituto até que ele seja localizado.

— Não quero sua caridade — disse Tessa, obstinada. — Posso encontrar outro lugar para me instalar.

— Não seria caridade. Somos obrigados por nossas próprias leis a ajudar e dar assistência a integrantes do Submundo. Mandá-la embora sem que tenha para onde ir seria uma violação dos Acordos, que são regras importantes às quais devemos obedecer.

— E não pediria nada em troca? — A voz de Tessa soou amarga. — Não vai pedir que eu use minha... minha habilidade? Não vai exigir que eu Transforme?

— Se — disse Charlotte — não desejar utilizar seu poder, então não, não a forçaremos. Mas acredito que você mesma possa se beneficiar de um aprendizado sobre como ele pode ser controlado e utilizado...

— *Não!* — O grito de Tessa foi tão alto que Sophie deu um pulo, derrubando a escova. Charlotte olhou para ela, depois novamente para Tessa. E disse:

— Como quiser, srta. Gray. Existem outras maneiras através das quais poderia nos ajudar. Tenho certeza de que sabe muitas coisas além do que estava escrito em suas cartas. E, em troca, poderíamos ajudá-la a procurar seu irmão.

Tessa levantou a cabeça.

— Fariam isso?

— Tem a minha palavra. — Charlotte se levantou. Nenhuma das duas havia tocado o chá na bandeja. — Sophie, se puder ajudar a srta. Gray a se vestir, e levá-la para jantar?

— Jantar? — Após ouvir tanto sobre Nephilim, Submundo, fadas, vampiros e demônios, a probabilidade de um jantar era quase surpreendente de tão comum.

— Claro. São quase sete horas. Já conheceu Will; pode ser apresentada aos outros. Talvez veja que pode confiar em nós.

Com um rápido aceno de cabeça, Charlotte deixou o quarto. Enquanto a porta se fechava, Tessa balançou a cabeça, muda. Tia Harriet era mandona, mas nada comparado a Charlotte Branwell.

— Ela tem uma conduta rigorosa, mas é muito gentil — disse Sophie, colocando na cama o vestido que Tessa deveria usar. — Não conheço alguém com um coração melhor.

Tessa tocou a manga do vestido com a ponta do dedo. Era de cetim vermelho-escuro, como dissera Charlotte, com acabamento de seda preta na cintura e na bainha. Nunca tinha usado nada tão bonito.

— Gostaria que lhe ajudasse a se vestir para o jantar, senhorita.? — perguntou Sophie. Tessa se lembrou de algo que tia Harriet sempre dissera: é possível conhecer um homem não pelo que os amigos dizem a seu respeito, mas pela forma como trata seus empregados. Se Sophie achava que Charlotte tinha um bom coração, então talvez tivesse.

Levantou a cabeça.

— Muito obrigada, Sophie. Acredito que sim.

Tessa nunca tinha contado com alguém para ajudá-la a se vestir antes, exceto a tia. Apesar de ela ser esguia, o vestido claramente fora feito para uma menina menor, e Sophie teve que apertar com força os espartilhos de Tessa para fazê-la caber. Estalou a língua enquanto fazia.

— A sra. Branwell não gosta de laços apertados — explicou. — Diz que provoca dores de cabeça nervosas e fraqueza. E uma Caçadora de Sombras não pode se dar o luxo de ficar fraca. Mas a srta. Jessamine gosta das cinturas dos vestidos *bem* pequenas, e é insistente quanto a isso.

— Bem — disse Tessa, um pouco sem fôlego —, de qualquer maneira, eu não sou uma Caçadora de Sombras.

— Isso é verdade — concordou Sophie, fechando a parte de trás do vestido com uma abotoadeira. — Pronto. Que tal?

Tessa se olhou no espelho e ficou espantada. O vestido era pequeno demais nela, e claramente fora feito para ser justo no corpo, como estava. Era quase chocante ver como prendia-se ao corpo até o quadril, onde crescia em pregas nas costas, drapeado sobre um forro modesto. As mangas estavam dobradas, mostrando babados de tecido cor de champanhe nos punhos. Parecia... *mais velha*, pensou, não o trágico espantalho que parecera na Casa Sombria, embora também não se sentisse completamente familiar a si mesma. *E se em alguma das vezes em que me Transformei, não tenha retornado da maneira correta? E se este nem for o meu verdadeiro rosto?* O pensamento gerou tal onda de pânico que se sentiu prestes a desmaiar.

— Você *está* um pouco pálida — disse Sophie, examinando o reflexo de Tessa com um olhar sensato. Ao menos não parecia particularmente espantada com o vestido apertado. — Pode tentar beliscar um pouquinho as bochechas para trazer a cor. É o que a srta. Jessamine faz.

— Foi muita gentileza dela, da srta. Jessamine, digo, me emprestar este vestido.

Sophie soltou um risinho baixo, do fundo da garganta.

— Ela nunca o vestiu. A sra. Branwell deu a ela de presente, mas a srta. Jessamine disse que a deixava pálida e o jogou no fundo do armário. Ingrata, se quer minha opinião. Agora, vá em frente e belisque um pouco as bochechas. Está branca como leite.

Após fazê-lo, e depois de agradecer Sophie, Tessa saiu do quarto para um longo corredor de pedra. Charlotte estava lá, esperando por ela. Ao vê-la seguiu em frente, com Tessa atrás, mancando ligeiramente — os sapatos pretos de seda, que não lhe cabiam muito bem, não colaboravam com os pés feridos.

Estar no Instituto era mais ou menos como estar dentro de um castelo — o teto desaparecendo no escuro, as tapeçarias penduradas nas paredes. Ou, pelo menos, era como Tessa imaginava ser o interior de um castelo. As tapeçarias tinham temas repetidos de estrelas, espadas e o mesmo tipo de desenho que vira marcado em Will e Charlotte. Havia uma única imagem que se repetia também, de um anjo saindo de um lago, com uma espada em uma das mãos e um cálice na outra.

— Este local costumava ser uma igreja — disse Charlotte, respondendo à pergunta não verbalizada de Tessa. — A Igreja de *All-Hallows-the-Less* queimou durante o grande incêndio de Londres. Apropriamo-nos do terreno e construímos o Instituto nas velhas ruínas. É útil aos nossos propósitos ficar em terreno consagrado.

— As pessoas não acham estranho vocês terem construído no terreno de uma velha igreja? — perguntou Tessa, apressando-se para acompanhá-la.

— As pessoas não sabem disso. Os mundanos, é assim que chamamos as pessoas comuns, não sabem o que fazemos — explicou Charlotte. — Para eles, do lado de fora, o local parece um terreno vazio. Além disso, mundanos não se interessam muito pelo que não os afeta diretamente. — Virou para conduzir Tessa por uma porta que levava a uma ampla sala de jantar iluminada. — Chegamos.

Tessa parou, piscando diante da súbita iluminação. A sala era enorme, grande o bastante para uma mesa capaz de comportar vinte pessoas. Um lustre imenso pendia do teto, preenchendo o recinto com um brilho amarelado. Sobre um aparador repleto de louças refinadas, um espelho de moldura dourada estendia-se pelo comprimento da sala. Um vaso baixo de vidro cheio de flores brancas decorava o centro da mesa. Tudo era de muito bom gosto e bastante comum. Não havia nada de extraordinário no aposento, nada que pudesse indicar a natureza dos ocupantes da casa.

Apesar de toda a longa mesa estar coberta com linho branco, apenas uma ponta estava posta, com lugar para cinco pessoas. Apenas duas já estavam sentadas — Will e uma menina de cabelos claros, mais ou menos da idade de Tessa, com um vestido brilhante decotado. Pareciam ignorar um ao outro de propósito. Will levantou o olhar quando Charlotte e Tessa entraram, aparentemente aliviado.

— Will — disse Charlotte. — Lembra-se da srta. Gray?

— Minha lembrança dela — disse Will —, é de fato a mais viva.

Não estava mais com as estranhas roupas pretas do dia anterior, e sim com um par de calças comuns e um casaco cinza com colarinho de veludo preto. O cinza fazia seus olhos parecerem mais azuis do que nunca. Sorriu para Tessa, que se sentiu enrubescer e desviou rapidamente o olhar.

— E Jessamine... Jessie, olhe para cá. Esta é a srta. Gray; srta. Gray, esta é a srta. Jessamine Lovelace.

— É um prazer conhecê-la — murmurou Jessamine.

Tessa não conseguiu parar de encará-la. Era ridiculamente bonita. Nos romances de Tessa, seria chamada de uma rosa britânica por seus cabelos claros quase prateados, olhos castanho-claros e pele cor de creme. Usava um vestido de um azul muito vivo e anéis em quase todos os dedos. Se tinha as mesmas marcas pretas na pele que Will e Charlotte, não eram visíveis.

Will lançou um olhar de pura aversão a Jessamine e voltou-se para Charlotte.

— E onde está seu sombrio marido?

Charlotte, sentando-se, gesticulou para que Tessa se acomodasse diante dela, na cadeira ao lado de Will.

— Henry está no escritório. Mandei Thomas buscá-lo. Já vai chegar.

— E Jem?

O olhar de Charlotte era de alerta, mas tudo o que disse foi:

— Não está bem. Está tendo um daqueles dias.

— *Sempre* está tendo um daqueles dias. — Jessamine soou enojada.

Tessa estava prestes a perguntar quem seria Jem quando Sophie entrou, seguida por uma mulher roliça de meia-idade cujos cabelos grisalhos escapavam de um coque. As duas começaram a servir a comida que estava no aparador. Tinha pernil assado, batata, sopa picante e pães com manteiga amarela e cremosa. Tessa se sentiu tonta de repente; tinha se esquecido do quanto estava faminta. Deu uma mordida em um pão apenas para diminuir um pouco a sensação quando notou Jessamine a encarando.

— Sabe — disse Jessamine alegremente —, acho que nunca vi uma feiticeira comendo antes. Suponho que nunca precise de dieta, não é? Pode simplesmente usar magia para ficar magra.

— Não sabemos ao certo se ela é uma feiticeira, Jessie — disse Will.

Jessamine o ignorou.

— É horrível ser tão má? Você tem medo de ir para o Inferno? — Inclinou-se para perto de Tessa. — Como acha que o Diabo *é*?

Tessa repousou o garfo.

— Gostaria de conhecê-lo? Posso invocá-lo num instante, se quiser. Por ser uma feiticeira e tudo o mais...

Will soltou uma gargalhada. Os olhos de Jessamine se apertaram.

— Não há motivo para ser grosseira — começou, interrompendo-se em seguida quando Charlotte se sentou ereta e soltou um gritinho espantando.

— *Henry!*

Havia um homem na entrada arqueada da sala de jantar — um sujeito alto de aparência familiar, com cabelos ruivos e olhos castanhos. Vestia um casaco de lã rasgado sobre um colete listrado incrivelmente brilhante, e suas calças estavam cobertas com o que parecia carvão. Mas não foi nada disso que fez Charlotte gritar, mas sim o fato de que o braço esquerdo de Henry parecia estar pegando fogo. Pequenas chamas subiam acima do cotovelo, liberando fios de fumaça negra.

— Charlotte, querida — disse Henry para a esposa, que o encarava boquiaberta de horror. Jessamine, ao seu lado, estava com os olhos arregalados. — Desculpe o atraso. Sabe, acho que o Sensor está quase funcionando...

Will interrompeu.

— Henry — disse —, você está pegando fogo. Sabe disso, não sabe?

— Ah, sim — disse Henry, animado. As chamas agora já estavam na altura do ombro. — Trabalhei como um louco o dia todo. Charlotte, ouviu o que eu disse sobre o Sensor?

Charlotte afastou a mão da boca.

— Henry! — gritou ela. — Seu *braço!*

Ele olhou para o braço e ficou de queixo caído.

— Que *diabos*...— Foi tudo o que teve tempo de dizer antes que Will, demonstrando uma presença de espírito espantosa, se levantasse, pegasse o vaso de flores da mesa e atirasse o conteúdo em Henry.

As chamas se apagaram com um fraco chiado de protesto, deixando Henry ensopado, com uma manga do casaco escurecida e uma dúzia de rosas brancas molhadas aos pés.

Henry sorriu e deu leves batidinhas na manga queimada com um olhar de satisfação.

— Sabe o que isso significa?

Will repousou o vaso.

— Que você tocou fogo em si próprio e sequer percebeu?

— Que a mistura retardadora de chamas que desenvolvi semana passada funciona! — disse Henry, orgulhoso. — Este material devia estar queimando há uns bons dez minutos e nem metade está queimada! — Olhou para o braço com os olhos semicerrados. — Talvez devesse incendiar a outra manga para ver quanto tempo...

— Henry — disse Charlotte, que parecia ter se recuperado do choque. — Se puser fogo em você mesmo deliberadamente, darei início aos procedimentos de divórcio. Agora sente-se para jantar. E cumprimente nossa convidada.

Henry se sentou, olhou para Tessa do outro lado da mesa — e piscou surpreso.

— Conheço você — disse. — Você me mordeu! — Parecia satisfeito com o fato, como se estivesse resgatando uma lembrança agradável que compartilhavam.

Charlotte lançou um olhar desesperado ao marido.

— Já perguntou à srta. Gray sobre o Clube Pandemônio? — perguntou Will.

O Clube Pandemônio.

— Conheço essas palavras. Estavam escritas na lateral da carruagem da sra. Dark — disse Tessa.

— É uma organização — disse Charlotte. — Uma muito antiga de mundanos que se interessam pelas artes mágicas. Em suas reuniões, fazem feitiços e tentam invocar demônios e espíritos. — Suspirou.

Jessamine debochou:

— Não consigo imaginar por que se dão o trabalho. Mexer com feitiços, vestir túnicas com capuzes e acender pequenas fogueiras. É ridículo.

— Ah, eles fazem mais do que isso — disse Will. — São mais poderosos no Submundo do que imagina. Muitas figuras ricas e importantes na sociedade mundana integram...

— O que só torna tudo uma tolice ainda maior. — Jessamine ajeitou o cabelo. — Eles têm dinheiro e poder. Por que estão brincando com mágica?

— Boa pergunta — disse Charlotte. — Mundanos que se envolvem com coisas sobre as quais não sabem nada costumam ter finais desagradáveis.

Will deu de ombros.

— Quando estava tentando rastrear a fonte do símbolo gravado na faca que eu e Jem encontramos no beco, fui levado ao Clube Pandemônio. Os integrantes, por sua vez, me levaram às Irmãs Sombrias. As duas serpentes formam o símbolo delas. Ambas supervisionavam um conjunto de covis de jogatina frequentados pelos do Submundo. Existiam para atrair mundanos e fazer com que perdessem todo o dinheiro em jogos mágicos. Então, quando estavam afundados em dívidas, as Irmãs Sombrias os extorquiam com taxas devastadoras. — Will olhou para Charlotte. — Controlavam mais alguns negócios, a maioria repulsiva. A casa onde prenderam Tessa, segundo me disseram, era um bordel do Submundo que servia a mundanos com gostos estranhos.

— Will, não sei se é uma boa ideia... — começou a dizer Charlotte, incerta.

— Humpf — disse Jessamine. — Agora entendo porque estava tão ansioso em ir para lá, William.

Se estava querendo irritar Will, não conseguiu; era preferível que não tivesse dito nada, a julgar pela atenção que recebeu. Ele olhava para Tessa do outro lado da mesa, com as sobrancelhas ligeiramente arqueadas.

— Eu a ofendi, srta. Gray? Imagino que depois de tudo o que viu, não se choque com facilidade.

— Não estou ofendida, sr. Herondale. — Apesar das palavras, Tessa sentiu as bochechas enrubescendo. Moças bem-criadas não sabiam nada sobre bordéis e certamente não pronunciariam tal palavra em companhia mista. Assassinato era uma coisa, mas isto... — Eu, bem, não vejo como poderia ser um... lugar assim — disse, com a máxima firmeza possível. — Nunca entrava ou saía alguém, e além da criada e do cocheiro, nunca vi outra pessoa que morasse lá.

— Quando cheguei, estava bem deserto — concordou Will. — Certamente decidiram suspender as atividades, provavelmente em virtude do interesse em mantê-la isolada. — Ele olhou para Charlotte. — Acha que o irmão da srta. Gray tem a mesma habilidade que ela? Será por isso que, talvez, as Irmãs Sombrias o sequestraram primeiro?

Tessa fez uma interjeição, feliz com a mudança de assunto.

— Meu irmão nunca demonstrou qualquer sinal de nada, mas, pensando bem, eu também não, até as Irmãs Sombrias me encontrarem.

— Qual *é* a sua habilidade? — perguntou Jessamine. — Charlotte não quis dizer.

— Jessamine! — repreendeu Charlotte.

— Não acredito que ela possua alguma — prosseguiu Jessamine. — Acho que é simplesmente uma intrometida que sabe que se acreditarmos que faz parte do Submundo, teremos que tratá-la bem por causa dos Acordos.

O maxilar de Tessa enrijeceu. Pensou na tia Harriet dizendo *Não perca a calma, Tessa* e *Não brigue com o seu irmão apenas porque ele a provoca*. Mas não se importou. Estavam todos olhando para ela — Henry com olhos castanhos curiosos, Charlotte com um olhar aguçado, Jessamine com desprezo levemente disfarçado e Will tranquilamente entretido. E se todos pensassem como Jessamine? E se todos achassem que estava buscando caridade? Tia Harriet teria detestado aceitar caridade ainda mais do que reprovava o temperamento de Tessa.

Foi Will que falou em seguida, inclinando-se para a frente e olhando com intensidade para o rosto dela.

— Pode manter isso em segredo — disse suavemente. — Mas segredos têm um peso grande demais.

Tessa levantou a cabeça.

— Não precisa ser um segredo. Mas seria mais fácil mostrar do que contar.

— Excelente! — Henry parecia satisfeito. — Adoro demonstrações. Precisa de alguma coisa, como um lampião ou...

— Não é uma sessão espírita, Henry — disse Charlotte, cansada. Então voltou-se para Tessa. — Não precisa fazer isto se não quiser, srta. Gray.

Tessa ignorou-a.

— Na verdade, preciso de uma coisa. — Voltou-se para Jessamine. — Alguma coisa sua, por favor. Um anel ou um lenço...

Jessamine franziu o nariz.

— Oh, céus, me parece que seu poder especial é furtar!

Will pareceu exasperado.

— Dê a ela um anel, Jessie. Você está usando vários.

— Então dê *você* alguma coisa a ela. — Jessamine levantou o queixo.

— Não. — disse Tessa com firmeza. — Tem que ser alguma coisa sua. — *Porque dentre todos aqui, você é a mais próxima de mim em tamanho e forma. Caso me transforme na pequena Charlotte, este vestido vai simplesmente cair*, pensou Tessa. Tinha considerado utilizar o vestido em si, mas como Jessamine nunca o vestira, não sabia ao certo se a Transformação funcionaria, e não queria se arriscar.

— Certo, muito bem, então. — De modo petulante, Jessamine tirou do dedo mindinho um anel com uma pedra vermelha e o passou sobre a mesa para Tessa. — Acho bom que valha o esforço.

Ah, vai valer. Sem sorrir, Tessa pôs o anel na palma da mão esquerda e cerrou os dedos em volta. E então fechou os olhos.

Era sempre do mesmo jeito: nada no começo, seguido pela faísca de alguma coisa no fundo da mente, como alguém acendendo uma vela em um quarto escuro. Foi na direção da luz, como as Irmãs Sombrias haviam ensinado. Era difícil se libertar do medo e da timidez, mas já tinha repetido o processo vezes o suficiente para saber o que esperar. A ânsia de tocar a luz no centro da escuridão; a sensação da luz e do calor envolvente, como se estivesse puxando um cobertor, algo espesso e pesado em torno de si, cobrindo cada camada da própria pele; e em seguida a luz brilhando e a cercando... Estava dentro. Dentro da pele de outra pessoa. Na mente desse alguém.

Na de Jessamine.

Estava apenas na beirada, seus pensamentos passando pela superfície dos da outra, como dedos passando pela superfície da água. Ficou sem fôlego ainda assim. Tessa teve uma visão repentina de um pedaço brilhante de doce com algo escuro no meio, como uma minhoca dentro de uma maçã. Sentiu indignação, um ódio amargo, raiva — um desejo feroz e terrível por *alguma coisa...*

Seus olhos abriram subitamente. Ainda estava sentada à mesa, com o anel de Jessamine na mao e a pele eletrIficada pelas alfinetadas e agulhadas que sempre acompanhavam as Transformações. Sentia a estranheza do peso diferente de outro corpo que não o próprio; sentia o toque dos cabelos de Jessamine nos ombros. Espessos demais para serem sustentados pelos grampos nos cabelos de Tessa, eles caíram em torno de seu pescoço em uma pálida cascata sem cor.

— Pelo Anjo — suspirou Charlotte.

Tessa olhou ao redor. Todos a encaravam: Charlotte e Henry com as bocas abertas; Will sem palavras pela primeira vez, um copo d'água parado no movimento a caminho da boca. E Jessamine... Jessamine a olhava horrorizada, como alguém tendo a visão do próprio fantasma. Por um instante, Tessa sentiu uma pontada de culpa.

Mas durou apenas um instante. Lentamente, Jessamine abaixou a mão da boca, o rosto ainda muito pálido.

— *Meu Deus*, meu nariz é enorme — exclamou. — Por que ninguém nunca me contou?

4

Somos Sombras

Pulvis et umbra sumus.
— Horácio, "Odes"

No instante em que Tessa voltou à própria forma, teve que passar por um bombardeio de perguntas. Para um grupo de pessoas que vivia em um mundo de sombras e magia, os Nephilim presentes pareciam surpreendentemente admirados com a habilidade de Tessa, o que só serviu para acentuar o que ela já começara a desconfiar — de que seu talento para alteração de forma era extremamente incomum. Até Charlotte, que já sabia antes da demonstração, parecia fascinada.

— Então você precisa estar segurando alguma coisa que pertença à pessoa em quem está se transformando? — perguntou Charlotte pela segunda vez. Sophie e a senhora, que Tessa desconfiava ser a cozinheira, já tinham retirado os pratos e servido um bolo bastante decorado e chá, mas ninguém à mesa havia tocado neles ainda. — Não pode simplesmente *olhar* para alguém e...

— Já expliquei isso. — A cabeça de Tessa começava a doer. — Preciso segurar algo que pertença à pessoa, ou um chumaço de cabelo, um cílio. Algo que seja *dela*. Caso contrário, nada acontece.

— Acha que um frasco de sangue serve? — perguntou Will, com um toque de interesse acadêmico.

— Provavelmente, não sei. Nunca tentei. — Tessa tomou um gole do chá, que já estava frio.

— E está dizendo que as Irmãs Sombrias *sabiam* que este era o seu talento? Sabiam que tinha esta habilidade antes mesmo de você? — perguntou Charlotte.

— Sim. Por isso me quiseram.

Henry balançou a cabeça.

— Mas *como* elas sabiam? Não entendo direito essa parte.

— Não *sei* — disse Tessa, e não era a primeira vez que o fazia. — Nunca me explicaram. Tudo o que sei é o que contei a vocês, que elas pareciam saber exatamente o que eu era capaz de fazer e como me treinar para tanto. Passavam horas comigo, todos os dias... — Tessa engoliu o amargor em sua boca. Lembranças daquilo invadiram sua cabeça, as horas e horas no porão da Casa Sombria, a maneira como gritavam com ela, dizendo que Nate morreria se não conseguisse se Transformar como queriam, a agonia quando finalmente aprendeu. — No começo *doeu* — sussurrou. — Como se meus ossos estivessem quebrando, derretendo dentro do corpo. Forçavam-me a me Transformar duas, três, e até uma dúzia de vezes ao dia, até que por fim eu perdia a consciência. Então, no dia seguinte, começavam outra vez. Ficava trancada naquele quarto, para que não tentasse fugir... — Sua respiração estava irregular — Naquele último dia, me testaram pedindo que me Transformasse em uma menina que tinha morrido. Ela guardava as lembranças de ter sido atacada com uma adaga, de ter sido esfaqueada. De alguma *coisa* perseguindo-a em um beco...

— Talvez seja a menina que eu e Jem encontramos. — Will sentou-se ereto, com os olhos brilhando. — Eu e Jem supomos que ela tivesse escapado de um ataque e corrido pela noite. Acredito que tenham enviado o demônio Shax atrás dela, para levá-la de volta, mas eu o matei. Devem ter se perguntado o que teria acontecido.

— A menina em que me Transformei chamava-se Emma Bayliss — disse Tessa, quase sussurrando. — Tinha cabelos muito claros, amarrados em pequenos laços cor-de-rosa, e era bem pequena.

Will assentiu, como se a descrição fosse familiar, e Tessa prosseguiu.

— Então estavam realmente se perguntando o que aconteceu com ela. Por isso me obrigaram a me Transformar em Emma. Quando disse a elas que a menina estava morta, elas pareceram aliviadas.

— Pobrezinha — murmurou Charlotte. — Então pode se transformar em mortos? Não só em vivos?

Tessa assentiu.

— Sim. As vozes deles também falam na minha mente quando me Transformo. A diferença é que muitos se lembram do instante em que morreram.

— Ugh. — Jessamine estremeceu. — Que *mórbido*.

Tessa olhou para Will. *Sr. Herondale*, repreendeu-se silenciosamente, mas era difícil pensar nele desta forma. Sentia como se de alguma forma o conhecesse melhor do que de fato conhecia. Mas era tolice.

— Encontrou-me porque estava procurando o assassino de Emma Bayliss — disse. — Mas ela era apenas uma menina humana morta. Uma... como chamam? Mundana morta. Por que tanto tempo e esforço para descobrir o aconteceu com ela?

Por um instante os olhos azul-escuros de Will encontraram os dela. Em seguida a expressão do rapaz mudou — apenas uma leve mudança, mas Tessa percebeu, apesar de não poder afirmar o que aquilo significava.

— Bem, eu não teria me incomodado, mas Charlotte insistiu, acreditando que algo maior estaria em operação. E uma vez que eu e Jem nos infiltramos no Clube Pandemônio e ouvimos boatos sobre os assassinatos, percebemos que a situação envolvia mais do que a morte de uma menina. Independentemente de gostarmos ou não de mundanos, não podemos permitir que sejam sistematicamente assassinados. É a razão pela qual existimos.

Charlotte se inclinou para a frente.

— As Irmãs Sombrias nunca mencionaram o que desejavam fazer com seu talento, mencionaram?

— Você sabe sobre o Magistrado — disse Tessa. — Elas diziam estar me preparando para ele.

— Para ele fazer o quê? — perguntou Will. — Comê-la no jantar?

Tessa balançou a cabeça.

— Para... para se casar comigo, diziam.

— Casar com você? — Jessamine foi explicitamente desdenhosa. — Isso é ridículo. Provavelmente a sacrificariam de forma sangrenta e não queriam que entrasse em pânico.

— Eu não teria tanta certeza — disse Will. — Olhei diversos quartos até achar Tessa. Lembro que um deles era surpreendentemente parecido com um aposento nupcial. Dosséis brancos em uma cama enorme. Um vestido branco pendurado no armário. Parecia do seu tamanho. — Olhou pensativamente para Tessa.

— Casamento pode ser algo muito poderoso — disse Charlotte. — Se executado adequadamente, pode permitir que alguém tenha acesso à sua habilidade, Tessa, ou até mesmo conferir o poder de controlá-la. — Ela tamborilou as pontas dos dedos pensativamente sobre a mesa. — Quanto ao "Magistrado", procurei o termo nos arquivos. É comumente utilizado para denotar o líder de um coven, ou outro grupo de mágicos. O tipo de grupo que o Clube Pandemônio se imagina ser. Não posso deixar de achar que o Magistrado e o Clube Pandemônio estejam relacionados.

— Já investigamos o Clube antes e nunca conseguimos flagrá-los fazendo nada suspeito — observou Henry. — Não é contra a Lei ser um idiota.

— Sorte sua — disse Jessamine baixinho.

Henry pareceu magoado, mas não disse nada. Charlotte lançou um olhar gelado para ela.

— Henry tem razão — disse Will. — Não é como se eu e Jem não os tenhamos flagrado fazendo as coisas ilegais de que já sabemos: bebendo absinto com pó demoníaco e tal. Contanto que só estivessem machucando a si próprios, não parecia justificar uma intromissão de nossa parte. Mas se avançaram no sentido de prejudicar outros...

— Sabe a identidade de algum deles? — perguntou Henry, curioso.

— Dos mundanos, não — respondeu Will, descartando a questão. — Nunca pareceu haver razão para descobrir, e muitos deles iam mascarados ou disfarçados aos eventos. Mas reconheci alguns dos membros que pertencem ao Submundo: Magnus Bane, Lady Belcourt, Ragnor Fell, De Quincey...

— De Quincey? Espero que não esteja transgredindo nenhuma lei. Sabe como foi difícil encontrar um líder de vampiros com quem conseguimos dialogar — disse Charlotte, descontente.

Will sorriu diante do chá.

— Todas as vezes que o vi, agiu como um perfeito anjo.

Após encará-lo duramente, Charlotte voltou-se para Tessa.

— A criada que mencionou, Miranda, tinha sua habilidade? Ou quem sabe Emma?

— Acho que não. Se Miranda tivesse, estariam treinando ela também. E Emma não se lembrava de nada nesse sentido.

— E nunca mencionaram o Clube Pandemônio? Algum propósito maior para o que estavam fazendo?

Tessa pensou. Sobre o que as Irmãs Sombrias falavam quando achavam que ela não estava prestando atenção?

— Acho que nunca disseram o nome do clube, mas às vezes falavam sobre reuniões às quais planejavam comparecer, e como os outros integrantes ficariam felizes em ver como estavam se saindo bem comigo. Disseram um nome uma vez... — Tessa retorceu o rosto, tentando lembrar. — Mais alguém que fazia parte do clube. Não lembro, mas recordo que achei que o nome soava estrangeiro...

Charlotte se inclinou sobre a mesa.

— Pode *tentar* se lembrar, Tessa?

Charlotte não tinha má intenção, Tessa sabia, mas, no entanto, sua voz invocou outras vozes na cabeça dela — vozes que insistiam para que *tentasse*, que se investigasse, que alcançasse o poder. Vozes que se tornavam duras e frias à menor das provocações. Vozes que influenciavam, ameaçavam e mentiam.

Tessa se ergueu.

— Primeiro, quero saber do meu irmão.

Charlotte piscou.

— Seu irmão?

— Disse que se eu desse informações sobre as Irmãs Sombrias, me ajudaria a encontrá-lo. Bem, contei o que sei. E ainda não faço ideia de onde Nate está.

— Ah. — Charlotte chegou para trás na cadeira, quase espantada. — Claro. Começaremos a investigar o paradeiro dele amanhã — garantiu.

— Começaremos pelo seu local de trabalho, falaremos com o patrão e descobriremos se ele sabe de alguma coisa. Temos contatos em todos os tipos de lugares, srta. Gray. O Submundo é fofoqueiro, assim como o universo mundano. Eventualmente encontraremos alguém que saiba algo sobre seu irmão.

A refeição acabou não muito depois, e Tessa pediu licença para se retirar com uma sensação de alívio, recusando a oferta de Charlotte de levá-la de volta ao quarto. Tudo o que queria era ficar a sós com os próprios pensamentos.

Atravessou o corredor iluminado por tochas, lembrando-se do dia em que descera do navio em Southampton. Tinha vindo para a Inglaterra sem conhecer ninguém além do irmão e deixou que as Irmãs Sombrias lhe forçassem a servi-las. Agora estava com os Caçadores de Sombras, e quem poderia dizer que eles a tratariam melhor? Como as Irmãs Sombrias, eles queriam usá-la — usá-la pelas informações de que dispunha —, e agora que todos conheciam o seu poder, quanto tempo levaria até que a usassem por isso também?

Ainda perdida em pensamentos, Tessa quase deu de cara com uma parede. Voltou a si a tempo e olhou em volta, franzindo o rosto. Estava andando há mais tempo do que ela e Charlotte tinham levado para chegar à sala de jantar, e ainda não tinha encontrado o quarto do qual se lembrava. Aliás, sequer tinha certeza de ter encontrado o *corredor* de que lembrava. Estava agora em um saguão com tochas alinhadas e tapeçarias nas paredes, mas será que era o mesmo? Alguns dos corredores eram muito claros, outros pouquíssimo iluminados, as tochas acesas com diferentes tons de luminosidade. Às vezes elas brilhavam e enfraqueciam quando Tessa passava, como se respondessem a algum estímulo peculiar que ela não conseguia ver. Este corredor em particular tinha a iluminação bem fraca. Caminhou cuidadosamente até o final, onde bifurcava-se em mais dois, cada qual idêntico ao primeiro.

— Perdida? — perguntou uma voz atrás dela. Uma lenta, arrogante e imediatamente familiar.

Will.

Tessa se virou e viu que ele estava apoiado desleixadamente contra a parede atrás dela, como se estivesse descansando na soleira de uma porta, as botas gastas em seus pés cruzados. Trazia algo na mão: a pedra brilhante. Guardou-a quando Tessa olhou para ele, apagando a luz.

— Deveria deixar que eu mostre um pouco do Instituto, srta. Gray — sugeriu. — Você sabe, para não se perder novamente.

Tessa semicerrou os olhos para ele.

— É claro que pode simplesmente continuar vagando por conta própria se realmente quiser — acrescentou. — Embora deva alertá-la de que há pelo menos três ou quatro portas no Instituto que você realmente não deveria abrir. Tem a que dá no quarto onde mantemos presas as almas dos demônios, por exemplo. Eles podem ser um pouco desagradáveis. Tem a sala das armas. Algumas delas têm vida própria e são *bem* afiadas. E há também as que se abrem para o vazio. São feitas para confundir intrusos, mas quando se está no topo de uma igreja, não se quer escorregar acidentalmente e...

— Não acredito em você — disse Tessa. — É um péssimo mentiroso, sr. Herondale. Mesmo assim... — Mordeu o lábio. — Não gosto de vagar sem rumo. Pode me mostrar o lugar, se prometer que não tentará nenhum truque.

Will prometeu. E, para surpresa de Tessa, cumpriu a palavra. Guiou-a por uma sucessão de corredores idênticos, conversando enquanto caminhavam. Contou para ela quantos quartos tinha o Instituto (mais do que se pode contabilizar), quantos Caçadores de Sombras podiam habitá-lo ao mesmo tempo (centenas) e mostrou o largo salão no qual faziam a festa anual de Natal para o Enclave — que, Will explicou, era o termo aplicado aos Caçadores de Sombras que viviam em Londres. Em Nova York, acrescentou, o termo era "Conclave". (Caçadores de Sombras americanos, ao que parecia, tinham o próprio léxico).

Depois do salão veio a cozinha, onde a mulher de meia-idade que Tessa conhecera na sala de jantar foi apresentada como Agatha, a cozinheira. Estava sentada costurando na frente de um fogão de tamanho industrial, e, para imensa perplexidade de Tessa, também fumava um enorme cachimbo. Sorriu complacente quando Will pegou várias tortinhas de chocolate do local onde tinham sido deixadas para esfriar. Ele ofereceu uma a Tessa.

Ela deu de ombros.

— Ah, não. *Detesto* chocolate.

Will pareceu horrorizado.

— Que espécie de monstro poderia detestar chocolate?

— Ele come *tudo* — disse Agatha a Tessa com um sorriso tranquilo. — Desde os 12 anos. Suponho que seja todo aquele treinamento que o impede de engordar.

Tessa, divertindo-se com a ideia de um Will gordo, parabenizou Agatha, que baforava, por coordenar uma cozinha tão imensa. Parecia um local onde se podia cozinhar para centenas, com filas e filas de compotas e sopas, temperos e um pedaço gigantesco de carne assando em um gancho sobre o fogo.

— Fez muito bem — disse Will depois que saíram da cozinha — em elogiar Agatha assim. Agora ela vai gostar de você, e não é bom quando acontece o contrário. Ela colocaria pedras no seu mingau.

— Meu Deus — disse Tessa, mas não conseguiu esconder o fato de que estava entretida.

Foram da cozinha à sala de música, onde havia harpas e um grande piano antigo acumulando poeira. Descendo uma escadaria encontrava-se uma sala de estar, um lugar agradável em que as paredes, em vez de serem feitas de pedras nuas, eram revestidas com papéis com estampas alegres de folhas e lírios. Havia um fogo aceso em uma ampla lareira e diversas poltronas confortáveis reunidas perto dela. Também havia uma mesa grande de madeira, que Will explicou se tratar do lugar onde Charlotte executava boa parte do trabalho referente à direção do Instituto. Tessa não pôde deixar de imaginar o que Henry Branwell fazia, e onde.

Depois disso, foram à sala das armas, mais refinadas do que qualquer coisa que Tessa imaginou poder ver em um museu. Centenas de cetros, machados, adagas, espadas, facas e até algumas pistolas penduradas nas paredes, assim como uma coleção de diferentes tipos de armadura, de grevas utilizadas para proteger as canelas até cotas de malha de corpo inteiro. Um jovem de aparência firme com cabelos castanho-escuros estava sentado a uma mesa alta, polindo um conjunto de adagas curtas. Sorriu quando entraram.

— Boa noite, Mestre Will.

— Boa noite, Thomas. Conhece a srta. Gray. — Indicou Tessa.

— Você estava na Casa Sombria! — exclamou Tessa, olhando mais atentamente para Thomas. — Veio com o sr. Branwell. Pensei...

— Que eu fosse um Caçador de Sombras? — Thomas sorriu. Tinha um rosto doce, agradável e receptivo, e cabelos cacheados. A camisa estava aberta na altura da gola, exibindo um pescoço forte. Apesar de ser claramente jovem, era extremamente alto e musculoso, a largura dos braços esticando o tecido das mangas. — Não sou, senhorita, apenas fui treinado como um.

Will inclinou-se novamente contra a parede.

— Aquela encomenda de lâminas de misericórdia chegou, Thomas? Tenho encontrado uma certa quantidade de demônios Shax ultimamente, e preciso de algo estreito que possa perfurar carapaças blindadas.

Thomas começou a dizer alguma coisa a Will sobre o envio ter atrasado por condições climáticas em Idris, mas a atenção de Tessa fora atraída para outra coisa. Era uma caixa alta de madeira dourada, polida até um brilho intenso, com um desenho na frente — uma cobra, engolindo a própria cauda.

— Este não é o símbolo das Irmãs Sombrias? — perguntou. — O que está fazendo aqui?

— Não exatamente — disse Will. — Essa caixa é uma Pyxis. Demônios não têm alma; suas consciências vêm de uma espécie de energia, que às vezes pode ser presa e armazenada. A Pyxis as mantém seguras... Ah, e o desenho é um *ouroboros*, o "devorador de cauda". É um símbolo alquímico antigo, criado para representar as diferentes dimensões: nosso mundo, dentro da serpente, e o restante da existência, fora dela. — Deu de ombros. — No símbolo das Irmãs foi a primeira vez que vi alguém desenhar um *ouroboros* com duas cobras... Ah, não — acrescentou quando Tessa se esticou para alcançar a caixa. Colocou-se habilmente na frente dela. — A Pyxis não pode ser tocada por ninguém que não seja Caçador de Sombras. Coisas terríveis acontecem. Agora vamos. Tomamos muito do tempo de Thomas.

— Não me incomodo — protestou Thomas, mas Will já estava saindo.

Tessa olhou para Thomas da entrada. Tinha voltado a polir a arma, mas havia algo na posição dos ombros dele que deu à Tessa a impressão de que parecia um pouco solitário.

— Não sabia que deixavam mundanos lutarem do mesmo lado que vocês — disse a Will quando deixaram a sala das armas. — Thomas é um criado, ou...

— Thomas passou quase a vida toda no Instituto — disse Will, guiando Tessa por uma curva acentuada no corredor. — Existem famílias que têm a Visão correndo nas veias, que sempre serviram aos Caçadores de Sombras. Os pais de Thomas serviram aos pais de Charlotte aqui no Instituto e agora ele serve a Charlotte e Henry. E os filhos de Thomas servirão os deles. Thomas faz tudo, dirige, cuida de Balios e Xanthos, nossos cavalos, e ajuda com as armas. Sophie e Agatha cuidam do resto, apesar de Thomas ajudá-las ocasionalmente. Desconfio que ele goste de Sophie e não aprecie vê-la trabalhando demais.

Tessa ficou feliz em saber. Sentia-se péssima pela reação que teve à cicatriz de Sophie, e a ideia de que ela tinha um admirador — muito bonito, por sinal — tranquilizou ligeiramente sua consciência.

— Talvez esteja apaixonado por Agatha — disse Tessa.

— Espero que não. Pretendo eu mesmo me casar com Agatha. Ela pode ter mil anos, mas faz uma torta de geleia incomparável. A beleza acaba, mas as habilidades culinárias são eternas. — Ele parou diante de uma grande porta de carvalho, com dobradiças metálicas pesadas. — Aqui estamos — disse, e a porta se abriu ao toque dele.

O aposento em que entraram era maior até do que o salão que viu antes. Era mais comprido do que largo, com mesas retangulares de madeira no centro, que se estendiam até a parede oposta, pintada com a imagem de um anjo. Cada mesa era iluminada por um lampião de vidro que emitia uma trêmula luz branca. No meio do caminho para a parede havia uma galeria interior com grades de madeira ao redor, acessível graças a escadas em espiral em cada lado da parede. Havia fileiras e mais fileiras de prateleiras de livros em intervalos, como sentinelas formando alcovas a cada lado. Também havia mais prateleiras de livros no andar superior; com exemplares escondidos ali dentro por telas metálicas, cada qual estampada com quatro Cs. Enormes vitrais curvados para fora, alinhados com bancos de pedra, haviam sido colocados em intervalos entre as estantes.

Um volume grosso tinha sido deixado em um suporte, as páginas abertas e convidativas; Tessa foi na direção dele, pensando se tratar de um dicionário, apenas para descobrir que as páginas eram preenchidas por escrituras ilegíveis, com iluminuras, e marcadas por mapas desconhecidos.

— Esta é a Grande Biblioteca — disse Will. — Todo Instituto tem a sua, mas esta é a maior de todas; do Ocidente, pelo menos. — Inclinou-se contra a porta, os braços cruzados sobre o peito. — Eu disse que arranjaria mais livros, não disse?

Tessa ficou tão embasbacada por ele se lembrar do que havia dito que levou alguns segundos para responder.

— Mas os livros estão atrás de grades! — disse. — É uma espécie de prisão literária!

Will sorriu.

— Alguns são perigosos — disse ela. — É prudente ter cuidado.

— Sempre se deve ter cuidado com livros — disse Tessa —, e com o que está dentro deles, pois as palavras têm o poder de nos transformar.

— Não sei se algum livro já me transformou — disse Will. — Bem, há um volume que promete ensinar a pessoa a se transformar em um rebanho de ovelhas...

— Apenas as pessoas com a cabeça muito fraca se recusam a ser influenciadas pela literatura e pela poesia — disse Tessa, determinada a não deixá-lo se desviar totalmente da conversa.

— É claro que o motivo pelo qual alguém desejaria virar um rebanho de ovelhas já é outra história — concluiu Will. — Tem alguma coisa aqui que queira ler, srta. Gray, ou não? Diga o nome e tentarei libertá-lo da prisão para você.

— Acha que a biblioteca tem *The wide, wide world*? Ou *Mulherzinhas*?

— Nunca ouvi falar em nenhum dos dois — disse Will. — Não temos muitos romances.

— Bem, eu quero romances — disse Tessa. — Ou poesia. Livros são para ler, não para transformar indivíduos em rebanhos.

Os olhos de Will brilharam.

— Acho que talvez tenhamos uma cópia de *Alice no País das Maravilhas* em algum lugar.

Tessa franziu o nariz.

— Ah, esse é para crianças, não é? — disse. — Nunca gostei muito, tinha loucura demais.

Os olhos de Will estavam muito azuis.

— Há muito sentido na loucura às vezes. Se quiser enxergar.

Mas Tessa já tinha visto um volume familiar em uma prateleira e foi até lá cumprimentá-lo como a um velho amigo.

— *Oliver Twist!* — gritou. — Vocês têm outros livros do sr. Dickens? — Apertou as mãos uma na outra. — Ah! Tem o *Conto de duas cidades*?

— Aquela bobagem? Homens andando por aí, tendo as próprias cabeças arrancadas por amor? Ridículo. — Will se afastou da porta e foi até Tessa, que estava perto das prateleiras. Fez um gesto expansivo para a vasta quantidade de livros ao redor. — Não, aqui encontrará todos os tipos de conselhos sobre como arrancar a cabeça de *outras* pessoas se precisar; muito mais útil.

— Eu não! — protestou Tessa. — Não precisarei arrancar a cabeça de ninguém, quero dizer. E de que adiantam livros que ninguém quer *ler*? Vocês não têm mesmo outros romances?

— A não ser que o segredo em *Lady Audley's secret* seja que ela destrói demônios nas horas vagas, não. — Will subiu em uma das escadas e puxou um livro da prateleira. — Vou te dar outra coisa para ler. Pegue. — Ele soltou o livro sem olhar, e Tessa teve que correr para pegá-lo antes que caísse no chão.

Era um volume grande, quadrado e encapado com veludo azul-escuro. Havia uma estampa cortada no veludo, um símbolo curvo que lembrava as marcas que decoravam a pele de Will. O título estava estampado em prata: *O Códex dos Caçadores de Sombras*. Tessa olhou para Will.

— O que é isso?

— Presumi que tivesse perguntas sobre os Caçadores de Sombras, considerando que agora esteja vivendo em nosso santo sacrário, por assim dizer. Esse livro diz tudo o que quiser saber, sobre nós, sobre nossa história, e até sobre integrantes do Submundo como você. — O rosto de Will ficou sério. — Mas tenha cuidado. É um livro de seiscentos anos de idade e a única cópia existente. Perdê-lo ou danificá-lo é passível de morte, pela Lei.

Tessa empurrou o livro para longe, como se estivesse pegando fogo.

— Não pode estar falando sério.

— Tem razão. Não estou. — Will saltou da escada e aterrissou exatamente na frente dela. — Mas você acredita em tudo que te digo, não acredita? É porque pareço extremamente confiável ou você é apenas ingênua?

Em vez de responder, Tessa fez uma careta para ele e saiu pela sala em direção a um dos bancos de pedra, dentro de uma alcova de vitrais. Jogando-se no assento, abriu o *Códex* e começou a ler, ignorando Will propositadamente, mesmo quando ele se sentou ao lado dela. Podia sentir o peso do olhar dele enquanto lia.

A primeira página do livro Nephilim mostrava a mesma imagem que já tinha se acostumado a ver nas tapeçarias dos corredores: o anjo saindo do lago, com uma espada em uma das mãos e um cálice na outra. Abaixo da ilustração, uma legenda: *o Anjo Raziel e os Instrumentos Mortais.*

— Foi assim que tudo começou — disse Will alegremente, como se não percebesse que ela o estava ignorando. — Um feitiço de invocação aqui, um pouco de sangue de anjo ali e você tem a receita para a criação de guerreiros humanos indestrutíveis. Jamais nos compreenderá pela leitura de um livro, que fique claro, mas é um começo.

— Praticamente inumanos, mais como anjos vingadores — disse Tessa suavemente, passando as páginas.

Havia dúzias de fotos de anjos: caindo do céu, derrubando penas como uma estrela derrubaria faíscas ao cair. Havia mais imagens do Anjo Raziel, segurando um livro aberto, cujos símbolos antigos das páginas queimavam como fogo. E havia homens ajoelhados ao redor, cujas Marcas na pele podiam ser vistas. Imagens de homens como aquele que tinha visto em seu pesadelo: sem olhos e com os lábios costurados; imagens de Caçadores de Sombras brandindo espadas em chamas, como anjos guerreiros saídos do Paraíso. Olhou para Will.

— Então você é, não é? Parte anjo?

Will não respondeu. Estava olhando pela janela, através de um painel claro mais baixo. Tessa seguiu o olhar dele; a janela dava no que só podia ser a frente do Instituto, pois abaixo havia um pátio cercado por muros. Pelas barras de um portão alto de ferro, com o topo arqueado, podia ver um pouco da rua além, iluminada por um poste de luz amarela fraca. Havia letras em ferro gravadas no arco acima do portão; vistas desta direção elas estavam de costas, e Tessa apertou os olhos para decifrá-las.

— *Pulvis et umbra sumus.* Uma frase de Horácio. *Somos pó e sombras.* Adequado, não acha? — disse Will. — Não é uma vida longa, a que se leva matando demônios; tende-se a morrer cedo e então queimam nossos corpos. Do pó ao pó, literalmente. E então desaparecemos nas sombras da história, nem uma marca na página de um livro mundano para lembrar que sequer existimos um dia.

Tessa olhou para ele. Estava com um olhar que ela achou estranho e cativante — aquele encantamento que nunca sumia do seu rosto, como se ele achasse tudo no mundo ao mesmo tempo infinitamente engraçado e trágico. Ficou se perguntando o que o tornava assim, como tinha passado a achar a escuridão divertida, pois era uma qualidade que não parecia compartilhar com nenhum dos outros Caçadores de Sombras que conhecera nesse breve espaço de tempo. Talvez fosse algo herdado dos pais... mas que pais?

— Você nunca se preocupa? — disse suavemente. — Que aquilo que tem lá fora... possa entrar aqui?

— Demônios e outras coisas desagradáveis, quer dizer? — perguntou Will, apesar de Tessa não saber ao certo se tinha sido essa sua pergunta, ou se estivera falando dos males do mundo em geral. Ele colocou uma das mãos na parede. — O material do qual são feitas estas pedras foi misturado com o sangue de Caçadores de Sombras. Cada viga é feita com madeira de sorva. Cada prego utilizado é feito de prata, ferro ou electrum. O local é construído em solo sagrado cercado de vigilância. A porta da frente só pode ser aberta por quem possui sangue de Caçador de Sombras; do contrário, permanece trancada para sempre. Este lugar é uma fortaleza. Então não, *não* me preocupo.

— Mas por que morar numa fortaleza? — Quando ele a olhou surpreso, complementou: — Você claramente não é parente de Charlotte e Henry, eles não têm idade o suficiente para terem te adotado, e nem todos os filhos de Caçadores de Sombras moram aqui ou haveria mais do que você e Jessamine...

— E Jem — lembrou Will.

— Sim, mas você entendeu o que eu quis dizer. Por que não mora com sua família?

— Nenhum de nós *tem* pais. Os de Jessamine morreram em um incêndio e os de Jem... Bem, Jem veio de longe para morar aqui depois que os pais foram mortos por demônios. Pela Lei do Pacto, a Clave é responsável por Caçadores de Sombras menores de 18 anos sem pais.

— Então vocês são a família uns dos outros.

— Se quer romantizar, suponho que somos, todos irmãos e irmãs sob o teto do Instituto. Você também, srta. Gray, ainda que temporariamente.

— Nesse caso — disse Tessa, sentindo sangue quente subindo pelo rosto —, acho que prefiro que se refira a mim pelo primeiro nome, como o faz com a srta. Lovelace.

Will olhou para ela, rápido e com firmeza, e em seguida sorriu. Os olhos azuis brilhavam quando sorria.

— Então deve fazer o mesmo comigo — disse —, Tessa.

Nunca tinha pensado muito sobre o próprio nome, mas quando ele o pronunciou, foi como se estivesse ouvindo pela primeira vez — o T forte, a carícia da pronúncia do S duplo, a maneira como parecia acabar em um suspiro. Sua própria respiração foi muito curta quando disse, suavemente:

— Will.

— Sim? — Os olhos dele brilharam, entretidos.

Com uma espécie de horror, Tessa percebeu que tinha dito o nome dele simplesmente por dizer; não tinha pergunta alguma. Apressadamente falou:

— Como vocês aprendem... a lutar como lutam? A desenhar aqueles símbolos mágicos e tudo mais?

Will sorriu.

— Tivemos um tutor que cuidou dos nossos estudos e do treinamento físico, embora ele tenha ido para Idris e Charlotte esteja procurando um substituto, e também tem Charlotte, que é responsável por nos ensinar história e línguas antigas.

— Então ela é sua governanta?

Um olhar de contentamento sombrio passou pelas feições de Will.

— Pode-se dizer que sim. Mas se eu fosse você não chamaria Charlotte de governanta, não se quiser preservar seus membros intactos. Olhando não parece, mas ela é muito habilidosa com diversas armas, nossa Charlotte.

Tessa piscou surpresa.

— Não está dizendo... Charlotte não *luta*, luta? Não como você e Henry.

— Claro que sim. Por que não lutaria?

— Porque ela é mulher — disse Tessa.

— Boadiceia também era.

— Quem?

— *"Então a Rainha Boadiceia, em uma carruagem, / brandindo na mão uma lança e com o olhar de uma leoa..."* — Will se interrompeu diante do olhar de incompreensão de Tessa, e sorriu. — Nada? Se fosse inglesa saberia. Lembre-me de encontrar um livro sobre ela para você. De qualquer forma, foi uma poderosa rainha guerreira. Quando finalmente foi derrotada, tomou veneno em vez de se permitir ser capturada pelos romanos. Foi mais corajosa do que qualquer homem. Gosto de pensar que Charlotte é bem parecida, ainda que um pouco menor.

— Mas ela não deve ser boa nisso, não é? Quero dizer, mulheres não têm esse tipo de sentimento.

— E que tipo de sentimento é esse?

— Desejo de sangue, suponho — disse Tessa após um instante. — Ferocidade. Instintos de guerra.

— Eu vi você sacudindo aquela serra para as Irmãs Sombrias — observou Will. — E se bem me lembro, o segredo de Lady Audley era, de fato, ser uma assassina.

— Então você leu um romance! — Tessa não conseguiu esconder o deleite.

Will pareceu entretido.

— Prefiro *The trail of the serpent*. Mais aventura, menos drama familiar. Embora nenhum dos dois seja tão bom quanto *A pedra da lua*. Já leu Collins?

— *Adoro* Wilkie Collins — gritou Tessa. — Oh, *Armandale!* E *A mulher de branco*... Está rindo de mim?

— Não *de* você — disse Will, sorrindo —, e sim *por causa* de você. Nunca vi ninguém se animar tanto com livros. Poderiam pensar que são diamantes.

— Bem, e são, não são? Não há nada que *você* ame assim? E não diga "capas de botas", ou "jogar tênis", ou nada tolo.

— Meu Deus — disse com espanto debochado —, é como se ela já me conhecesse.

— Todo mundo tem alguma coisa sem a qual não consegue viver. Vou descobrir qual é a sua, não tenha medo.

Quis ser gentil, mas ao ver o olhar no rosto dele, interrompeu-se, incerta. Ele a olhava com uma firmeza estranha; os olhos tinham o mesmo tom azul-escuro da capa de veludo do livro que segurava. Seu olhar passou pelo rosto de Tessa, descendo pelo pescoço, para a cintura, antes de voltar para o rosto, onde parou sobre a boca. O coração de Tessa batia acelerado, como se tivesse subido escadas correndo. Algo em seu peito doía, como se estivesse com fome ou sede. Ela *queria* alguma coisa, mas não sabia o que...

— Está tarde — disse Will repentinamente, desviando o olhar. — É melhor mostrar-lhe o caminho para o quarto.

— Eu... — Tessa quis protestar, mas não havia razão para tal. Will tinha razão. *Estava* tarde, as luzes salientes das estrelas eram visíveis através dos claros painéis da janela. Levantou-se, segurando o livro contra o peito, e foi com Will para o corredor.

— Existem alguns macetes para aprender a se locomover pelo Instituto que devo ensiná-la — disse, ainda sem olhar para ela. Havia algo estranhamente hesitante na atitude dele, que estava ali havia poucos instantes, como se Tessa tivesse feito alguma coisa para ofendê-lo. Mas o que poderia ter feito? — Maneiras de identificar as diferentes portas e esqui...

Interrompeu-se, e Tessa viu que vinha alguém pelo corredor na direção deles. Era Sophie, com uma cesta de roupa suja embaixo dos braços. Pausou ao ver Will e Tessa, e sua expressão tornou-se mais reservada.

— Sophie! — A reserva de Will se transformou em uma expressão travessa. — Já acabou de arrumar meu quarto?

— Está pronto. — Sophie não retribuiu o sorriso. — Estava imundo. Espero que no futuro você consiga não espalhar restos de demônios mortos pela casa.

Tessa ficou boquiaberta. Como Sophie podia falar assim com Will? Ela era uma criada, e ele — ainda que *fosse* mais novo do que ela — era um cavalheiro.

No entanto, Will pareceu não se incomodar.

— Faz parte do trabalho, jovem Sophie.

— O sr. Branwell e o sr. Carstairs não parecem ter dificuldades em limpar as próprias botas — disse Sophie, olhando sombriamente de Will para Tessa. — Talvez pudesse aprender com o exemplo deles.

— Talvez — disse Will. — Mas duvido.

Sophie franziu a testa e retomou a travessia do corredor, com os ombros rijos de indignação.

Tessa olhou em choque para Will.

— O que foi isso?

Will deu de ombros preguiçosamente.

— Sophie gosta de fingir que não gosta de mim.

— Que não gosta de você? Ela *detesta* você! — Em outras circunstâncias talvez tivesse perguntado se ele e Sophie tinham tido alguma briga, mas ninguém tinha brigas com *criados*. Se não fossem satisfatórios, deixava-se de empregá-los. — Aconteceu... aconteceu alguma coisa entre vocês?

— Tessa — disse Will com exagerada paciência. — Esqueça. Existem coisas que não se pode querer entender.

Se havia algo que Tessa detestava era quando diziam que existem coisas que ela não podia entender. Porque era jovem, porque era uma menina — por qualquer uma das milhares de razões que nunca fizeram qualquer sentido. Cerrou os dentes, teimosa.

— Bem, não se não me contar. Mas diria que me parece bastante que ela o odeia porque você fez algo terrível com ela.

A expressão de Will ficou sombria.

— Pode pensar o que quiser. Você não sabe coisa alguma a meu respeito.

— Sei que não gosta de dar respostas diretas. Sei que provavelmente tem cerca de 17 anos. Sei que gosta de Tennyson, você o citou na Casa Sombria, e novamente agora há pouco. Sei que é órfão, assim com eu...

— Eu *nunca* disse que era órfão. — Will falou com uma ferocidade desnecessária. — E detesto poesia. Então, ao que parece, não sabe nada a meu respeito, sabe?

E com isso, deu meia-volta e se afastou.

5

O Códex dos Caçadores de Sombras

Sonhos são verdadeiros enquanto duram, e não vivemos nos sonhos?
— Lord Alfred Tennyson, "The Higher Pantheism"

Tessa passou uma era vagando sombriamente por corredores idênticos até, por sorte, reconhecer um rasgo em mais uma das infinitas tapeçarias e perceber que a porta do quarto deveria ser alguma daquele corredor. Alguns minutos de testes e erros mais tarde, ela estava agradecendo por fechar a porta correta atrás de si e deslizar sua tranca de ferro.

Assim que pôs de volta a camisola e deitou sob as cobertas, abriu o *Códex dos Caçadores de Sombras* e começou a ler. *Jamais nos compreenderá pela leitura de um livro*, dissera Will, mas o objetivo não era esse. Ele não sabia o que os livros significavam para ela, que livros eram símbolos da verdade e do pensamento, que eles reconheciam a existência dela e de seus semelhantes no mundo. Segurá-lo fez Tessa sentir que tudo o que acontecera com ela nas últimas seis semanas era real — mais real até do que havia sido a experiência em si.

Tessa aprendeu com o *Códex* que todos os Caçadores de Sombras descendiam de um arcanjo chamado Raziel, que havia entregado ao primeiro deles um volume chamado Livro Gray, contendo "a linguagem do Paraíso" — as escuras Marcas simbólicas que cobriam a pele de Caçadores de Sombras treinados como Charlotte e Will. As Marcas eram cortadas na pele com uma ferramenta parecida com um estilete chamada estela — o estranho objeto semelhante a uma caneta que tinha visto Will utilizar para desenhar na porta da Casa Sombria. As Marcas ofereciam todo tipo de proteção aos Nephilim: cura, força sobre-humana, velocidade, visão noturna, e até permitiam que se escondessem dos olhos mundanos com símbolos antigos chamados feitiços de disfarce. Mas não se tratava de um dom acessível a todos. Cortar Marcas na pele de um integrante do Submundo, ou um humano — até mesmo de um Caçador de Sombras jovem demais ou ainda não treinado adequadamente — seria torturantemente doloroso e resultaria em loucura ou morte.

As Marcas não eram a única forma de proteção dos Caçadores de Sombras — vestiam grossos trajes de couro encantados para lutar. Havia desenhos de homens de diferentes países usando esses uniformes. Para surpresa de Tessa, também havia desenhos de mulheres usando camisas e calças compridas — não calçolas femininas, como as que já tinha visto sendo ridicularizadas nos jornais, mas calças de homens. Virando a página, balançou a cabeça, imaginando se Charlotte e Jessamine realmente usavam roupas tão esquisitas.

As páginas seguintes eram dedicadas a outros presentes que Raziel havia dado aos primeiros Caçadores de Sombras — poderosos objetos mágicos chamados Instrumentos Mortais — e a um país natal: uma pequeno pedaço de terra seccionada do que na época fora o Sacro Império Romano, cercada por encantamentos para que mundanos não pudessem entrar. Chamava-se Idris.

O lampião ficava fraco enquanto Tessa lia, as pálpebras ficando cada vez mais pesadas. Integrantes do Submundo, leu, eram criaturas sobrenaturais tais como fadas, lobisomens, vampiros e feiticeiros. No caso dos vampiros e lobisomens, tratavam-se de humanos infectados por doença demoníaca. Fadas, por outro lado, eram parte demônio e parte anjo, portanto possuíam ao mesmo tempo uma beleza intensa e uma natureza cruel. Mas feiticeiros... Estes eram o produto direto da união entre humanos e demônios. Não foi à toa que Charlotte perguntou se ambos os pais de Tessa eram humanos. *Mas eles eram*, pensou, *então não posso ser uma feiticeira, graças a Deus*. Olhou para uma ilustração que mostrava um homem alto com cabelos desgrenhados, no centro de um pentagrama desenhado a giz em um chão de pedra. Parecia completamente normal, exceto pelo fato de ter olhos com pupilas finas como as de um gato. Velas queimavam em cada um dos cinco pontos da estrela. As chamas pareciam se inclinar todas na mesma direção, ficando borradas na mesma proporção que a visão de Tessa, exausta. Fechou os olhos — e imediatamente estava sonhando.

No sonho, ela dançava pela fumaça que espiralava por um corredor repleto de espelhos, e cada um pelo qual passava refletia um rosto diferente. Ouvia uma música adorável, marcante. Parecia vir de longe, mas ainda assim estava por todos os lados. Um homem andava à frente dela — um menino, na verdade, esguio e sem barba —, mas apesar de ter a sensação de conhecê-lo, não conseguia ver o rosto dele, nem dizer quem era. Podia ser seu irmão, ou Will, ou outra pessoa qualquer. Seguiu, chamando-o, mas ele se afastou pelo corredor, como se a fumaça o carregasse consigo. A música aumentou e aumentou...

Então acordou, ofegante, o livro deslizando de seu colo ao se sentar. O sonho tinha acabado, mas a música permaneceu, alta, marcante e doce. Ela foi até a porta e espiou o corredor.

A música estava mais alta lá. Aliás, vinha do quarto do outro lado. A porta estava entreaberta e as notas pareciam escapar pela fresta como água pelo bico estreito de um jarro.

Um roupão estava pendurado em um cabide na porta; Tessa o pegou e colocou sobre a camisola, saindo para o corredor. Como se estivesse em um sonho, atravessou-o e colocou gentilmente a mão na porta, que se abriu ao seu toque. O quarto adiante estava escuro, iluminado apenas pelo luar. Ela notou que não era muito diferente do seu, com a mesma cama grande de dossel, a mesma mobília escura e pesada. As cortinas de uma das janelas altas tinham sido abertas, e uma pálida luz prateada se derramava sobre o quarto como uma chuva de agulhas. No pedaço iluminado de frente para a janela havia alguém. Um menino — parecia pequeno demais para ser um homem adulto — com um violino apoiado no ombro. Estava com a bochecha apoiada no instrumento e o arco percorria as cordas, para a frente e para trás, extraindo notas tão belas e perfeitas quanto Tessa jamais havia escutado.

Ele estava com os olhos fechados.

— Will? — disse ele, sem abrir os olhos ou parar de tocar. — Will, é você?

Tessa não disse nada. Não suportava a ideia de falar, de interromper a música — mas logo o próprio garoto parou, abaixando o arco e abrindo os olhos com a testa franzida.

— Will... — começou, e então, ao ver Tessa, os lábios se abriram em surpresa. — Você não é o Will.

Ele parecia curioso, mas nada irritado, apesar de Tessa ter invadido seu quarto no meio da noite e o surpreendido tocando violino com roupas de dormir, ou o que Tessa presumiu se tratarem delas. Usava calça folgada e uma camisa sem colarinho, com um roupão de seda solto por cima. Ela teve razão quando pensou que ele era jovem. Tinha provavelmente a idade de Will, e a impressão de juventude era acentuada pela magreza. Era alto, mas muito esguio, e, sumindo sob a gola da camisa, Tessa podia ver as extremidades curvas dos desenhos pretos que já tinha visto na pele de Will e de Charlotte.

Sabia como se chamavam agora. Marcas. E sabia o que o tornavam. Nephilim. Descendente de homens e anjos. Não era à toa que sob o luar a pele clara parecia brilhar como a luz enfeitiçada de Will. O cabelo também era de um tom prateado, assim como os olhos angulosos.

— Sinto muito — disse Tessa, limpando a garganta. O barulho soou terrivelmente desagradável para ela, além de alto no silêncio do quarto; ela teve vontade de se encolher. — Eu... Eu não tive a intenção de entrar aqui assim. O meu quarto fica do outro lado do corredor, e...

— Tudo bem. — Ele abaixou o violino do ombro. — É a srta. Gray, certo? A garota que muda de forma. Will me falou um pouco a seu respeito.

— Ah — disse Tessa.

— Ah? — As sobrancelhas do menino se ergueram. — Você não parece muito satisfeita por eu saber quem é.

— É que acho que Will está irritado comigo — explicou Tessa. — Então o que quer que tenha lhe dito...

Ele riu.

— Will vive irritado com todo mundo — disse. — Não deixo que ele comprometa meus juízos.

A luz do luar refletiu-se na superfície polida do violino quando ele virou para repousá-lo sobre o armário, com o arco ao lado. Quando se voltou novamente para ela, estava sorrindo.

— Devia ter me apresentado antes — disse. — Sou James Carstairs. Por favor, me chame de Jem, todo mundo chama.

— Ah, você é Jem. Não estava no jantar — lembrou Tessa. — Charlotte disse que estava doente. Está se sentindo melhor?

Ele deu de ombros.

— Estava cansado, só isso.

— Bem, imagino que seja exaustivo fazer tudo o que faz. — Como acabara de ler o *Códex*, Tessa estava cheia de perguntas sobre os Caçadores de Sombras. — Will disse que você veio de longe para morar aqui... Estava em Idris?

Jem ergueu as sobrancelhas.

— Sabe sobre Idris?

— Ou veio de outro Instituto? Existem em todas as grandes cidades, não é? E por que para Londres...

Ele a interrompeu, perplexo.

— Você faz muitas perguntas, não é?

— Meu irmão sempre diz que a curiosidade é o pecado que me aflige.

— Em termos de pecado, não é dos piores. — Sentou-se sobre o baú ao pé da cama e a lançou um olhar curioso. — Então, vá em frente; pergunte o que quiser. Não consigo dormir mesmo, as distrações são bem-vindas.

Imediatamente a voz de Will se ergueu no fundo da mente de Tessa. Os pais de Jem foram mortos por demônios. *Mas não posso perguntar sobre isso*, pensou. Em vez disso, falou:

— Will disse que você veio de longe. Onde você morava antes?

— Xangai — respondeu Jem. — Sabe onde fica?

— Na China — respondeu Tessa, com alguma indignação. — Todo mundo sabe disso, não?

Jem sorriu.

— Você ficaria surpresa.

— O que estava fazendo na China? — perguntou Tessa, com interesse verdadeiro. Não conseguia imaginar o local de onde Jem viera. Quando pensava em China, o que vinha à cabeça era Marco Polo e chá. Tinha a impressão de que era muito, muito longe, como se Jem tivesse vindo do fim do mundo a leste do sol e oeste da lua, tia Harriet teria dito. — Pensei que ninguém além de missionários e marinheiros fosse até lá.

— Caçadores de Sombras moram pelo mundo todo. Minha mãe era chinesa; meu pai, inglês. Eles se conheceram em Londres e se mudaram para Xangai quando ele recebeu a oferta para comandar o Instituto de lá.

Tessa estava espantada. Se a mãe de Jem era chinesa, então ele também era, certo? Sabia que havia imigrantes chineses em Nova York — basicamente trabalhavam em lavanderias ou vendiam cigarros artesanais em bancas de rua. Jamais tinha visto um deles que se parecesse com Jem, com aqueles estranhos cabelos e olhos prateados. Talvez tivesse alguma coisa a ver com o fato de ser Caçador de Sombras? Mas não conseguia pensar em nenhuma maneira de perguntar sem soar terrivelmente grosseira.

Felizmente, Jem não parecia estar esperando que ela falasse para continuar a conversa. Em vez disso, ele disse:

— Peço desculpas por perguntar, mas... seus pais morreram, não morreram?

— Will lhe contou isso?

— Não precisou. Nós, órfãos, aprendemos a nos identificar. Se me permite perguntar, você era muito nova quando aconteceu?

— Eu tinha três anos quando eles morreram em um acidente de carruagem. Mal me lembro deles; *apenas pequenos flashes, cheiro de fumaça de tabaco, o lilás claro do vestido da minha mãe.* — Minha tia me criou. E meu irmão, Nathaniel. Minha tia, no entanto... — Ao dizer isso, para própria surpresa, sua garganta começou a se apertar. Uma imagem vívida da tia Harriet veio a sua mente, deitada na pequena cama metálica no quarto, com os olhos brilhantes de febre. Sem reconhecer Tessa no fim da vida e chamando-a pelo nome da mãe, Elizabeth. Tia Harriet fora a única mãe que Tessa realmente tivera. Tessa segurou sua pequena mão enquanto ela morria, no quarto com o padre. — Ela morreu recentemente de uma febre inesperada. Nunca foi muito forte.

— Sinto muito saber disso — disse Jem, e soou muito sincero.

— Foi horrível, porque meu irmão já tinha ido embora quando aconteceu. Tinha vindo para a Inglaterra um mês antes. Até mandou presentes: chá da Fortmun & Mason e chocolates. E então nossa tia ficou doente e morreu. Escrevi diversas vezes para ele, mas minhas cartas voltaram. Estava desesperada. Então, recebi uma passagem. Uma passagem de navio para Southampton e um bilhete de Nate dizendo que me encontraria no porto, e que eu precisaria morar com ele em Londres já que nossa tia estava morta. Embora eu agora ache que ele nunca tenha escrito bilhete algum... — Tessa se interrompeu, com os olhos ardendo. — Desculpe. Estou divagando. Não precisa ouvir tudo isso.

— Que tipo de homem é seu irmão? Como ele é?

Tessa olhou para Jem, ligeiramente surpresa. Os outros perguntaram o que ele poderia ter feito para chegar a essa situação, se sabia onde as Irmãs Sombrias poderiam o estar escondendo, se ele tinha o mesmo poder que ela. Mas ninguém perguntou como ele *era*.

— Minha tia costumava dizer que ele era um sonhador — falou. — Vivia sempre imerso em seus pensamentos. Nunca se importou com como eram as coisas, apenas como seriam, um dia, quando ele tivesse tudo o que queria. Quando *nós* tivéssemos tudo o que queríamos — corrigiu-se. — Acredito que ele costumava se arriscar porque não conseguia se imaginar perdendo, não fazia parte dos seus sonhos.

— Sonhos podem ser perigosos.

— Não... não. — Balançou a cabeça. — Não estou me expressando corretamente. Ele era um irmão maravilhoso. Ele... — Charlotte tinha razão; era mais fácil combater as lágrimas se encontrasse alguma coisa, um objeto, sobre o qual fixar o olhar. Encarou as mãos de Jem. Eram finas e longas, e ele tinha o mesmo desenho que Will na parte de cima de uma delas, um olho aberto. Ela apontou para aquilo. — O que isso faz?

Jem não pareceu notar que ela havia mudado de assunto.

— É uma Marca. Sabe o que elas são? — Ele esticou a mão para ela, com a palma para baixo. — Esta é a Vidência. Clareia nossa Visão. Ajuda a enxergar o Submundo. — Virou a mão, e puxou a manga da camisa. Por toda a pálida extensão interior do punho e do braço, havia mais Marcas, muito escuras contra a pele branca. Pareciam se entrelaçar com o desenho das veias, como se o sangue corresse também por elas. — Para velocidade, visão noturna, poder angelical, acelerar a cura — enumerou em voz alta. — Apesar de os nomes serem mais complexos do que isso, e não serem em inglês.

— Elas doem?

— Doeram quando foram feitas. Agora não incomodam nada. — Puxou a manga para baixo e sorriu para ela. — Agora, não me diga que essas são todas as suas perguntas.

Ah, tenho mais do que imagina.

— Por que não consegue dormir?

Tessa percebeu que o pegou de surpresa; um olhar de hesitação passou pelo rosto de Jem antes de falar. *Mas por que hesitar?*, pensou ela. Poderia apenas mentir, ou simplesmente desviar o assunto, como Will teria feito. Mas Jem, ela instintivamente sentiu, não mentiria.

— Tenho pesadelos.

— Eu também estava sonhando — disse. — Com a sua música.

Ele sorriu.

— Um pesadelo, então?

— Não. Era linda. A coisa mais bonita que ouvi desde que vim para esta cidade horrível.

— Londres não é horrível — disse Jem calmamente. — Só precisa conhecê-la. Tem que sair pela cidade comigo um dia. Posso mostrar algumas partes lindas, que eu adoro.

— Discorrendo sobre as glórias de nossa adorável cidade? — perguntou uma voz suave. Tessa se virou e viu Will, apoiado no batente da porta. A luz do corredor atrás dele contornava de dourado os cabelos aparentemente molhados. A bainha do casaco escuro e as botas pretas estavam sujas de lama, como se tivesse acabado de vir da rua, e as bochechas estavam vermelhas. Tinha a cabeça descoberta, como sempre. — Nós o tratamos bem aqui, não é, James? Duvido que eu tivesse essa sorte em Xangai. Como é mesmo que chamam os britânicos por lá?

— *Yang guizi* — disse Jem, que não pareceu surpreso com a aparição súbita de Will. — Diabos estrangeiros.

— Ouviu isso, Tessa? Eu sou um diabo. Você também. — Will saiu da entrada e adentrou o quarto. Jogou-se à beira da cama, desabotoando o casaco. Tinha uma capa de ombro presa a ele, muito elegante, forrada em seda azul.

— Seu cabelo está molhado — disse Jem. — Por onde esteve?

— Aqui, ali, em todo lugar. — Will sorriu. Apesar da graça usual, havia alguma coisa na maneira como se movia, o rubor nas bochechas e o brilho nos olhos...

— Bebeu todas, não é? — disse Jem, não de maneira rude.

Ah, pensou Tessa, *ele está bêbado*. Já tinha visto o próprio irmão sob a influência de álcool vezes o suficiente para reconhecer os sintomas. De algum jeito, sentiu-se estranhamente decepcionada.

Jem sorriu.

— Por onde andou? No Dragão Azul? Na Sereia?

— Na Taverna do Diabo, se faz tanta questão de saber. — Will suspirou e se apoiou em um dos mastros da cama. — Tinha tantos planos para esta noite. A busca da embriaguez cega e das mulheres indóceis era o meu objetivo. Mas, ai de mim, não era para ser. Mal tinha consumido meu terceiro drinque na Taverna quando fui abordado por uma adorável criança que vendia flores e me pediu dois centavos por uma margarida. O preço pareceu alto, então recusei. Quando fiz isso, ela me roubou.

— Uma garotinha o roubou? — disse Tessa.

— Na verdade, não era garotinha coisa nenhuma, mas sim um anão usando vestido. Com uma propensão à violência, ele atende pelo nome de Nigel Seis Dedos.

— Fácil de confundir com uma garotinha... — disse Jem.

— Eu o peguei no ato de deslizar a mão para o meu bolso — disse Will, gesticulando animadamente com as mãos esguias e com cicatrizes. — Não podia deixar por isso mesmo, é claro. Começou uma briga quase imediatamente. Eu estava com a vantagem até Nigel saltar para o bar e me atingir por trás com uma garrafa de gim.

— Ah — disse Jem. — Isso explica porque seu cabelo está molhado.

— Foi uma briga justa — continuou Will. — Mas o proprietário do bar não viu dessa forma. Me colocou para fora. Não posso voltar pelos próximos quinze dias.

— Que bom para você — disse Jem, sem solidariedade. — Fico feliz em saber que não foi nada além do normal. Por um instante me preocupei achando que tinha voltado mais cedo para ver se eu estava melhor.

— Você parece muito bem sem mim. Aliás, vejo que conheceu nossa misteriosa moradora que muda de forma — disse Will, olhando para Tessa. Foi a primeira vez que reconheceu a presença da menina desde que aparecera na entrada. — Você costuma visitar quartos de cavalheiros no meio da noite? Se soubesse disso, teria feito mais campanha para Charlotte deixá-la ficar.

— Não creio que o que faço lhe diga respeito — respondeu Tessa. — Especialmente desde que você me abandonou no corredor e me deixou sozinha para encontrar o caminho de volta para o quarto.

— E em vez disso achou o caminho do quarto de Jem?

— Foi o violino — explicou Jem. — Ela me escutou praticando.

— Um lamento macabro, não é? — perguntou Will a Tessa. — Não sei como todos os gatos da vizinhança não vêm correndo cada vez que ele toca.

— Achei bonito.

— Porque é — concordou Jem.

Will apontou um dedo acusatório na direção deles.

— Estão se unindo contra mim. É assim que vai ser a partir de agora? Vou ser a sobra? Meu Deus, vou ter que ficar amigo de Jessamine.

— Jessamine não suporta você — observou Jem.

— Henry, então.

— Henry colocará fogo em você.

— Thomas — tentou Will.

— Thomas... — começou Jem, e se curvou, tomado de repente por um ataque explosivo de tosse, tão violento que teve de descer do baú para se apoiar sobre os joelhos.

Assustada demais para se mexer, Tessa só conseguiu encarar enquanto Will, a embriaguez parecendo se dissolver numa fração de segundo, saltou da cama e se ajoelhou ao lado de Jem, colocando a mão no ombro dele.

— James — disse, baixinho. — Onde está?

Jem levantou a mão para afastá-lo. Arquejos violentos estremeciam seu corpo franzino.

— Não preciso... estou bem...

Tossiu outra vez, e um fino jato vermelho se espalhou no chão à sua frente. Sangue.

A mão de Will enrijeceu no ombro do amigo; Tessa viu as articulações embranquecerem.

— Onde está? Onde colocou?

Jem sacudiu a mão debilmente em direção à cama.

— Em cima... — engasgou-se — da lareira... na caixa... a prateada...

— Vou buscar. — Foi a maneira mais suave que Tessa já ouvira Will falar. — Fique aqui.

— Como se eu fosse a algum lugar. — Jem passou as costas da mão na boca; ela voltou com listras vermelhas na Marca de olho aberto.

Levantando-se, Will se virou — e viu Tessa. Por um instante pareceu puramente espantado, como se tivesse esquecido que ela estava lá.

— Will... — sussurrou. — Tem alguma coisa que...

— Venha comigo. — Pegando-a pelo braço, Will levou-a, gentilmente, em direção à porta aberta. Colocou-a no corredor, movendo-se para bloquear a visão dela do quarto. — Boa noite, Tessa.

— Mas ele está tossindo sangue — protestou Tessa em voz baixa. — Talvez eu devesse chamar Charlotte...

— Não.

Will olhou para trás, depois novamente para Tessa. Inclinou-se, colocando a mão no ombro dela. Ela pôde sentir cada dedo pressionando seus músculos. Estavam suficientemente próximos para que Tessa pudesse sentir o ar da noite na pele dele, o cheiro de metal, fumaça e névoa. Alguma coisa naqueles odores lhe parecia estranha, mas não conseguia dizer exatamente o quê.

Will falou em voz baixa.

— Ele tem remédio. Vou buscar para ele. Não há necessidade de Charlotte ficar sabendo.

— Mas se ele está doente...

— Por favor, Tessa. — Havia uma urgência suplicante nos olhos azuis de Will. — Seria melhor se não dissesse nada.

De algum jeito, Tessa soube que não podia negar.

— Eu... tudo bem.

— Obrigado.

Will soltou seu ombro e levantou a mão para tocá-la na bochecha, tão suavemente que ela achou que quase pudesse ter apenas imaginado. Espantada demais para dizer alguma coisa, ficou em silêncio enquanto ele fechava a porta entre os dois. Ao ouvir a tranca deslizar para o lugar, percebeu por que tinha achado alguma coisa estranha quando Will se inclinou em sua direção.

Apesar de ele ter dito que tinha passado a noite fora, bebendo — apesar de ter até alegado que tinham quebrado uma garrafa de gim em sua cabeça — não havia qualquer cheiro de álcool nele.

* * *

Passou-se muito tempo até que Tessa conseguisse dormir outra vez. Ficou deitada acordada, com o *Códex* aberto ao lado e o anjo mecânico batendo no peito, enquanto assistia ao lampião projetando desenhos no teto.

Tessa ficou se olhando no espelho da penteadeira enquanto Sophie fechava os botões nas costas do seu vestido. À luz da manhã que vazava pelas janelas altas, ela estava muito pálida, as sombras cinzentas sob os olhos destacando-se em manchas.

Nunca fora de se olhar no espelho. Uma rápida verificada para ver se o cabelo estava arrumado e se não havia manchas na roupa e pronto. Agora não podia parar de olhar para aquele rosto fino e pálido no vidro. Ele parecia ondular conforme olhava, como um reflexo visto na água, como a vibração que a dominava antes de se Transformar. Agora que já tinha usado outras faces, enxergado por outros olhos, como podia chamar um rosto de seu, ainda que se referisse ao que recebera ao nascer? Quando se Transformava novamente em si mesma, como poderia saber que não havia ocorrido alguma leve mudança nela própria, algo que a fazia uma pessoa diferente de quem era? Ou será que sua aparência fazia alguma diferença de fato? Seria o rosto nada além de uma máscara de carne, irrelevante no sentido de quem era verdadeiramente?

Podia ver Sophie refletida no espelho também; estava com o rosto virado de modo que a bochecha cicatrizada ficava de frente para o espelho. Era ainda mais horrível à luz do dia, como ver uma bela pintura rasgada com uma faca. Tessa estava se coçando para perguntar o que tinha acontecido, mas sabia que não deveria. Em vez disso, falou:

— Fico muito agradecida por me ajudar com o vestido.

— Feliz em ser útil, senhorita — O tom de Sophie era seco.

— Só queria perguntar — começou Tessa. Sophie enrijeceu. *Ela acha que vou perguntar sobre o rosto*, pensou Tessa. Bem alto, falou: — O jeito como falou com Will no corredor ontem à noite...

Sophie riu. Uma risada curta, porém sincera.

— Posso falar com o sr. Herondale como quiser, quando quiser. É uma das condições do meu emprego.

— Charlotte permite que dite as próprias condições?

— Não é qualquer um que pode trabalhar no Instituto — explicou Sophie. — Você precisa ter a Visão. Agatha tem, e Thomas também. A sra. Branwell me quis logo que soube que eu tinha, disse que há séculos procurava por uma criada para a srta. Jessamine. Mas me alertou quanto ao sr. Herondale, avisou que provavelmente seria grosseiro comigo, e íntimo. Disse que eu poderia retribuir a grosseria, que ninguém se importaria.

— Alguém precisa mesmo fazer indelicadezas com ele. Ele é suficientemente grosseiro com todo mundo.

— Posso garantir que foi isso que a sra. Branwell achou. — Sophie compartilhou um sorriso com Tessa no espelho; ela era absolutamente adorável quando sorria, pensou Tessa, com ou sem cicatriz.

— Você gosta de Charlotte, não gosta? — disse. — Ela parece de fato muito gentil.

Sophie deu de ombros.

— Na antiga casa onde eu servia, a sra. Atkins, a governanta, rastreava cada vela que utilizávamos, cada sabonete que tínhamos. Precisávamos usar o sabonete até ficar do tamanho de uma farpa antes que nos desse um novo. Mas a sra. Branwell me dá sabonetes novos sempre que quero. — Ela falou isso como se fosse uma clara evidência do caráter de Charlotte.

— Suponho que tenham muito dinheiro aqui no Instituto. — Tessa pensou nos belos móveis e na grandeza do local.

— Talvez. Mas já refiz vestidos o suficiente para a sra. Branwell para saber que ela não os compra novos.

Tessa pensou no vestido azul de Jessamine no jantar de ontem.

— E a srta. Lovelace?

— Tem o próprio dinheiro — disse Sophie sombriamente. Afastou-se de Tessa. — Pronto. Está pronta para ser vista agora.

Tessa sorriu.

— Obrigada, Sophie.

Quando Tessa entrou na sala de jantar, os outros já estavam na metade do café da manhã — Charlotte com um vestido cinza liso, passando geleia em uma torrada; Henry semiescondido atrás de um jornal; e Jessamine mexendo delicadamente no prato de mingau. Will tinha uma pilha de ovos e bacon no prato e comia aplicadamente, o que, Tessa não pôde deixar de notar, era incomum para alguém que alegava ter passado a noite bebendo.

— Estávamos falando de você agora mesmo — disse Jessamine enquanto Tessa se sentava. Empurrou um prato de torradas pela mesa em direção a Tessa. — Torrada?

Tessa, pegando o garfo, olhou ansiosa em volta da mesa.

— Em relação a que?

— Ao que fazer com você, é claro. Membros do Submundo não podem viver no Instituto para sempre — disse Will. — Acho que devemos vendê-la aos ciganos em Hampstead Heath — acrescentou, voltando-se para Charlotte. — Ouvi dizer que compram mulheres, assim como cavalos.

— Will, pare. — Charlotte levantou os olhos do prato. — Isso é ridículo.

Will se inclinou novamente na cadeira.

— Tem razão. Jamais a comprariam. Magricela demais.

— Já chega — disse Charlotte. — A srta. Gray ficará. Ainda mais porque estamos no meio de uma investigação que requer a assistência dela. Já mandei uma mensagem para a Clave dizendo a eles que vamos mantê-la aqui até que a questão do Clube Pandemônio seja resolvida e o irmão dela encontrado. Não é, Henry?

— Isso mesmo — disse Henry, repousando o jornal. — A coisa do Pandemônio é prioridade. Absolutamente.

— É melhor avisar a Benedict Lightwood também — disse Will. — Você sabe como ele é.

Charlotte empalideceu ligeiramente, e Tessa se perguntou quem poderia ser Benedict Lightwood.

— Will, gostaria que hoje você voltasse à casa das Irmãs Sombrias; está abandonada agora, mas ainda vale uma busca final. E quero que leve Jem junto...

Ao ouvir isso, o ar divertido deixou a expressão de Will.

— Ele está bem o bastante?

— O suficiente. — Não foi a voz de Charlotte, mas sim de Jem. Tinha entrado em silêncio na sala, e se encontrava perto do aparador, com os braços cruzados. Estava menos pálido do que na noite anterior, e o colete vermelho dava um leve toque de cor às bochechas do rapaz. — Aliás, ele está pronto quando você estiver.

— É melhor tomar um pouco de café da manhã antes — sugeriu Charlotte, empurrando o prato de bacon na direção dele. Jem se sentou e sorriu para Tessa do outro lado da mesa. — Ah, Jem, esta é a srta. Gray. Ela...

— Já nos conhecemos — disse Jem, baixinho, e Tessa sentiu uma onda de calor no rosto. Não pôde deixar de encará-lo enquanto ele pegava um pedaço de pão e passava manteiga. Parecia difícil imaginar que alguém de aparência tão... etérea pudesse comer torrada.

Charlotte pareceu intrigada.

— Já?

— Encontrei Tessa ontem à noite no corredor e me apresentei. Acho que posso tê-la assustado. — Seus olhos prateados encontraram os de Tessa do outro lado da mesa, brilhando de forma entretida.

Charlotte deu de ombros.

— Muito bem, então. Gostaria que fosse com Will. Enquanto isso, hoje, srta. Gray...

— Me chame de Tessa — disse. — Preferia que todos o fizessem.

— Muito bem, Tessa — disse Charlotte com um sorrisinho. — Eu e Henry faremos uma visita ao sr. Axel Mortmain, o empregador do seu irmão, para ver se ele ou algum dos funcionários tem alguma informação quanto ao paradeiro dele.

— Obrigada. — Tessa ficou surpresa. Disseram que iam procurar o irmão dela, e de fato estavam. Não esperava que o fizessem.

— Já ouvi falar em Axel Mortmain — disse Jem. — Ele era um comerciante na China, um dos grandes cabeças dos negócios em Xangai. A empresa dele tinha escritórios no Bund.

— Sim — disse Charlotte —, os jornais disseram que ele construiu sua fortuna com importações de seda e chá.

— Bah. — disse Jem despreocupadamente, mas havia uma inquietação em sua voz. — Ele construiu a fortuna com ópio. Todos eles. Comprando ópio na Índia, navegando para Canton, e trocando por bens.

— Ele não estava transgredindo a lei, James. — Charlotte empurrou o jornal sobre a mesa para Jessamine. — Enquanto isso, Jessie, talvez você e Tessa possam dar uma olhada no jornal e anotar qualquer coisa que diga respeito à investigação, ou que mereça uma segunda olhada...

Jessamine se encolheu diante do jornal como se fosse uma cobra.

— Uma dama não lê jornal. As colunas sobre a sociedade, talvez, ou novidades do teatro. Não esta imundice.

— Mas você não é uma dama, Jessamine... — começou Charlotte.

— Céus — disse Will. — Tantas verdades difíceis a essa hora da manhã não podem fazer bem para a digestão.

— O que quero dizer — falou Charlotte, se corrigindo —, é que antes de ser uma dama, você é uma Caçadora de Sombras.

— Fale por si própria — disse Jessamine, empurrando a cadeira para trás. Suas bochechas tinham ficado com um alarmante tom vermelho. — Sabe — disse ela —, não esperaria que fosse notar uma coisa assim, mas me parece claro que a única coisa que Tessa tem para vestir é esse meu antigo e horrível vestido vermelho, que mal cabe nela direito. Não cabe nem em mim, e ela é mais alta do que eu.

— Talvez Sophie pudesse... — começou Charlotte vagamente.

— Uma coisa é diminuir um vestido. Outra coisa é o tamanho dele. Sinceramente, Charlotte. — Jessamine suspirou, exasperada. — Acho que deve me deixar levar a pobre Tessa até a cidade para comprar algumas roupas novas. Caso contrário, na primeira vez que respirar fundo, o vestido vai se soltar.

Will pareceu interessado.

— Acho que ela deveria tentar isso agora para ver o que acontece.

— Ah — disse Tessa, inteiramente confusa. Por que Jessamine estava sendo tão gentil de repente, quando tinha sido tão desagradável no dia anterior? — Não, realmente não é necessário...

— É, sim — afirmou Jessamine.

Charlotte estava balançando a cabeça.

— Jessamine, enquanto você viver no Instituto será uma de nós, e tem que contribuir...

— É você que insiste que devemos receber integrantes do Submundo quando estão em encrenca, e que devemos alimentá-los, e abrigá-los — disse Jessamine. — Tenho certeza de que isso também inclui vesti-los. Veja, estarei contribuindo com a manutenção de Tessa.

Henry se inclinou sobre a mesa em direção à esposa.

— É melhor deixá-la — aconselhou. — Lembra da última vez em que tentou fazê-la separar as adagas na sala das armas e ela as usou para cortar todos os lençóis?

— Precisávamos de lençóis novos — disse Jessamine, impassível.

— Ai, tá bom — irritou-se Charlotte. — Sinceramente, às vezes quase desisto de vocês.

— O que eu fiz? — perguntou Jem. — Acabei de chegar.

Charlotte afundou o rosto nas mãos. Enquanto Henry começava a afagá-la nos ombros e emitir sons tranquilizadores, Will se inclinou sobre Tessa em direção a Jem, ignorando-a completamente ao fazê-lo.

— Devemos sair agora?

— Preciso acabar o chá primeiro — disse Jem. — E, seja como for, não entendo por que está tão interessado. Não disse que o lugar não é utilizado como bordel há anos?

— Quero estar de volta antes de escurecer — disse Will. Estava se inclinando quase sobre o colo de Tessa, e ela podia sentir um leve cheiro de couro e metal que parecia preso ao cabelo e à pele do rapaz. — Tenho um encontro marcado no Soho esta noite com certa pessoa atraente.

— Céus — disse Tessa por trás da cabeça dele. — Se continuar se encontrando com Nigel Seis Dedos com essa frequência, ele vai esperar que declare suas intenções.

Jem engasgou com o chá.

O dia com Jessamine começou tão mal quanto Tessa temia. O trânsito estava terrível. Por mais abarrotada que Nova York fosse, Tessa jamais havia visto nada como a bagunça da Strand ao meio-dia. Carruagens andavam lado a lado com carrinhos de verdureiros ambulantes, cheios de frutas e legumes; mulheres com xales e carregando cestas rasas repletas de flores entravam e saíam do trânsito enlouquecidamente tentando vender artigos aos ocupantes de diversas carruagens; e táxis paravam no meio do caminho para os motoristas gritarem uns com os outros pelas janelas. O barulho se somava ao já caótico som dos gritos de vendedores de sorvete "Seu desejo satisfaço, um centavo o pedaço", dos de jornais, que anunciavam as últimas manchetes do dia, e de um órgão sendo tocado por alguém em algum lugar. Tessa se perguntou como as pessoas que moravam e trabalhavam em Londres não eram surdas.

Enquanto olhava pela janela, uma senhora com uma grande gaiola de metal cheia de pássaros coloridos se colocou ao lado da carruagem delas. Ela virou a cabeça, e Tessa viu que tinha a pele tão verde quanto as penas de um papagaio, os olhos arregalados e negros como os de um pássaro, e o cabelo uma confusão de penas multicoloridas. Tessa encarou, e Jessamine, seguindo o olhar, franziu a testa.

— Feche as cortinas — disse ela.— Para não entrar poeira. — E, esticando-se sobre Tessa, Jessamine fez exatamente isso.

Tessa olhou para ela. A boca pequena de Jessamine estava contraída em uma linha fina.

— Você viu...? — começou Tessa.

— Não — disse Jessamine, lançando a Tessa o que frequentemente os romances chamavam de um olhar "assassino". Tessa desviou os olhos apressadamente.

As coisas não melhoraram quando finalmente chegaram ao elegante West End. Deixando Thomas esperando pacientemente com os cavalos, Jessamine arrastou Tessa por diversos salões de roupas, olhando peças e mais peças, esperando enquanto a vendedora mais bonita era escolhida para desfilar algum modelo (nenhuma dama de verdade permitiria que um vestido que pudesse ter sido usado por uma estranha tocasse a sua pele). Em cada estabelecimento apresentou um nome falso e uma história diferente; em cada um deles os donos pareciam encantados por sua aparência e óbvia riqueza, e se apressavam em atendê-la. Tessa, essencialmente ignorada, ficou pelas bordas, semimorta de tédio.

Em um salão, posando de jovem viúva, Jessamine até avaliou um vestido de luto de crepe rendado. Tessa teve que admitir que cairia bem com o tom louro.

— Você ficaria absolutamente linda nele, e seria impossível não conseguir um bom segundo casamento. — A costureira piscou com ar conspiratório. — Aliás, sabe como chamamos este modelo? "A Armadilha Rearranjada".

Jessamine riu, a costureira sorriu alegremente, e Tessa pensou em correr para a rua e acabar com tudo se jogando embaixo de um táxi puxado por cavalos. Como se consciente da irritação de Tessa, Jessamine olhou na direção dela com um sorriso condescendente.

— Também estou procurando alguns vestidos para a minha prima dos Estados Unidos — disse. — As roupas lá são simplesmente horríveis. Ela é lisa como um alfinete, o que não ajuda, mas tenho certeza de que pode fazer alguma coisa por ela.

A costureira piscou, como se estivesse notando Tessa pela primeira vez, e talvez fosse isso mesmo.

— Gostaria de escolher um modelo, madame?

O turbilhão de atividades que se seguiu foi uma espécie de revelação para Tessa. Em Nova York suas roupas eram compradas pela tia — peças prontas que precisavam ser ajustadas para caber, e sempre de materiais baratos em tons de cinza escuro ou azul-marinho. Nunca soube, como sabia agora, que azul era uma cor adequada para ela, realçava os olhos azul-acinzentados, ou que deveria usar cor-de-rosa para dar cor às bochechas. Enquanto as medidas eram tiradas em meio a uma discussão sobre vestidos modelo princesa, corseletes e algum senhor chamado Charles Worth, Tessa se levantou e olhou para o próprio rosto no espelho, quase esperando as feições começarem a escorregar e se transformar, reformulando-se. Mas permanecia como ela mesma, e, ao fim de tudo, tinha quatro novos vestidos encomendados a serem entregues no fim da semana — um cor-de-rosa, um amarelo, um listrado de azul e branco com botões de ossos e um dourado e preto de seda — assim como dois casacos, um deles com tule frisado decorando os punhos.

— Desconfio que talvez fique até bonita com aquela última roupa — disse Jessamine enquanto subiam novamente na carruagem. — É incrível o que a moda é capaz de fazer.

Tessa contou silenciosamente até dez antes de responder.

— Estou extremamente agradecida por tudo, Jessamine. Vamos voltar ao Instituto agora?

Com isso, o brilho deixou o rosto de Jessamine. *Ela realmente detesta aquele lugar*, pensou Tessa, mais confusa do que qualquer outra coisa. O que havia de tão pavoroso lá? Claro, a razão pela qual existia era um tanto peculiar, certamente, mas Jessamine já deveria estar acostumada. Era uma Caçadora de Sombras, como o restante.

— O dia está tão bonito — disse Jessamine —, e você não viu quase nada de Londres. Acho que um passeio pelo Hyde Park é obrigatório. Depois podemos passar na Gunter's, e Thomas pode comprar sorvetes para nós!

Tessa olhou pela janela. O céu estava cinzento e nebuloso, marcado com algumas linhas azuis onde as nuvens se separavam brevemente umas das outras. Este jamais teria sido considerado um dia bonito em Nova York, mas Londres parecia ter padrões climáticos diferentes. Além do mais, ela agora devia alguma coisa a Jessamine, e claramente a última coisa que a garota queria era voltar para casa.

— Adoro parques — disse Tessa.

Jessamine quase sorriu.

— Não contou à srta. Gray sobre as rodas dentadas — disse Henry.

Charlotte levantou o olhar das anotações e suspirou. Sempre foi um desgosto o fato de que por mais que pedisse uma segunda, a Clave só permitia que o Instituto tivesse uma carruagem. Era ótima — grande — e Thomas era um excelente condutor. Mas isso significava que quando os Caçadores de Sombras do Instituto iam para locais diferentes, como era o caso hoje, Charlotte era forçada a pegar uma carruagem emprestada com Benedict Lightwood, que estava longe de ser sua pessoa preferida. E a única carruagem que se dispunha a emprestar era pequena e desconfortável. O pobre Henry, que era tão alto, estava com a cabeça batendo no teto baixo.

— Não — disse. — A coitadinha já parecia atordoada demais. Não pude dizer a ela que os dispositivos mecânicos que encontramos no porão tinham sido fabricados pela empresa que empregava seu irmão. Está tão preocupada com o rapaz... Parecia mais do que ela podia aguentar.

— Pode não significar nada, querida — lembrou Henry. — A Corporação Mortmain fabrica quase todas as maquinarias utilizadas na Inglaterra. Mortmain é realmente uma espécie de gênio. O sistema patenteado de produção de rolamentos de esferas dele...

— Sim, sim. — Charlotte disfarçou o tom de impaciência da voz. — E talvez devêssemos ter contado para ela. Mas achei que seria melhor falarmos antes com o sr. Mortmain e reunirmos as impressões que pudermos. Você está certo. Ele pode não saber de nada e pode haver uma ligação mínima. Mas seria muita coincidência, Henry. E eu desconfio muito de coincidências.

Olhou novamente para as anotações que havia feito sobre Axel Mortmain. Era o único (e provavelmente, apesar de as anotações não especificarem, ilegítimo) filho do doutor Hollingworth Mortmain, que, em questão de anos, havia subido de uma posição humilde de cirurgião em um navio comercial para ser um mercador privado, fazendo viagens para a China, comprando e vendendo temperos, açúcar, seda e chá, e — não estava declarado, mas Charlotte concordava com Jem — provavelmente ópio. Quando o doutor Mortmain morreu, seu filho, Axel, que mal completara

20 anos, herdou sua fortuna, a qual prontamente investiu na construção de uma frota de navios mais velozes e lustrosos do que todos os que percorriam os mares. Em uma década, o Mortmain mais novo havia dobrado, e em seguida, quadruplicado a fortuna do pai.

Em anos mais recentes havia se afastado de Xangai e voltado para Londres. Vendeu os navios comerciais e o dinheiro foi empregado na compra de uma grande empresa que vendia dispositivos mecânicos necessários para a confecção de todas as peças relativas à contagem do tempo, desde relógios de bolso até os de pêndulo. Era um homem muito rico.

A carruagem parou em frente a uma fileira de casas brancas com varandas, cada qual com janelas altas que tinham vista para a praça. Henry se inclinou para fora da carruagem e leu o número em uma placa de bronze afixada ao portão da frente.

— Deve ser aqui. — Alcançou a porta da carruagem.

— Henry — disse Charlotte, colocando a mão no braço dele. — Henry, você vai se lembrar do que conversamos pela manhã, não vai?

Ele sorriu pesarosamente.

— Farei o possível para não envergonhá-la e não atrapalhar a investigação. Sinceramente, às vezes fico me perguntando por que me traz nestas situações. Sabe que sou desastrado quando se trata de pessoas.

— Não é desastrado, Henry — disse Charlotte, suavemente.

Queria esticar o braço e acariciá-lo no rosto e nos cabelos, reconfortá-lo. Mas se conteve. Sabia, e já tinha sido suficientemente aconselhada, que não deveria forçar uma afetividade que Henry provavelmente não queria.

Deixando a carruagem com o cocheiro dos Lightwood, subiram as escadas e tocaram a campainha; a porta foi aberta por um criado com um uniforme azul-escuro e uma expressão rígida.

— Bom dia — disse bruscamente. — Posso perguntar o que desejam aqui?

Charlotte lançou um olhar de lado para Henry, que estava espionando através do lacaio com uma espécie de expressão sonhadora. Só Deus sabia no que estava pensando — rodas dentadas, engrenagens e engenhocas, sem dúvida —, mas certamente não estava presente na situação. Com um suspiro interno, disse:

— Sou a sra. Gray, e este é meu marido, sr. Henry Gray. Estamos procurando um primo nosso, um jovem chamado Nathaniel Gray. Há quase seis semanas que não temos notícias dele. Ele é, ou era, um dos empregados do sr. Mortmain...

Por um instante — ou talvez tivesse imaginado — pensou ter visto alguma coisa, uma faísca de desconforto, nos olhos do criado.

— O sr. Mortmain tem uma empresa grande. Não pode esperar que ele saiba o paradeiro de todo mundo que trabalha para ele. Seria impossível. Talvez devessem procurar a polícia.

Charlotte cerrou os olhos. Antes de saírem do Instituto, tinha marcado a parte interna dos braços com símbolos de persuasão. Era raro um mundano ser totalmente insuscetível à influência deles.

— Nós procuramos, mas não parecem ter progredido em nada com o caso. É assustador, e estamos preocupados com Nate. Se pudéssemos falar um instante com o sr. Mortmain...

Ela relaxou quando o criado assentiu lentamente.

— Avisarei ao sr. Mortmain da visita — disse, recuando para permitir que entrassem. — Por favor, esperem no vestíbulo. — Parecia espantado, como que surpreso com o próprio consentimento.

Abriu a porta, e Charlotte o seguiu para dentro, com Henry atrás. Apesar de o criado não ter oferecido um assento — uma falta de educação que ela atribuiu à confusão causada pelos símbolos de persuasão —, ele pegou o casaco e o chapéu de Henry, e o cachecol de Charlotte, antes de deixá-los olhando curiosos pelo hall de entrada.

O recinto tinha um teto alto, porém não ornamentado. Também faltavam os esperados retratos de família e de paisagens campestres. Em vez disso, pendiam do teto longas bandeiras de seda com os caracteres chineses de boa sorte pintados; um prato indiano de prata apoiava-se em um canto; e desenhos feitos à caneta e tinta de locais famosos alinhavam-se pelas paredes. Charlotte reconheceu o Monte Kilimanjaro, as pirâmides do Egito, o Taj Mahal, e uma parte da Muralha da China. Mortmain claramente era alguém que viajava muito e se orgulhava disso.

Charlotte virou para olhar Henry e ver se ele observava o mesmo que ela, mas ele estava olhando vagamente para a escada, perdido novamente nos próprios pensamentos. Antes que ela pudesse dizer qualquer coisa, o criado reapareceu, com um sorriso agradável no rosto.

— Por favor, venham por aqui.

Henry e Charlotte seguiram o homem até o final do corredor, onde ele abriu uma porta de carvalho polida e indicou que entrassem antes dele.

Encontraram-se em um grande estúdio, com amplas janelas que tinham vista para a praça. Cortinas verde-escuras estavam abertas para permitir a entrada de luz, e através dos vidros Charlotte podia ver a carruagem emprestada esperando por eles no meio-fio, o cavalo com a cabeça mergulhada em um saco de comida, o condutor em seu assento elevado lendo o jornal. Os galhos verdes das árvores moviam-se do outro lado da rua, um dossel cor de esmeralda, mas não havia qualquer barulho. As janelas bloqueavam todo o som, e nada era audível na sala exceto pelo leve tique de um relógio de parede com CORPORAÇÃO MORTMAIN gravado em ouro no mostrador.

A mobília era escura, de uma madeira preta pesada, e as paredes eram repletas de cabeças de animais — um tigre, um antílope e um leopardo —, e mais paisagens estrangeiras. Havia uma mesa de mogno no centro da sala, cuidadosamente arrumada com pilhas de papel, cada qual sob uma pesada engrenagem de cobre. Um globo com contornos de bronze e uma legenda GLOBO DA TERRA DE WYLD COM AS ÚLTIMAS DESCOBERTAS! ancorava um dos cantos da mesa, as terras sob o controle do Império Britânico marcadas com um vermelho rosado. Charlotte sempre achou estranha a experiência de examinar globos mundanos. O mundo deles não tinha o mesmo formato do que ela conhecia.

Havia um homem sentado atrás da mesa, que se levantou quando entraram. Era uma figura pequena e de aparência enérgica, um homem de meia-idade com os cabelos adequadamente grisalhos nas costeletas. A pele parecia queimada pelo vento, como se ele costumasse ficar do lado de fora em um clima rigoroso. Os olhos eram de um cinza muito, muito claro, a expressão agradável; apesar das roupas elegantes e aparentemente caras, era fácil imaginá-lo no convés de um navio, olhando atentamente ao longe.

— Boa tarde — disse ele. — Walker me informou de que estão procurando pelo sr. Nathaniel Gray?

— Sim — disse Henry, para surpresa de Charlotte. Henry raramente, se é que já o fizera, assumia o comando de uma conversa com estranhos. Ela imaginou se teria alguma coisa a ver com a planta de aparência complexa sobre a mesa. Henry olhava ansiosamente para o desenho, como se fosse comida. — Somos primos, entende.

— Agradecemos muito que disponha de tempo para conversar conosco, sr. Mortmain — acrescentou Charlotte apressada. — Sabemos que ele era apenas um dentre as dezenas de seus empregados...

— Centenas — disse o sr. Mortmain. Tinha uma voz agradável de barítono, que no momento parecia muito entretida. — É verdade que não posso acompanhar todos eles. Mas lembro do sr. Gray. Embora, devo dizer que, se ele chegou a mencionar que tinha primos Caçadores de Sombras, não posso dizer que me recordo.

6

Terra Estranha

Não devemos olhar para os homens gnomos,
Não devemos comprar dos seus frutos:
Quem sabe em que solo se alimentaram
Suas raízes famintas e sedentas?
— Christina Rossetti, "Goblin Market"

— Sabe — disse Jem —, isto não é nada como achei que um bordel seria.

Os dois meninos estavam na entrada do que Tessa chamava de Casa Sombria, na Whitechapel High Street. Parecia mais suja e mais escura do que Will se lembrava, como se alguém a tivesse coberto com uma camada extra de sujeira.

— O que imaginava exatamente, James? Damas da noite acenando das sacadas? Estátuas nuas decorando a entrada?

— Suponho — disse Jem mansamente — que estivesse esperando alguma coisa com aparência menos monótona.

Will havia achado a mesma coisa na primeira vez que viera. A sensação opressora que havia no interior da Casa Sombria era a de que se tratava de um local em que ninguém jamais pensara como lar. As janelas fechadas pareciam engorduradas, as cortinas escurecidas sem lavagem.

Will levantou as mangas.

— Provavelmente teremos que arrombar a porta...

— Ou — disse Jem, esticando o braço e girando a maçaneta — não.

A porta se abriu para um retângulo de escuridão.

— Ah, isso é preguiça — disse Will, puxando uma adaga de caça do cinto. Então deu um passo com cuidado para dentro, e Jem foi atrás, segurando com firmeza o cajado com extremidade de jade. Tendiam a se revezar na entrada em situações perigosas, apesar de Jem preferir cobrir a retaguarda; Will quase sempre se esquecia de olhar para trás.

A porta se fechou atrás deles, prendendo-os na escuridão semi-iluminada. A entrada parecia quase a mesma da primeira visita de Will — a mesma escadaria de madeira conduzindo ao andar de cima, o mesmo chão de mármore rachado, porém elegante, o mesmo ar carregado de poeira.

Jem ergueu a mão, e sua pedra de luz enfeitiçada ganhou vida assustando um grupo de besouros com seu brilho. Os insetos espalharam-se pelo chão, e Will fez uma careta.

— Belo lugar para morar, não é? Vamos torcer para que tenham deixado alguma coisa além de sujeira. Endereços para encaminhar correspondências, alguns membros amputados, uma ou duas prostitutas...

— De fato. Se tivermos sorte, talvez ainda possamos pegar sífilis.

— Ou varíola demoníaca — sugeriu Will alegremente, tentando a porta sob a escada. Ela se abriu, destrancada, assim como a porta da frente. — Sempre tem varíola demoníaca.

— Não existe varíola demoníaca.

— Ó, homem de pouca fé — disse Will, desaparecendo na escuridão sob as escadas.

Juntos, vasculharam meticulosamente o porão e os quartos do andar de baixo, encontrando pouca coisa além de lixo e poeira. Tudo tinha sido retirado do local onde Tessa e Will lutaram contra as Irmãs Sombrias; após uma longa procura Will descobriu na parede algo que parecia uma mancha de sangue, mas não parecia haver uma fonte de origem, e Jem observou que poderia ser apenas tinta.

Deixando o porão para trás, subiram, encontrando um longo corredor alinhado com portas que era familiar a Will. Tinha corrido por ali com

Tessa logo atrás. Entrou no primeiro quarto à direita, no qual a encontrara. Não havia sinais da menina de olhos arregalados que o atacara com um jarro. Estava vazio, os móveis haviam sido retirados para serem examinados na Cidade do Silêncio. Quatro entalhes escuros no chão indicavam o local onde antes ficava a cama.

Nos outros quartos era a mesma coisa. Will estava tentando abrir a janela de um deles quando ouviu Jem gritar para que ele fosse depressa até o último quarto à esquerda. Will se apressou e viu Jem no centro de um grande quarto quadrado, com a pedra de luz enfeitiçada brilhando na mão. Não estava sozinho. Havia um móvel remanescente — uma poltrona estofada —, e sentada nela estava uma mulher.

Era jovem — provavelmente da idade de Jessamine — e trajava um vestido estampado barato, os cabelos presos na nuca. Eles eram castanhos, e as mãos, expostas e vermelhas. Os olhos estavam arregalados e fixos.

— Ah — disse Will, surpreso demais para dizer qualquer outra coisa. — Ela está...

— Está morta — disse Jem.

— Tem certeza? — Will não conseguia tirar os olhos do rosto da mulher. Era pálido, mas não como seria um cadáver, e tinha as mãos cruzadas no colo, com os dedos levemente curvados, e não duros com o rigor da morte. Ele se aproximou e colocou uma das mãos no braço dela. Estava duro e frio sob seus dedos. — Bem, não está respondendo aos meus assédios — observou com mais animação do que sentia —, então *deve* estar morta.

— Ou é uma mulher de bom-gosto e bom-senso. — Jem se ajoelhou e olhou para o rosto dela. Os olhos eram azul-claros e protuberantes, e não focavam nele, parecendo tão mortos quanto olhos pintados. — Senhorita. — disse ele, e levou a mão ao pulso dela, com a intenção de ver se tinha pulsação.

Ela se mexeu, puxando o braço de sob a mão dele, e soltou um gemido baixo e inumano.

Jem se levantou, afobado.

— O que...

A mulher levantou a cabeça. Os olhos continuavam vazios, sem foco, mas os lábios se moveram com um rangido.

— Cuidado! — gritou ela. A voz ecoou pelo quarto, e Will, com um grito, saltou para trás.

A voz dela se parecia com engrenagens girando uma contra a outra.

— Cuidado, Nephilim. Assim como chacinam outros, também serão chacinados. Seu anjo não pode protegê-los contra aquilo que nem Deus nem o diabo fizeram, um exército que não nasceu nem no Paraíso, nem no Inferno. Cuidado com a mão do homem. Cuidado. — A voz se elevou a um grito agudo e raspado, e ela se debateu para a frente e para trás na cadeira, como uma marionete sendo comandada por cordas invisíveis. — CUIDADOCUIDADOCUIDADOCUIDADO...

— Meu bom Deus — murmurou Jem.

— CUIDADO! — berrou a garota uma última vez, e caiu para a frente, estatelando-se pelo chão, abruptamente silenciada. Will encarou, boquiaberto.

— Está...? — começou.

— Está — disse Jem. — Acho que desta vez ela está *bem* morta.

Mas Will estava balançando a cabeça.

— Morta. Sabe, eu não *acho* que esteja.

— O que você acha, então?

Em vez de responder, Will se ajoelhou perto do corpo. Colocou dois dedos na lateral da bochecha da mulher e virou a cabeça dela gentilmente até que estivesse olhando para eles. A boca estava bem aberta, o olho direito olhando para o teto. Já o esquerdo caía por cima da bochecha, preso à cavidade ocular por um fio de cobre.

— Não está viva — disse Will —, mas também não está morta. Pode ser... como uma das engenhocas de Henry, acredito. — Tocou o rosto dela. — Quem poderia ter feito isto?

— Nem posso imaginar. Mas ela nos chamou de Nephilim. Sabia o que somos.

— Ou alguém sabia — disse Will. — Não acho que ela *saiba* de nada. Acho que é uma máquina, como um relógio. E quebrou. — Levantou-se. — Independentemente disso, é melhor a levarmos ao Instituto. Henry vai querer dar uma olhada.

Jem não respondeu; estava olhando para a mulher no chão. Os pés estavam descalços sob a bainha do vestido, e sujos. A boca estava aberta, e era possível ver o brilho metálico dentro da garganta. O olho se pendurava assustadoramente no fio de cobre enquanto em algum lugar no exterior das janelas um relógio de igreja batia o meio-dia.

* * *

Uma vez no parque, Tessa começou a relaxar. Não estivera em um local verde e calmo desde que viera a Londres, e se viu quase relutantemente feliz em ver grama e árvores, apesar de achar que o parque não chegava aos pés do Central Park, em Nova York. O ar ali não era tão nebuloso quanto no restante da cidade, e o céu acima havia atingido uma cor quase azul.

Thomas esperou com a carruagem enquanto as meninas passeavam. Tessa caminhava ao lado de Jessamine, que mantinha uma conversa constante. Estavam passando por uma via pública que, Jessamine informou, inexplicavelmente se chamava Rotten Row, algo como "linha podre". Apesar do nome infeliz, aparentemente era *o* local para ver e ser visto. No centro dela homens e mulheres a cavalo desfilavam, muito bem paramentados — as mulheres com véus ao vento, as risadas ecoando pelo ar de verão. Pelas laterais da avenida caminhavam outros pedestres. Cadeiras e bancos ficavam posicionados sob as árvores, e havia mulheres sentadas girando guarda-sóis coloridos e bebendo água com hortelã; ao lado delas cavalheiros de bigodes fumavam, preenchendo o ar com cheiro de tabaco misturado a grama cortada e cavalos.

Apesar de ninguém ter parado para conversar com elas, Jessamine parecia saber quem era cada um — quem estava para se casar, quem procurava um marido, quem tinha um conhecido caso extraconjugal com a esposa de não sei quem. Era um pouco desorientador, e Tessa ficou feliz quando saíram da via e entraram em uma trilha mais estreita que levava para o interior do parque.

Jessamine passou o braço pelo de Tessa, e apertou sua mão.

— Não imagina o alívio que é finalmente ter outra menina por perto — disse alegremente. — Quero dizer, Charlotte é legal, mas é entediante e casada.

— Tem Sophie.

Jessamine desdenhou.

— Sophie é uma criada.

— Conheço meninas que são muito próximas de suas criadas — protestou Tessa.

Não era exatamente verdade. Havia lido sobre tais meninas, apesar de nunca ter conhecido uma. Mesmo assim, de acordo com os romances, a principal função da criada de uma moça era ouvir enquanto a mesma abria o coração sobre sua trágica vida amorosa, e ocasionalmente se vestir como a menina, para que ela não fosse capturada pelo vilão. Não que Tessa pudesse imaginar Sophie participando de nada desse tipo em benefício de Jessamine.

— Você *já* viu como é o rosto dela. O fato de ser horrível a deixou amarga. A criada de uma moça deve ser bonita e falar francês, e Sophie não tem uma qualidade, nem outra. Disse isso a Charlotte quando ela a levou para casa. Charlotte não me ouviu. Nunca ouve.

— Não posso imaginar por quê — disse Tessa.

Tinham virado para uma trilha estreita que passava por entre árvores. O brilho do rio era visível através delas, e os galhos acima se entrelaçavam, formando uma cobertura e bloqueando a luz do sol.

— Não é? Eu também não consigo! — Jessamine levantou o rosto, permitindo que o pouco sol que se filtrava através da cobertura das árvores dançasse por sua pele. — Charlotte nunca ouve ninguém. Vive atormentando o pobre do Henry, que não sei por que se casou com ela.

— Presumo que porque a ame?

Jessamine deu uma risadinha debochada.

— Ninguém acha isso. Henry queria ter acesso ao Instituto para poder fazer seus experimentos no porão e não precisar lutar. Não acho que ele *se importasse* com se casar com Charlotte, acho que não havia mais ninguém com quem quisesse se casar, mas se outra pessoa controlasse o Instituto, ele teria se casado com ela. — Jessamine torceu o nariz. — E tem os meninos, Will e Jem. Jem é agradável, mas sabe como são os estrangeiros. Não são muito confiáveis, além de basicamente egoístas e preguiçosos. Está sempre no quarto, fingindo estar doente, recusando-se a fazer qualquer coisa para ajudar — prosseguiu Jessamine alegre, aparentemente se esquecendo de que Jem e Will estavam vasculhando a Casa Sombria neste instante, enquanto ela passeava no parque com Tessa. — E *Will*... É bonito, mas se porta feito um lunático quase o tempo todo; é como se tivesse sido criado por selvagens. Não tem respeito por nada, nem por ninguém, não sabe nada sobre como um cavalheiro deve se portar. Suponho que seja porque é galês.

Tessa espantou-se.

— Galês? — *É algo ruim de ser?*, estava prestes a acrescentar, mas Jessamine, achando que Tessa estava duvidando das origens de Will, prosseguiu satisfeita.

— Ah, sim. Com aqueles cabelos negros, não há dúvidas. A mãe era galesa. O pai se apaixonou por ela, e foi isso. Deixou os Nephilim. Talvez ela o tenha enfeitiçado. — Jessamine riu. — Existem todos os tipos de magia estranha e coisas no País de Gales, você sabe.

Tessa não sabia.

— Sabe o que aconteceu aos pais de Will? Estão mortos?

— Suponho que sim, não é mesmo, ou teriam vindo procurá-lo. — Jessamine franziu o cenho. — Ugh. Seja como for. Não quero mais falar sobre o Instituto. — Virou-se para olhar para Tessa. — Deve estar se perguntando por que estou sendo tão gentil com você.

— Hum... — Tessa estava se perguntando, de fato. Nos romances, garotas como ela, cujas famílias outrora foram ricas mas que haviam sucumbido a tempos difíceis, comumente eram recebidas por tutores ricos e recebiam novas roupas e boa instrução. (Não que, pensou Tessa, houvesse alguma coisa errada com a sua instrução. Tia Harriet sabia tanto quanto qualquer educadora). Claro, Jessamine em nada se parecia com as boas moças mais velhas desses contos, cujos atos de generosidade eram totalmente altruístas. — Jessamine, já leu *The lamplighter*?

— Certamente não. Meninas não devem ler romances — disse Jessamine, com tom de alguém recitando alguma coisa que ouvira em algum lugar. — Independentemente disso, srta. Gray, tenho uma proposta para você.

— Tessa — corrigiu automaticamente.

— Claro, afinal já somos muito amigas — disse Jessamine —, e em breve seremos ainda mais.

Tessa a olhou com espanto.

— O que quer dizer?

— Como o repugnante Will certamente lhe contou, minha querida mãe e meu querido pai estão mortos. Mas me deixaram uma quantia financeira considerável. Está guardada em um fundo até meu décimo oitavo aniversário, uma questão de meses. Entende o problema, é claro.

Tessa, que não entendia, falou:

— Entendo?

— Não sou uma Caçadora de Sombras, Tessa. Detesto tudo o que envolve os Nephilim. Nunca quis ser uma, e meu maior desejo é deixar o Instituto e nunca mais falar com ninguém que mora lá.

— Mas pensei que seus pais fossem Caçadores de Sombras...

— Uma pessoa não precisa ser Caçadora de Sombras se não o desejar — irritou-se Jessamine. — Meus pais não queriam. Deixaram a Clave quando eram novos. Mamãe sempre foi perfeitamente clara com relação à isso. Nunca quis Caçadores de Sombras perto de mim. Disse que jamais desejaria essa vida para uma menina. Queria outras coisas em meu caminho. Que eu debutasse, conhecesse a Rainha, encontrasse um bom marido e tivesse belos filhos. Uma *vida comum*. — Disse as palavras com um tipo de fome selvagem. — Há outras garotas na cidade agora, Tessa, outras meninas da minha idade, que não são tão bonitas quanto eu mas estão dançando, flertando, rindo e pegando maridos. Elas têm aulas de francês. E eu tenho aulas em línguas demoníacas horrorosas. Não é *justo*.

— Você ainda pode se casar. — Tessa estava confusa. — Qualquer homem gostaria...

— Poderia me casar com um *Caçador de Sombras*. — Jessamine cuspiu a palavra. — E viver como Charlotte, tendo que me vestir e lutar como um homem. É bizarro. Mulheres não devem se comportar assim. Fomos feitas para governar graciosamente nossas casas. Decorá-las de forma a agradar nossos maridos. Alegrá-los e confortá-los com nossa presença dócil e angelical.

Jessamine não soava dócil nem angelical, mas Tessa achou melhor não comentar.

— Não vejo como eu...

Jessamine pegou ferozmente o braço de Tessa.

— Não? Posso deixar o Instituto, Tessa, mas não posso viver sozinha. Não seria respeitável. Talvez se fosse uma viúva, mas sou apenas uma menina. Então nada feito. Mas se eu tivesse companhia... uma irmã...

— Quer que eu finja ser sua *irmã*? — guinchou Tessa.

— Por que não? — disse Jessamine, como se esta fosse a sugestão mais razoável do mundo. — Ou você poderia ser minha prima americana. Sim, isso funcionaria. Veja bem — acrescentou, de maneira mais prática — não é como se você tivesse para onde ir, não é? Tenho plena certeza de que logo pegaríamos maridos.

Tessa, cuja cabeça tinha começado a doer, desejou que Jessamine parasse de falar em "pegar" maridos, como se fosse como pegar uma gripe, ou um gato fujão.

— Poderia apresentá-la às melhores pessoas — continuou Jessamine. — Haveria bailes, jantares... — interrompeu-se, olhando em volta, confusa. — Mas... onde é que nós estamos?

Tessa olhou em volta. A trilha havia estreitado. Agora era um rastro escuro que passava por árvores altas e curvadas. Tessa não enxergava mais o céu, nem ouvia o som de vozes. A seu lado, Jessamine tinha parado. Contraiu o rosto com um medo repentino.

— Saímos da trilha — sussurrou ela.

— Bem, podemos encontrar o caminho de volta, não podemos? — Tessa girou, procurando uma abertura entre as árvores, um facho de luz. — Acho que viemos dali...

Jessamine segurou de repente o braço de Tessa e os dedos agiram como garras. Alguma coisa — não, alguém — havia aparecido diante delas na trilha.

A figura era pequena, tão pequena que por um instante Tessa achou que estivessem olhando para uma criança. Mas quando a forma deu um passo para a frente, ficando sob a luz, viu que se tratava de um homem — um homem corcunda, encarquilhado, vestido em trapos como um mascate, usando um chapéu surrado na cabeça. O rosto era enrugado e branco, como uma velha maçã coberta de mofo, e os olhos brilhavam negros entre sobras espessas de pele.

O sujeito sorriu, exibindo dentes afiados como navalhas.

— Meninas bonitas.

Tessa olhou para Jessamine; estava rija e com os olhos fixos, sua boca era uma linha branca.

— Temos que ir — sussurrou Tessa, e puxou o braço de Jessamine.

Lentamente, como se estivesse em um sonho, Jessamine permitiu que Tessa lhe virasse, de modo que estivessem novamente viradas na direção do caminho de onde vieram...

E o homem estava diante delas outra vez, bloqueando a passagem para o parque. Longe, muito longe, Tessa achou que enxergava o parque, uma espécie de clareira, cheia de luz. Parecia impossivelmente distante.

— Vocês se afastaram da trilha — disse o estranho. A voz era cantada, rítmica. — Meninas bonitas se afastaram da trilha. Sabem o que acontece com garotas como vocês.

Ele deu um passo à frente.

Jessamine, ainda rígida, agarrava o guarda-sol como se fosse uma tábua de salvação.

— Gnomo — disse —, goblin, o que quer que seja, não temos qualquer desarmonia com ninguém do Povo das Fadas. Mas se nos tocar...

— Saíram da trilha — entoou o homenzinho, se aproximando e, ao fazê-lo, Tessa viu que os sapatos brilhantes não eram sapatos, mas cascos luminosos. — Nephilim tolas, vindo a este lugar sem usar Marcas. Esta terra é mais antiga do que qualquer Acordo. Aqui há terra estranha. Se seu sangue de anjo cair sobre ela, vinhas douradas crescerão no local, com diamantes nas pontas. E os reivindico. Eu reivindico seu sangue.

Tessa puxou o braço de Jessamine.

— Jessamine, nós devíamos...

— Tessa, fique *quieta.* — Soltando o braço, Jessamine apontou o guarda-sol para o gnomo. — Não quer fazer isto. Não quer...

A criatura saltou. Ao lançar-se na direção delas, a boca pareceu expandir, a pele se dividir, e Tessa viu o rosto sob ela — vil e com presas. Ela gritou e cambaleou para trás, o sapato prendendo em uma raiz de árvore. Caiu no chão enquanto Jessamine erguia o guarda-sol e, com um movimento de pulso, o fez explodir, se abrindo como uma flor.

O gnomo gritou. Então caiu para trás e rolou no chão, ainda gritando. Sangue jorrou de um ferimento na bochecha, manchando o casaco cinza rasgado.

— Avisei você — disse Jessamine. Estava ofegante, o peito subindo e descendo como se tivesse acabado de correr pelo parque. — Avisei para nos deixar em paz, criatura imunda... — Ela atingiu o gnomo mais uma vez, e agora Tessa enxergava que as pontas do guarda-sol brilhavam com um estranho ouro branco, afiadas como lâminas. Havia sangue espirrado por todo o tecido florido.

O gnomo uivou, protegendo-se com os braços. Parecia um homenzinho corcunda agora, e apesar de Tessa saber que era ilusão, não conseguia deixar de sentir uma pontinha de pena.

— Misericórdia, misericórdia...

— Misericórdia? — irritou-se Jessamine. — Você queria cultivar flores com o meu sangue! Gnomo imundo! Criatura nojenta! — Ela o atacou novamente com o guarda-sol, e mais uma vez, o gnomo berrou e se debateu. Tessa se sentou, sacudindo a sujeira do cabelo, então levantou-se, cambaleando. Jessamine ainda gritava, o guarda-sol zunindo, a criatura no chão sofrendo espasmos a cada golpe. — Odeio você! — berrou Jessamine, a voz fina e trêmula. — Odeio você e tudo como você, do Submundo, nojento, *nojento*...

— Jessamine! — Tessa correu para ela e lançou os braços ao seu redor, prendendo os de Jessamine contra o corpo.

Por um instante Jessamine se debateu, e Tessa percebeu que jamais conseguiria segurá-la. Ela era *forte*, os músculos sob a suave pele feminina estavam contraídos, retesados como um chicote. Então Jessamine amoleceu de repente, caindo contra Tessa, a respiração enfraquecendo ao mesmo tempo que o guarda-sol caía de sua mão.

— Não — choramingou ela. — Eu não queria. Não tive a intenção. *Não*...

Tessa olhou para baixo. O corpo do gnomo estava encolhido e imóvel aos pés delas. Sangue se espalhava pelo chão a partir do local onde ele estava deitado, correndo pela terra como vinhas escuras. Abraçando Jessamine enquanto ela chorava, Tessa não pôde deixar de imaginar o que agora cresceria ali.

Foi, como era de se esperar, Charlotte que se recuperou do choque primeiro.

— Sr. Mortmain, não sei o que possivelmente quer dizer...

— Claro que sabe. — Ele sorria, o rosto esguio partido por uma expressão endiabrada que ia de uma orelha à outra. — Caçadores de Sombras. Nephilim. É assim que se chamam, não? Filhos espúrios de homens e anjos. Estranho, considerando que os Nephilim da Bíblia eram monstros horrendos, não eram?

— Sabe, isso não é necessariamente verdade — disse Henry, sem conseguir conter seu ar pedante interior. — Houve um problema na tradução do aramaico original...

— Henry — disse Charlotte em tom de alerta.

— Vocês realmente prendem as almas dos demônios que matam em um cristal gigantesco? — prosseguiu Mortmain, com olhos arregalados. — Quão magnífico!

— Está falando da Pyxis? — Henry pareceu perplexo. — Não é um cristal, é mais como uma caixa de madeira. E não são exatamente almas, demônios não *têm* almas. Têm energia...

— Fique *quieto*, Henry — irritou-se Charlotte.

— Sra. Branwell — disse Mortmain. Soava terrivelmente alegre. — Por favor, não se preocupe. Já sei tudo sobre sua espécie, veja bem. Você é Charlotte Branwell, não é? E este é seu marido, Henry Branwell. Controlam o Instituto de Londres localizado no lugar onde outrora ficava a igreja *All-Hallows-the-Less*. Realmente achou que eu não fosse saber quem eram? *Especialmente* depois que tentaram enfeitiçar meu criado? Ele não suporta ser enfeitiçado, sabe. Tem alergia.

Charlotte cerrou os olhos.

— E como o senhor obteve todas estas informações?

Mortmain se inclinou para a frente ansioso, juntando as mãos.

— Eu estudo o oculto. Desde meus tempos de jovem na Índia, assim que soube da existência, fiquei fascinado com os reinos das sombras. Para um homem na minha posição, com recursos e muito tempo disponíveis, muitas portas se abrem. Existem livros que se pode comprar, informações pelas quais é possível pagar. Seu conhecimento não é tão secreto quanto imagina.

— Talvez — disse Henry, parecendo profundamente infeliz —, mas... É *perigoso*, sabe, matar demônios. Não é como atirar em tigres. Eles podem caçá-lo de volta com a mesma eficiência.

Mortmain riu.

— Meu jovem, não tenho a menor intenção de sair por aí lutando contra demônios de mãos vazias. Claro que este tipo de informação é perigoso nas mãos de pessoas volúveis e destemperadas, mas minha mente é cuidadosa e sensata. Almejo apenas expandir meu conhecimento sobre o mundo, nada mais. — Olhou ao redor. — Devo dizer, nunca tive a honra de falar com um Nephilim antes. Claro, menções a vocês são frequentes na literatura, mas ler e vivenciar são coisas totalmente diferentes, tenho certeza de que concordam. Há tanto que poderiam me ensinar...

— Isso — disse Charlotte com um tom gélido — já foi mais que o suficiente.

Mortmain olhou para ela, confuso.

— Perdão?

— Considerando que parece saber tanto sobre os Nephilim, sr. Mortmain, posso perguntar se sabe qual é o nosso encargo?

Mortmain pareceu presunçoso.

— Destruir demônios. Proteger os humanos, mundanos, que é como vejo que nos chamam.

— Isso — disse Charlotte —, e durante boa parte do tempo, protegemos os tolos humanos contra eles mesmos. Vejo que o senhor não é exceção.

Com isso, Mortmain pareceu realmente espantado. O olhar se voltou para Henry. Charlotte conhecia aquele olhar. Um olhar trocado apenas entre homens, que dizia *não consegue controlar sua mulher, senhor?* Um olhar que, sabia, era desperdiçado em Henry, que parecia tentar ler as plantas de Mortmain de cabeça para baixo e prestava pouquíssima atenção à conversa.

— Pensa que o conhecimento oculto que adquiriu faz de você alguém muito esperto — disse Charlotte. — Mas já vi a minha cota de mundanos mortos, sr. Mortmain. Não consigo nem contar as vezes em que cuidei de restos de pessoas que se achavam especialistas em práticas mágicas. Lembro-me, quando era menina, de ter sido convocada à casa de um advogado. Ele fazia parte de um ciclo tolo de homens que se consideravam mágicos. Passavam o tempo entoando cânticos, usando túnicas e desenhando pentagramas no chão. Em dada noite ele resolveu que era suficientemente habilidoso para tentar invocar um demônio.

— E era?

— Era — disse Charlotte. — Invocou o demônio Marax. Que o matou, e a toda sua família. — disse ela, sem rodeios. — Encontramos a maioria decapitada, pendurada com os pés para cima na casa das carruagens. O filho mais novo estava assando no fogo em um espeto. Nunca encontramos o Marax.

Mortmain estava pálido, mas manteve a compostura.

— Há sempre aqueles que tentam ir longe demais — disse. — Mas eu...

— Mas você jamais seria tão tolo — completou Charlotte. — Exceto que está, neste momento, sendo tão tolo quanto. Olha para mim e para Henry e não sente medo de nós. Está se divertindo! Um conto de fadas se tornando real! — Bateu a mão com força na ponta da mesa, fazendo-o saltar. — O poder da Clave está por trás de nós — disse, com a nota mais fria que conseguiu. — Nosso encargo é proteger os humanos. Tais como Nathaniel Gray. Ele desapareceu, e algo oculto está claramente por trás deste desaparecimento. E eis que encontramos seu antigo empregador, declaradamente envolvido com ocultismo. É difícil acreditar que os dois fatos não sejam relacionados.

— Eu... Ele... O sr. Gray desapareceu? — gaguejou Mortmain.

— Desapareceu. A irmã dele veio até nós procurando por ele; foi informada por uma dupla de feiticeiras de que o garoto corria grave perigo. Enquanto você se diverte, o rapaz pode estar morrendo. E a Clave não é clemente com aqueles que ficam no caminho de nossa missão.

Mortmain passou a mão sobre o rosto. Quando tirou, parecia cinzento.

— Devo, é claro — disse —, contar tudo o que queiram saber.

— Ótimo. — O coração de Charlotte batia acelerado, mas a voz não a traiu e não demonstrou qualquer ansiedade.

— Conhecia o pai dele. De Nathaniel. Eu o empreguei há quase vinte anos quando a Mortmain era essencialmente uma empresa de navegação. Tinha escritórios em Hong Kong, Xangai, Tiajin... — interrompeu-se quando Charlotte começou a tamborilar os dedos na mesa, impaciente. — Richard Gray trabalhou para mim aqui em Londres. Era meu principal funcionário, um homem bom e inteligente. Lamentei perdê-lo quando se mudou com a família para os Estados Unidos. Quando Nathaniel escreveu contando quem era, ofereci um emprego no ato.

— Sr. Mortmain — a voz de Charlotte era dura. — Isto é irrelevante...

— Ah, não é — insistiu o homenzinho. — Veja, meus conhecimentos ocultos sempre foram úteis em questões de negócios. Há alguns anos, por exemplo, um banco conhecido da Lombard Street faliu, destruindo dezenas de grandes empresas. Minhas relações com um feiticeiro me ajudaram a evitar um desastre. Pude retirar meus fundos antes da dissolução do banco, o que salvou minha empresa. Mas despertou a desconfiança de Richard. Ele deve ter investigado, pois eventualmente me confrontou perguntando sobre o Clube Pandemônio.

— Você é um membro, então — murmurou Charlotte. — É claro.

— Ofereci a Richard sociedade no clube, até o levei a algumas reuniões, mas ele não se interessou. Pouco tempo depois se mudou para os Estados Unidos com a família. — Mortmain estendeu as mãos. — O Clube Pandemônio não é para todos. Tendo viajado como viajei, ouvi histórias sobre organizações semelhantes em muitas cidades, grupos de homens que sabem sobre o Mundo das Sombras e desejam compartilhar conhecimentos e vantagens, mas paga-se caro para entrar na sociedade e manter o segredo.

— O preço é mais alto do que isso.

— Não é uma organização do mal — disse Mortmain. Soava quase ferido. — Houve muitos avanços, muitas grandes invenções. Vi um feiticeiro criar um anel de prata capaz de transportar quem o usasse para outro local sempre que fosse girado ao redor do dedo. Ou uma porta que podia levá-lo aonde desejasse ir, qualquer lugar do mundo. Vi homens voltando da beira da morte...

— Tenho ciência do que é a magia, e do que ela pode fazer, sr. Mortmain. — Charlotte olhou para Henry, que estava examinando a planta de alguma espécie de engenhoca mecânica, pendurada em uma parede. — Só tenho uma pergunta que me preocupa. As feiticeiras que parecem ter sequestrado o sr. Gray são de alguma forma associadas ao clube. Sempre soube se tratar de um clube para mundanos. Por que haveria integrantes do Submundo nele?

Mortmain franziu a testa.

— Submundo? Está falando dos sobrenaturais, como feiticeiros, licantropes e afins? Há níveis e níveis de sociedade, sra. Branwell. Um mundano como eu pode se tornar sócio do clube. Mas os presidentes, aqueles que comandam a empresa, são integrantes do Submundo. Feiticeiros, licantropes, vampiros. O Povo das Fadas nos evita, no entanto. Muitos comandantes de indústrias, rodovias, fábricas e coisas do tipo para elas. Detestam estas coisas. — Balançou a cabeça. — Adoráveis criaturas, as fadas, mas temo que o progresso seja o fim delas.

Charlotte não estava interessada nas opiniões de Mortmain sobre fadas; sua mente girava.

— Deixe-me adivinhar. Apresentou Nathaniel ao clube, exatamente como havia feito com o pai dele.

Mortmain, que parecia estar recobrando parte da confiança, esmoreceu novamente.

— Nathaniel só estava empregado no meu escritório de Londres havia poucos dias quando me confrontou. Supus que soubesse sobre a experiência do pai no clube e desejasse vorazmente saber mais. Não pude recusar. Levei-o a uma reunião, e achei que fosse parar por aí. Mas não. — Balançou a cabeça. — Nathaniel se encantou pelo clube, como um pato pela água. Algumas semanas após aquela primeira reunião, ele sumiu do alojamento. Mandou uma carta se demitindo, dizendo que iria trabalhar para outro integrante do Clube Pandemônio, alguém que aparentemente se dispunha a pagar o suficiente para sustentar seu vício em jogo. — Suspirou. — Nem preciso dizer que não deixou endereço.

— E isso é tudo? — A voz de Charlotte se ergueu, incrédula. — Não tentou procurar por ele? Descobrir para onde tinha ido? Quem era o novo empregador?

— Um homem pode trabalhar onde quiser — disse Mortmain, petulante. — Não havia motivo para pensar...

— E desde então não o vê?

— Não. Eu lhe disse...

Charlotte interrompeu-o:

— Diz que ele se encantou pelo Clube Pandemônio como um pato se encanta por água, e, no entanto, não o vê em nenhuma reunião do clube desde que deixou de trabalhar para o senhor?

Um olhar de pânico passou pelo rosto de Mortmain.

— Eu... eu mesmo não vou a nenhuma reunião desde então. Tenho estado muito ocupado com o trabalho.

Charlotte olhou fixamente para Axel Mortmain através da pesada mesa. Era boa juíza de caráter, sempre achara isso. Não era como se nunca tivesse deparado com homens como Mortmain. Homens francos, geniais, confiantes, homens que acreditavam que seu sucesso comercial ou em algum outro campo mundano significava que teriam o mesmo êxito se investissem nas artes mágicas. Pensou novamente no advogado, nas paredes da casa em Knightsbridge pintadas de escarlate com o sangue da família. Pensou em como devia ter sido o pânico que sofreu naqueles últimos instantes de vida. Podia ver crescendo um temor semelhante nos olhos do homem à sua frente.

— Sr. Mortmain — disse —, não sou tola. Sei que está escondendo alguma coisa de mim. — Tirou da bolsa uma das rodas dentadas recuperadas por Will da casa das Irmãs Sombrias e a colocou sobre a mesa. — Isto se parece com algo que sua fábrica produziria.

Com uma expressão distraída, Mortmain olhou para a pequena peça de metal sobre a mesa.

— Sim, sim, é uma das minhas rodas dentadas. O que tem ela?

— Duas feiticeiras chamadas de Irmãs Sombrias, ambas integrantes do Clube Pandemônio, vinham assassinando humanos. Jovens meninas. Mal saídas da infância. E encontramos isto no porão da casa delas.

— Não tenho nada a ver com assassinato algum! — exclamou Mortmain. — Eu nunca... Eu pensei que... — Tinha começado a suar.

— Pensou o quê? — A voz de Charlotte era suave.

Mortmain pegou a roda dentada com os dedos trêmulos.

— A senhora não imagina... — A voz desapareceu. — Há alguns meses alguém que integrava o clube, do Submundo, um membro muito antigo e poderoso, veio até mim e me pediu que vendesse alguns equipamentos mecânicos para ele por um preço bem baixo. Rodas dentadas, engrenagens e afins. Não perguntei para quê; por que perguntaria? Não parecia haver nada de extraordinário no pedido.

— Por algum acaso — disse Charlotte — seria este o mesmo homem que empregou Nathaniel depois que ele deixou de trabalhar para o senhor?

Mortmain derrubou a roda. Enquanto a peça rolava pela mesa, ele bateu a mão por cima, contendo seu avanço. Apesar de não ter dito nada, Charlotte pôde perceber pela faísca de medo nos olhos, que seu palpite estava certo. Um leve triunfo formigou por seus nervos.

— O nome dele — disse. — Diga-me o nome dele.

Mortmain encarava a mesa.

— Essa informação custaria a minha vida.

— E quanto à vida de Nathaniel Gray? — disse Charlotte.

Sem encontrar os olhos dela, Mortmain balançou a cabeça.

— Não faz ideia de como esse homem é poderoso. O quão perigoso ele é.

Charlotte recompôs a postura.

— Henry — disse —, traga o Evocador.

Henry se afastou da parede e piscou para ela, confuso.

— Mas querida...

— Traga o dispositivo! — irritou-se Charlotte. Detestava se irritar com Henry; era como chutar um filhote de cachorro. Mas às vezes era necessário.

O olhar de confusão ainda não tinha deixado o rosto dele quando se juntou à esposa diante da mesa de Mortmain e sacou algo do bolso do casaco. Era um metal escuro e comprido, com uma série de discos peculiares na superfície. Charlotte o pegou e apontou para Mortmain.

— Isto é um Evocador — disse a ele. — Permitirá que eu convoque a Clave. Dentro de três minutos sua casa estará cercada. Os Nephilim o arrastarão desta sala, gritando e se debatendo. Aplicarão as torturas mais elaboradas no senhor, até que seja forçado a falar. Sabe o que acontece a um homem quando jogam sangue de demônio nos olhos dele?

Mortmain a olhou horrorizado, mas não disse nada.

— Por favor, não me teste, sr. Mortmain. — O dispositivo estava escorregadio por causa do suor nas mãos de Charlotte, mas a voz dela saía firme. — Detestaria vê-lo morrer.

— Meu Deus, criatura, diga a ela! — Henry deixou escapar. — Honestamente, não há necessidade para isto, sr. Mortmain. Só está dificultando as coisas para si.

Mortmain cobriu o rosto com as mãos. Sempre quis conhecer Caçadores de Sombras reais, pensou Charlotte, olhando para ele. E agora tinha conseguido.

— De Quincey — disse. — Não sei o primeiro nome. Apenas De Quincey.

Pelo Anjo. Charlotte exalou lentamente, abaixando o dispositivo.

— De Quincey? Não pode ser...

— Sabe quem ele é? — a voz de Mortmain estava entorpecida. — Bem, supus que saberia.

— É o líder de um poderoso clã de vampiros em Londres — disse Charlotte, quase relutante —, um integrante muito influente do Submundo, e aliado da Clave. Não posso imaginar que ele...

— É o líder do clube — disse Mortmain. Parecia exaurido, e um pouco cinzento. — Todos respondem a ele.

— O líder do clube. Tem um título?

Mortmain pareceu ligeiramente surpreso com a pergunta.

— Magistrado.

Com a mão ligeiramente trêmula, Charlotte guardou na manga o dispositivo que estava segurando.

— Obrigada, sr. Mortmain. Foi de grande ajuda.

Mortmain olhou para ela com uma espécie de ressentimento esgotado.

— De Quincey descobrirá que contei. Mandará me matar.

— A Clave se certificará de que não o faça. E manteremos seu nome fora disto. Ele jamais saberá que falou conosco.

— Faria isso? — perguntou Mortmain suavemente. — Por um... como disse?... por um tolo mundano?

— Tenho esperanças no senhor, sr. Mortmain. Parece ter percebido a própria insensatez. A Clave ficará de olho em você, não apenas para protegê-lo, mas para se certificar de que se mantenha longe do Clube Pandemônio e de organizações do tipo. Pelo seu próprio bem, espero que interprete nosso encontro como um aviso.

Mortmain assentiu e Charlotte dirigiu-se para a porta com Henry. Ela já a havia aberto e estava na soleira quando Mortmain falou outra vez.

— Eram apenas rodas dentadas — disse suavemente. — Engrenagens. Inofensivas.

Foi Henry, para surpresa de Charlotte, que respondeu, sem se virar:

— Objetos inanimados são de fato inofensivos, sr. Mortmain. Mas nem sempre se pode dizer o mesmo sobre os homens que os utilizam.

Mortmain ficou em silêncio enquanto os Caçadores de Sombras deixavam o recinto. Alguns instantes mais tarde estavam na praça, respirando ar puro — tão puro quanto o ar de Londres conseguia ser. Podia ser carregado de fumaça de carvão e poeira, pensou Charlotte, mas ao menos era livre do medo e do desespero que pendiam como um nevoeiro no escritório de Mortmain.

Retirando o dispositivo da manga, Charlotte o entregou ao marido.

— Suponho que deva perguntar — disse enquanto ele recebia o objeto com a expressão séria —, o que *é* isto, Henry?

— Uma coisa que estou desenvolvendo. — Henry olhou afetuosamente para o objeto. — Um dispositivo capaz de captar energias demoníacas. Ia chamá-lo de Sensor. Ainda não coloquei para funcionar, mas quando o fizer...!

— Tenho certeza de que será esplêndido.

Henry transferiu o olhar afetuoso do objeto para a esposa, uma coisa rara.

— Genial, Charlotte. Fingir que podia convocar a Clave no ato, apenas para assustar aquele sujeito! Mas como sabia que eu teria um dispositivo que poderia utilizar?

— Bem, você tinha, querido — disse Charlotte. — Não tinha?

Henry se acanhou.

— Você é tão assustadora quanto maravilhosa, querida.

— Obrigada, Henry.

* * *

O percurso de volta ao Instituto foi silencioso; Jessamine olhava pela janela da carruagem para o trânsito de Londres e se recusou a dizer uma palavra. Estava com o guarda-sol no colo, aparentemente indiferente ao fato de que o sangue nas bordas estava manchando seu casaco de tafetá. Quando chegaram à área da igreja, permitiu que Thomas lhe ajudasse a descer antes de se esticar para pegar a mão de Tessa.

Surpresa pelo contato, Tessa só conseguiu encarar. Os dedos de Jessamine estavam gelados.

— Vamos *logo* — disse Jessamine, impaciente, e puxou a companheira em direção às portas do Instituto, deixando Thomas atrás, observando.

Tessa deixou que ela a puxasse pelas escadas, pelo próprio Instituto e por um longo corredor, quase idêntico ao que levava ao seu quarto. Jessamine localizou uma porta, empurrou Tessa para dentro e a seguiu, fechando a porta atrás delas.

— Quero lhe mostrar uma coisa — disse.

Tessa olhou em volta. Era mais um dos enormes quartos que o Instituto parecia ter em quantidades infinitas. O de Jessamine, no entanto, era decorado relativamente de acordo com seu gosto. Sobre os revestimentos de madeira, as paredes tinham papéis de seda cor-de-rosa, e o cobertor na cama tinha estampa de flores. Havia também uma penteadeira branca, a superfície coberta com um conjunto que parecia ter custado caro: um suporte, uma garrafa de lavanda, uma escova de cabelo e um espelho, ambos de prata.

— Seu quarto é adorável — disse Tessa, mais para acalmar a histeria evidente de Jessamine do que por realmente achá-lo.

— É pequeno demais — disse Jessamine. — Mas venha aqui. — E, jogando o guarda-sol ensanguentado na cama, atravessou o quarto para um canto perto da janela.

Tessa a seguiu, um pouco confusa. Não havia nada além de uma mesa alta no canto, e nela, uma casa de bonecas. Não o tipo de casinha de papelão com dois quartos que Tessa teve quando criança. Esta era uma bela reprodução em miniatura de uma verdadeira casa londrina, e quando Jessamine tocou-a, Tessa viu que a frente se abria sobre dobradiças minúsculas.

Tessa perdeu o fôlego. Tinha lindos quartinhos, perfeitamente decorados com móveis em miniatura, tudo de acordo com a escala, desde as cadeirinhas com almofadas em ponto de cruz, até o fogão de ferro fundido na cozinha. E havia também pequenas bonecas com cabeças de porcelana e quadros a óleo de verdade nas paredes.

— Esta era a minha casa. — Jessamine se ajoelhou, ficando no mesmo nível dos cômodos da casa, e indicou para que Tessa fizesse o mesmo.

Desconfortavelmente, Tessa o fez, tentando não ajoelhar na saia de Jessamine.

— Quer dizer que esta era a sua casa de boneca quando era pequena?

— Não. — Jessamine soou irritada. — Esta era a minha *casa*. Meu pai mandou fazer esta aqui para mim quando eu tinha 6 anos. É uma cópia exata da casa em que morávamos, na Curzon Street. Este era o papel de parede que tínhamos na sala de jantar — apontou —, e aquelas são exatamente as cadeiras do escritório do meu pai. Está vendo?

Ela olhou atentamente para Tessa, tão atentamente que Tessa achou que deveria estar vendo alguma coisa, algo além de um brinquedo extremamente caro do qual Jessamine já deveria ter enjoado há muito tempo. Simplesmente não sabia o que poderia ser.

— É muito bonita — disse, afinal.

— Veja, aqui no salão está minha mãe — disse Jessamine, tocando uma das bonequinhas com o dedo. A boneca balançou na poltrona estofada. — E aqui no estúdio, lendo um livro, meu pai. — A mão deslizou para a figurinha de porcelana. — E lá em cima no quarto de criança a bebê Jessie. — No bercinho havia de fato outra boneca, apenas a cabeça visível sobre pequenas cobertas. — Mais tarde vão jantar aqui, na sala de jantar. E depois a mamãe e o papai vão se sentar na sala de estar perto da lareira. Às vezes saem para o teatro, para um baile ou um jantar. — Sua voz se tornara suave, como se recitasse uma ladainha bem memorizada. — Depois a mamãe dá um beijo de boa-noite no papai, e eles vão para o quarto dormir *a noite inteira*. Não haverá chamadas da Clave que os faça sair no meio da madrugada para combater demônios no escuro. Não haverá ninguém deixando marcas de sangue pela casa. Ninguém vai perder um braço ou um olho para um lobisomem, ou terá que engolir água benta porque foi atacado por um vampiro.

Santo Deus, pensou Tessa.

Como se Jessamine pudesse ler a mente de Tessa, seu rosto se contorceu.

— Quando nossa casa queimou, eu não tive para onde ir. Não era como se houvesse parentes que pudessem me receber, uma vez que todas as relações dos meus pais eram com Caçadores de Sombras, que não falavam com eles desde que haviam rompido com a Clave. Foi Henry que fez meu guarda-sol. Sabia disso? Eu o achava bem bonito até ele me dizer que o tecido era coberto por electrum, afiado como navalha. Sempre foi destinado a ser uma arma.

— Você nos salvou — disse Tessa. — No parque hoje. Não sei lutar. Se não tivesse feito aquilo...

— Eu não deveria ter feito. — Jessamine olhou fixamente para a casa de boneca com olhos vazios. — Não terei esta vida, Tessa. *Não terei*. Não me importo com o que tenho que fazer. Não vou viver assim. Prefiro morrer.

Alarmada, Tessa estava prestes a lhe dizer para não falar assim, quando a porta se abriu atrás delas. Era Sophie, com um chapéu branco e um asseado vestido escuro. Os olhos da criada, quando repousaram em Jessamine, estavam atentos. Ela disse:

— Srta. Tessa, o sr. Branwell deseja vê-la no estúdio. Disse que é importante.

Tessa voltou-se para Jessamine, para lhe perguntar se ficaria bem, mas o rosto da menina havia se fechado como uma porta. A vulnerabilidade e a raiva tinham desaparecido; a máscara de frieza estava de volta.

— Vá, então, se Henry a quer — disse. — Já estou relativamente cansada de você, e acho que estou começando a ficar com dor de cabeça. Sophie, quando voltar, precisarei que massageie minhas têmporas com água-de-colônia.

Os olhos de Sophie encontraram os de Tessa do outro lado do quarto com um toque de algo que parecia divertimento.

— Como queira, srta. Jessamine.

7

A Garota Mecânica

Nada somos além de peças em Seu jogo de xadrez
Sobre esse tabuleiro de noites e dias
Move-nos para lá e para cá, nos põe em xeque e destrói.
— "The Rubaiyat of Omar Khayyam"

Havia escurecido no exterior do Instituto, e a luminária de Sophie projetava estranhas sombras dançantes nas paredes enquanto ela guiava Tessa por uma escadaria de pedras. Os degraus eram velhos, côncavos no centro, onde gerações de pés os gastaram. As paredes eram de pedra áspera, e as pequeninas janelas que costumavam haver espalhadas em intervalos de repente davam lugar ao nada, o que parecia indicar que já estavam no subterrâneo.

— Sophie — disse Tessa afinal, com os nervos à flor da pele graças à escuridão e ao silêncio —, estamos indo para a *cripta* da igreja, por acaso?

Sophie riu, e a luzes das tochas piscaram nas paredes.

— Costumava ser a cripta, antes de ser transformada em um laboratório pelo sr. Branwell. Ele vive lá, mexendo com os brinquedos e experimentos. Desse modo, ele quase não enlouquece a sra. Branwell.

— O que ele está fazendo? — Tessa quase tropeçou no degrau irregular, e teve que se segurar na parede para se ajeitar. Sophie não pareceu notar.

— Várias coisas — disse Sophie, a voz ecoando estranhamente pelas paredes. — Inventando novas armas, materiais de proteção para Caçadores de Sombras. Ele adora maquinarias e mecanismos, e esse tipo de coisa. A sra. Branwell às vezes diz que acha que ele gostaria mais dela se ela tique-taqueasse como um relógio. — Riu.

— Parece — disse Tessa —, que você gosta deles. Do sr. e da sra. Branwell, quero dizer.

Sophie não disse nada, mas sua coluna já reta pareceu enrijecer ligeiramente.

— Mais do que gosta de Will, pelo menos — disse Tessa, com a esperança de suavizar o humor da menina com o comentário.

— *Ele.* — A repugnância era clara na voz de Sophie. — Ele... bem, é um mau elemento, não? Lembra o filho do meu último empregador. Era orgulhoso, exatamente como o sr. Herondale. Conseguia tudo o que quisesse, desde que nasceu. E se não conseguisse, bem... — Sophie esticou o braço quase inconscientemente, e tocou a lateral do rosto, onde a cicatriz ia da boca à têmpora.

— O quê?

Mas a conduta brusca de Sophie estava de volta.

— Dava ataques, só isso. — Trocando o lampião para a outra mão, espiou pela sombria escuridão. — Cuidado aqui, senhorita. As escadas ficam terrivelmente úmidas e escorregadias no final.

Tessa foi mais para perto da parede. A pedra era fria contra a pele da mão.

— Acha que é porque Will é um Caçador de Sombras? — perguntou. — E eles, bem... Eles se acham superiores, não? Jessamine também...

— Mas o sr. Carstairs *não é* assim. Não é nada como os outros. E nem o sr. e a sra. Branwell.

Antes que Tessa pudesse dizer qualquer outra coisa, elas pararam abruptamente no pé da escada. Havia uma porta pesada de madeira atravessada por uma tela de grade; Tessa não enxergava nada além de sombras através da tela. Sophie esticou o braço para a barra de ferro sobre a porta e a empurrou para baixo, com força.

A porta se abriu para um espaço amplo e iluminado. Tessa entrou na sala com olhos arregalados; com certeza era a cripta da igreja que originalmente ocupava o lugar. Pilares compactos e robustos sustentavam um teto que desaparecia na escuridão. O chão era feito com grandes pedaços de pedra escurecidos pelo tempo; algumas tinham palavras entalhadas, e Tessa supôs que estava pisando sobre os túmulos — e os ossos — daqueles que haviam sido enterrados na cripta. Não havia janelas, mas a iluminação branca e clara que Tessa havia aprendido a reconhecer como luz enfeitiçada brilhava a partir de luminárias de bronze presas aos pilares.

No centro da sala havia diversas mesas grandes de madeira, as respectivas superfícies cobertas com toda a sorte de objetos mecânicos — engrenagens e rodas dentadas cegas e brilhantes, feitas de bronze e ferro; longas cordas de fios de cobre; béqueres de vidro preenchidos com líquidos de diferentes cores, alguns deles liberando fios de fumaça ou odores pungentes. O ar tinha um cheiro metálico e penetrante, como aquele que precede uma tempestade. Uma mesa estava inteiramente coberta por armas espalhadas, as lâminas brilhando sob a luz enfeitiçada. Havia uma roupa semipronta que parecia uma armadura de metal com finas escamas, pendurada em um manequim metálico perto de uma grande mesa de pedra. A superfície do móvel estava escondida por uma camada de grossos cobertores de lã.

Atrás da mesa estava Henry, e ao lado dele, Charlotte. Henry segurava na mão alguma coisa que estava mostrando para a esposa — uma roda de cobre, talvez uma engrenagem—, e falava com ela em voz baixa. Estava com uma camisa folgada de lona sobre as roupas, como uma bata de pescador, manchada de sujeira e fluido escuro. Mesmo assim, o que mais impressionou Tessa foi a segurança com que ele falava com Charlotte. Não havia nada do acanhamento de sempre. Soava confiante e direto, e seus olhos castanho-claros, quando os levantou para olhar Tessa, estavam vívidos e firmes.

— Srta. Gray! Então Sophie mostrou o caminho até aqui, não foi? Bondade dela.

— Bem, sim, ela... — começou Tessa, olhando para trás, mas Sophie não estava mais lá. Provavelmente havia dado meia-volta na porta e subido as escadas em silêncio. Tessa se sentiu tola por não ter notado. — Mostrou — concluiu. — Ela disse que queria me ver, certo?

— De fato — falou Henry. — Sua ajuda nos seria útil para uma coisa. Pode vir aqui um instante?

Ele gesticulou para que ela se juntasse a ele e Charlotte perto da mesa. Enquanto Tessa se aproximava, viu que o rosto de Charlotte estava pálido e tensos, e os olhos castanhos estavam sombrios. Olhou para Tessa, mordeu o lábio, e voltou-se para a mesa, onde o tecido empilhado... *Se moveu.*

Tessa piscou. Teria imaginado? Mas não, houve um movimento — e agora que estava mais perto, viu que o que havia na mesa não era bem uma pilha de tecido, mas sim um tecido *cobrindo* alguma coisa — algo mais ou menos do tamanho e da forma de um corpo humano. Parou onde estava, enquanto Henry esticava o braço, pegava a ponta do pano, e puxava, revelando o que havia embaixo.

Tessa, sentindo-se tonta de repente, esticou a mão para segurar-se à ponta da mesa.

— *Miranda.*

A menina morta estava deitada de costas na mesa, com os braços caídos ao lado do corpo e os cabelos castanhos ao redor dos ombros. Os olhos que tanto perturbaram Tessa não estavam mais lá. Agora havia cavidades pretas vazias no rosto branco. O vestido barato tinha sido cortado na frente, exibindo o tórax. Tessa se encolheu, desviou o olhar — depois olhou rapidamente outra vez, incrédula. Pois não havia carne nua, nem sangue, apesar de o tórax de Miranda ter sido cortado, e a pele, descascada como a casca de uma laranja. Sob a mutilação grotesca havia um brilho... metálico?

Tessa avançou até estar diante de Henry, em frente à mesa onde Miranda estava deitada. Onde deveria haver sangue, carne rasgada e mutilação, havia apenas duas folhas de pele branca dobradas, e sob elas, uma carapaça de metal. Folhas de cobre, trabalhosamente encaixadas, formavam o peito, fluindo suavemente para baixo em uma armação articulada de cobre e bronze flexível que compunham a cintura de Miranda. Um quadrado de cobre, mais ou menos do tamanho da palma de Tessa, estava faltando no centro do peito da menina morta, revelando um espaço oco.

— Tessa. — A voz de Charlotte era suave, porém insistente. — Will e Jem encontraram este... este corpo na casa onde a mantiveram presa. O lugar estava completamente vazio, exceto por ela, que havia sido deixada sozinha em um quarto.

Tessa, ainda encarando de maneira fascinada, assentiu.

— Miranda. A criada das Irmãs.

— Sabe alguma coisa sobre ela? Quem pode ser? A história?

— Não. Não. Pensei... quero dizer, quase nunca falava, e quando o fazia, só repetia coisas que as Irmãs diziam.

Henry colocou o dedo por dentro do lábio inferior de Miranda e abriu sua boca.

— Tem uma língua rudimentar de metal, mas a boca não foi construída para falar ou consumir alimentos. Não tem garganta, e diria que nem estômago. A boca acaba em uma placa de metal atrás dos dentes. — Virou a cabeça dela de um lado para o outro, apertando os olhos.

— Mas o que ela *é*? — perguntou Tessa. — Uma espécie de integrante do Submundo, ou demônio?

— Não. — Henry soltou a mandíbula de Miranda. — Não é sequer uma criatura *viva* precisamente. É um autômato. Uma criatura mecânica, feita para se mover e parecer humana em termos de trejeito e aparência. Leonardo da Vinci projetou um. Pode encontrá-lo nos desenhos, uma criatura mecânica que conseguia se sentar, andar e virar a cabeça. Foi o primeiro a sugerir que seres humanos são apenas máquinas complexas, que nossas entranhas são como rodas dentadas, pistões e engrenagens feitos de músculo e carne. Então por que não podiam ser substituídos por cobre e ferro? Por que não se poderia *construir* uma pessoa? Mas *isto*... Jaquet Droz e Maillardet jamais poderiam ter sonhado com uma coisa assim. Um verdadeiro autômato biomecânico que se move e se direciona, envolto em carne humana. — Seus olhos brilhavam. — É lindo.

— Henry. — A voz de Charlotte soava firme. — Essa carne que você está admirando. Veio de *algum lugar*.

Henry passou as costas da mão na testa, a luz se apagando dos olhos.

— Sim... aqueles corpos no porão.

— Os Irmãos do Silêncio os examinaram. A maioria tem órgãos faltando, corações, fígados. Alguns estão sem ossos e cartilagens, até mesmo cabelos. Só podemos presumir que as Irmãs Sombrias estavam coletando estas partes dos corpos para a construção de suas criaturas mecânicas. Criaturas como Miranda.

— E o cocheiro — disse Tessa. — Acho que ele também era assim. Mas por que alguém faria isso?

— Tem mais — disse Charlotte. — As ferramentas mecânicas no porão das Irmãs Sombrias foram fabricadas pela Corporação Mortmain. A empresa para a qual seu irmão trabalhava.

— Mortmain! — Tessa subitamente desviou o olhar da menina sobre a mesa. — Foram vê-lo, não foram? O que ele disse sobre Nate?

Por um instante Charlotte hesitou, olhando para Henry. Tessa conhecia aquele olhar. Era do tipo que as pessoas trocavam quando se preparavam para embarcar em uma mentira conjunta. O tipo de olhar outrora trocado entre ela e Nathaniel, quando queriam esconder alguma coisa da tia Harriet.

— Estão escondendo alguma coisa de mim — disse. — Onde está o meu irmão? O que Mortmain sabe?

Charlotte suspirou.

— Mortmain está profundamente envolvido com o submundo oculto. É sócio do Clube Pandemônio, que parece ser conduzido por integrantes do Submundo.

— Mas o que isso tem a ver com o meu irmão?

— Seu irmão descobriu sobre o clube e ficou fascinado com ele. Foi trabalhar para um vampiro chamado De Quincey. Um homem muito influente no Submundo. De Quincey é, aliás, o presidente do Clube Pandemônio. — Charlotte parecia amargamente enojada. — E ao que parece, o cargo vem com um título.

Sentindo-se repentinamente tonta, Tessa se agarrou à beira da mesa.

— Magistrado?

Charlotte olhou para Henry, que estava com a mão dentro do peito da criatura. Ele alcançou o interior e puxou uma coisa de dentro — um coração humano, vermelho e carnudo, mas duro e reluzente como se tivesse sido envernizado. Fora amarrado com fios de cobre e de prata. Em pequenos intervalos emitia uma batida fraca. De algum jeito, ainda batia.

— Quer segurar? — perguntou a Tessa. — Mas tem que ser cuidadosa. Estes tubos de cobre se curvam pelo corpo da criatura, transportando óleo e outros líquidos inflamáveis. Ainda tenho que identificá-los.

Tessa negou com a cabeça.

— Muito bem. — Henry pareceu desapontado. — Tem uma coisa que gostaria que visse. Se simplesmente olhar aqui... — Ele virou o coração cuidadosamente nos dedos longos, revelando uma placa lisa de metal no lado oposto do órgão. A placa tinha um selo, um *Q* grande com um *D* pequeno dentro.

— A marca de De Quincey — disse Charlotte. Ela parecia fria. — Já a vi antes, em correspondências enviadas por ele. Sempre foi um aliado da Clave, ou era o que eu acreditava. Ele estava lá nos Acordos, quando foram assinados. É um homem poderoso. Controla todas as Crianças Noturnas na parte oeste da cidade. Mortmain disse que De Quincey comprou peças mecânicas dele, e isto parece confirmar. Parece que você não era a única coisa na casa das Irmãs Sombrias que estava sendo preparada para ser utilizada pelo Magistrado. Estas criaturas mecânicas também estavam.

— Se este vampiro é o Magistrado — disse Tessa lentamente —, então foi ele que mandou as Irmãs Sombrias me capturarem, e foi ele que obrigou Nate a me escrever aquela carta. Deve saber onde está o meu irmão.

Charlotte quase sorriu.

— Você *está* bem focada nisso, não é?

A voz de Tessa soou dura:

— Não pense que não quero saber o que o Magistrado quer comigo. Por que mandou me sequestrarem e me treinarem. Como ele sabia que eu tinha a minha... habilidade. E não pense que não quereria vingança se pudesse tê-la. — Suspirou, estremecendo. — Mas meu irmão é tudo o que tenho. Preciso encontrá-lo.

— *Nós* o encontraremos, Tessa — disse Charlotte. — De algum jeito, tudo isto, as Irmãs Sombrias, seu irmão, sua habilidade, e o envolvimento de De Quincey, se encaixam como um quebra-cabeça. Simplesmente ainda não encontramos as partes que faltam.

— Devo dizer, espero que encontremos logo — disse Henry, com um olhar entristecido para o corpo sobre a mesa. — O que um vampiro poderia querer com um monte de pessoas semimecânicas? Nada disso faz sentido algum.

— Ainda não — disse Charlotte, e cerrou a mandíbula. — Mas fará.

Henry permaneceu no laboratório mesmo depois que Charlotte anunciou que já passava da hora de subirem para jantar. Insistindo que iria em cinco minutos, dispensou-as com um aceno distraído enquanto Charlotte balançava a cabeça.

— O laboratório de Henry... nunca vi nada igual — disse Tessa a Charlotte quando chegaram na metade da escada. Já estava sem fôlego, apesar de Charlotte estar se movendo num ritmo firme e obstinado, transmitindo a impressão de que jamais se cansaria.

— Sim — respondeu Charlotte com uma pontinha de tristeza. — Henry passaria dias e noites inteiras lá se eu deixasse.

Se eu deixasse. As palavras surpreenderam Tessa. Era o marido, não era, que decidia o que era ou não permitido, e como sua casa deveria ser conduzida? A obrigação da esposa era simplesmente atender a suas vontades e lhe oferecer um lugar calmo e estável para escapar do caos do mundo. Um lugar onde pudesse se refugiar. Mas o Instituto não era nada disso. Era parte casa, parte colégio interno, e parte quartel-general. E quem quer que fosse o encarregado, claramente não era Henry.

Com uma exclamação de surpresa, Charlotte parou abruptamente no degrau acima de Tessa.

— Jessamine! Qual é o problema?

Tessa olhou para cima. Jessamine estava no alto da escada, emoldurada pela porta de entrada. Estava com as roupas diurnas, apesar de o cabelo, agora em cachos elaborados, claramente ter sido preparado para a noite, sem dúvida pela sempre paciente Sophie. Estava com uma carranca imensa no rosto.

— É Will — disse. — Está sendo absolutamente ridículo na sala de jantar.

Charlotte pareceu confusa.

— E como isso é diferente de ser totalmente ridículo na biblioteca, na sala das armas, ou em qualquer dos outros lugares onde normalmente ele é ridículo?

— Porque — disse Jessamine, como se fosse óbvio —, temos que *comer* na sala de jantar. — Virou-se e partiu pelo corredor, olhando por cima do ombro para se certificar de que Tessa e Charlotte vinham atrás.

Tessa não pôde deixar de sorrir.

— É um pouco como se fossem seus filhos, não é?

Charlotte suspirou.

— É — disse. — Exceto pela parte em que deveriam me amar, suponho.

Tessa não conseguiu pensar em nada para responder.

* * *

Como Charlotte insistiu que tinha alguma coisa para fazer na sala de estar antes da refeição, Tessa foi sozinha para a sala de jantar. Quando chegou lá — orgulhosa de si mesma por não ter se perdido —, viu que Will estava sobre um dos armários, mexendo em alguma coisa presa ao teto.

Jem estava sentado em uma cadeira, olhando para Will com uma expressão dúbia.

— Será bem feito se quebrar — disse, e inclinou a cabeça ao ver Tessa. — Boa noite, Tessa. — Seguindo o olhar da menina, sorriu. — Eu pendurei o lustre, mas ele ficou torto, e Will está se empenhando em ajeitá-lo.

Tessa não via nada de errado com o lustre, mas antes que pudesse comentar, Jessamine entrou na sala e lançou um olhar a Will.

— Sério! Não pode pedir que Thomas faça isso? Um cavalheiro não precisa...

— Isso é sangue na sua manga, Jessie? — perguntou Will, olhando para baixo.

O rosto de Jessamine enrijeceu. Sem mais uma palavra, ela se virou e foi para a ponta oposta da mesa, onde sentou em uma cadeira e olhou fixamente para a frente.

— Aconteceu alguma coisa enquanto você e Jessamine estavam fora? — quis saber Jem, parecendo verdadeiramente preocupado. Ao virar a cabeça para olhar para Tessa, ela viu algo verde brilhando na base da garganta dele.

Jessamine olhou para Tessa, um olhar quase de pânico no rosto.

— Não — começou Tessa. — Não foi nada...

— Consegui! — Henry entrou triunfante na sala, brandindo alguma coisa na mão. Parecia um tubo de cobre com um botão preto em um dos lados. — Aposto que não achavam que eu conseguiria, não é?

Will abandonou os esforços com o lustre para olhá-lo.

— Nenhum de nós faz a menor ideia do que esteja falando. Você sabe, né?

— Consegui fazer meu Fósforo funcionar, finalmente. — Henry empunhou orgulhosamente o objeto. — Funciona pelo mesmo princípio da luz enfeitiçada, mas é cinco vezes mais poderoso. Basta apertar um botão e verá uma explosão de luz como nunca imaginou.

Fez-se silêncio.

— Então — disse Will finalmente —, é uma luz enfeitiçada muito, muito forte?

— Exatamente — disse Henry.

— Isso é útil? — perguntou Jem. — Afinal, luz enfeitiçada só serve para iluminar. Não é como se fosse perigosa...

— Espere até ver! — respondeu Henry. Ele levantou o objeto. — Observe.

Will fez menção de se opor, mas já era tarde; Henry apertou o botão. Veio um brilho fortíssimo de luz e um chiado, então a sala ficou escura. Tessa soltou uma exclamação de surpresa, e Jem deu um suave sorriso.

— Estou cego? — A voz de Will flutuou pela escuridão, com uma ponta de irritação. — Não vou ficar nada feliz se tiver me cegado, Henry.

— Não. — Henry pareceu preocupado. — Não, o Fósforo parece ter... Bem, parece ter *apagado* as luzes do recinto.

— Não é para ele fazer isso? — Jem soava calmo, como sempre.

— É... — disse Henry —, não.

Will murmurou alguma coisa baixinho. Tessa não conseguiu ouvir bem, mas tinha quase certeza de ter escutado as palavras "Henry" e "idiota". Um instante depois, houve um estrondo enorme.

— Will! — gritou alguém em alarme. Uma luz brilhante preencheu a sala, fazendo Tessa piscar violentamente. Charlotte estava na entrada, erguendo uma lâmpada de luz enfeitiçada em uma das mãos, e Will encontrava-se deitado no chão aos pés dela, em meio a um turbilhão de louças quebradas do armário. — Que diabos...

— Estava tentando ajeitar o lustre — disse Will irritado, sentando-se e sacudindo a camisa para tirar os pedaços de louça.

— Thomas poderia ter feito isso. E agora você quebrou metade dos pratos.

— E agradeço muito ao idiota do seu marido por isso. — Will olhou para si próprio. — Acho que quebrei alguma coisa. A dor é bem agonizante.

— A mim parece intacto. — Charlotte não parecia sentir um pingo de pena. — Levante-se. Acho que vamos comer à luz enfeitiçada hoje.

Jessamine, na outra ponta da mesa, bufou. Foi o primeiro ruído que emitiu desde que Will perguntara sobre o sangue no casaco.

— *Detesto* luz enfeitiçada. Deixa minha pele absolutamente verde.

* * *

Apesar do verdor de Jessamine, Tessa descobriu que gostava muito da luz enfeitiçada. Projetava um difuso brilho branco sobre todas as coisas e fazia até mesmo as ervilhas e cebolas parecerem românticas e misteriosas. Ao passar manteiga em um pão com uma pesada faca de prata, não pôde deixar de pensar no pequeno apartamento de Manhattan onde ela, o irmão e a tia comiam os jantares escassos sobre uma mesa de pinho, à luz de algumas velas. Tia Harriet sempre foi cuidadosa em manter tudo escrupulosamente limpo, das cortinas brancas de renda à chaleira metálica no fogão. Sempre dizia que quanto menos se possuía, mais cuidadoso era preciso ser com o que se *tinha*. Tessa ficou imaginando se os Caçadores de Sombras cuidavam bem de seus pertences.

Charlotte e Henry estavam relatando o que haviam descoberto com Mortmain; Jem e Will ouviam com atenção enquanto Jessamine olhava entediada para a janela. Jem pareceu particularmente interessado na descrição da casa de Mortmain, com artefatos do mundo inteiro.

— Eu disse a vocês — falou. — Comerciantes estrangeiros. Todos se acham homens muito importantes. Acima da lei.

— Sim — disse Charlotte. — Ele tinha esse jeito, como se fosse acostumado a ser ouvido. Homens assim geralmente são alvos fáceis para aqueles que querem atraí-los para o Mundo das Sombras. Estão acostumados ao poder, e esperam obter mais de modo fácil e a pouco custo. Não fazem ideia de como é caro ter poder no Submundo. — Ela então se virou, franzindo a testa para Will e Jessamine, que pareciam bater boca por algum motivo em tons irritadiços. — Qual é o problema de vocês?

Tessa aproveitou a oportunidade para se voltar para Jem, que estava sentado à direita dela.

— Xangai — disse ela em voz baixa. — Parece tão fascinante. Gostaria de poder ir até lá. Sempre quis viajar.

Quando Jem sorriu, Tessa viu novamente aquele brilho na garganta dele. Era um pingente esculpido em uma pedra verde resinosa.

— E viajou. Está aqui, não está?

— Antes só havia viajado nos livros. Sei que parece bobagem, mas...

Jessamine os interrompeu batendo com o garfo na mesa.

— Charlotte — exigiu aos gritos —, faça Will me deixar *em paz*.

Will estava inclinado para trás na cadeira, os olhos azuis brilhando.

— Se ela dissesse por que está com sangue nas roupas eu *deixaria*. Deixe-me adivinhar, Jessie. Encontrou alguma pobre moça no parque, que teve o azar de estar usando um vestido que não combinava com o seu, então cortou a garganta dela com aquele seu guarda-sol maravilhoso? Acertei?

Jessamine mostrou os dentes para ele.

— Está sendo ridículo.

— Está mesmo, você sabe — disse Charlotte a ele.

— Quero dizer, estou de azul. Azul combina com *tudo* — prosseguiu Jessamine. — O que, sinceramente, você deveria saber. É vaidoso o suficiente com as próprias roupas.

— Azul não combina com tudo — disse Will. — Não combina com vermelho, por exemplo.

— Eu tenho um colete listrado de vermelho e azul — interrompeu Henry, alcançando as ervilhas.

— E se *isso* não é prova de que estas duas cores, em nome de Deus, jamais deveriam ser vistas juntas, não sei o que é.

— Will — disse Charlotte bruscamente. — Não fale assim com Henry. Henry...

O marido levantou a cabeça.

— Sim?

Charlotte suspirou.

— Você está colocando ervilhas no prato de Jessamine, não no seu. Preste atenção, querido.

Quando Henry olhou para baixo, surpreso, a porta da sala de jantar se abriu e Sophie entrou. Estava com a cabeça baixa, os cabelos escuros cintilantes. Ao se curvar para falar baixinho com Charlotte, a luz enfeitiçada iluminou seu rosto, fazendo a cicatriz brilhar como prata em sua pele.

Um olhar de alívio se espalhou pelo rosto de Charlotte. No instante seguinte estava de pé, e se apressou para fora da sala, pausando apenas para tocar levemente no ombro de Henry ao passar.

Os olhos castanhos de Jessamine se arregalaram.

— Aonde ela está indo?

Will olhou para Sophie, o olhar deslizando sobre ela de um jeito que, Tessa sabia, era como as pontas dos dedos acariciando a pele.

— De fato, Sophie, minha cara. *Aonde* ela foi?

Sophie o olhou venenosamente.

— Se a sra. Branwell quisesse que você soubesse, tenho certeza de que teria lhe contado — respondeu, irritada, e se apressou para fora da sala atrás da patroa.

Henry, tendo repousado as ervilhas, tentou um sorriso simpático.

— Muito bem, então — disse. — O que estávamos discutindo?

— Nada disso — declarou Will. — Queremos saber aonde Charlotte foi. Aconteceu alguma coisa?

— Não — disse Henry. — Quero dizer, *acho* que não... — Ele olhou em volta da sala, viu os quatro pares de olhos fixos nele, e suspirou. — Charlotte nem sempre me conta o que está fazendo. Sabem disso. — Sorriu com uma ponta de dor. — Não posso culpá-la, na verdade. Não se pode contar com a minha sensatez.

Tessa gostaria de poder dizer alguma coisa para confortar Henry. Alguma coisa nele fazia com que se lembrasse de Nate quando era mais novo: desajeitado, desconfortável, e que se magoava com facilidade. Num reflexo, levantou a mão para tocar o anjo na garganta, buscando conforto na firmeza das batidas.

Henry olhou para ela.

— Esse objeto mecânico que usa no pescoço; posso vê-lo um instante?

Tessa hesitou, em seguida assentiu. Era apenas Henry, afinal. Soltou o fecho da corrente, tirou o colar, e entregou a ele.

— Isto é uma coisinha interessante — disse, girando-o nas mãos. — Onde você conseguiu?

— Era da minha mãe.

— Uma espécie de talismã. — Levantou o olhar. — Se importaria se eu examinasse no laboratório?

— Ah. — Tessa não conseguiu esconder a ansiedade. — Se tomar muito cuidado. É tudo o que tenho da minha mãe. Se quebrasse...

— Henry não vai quebrar ou estragar — tranquilizou Jem. — Ele é realmente muito bom com essas coisas.

— É verdade — disse Henry, tão modesto e seguro sobre o fato que não parecia haver qualquer petulância na declaração. — Devolverei em perfeitas condições.

— Bem... — Tessa hesitou.

— Não vejo qual é o problema — disse Jessamine, que pareceu entediada ao longo do diálogo. — Não é como se fosse de diamantes.

— Algumas pessoas dão mais valor a sentimentos do que a diamantes, Jessamine — disse Charlotte, na entrada. Parecia perturbada. — Tem alguém aqui que quer falar com você, Tessa.

— *Comigo*? — perguntou Tessa, esquecendo o anjo mecânico por um instante.

— Bem, quem *é*? — disse Will. — Precisa fazer tanto suspense?

Charlotte suspirou.

— É Lady Belcourt. Está lá embaixo. No Santuário.

— Agora? — Will franziu o rosto. — Aconteceu alguma coisa?

— Entrei em contato com ela — disse Charlotte. — Sobre De Quincey. Logo antes do jantar. Tinha esperança de que ela tivesse informações, e tem, mas insiste em ver Tessa primeiro. Parece que apesar de todos os nossos cuidados, rumores sobre Tessa chegaram ao Submundo, e Lady Belcourt está... interessada.

Tessa repousou o garfo com um barulho.

— Interessada em quê? — Olhou em volta da mesa, percebendo que os quatro pares de olhos agora estavam voltados para *ela*. — Quem é Lady Belcourt? — Como ninguém respondeu, voltou-se para Jem, sendo o mais provável a respondê-la. — É uma Caçadora de Sombras?

— É uma vampira — disse Jem. — Uma *informante* vampira, na verdade. Dá informações a Charlotte, e nos mantém a par do que se passa na comunidade Noturna.

— Não precisa falar com ela se não quiser, Tessa — disse Charlotte. — Posso mandá-la embora.

— Não. — Tessa empurrou o prato. — Se é bem-informada a respeito de De Quincey, talvez também saiba alguma coisa sobre Nate. Não posso correr o risco de que vá embora se sabe de alguma coisa. Eu vou.

— Não quer nem saber o que ela quer com você? — perguntou Will.

Tessa olhou calculadamente para ele. A luz enfeitiçada deixava sua pele mais clara e o azul dos olhos mais intenso. Tinham a cor da água do Atlântico Norte, na qual o gelo brilhava na superfície negro-azulada como neve se prendendo ao vidro escuro de uma janela.

— Fora as Irmãs Sombrias, nunca conheci mais ninguém do Submundo — disse. — Acho... que gostaria.

— Tessa... — começou Jem, mas ela já estava de pé. Sem olhar para mais ninguém à mesa, apressou-se atrás de Charlotte para fora da sala.

8

Camille

Frutos caem, o amor morre e o tempo passa;
Tu és alimentada com fôlego eterno,
E ainda viva após uma infinita mudança,
E renovada após os beijos da morte;
De abatimentos reacendeu e recuperou-se,
De prazeres inférteis e impuros,
Coisas monstruosas e infrutíferas, uma lívida
E venenosa rainha.
— Algernon Charles Swinburne, "Dolores"

Tessa estava apenas na metade do corredor quando Will e Jem a alcançaram, caminhando um a cada lado dela.

— Não achou *realmente* que não viríamos junto, achou? — perguntou Will, erguendo a mão e permitindo que a luz enfeitiçada brilhasse entre os dedos, iluminando o corredor como se fosse dia. Charlotte, apressando-se na frente deles, virou e franziu o cenho, mas não disse nada.

— Sei que *você* não consegue deixar nada quieto — respondeu Tessa, olhando para frente. — Mas pensei que Jem fosse um pouco melhor.

— Aonde Will vai, eu vou — respondeu Jem bem-humorado. — Além disso, sou tão curioso quanto ele.

— Isso não me parece motivo para se gabar. *Aonde* estamos indo? — acrescentou Tessa, espantada, quando chegaram ao fim do corredor e viraram à esquerda. O corredor seguinte se esticava atrás deles em sombras pouco atraentes. — Viramos no lugar errado?

— Paciência é uma virtude, srta. Gray — disse Will. Estavam em um longo corredor que se inclinava perigosamente para baixo. Não havia tapeçarias ou lampiões nas paredes, e Tessa percebeu por que Will tinha trazido a pedra de luz enfeitiçada.

— Este corredor leva ao nosso Santuário — disse Charlotte. — É a única parte do Instituto que não fica em território sacro. É onde nos reunimos com aqueles que, por qualquer razão, não podem entrar em território sagrado: amaldiçoados, vampiros, e afins. Também é frequentemente o local que escolhemos para abrigar membros do Submundo ameaçados por demônios ou outros habitantes do Mundo das Sombras. Por isso, há muitas proteções nas portas e é difícil entrar ou sair sem uma estela ou a chave.

— É uma maldição? Ser vampiro? — perguntou Tessa.

Charlotte balançou a cabeça.

— Não. Achamos que é uma espécie de doença demoníaca. A maioria das doenças que afetam demônios não são transmissíveis a seres humanos, mas em alguns casos, geralmente por mordida ou arranhão, a doença pode passar. Vampirismo. Licantropia...

— Varíola demoníaca — disse Will.

— Will, não existe varíola demoníaca, e você sabe disso — declarou Charlotte. — Bem, onde estava?

— Ser vampiro não é uma maldição. É uma doença — lembrou Tessa. — Mas continuam não podendo entrar em território sagrado, então? Isso significa que estão condenados?

— Depende das suas crenças — disse Jem. — E se você sequer acredita em danação.

— Mas vocês caçam demônios. Devem acreditar em danação!

— Acredito em bem e mal — disse Jem. — E acredito que a alma é eterna. Mas não acredito no abismo de fogo, com tridentes e tormento eterno. Não acredito que se possa ameaçar as pessoas para torná-las boas.

Tessa olhou para Will.

— E você? Em que acredita?

— *Pulvis et umbra sumus* — disse Will, sem olhar para ela ao falar. — Acredito que somos pó e sombras. O que mais existe?

— Quaisquer que sejam suas crenças, por favor, não sugira a Lady Belcourt que acha que ela é condenada — disse Charlotte. Tinha parado onde o corredor terminava em um conjunto de portas de ferro, cada qual entalhada com um símbolo curioso que parecia com dois pares de *C*s de costas um para o outro. Charlotte se virou e olhou para os três. — Ela gentilmente nos ofereceu ajuda e não há porque insultá-la. Isso se aplica principalmente a você, Will. Se não puder ser educado, mando você para fora do Santuário. Jem, confio que seja encantador como sempre. Tessa... — Charlotte direcionou os olhos sérios e gentis para a menina. — Tente não ter medo.

Ela tirou uma chave de ferro de um bolso do vestido e a escorregou para a tranca da porta. A cabeça da chave tinha forma de um anjo com asas abertas, que brilharam brevemente enquanto Charlotte virava a chave e a porta abria.

A sala era como o cofre de uma tesouraria. Não havia janelas, nem portas, exceto pela que tinham acabado de atravessar. Enormes pilares de pedra sustentavam um teto sombreado, iluminado pela luz de uma fileira de candelabros acesos. Os pilares eram inteiramente esculpidos, com espirais e símbolos antigos, formando complexos padrões que confundiam o olhar. Tapeçarias enormes se penduravam pelas paredes, cada uma estampada com a figura de um único símbolo antigo. Havia também um espelho grande com moldura dourada, dando a impressão de que o local era duas vezes maior. Um enorme chafariz de pedra se erguia no centro. Tinha uma base circular, e, no meio, a estátua de um anjo com as asas recolhidas. Rios de lágrimas corriam dos olhos dele e caíam na fonte abaixo.

Ao lado do chafariz, entre dois dos pilares enormes, havia um conjunto de cadeiras estofadas com veludo preto. A mulher sentada na mais alta era esguia e imponente. Um chapéu se inclinava para a frente na cabeça, sustentando uma pena enorme no topo. O vestido era de veludo vermelho rico, a pele branca e fria suavemente dava volume ao corpete apertado, apesar de seu peito não oscilar com a respiração. Uma corda de rubis circulava a garganta como uma cicatriz. O cabelo era espesso e louro-claro, com cachos delicados ao redor da nuca; os olhos verdes brilhavam como os de um gato.

Tessa perdeu o fôlego. Então integrantes do Submundo podiam ser belos.

— Apague a luz enfeitiçada, Will — disse Charlotte baixinho, antes de avançar para cumprimentar a convidada. — Muito gentil em nos esperar, Baronesa. Confio que tenha achado o Santuário suficientemente confortável para seu gosto?

— Como sempre, Charlotte. — Lady Belcourt soava entediada; tinha um ligeiro sotaque que Tessa não conseguiu identificar.

— Lady Belcourt. Por favor, permita-me apresentá-la à srta. Theresa Gray. — Charlotte indicou Tessa, que, sem saber o que fazer, inclinou a cabeça educadamente. Estava tentando lembrar como deveria se referir a baronesas. Achava que tinha alguma coisa a ver com serem casadas com barões ou não, mas não se lembrava exatamente. — Ao lado dela o sr. James Carstairs, um dos nossos jovens Caçadores de Sombras, e com ele...

Mas os olhos verdes de Lady Belcourt já estavam repousados em Will.

— William Herondale — disse, e sorriu. Tessa se retesou, mas os dentes da vampira pareciam absolutamente normais; nenhum sinal de incisivos afiados. — Que bom que veio me cumprimentar.

— Vocês se *conhecem*? — Charlotte parecia espantada.

— William ganhou vinte libras de mim nas cartas — disse Lady Belcourt, mantendo os olhos verdes em Will de um jeito que fez o pescoço de Tessa formigar. — Há algumas semanas, em uma casa de jogos do Submundo controlada pelo Clube Pandemônio.

— Ganhou? — Charlotte olhou para Will, que deu de ombros.

— Fazia parte da investigação. Estava disfarçado de um mundano tolo que havia entrado no local para alimentar o vício — explicou Will. — Teria levantado suspeitas se tivesse me recusado a jogar.

Charlotte cerrou os dentes.

— Mesmo assim, Will, o dinheiro que ganhou era prova. Deveria ter entregue à Clave.

— Gastei com gim.

— *Will.*

Ele deu de ombros.

— Os danos dos vícios são uma responsabilidade onerosa.

— Algo, porém, que você parece estranhamente capaz de suportar — observou Jem, com um brilho entretido nos olhos prateados.

Charlotte levantou as mãos.

— Cuido de você depois, William. Lady Belcourt, devo entender que também é sócia do Clube Pandemônio?

Lady Belcourt fez uma careta medonha.

— Certamente não. Estava lá naquela noite porque um amigo feiticeiro queria ganhar dinheiro fácil nas cartas. Os eventos do clube são abertos para a maioria dos integrantes do Submundo. Os sócios gostam que apareçamos lá; impressiona os mundanos, e os faz abrirem as carteiras. Sei que há membros do Submundo governando a empresa, mas jamais me tornaria um deles. Todo o negócio me parece extremamente sem classe.

— De Quincey é sócio — disse Charlotte, e por trás dos olhos castanhos, Tessa podia ver a luz de sua inteligência voraz. — Soube que é o cabeça da organização, aliás. Sabia disso?

Lady Belcourt balançou a cabeça, claramente desinteressada na breve informação.

— De Quincey e eu fomos próximos há muitos anos, mas não mais, e fui clara com ele quanto a minha falta de interesse no clube. Suponho que ele possa ser o líder; é uma organização ridícula, se quer minha opinião, mas sem dúvida muito lucrativa. — Inclinou-se para a frente, cruzando sobre o colo as mãos finas cobertas por luvas. Havia alguma coisa inexplicavelmente fascinante nos movimentos dela, mesmo nos menores. Tinham uma estranha graça animalesca. Era como observar um gato se escondendo pelas sombras. — A primeira coisa que você deve compreender quanto a De Quincey — prosseguiu ela —, é que ele é o vampiro mais perigoso de Londres. Chegou ao topo do clã mais poderoso da cidade. Qualquer vampiro que more em Londres está sujeito aos caprichos dele. — Seus lábios escarlates se afinaram. — A segunda coisa que deve entender é que De Quincey é velho, velho até mesmo para uma Criança Noturna. Viveu a maior parte da vida antes dos Acordos, e os detesta, assim como detesta viver sob o jugo da Lei. E acima de tudo, detesta os Nephilim.

Tessa viu Jem se inclinar e sussurrar alguma coisa para Will, cuja boca se ergueu no canto em um sorriso.

— Na verdade — disse Will, — como alguém pode nos detestar quando somos tão charmosos?

— Tenho certeza de que sabe que não são amados pela maioria dos integrantes do Submundo.

— Mas pensávamos em De Quincey como um aliado. — Charlotte repousou as mãos finas e nervosas nas costas de uma das cadeiras de veludo. — Ele sempre cooperou com a Clave.

— Fingimento. É do interesse dele cooperar com vocês, então coopera. Mas ficaria feliz em vê-los afundando nas profundezas do mar.

Charlotte ficou um pouco pálida, mas se recompôs.

— E você não sabe nada sobre o envolvimento dele com duas mulheres chamadas Irmãs Sombrias? Nada sobre seu interesse em autômatos, criaturas mecânicas?

— Ugh, as Irmãs Sombrias. — Lady Belcourt estremeceu. — Criaturas tão feias e desagradáveis. Feiticeiras, imagino. Eu as evitava. Sabia-se que atendiam a membros do clube que tinham interesses... menos aceitáveis. Drogas demoníacas, prostitutas do Submundo, essas coisas.

— E os autômatos?

Lady Belcourt acenou as mãos entediada.

— Se De Quincey tem algum fascínio por partes de relógios, não sei nada a respeito. Aliás, quando me procurou para falar sobre De Quincey, Charlotte, não tinha a menor intenção de revelar *qualquer* informação. Uma coisa é compartilhar alguns segredos do Submundo com a Clave, outra, completamente diferente, é trair o vampiro mais poderoso de Londres. Isso até ouvir falar sobre sua pequena alteradora de forma. — Voltou os olhos verdes para Tessa. Os lábios vermelhos sorriram. — Vejo a semelhança familiar.

Tessa encarou-a.

— Semelhança com quem?

— Ora, Nathaniel, é claro. Seu irmão.

Tessa sentiu como se tivesse recebido um balde de água gelada na nuca, chocando-a a ponto de se tornar inteiramente alerta.

— Você viu meu irmão?

Lady Belcourt sorriu, o sorriso de uma mulher que sabe que tem a audiência na palma da mão.

— O vi algumas vezes em diversas ocasiões do Clube Pandemônio — disse. — Tinha aquela aparência desafortunada, pobre criatura, de um mundano enfeitiçado. Provavelmente perdeu tudo o que tinha no jogo. Sempre o fazem. Charlotte me contou que as Irmãs Sombrias o pegaram; não me surpreende. Adoram afundar um mundano em dívidas e depois cobrá-las das maneiras mais chocantes...

— Mas ele está vivo? — perguntou Tessa. — Você o viu vivo?

— Faz algum tempo, mas sim. — Lady Belcourt fez um gesto com a mão. As luvas eram escarlate e faziam as mãos parecerem ter sido mergulhadas em sangue. — Voltando ao assunto em questão — disse. — Estávamos falando sobre De Quincey. Diga-me, Charlotte, sabia que ele dá festas na casa dele em Carleton Square?

Charlotte tirou as mãos das costas da cadeira.

— Ouvi falar.

— Infelizmente — disse Will —, parece que ele se esqueceu de nos chamar. Talvez nossos convites tenham extraviado no correio.

— Nessas festas — prosseguiu Lady Belcourt —, humanos são torturados e mortos. Acredito que os corpos sejam jogados no Tâmisa para que meninos de rua encontrem. E *disso*, você sabia?

Até Will pareceu espantado. Charlotte disse:

— Mas o assassinato de humanos pelas Crianças Noturnas é proibido pela Lei...

— E De Quincey a despreza. Faz isso tanto para debochar dos Nephilim quanto porque gosta da matança. E ele gosta, não se engane.

Os lábios de Charlotte estavam sem cor.

— Há quanto tempo isto vem acontecendo, Camille?

Então esse era o nome dela, pensou Tessa. *Camille*. Soava francês; talvez explicasse o sotaque.

— Pelo menos um ano. Talvez mais. — O tom da vampira era frio, indiferente.

— E só está me dizendo isto agora porque... — Charlotte parecia magoada.

— O preço por revelar os segredos do Lorde de Londres é a morte — disse Camille, os olhos verdes escurecendo. — E não teria lhe ajudado em nada, mesmo se eu tivesse contado. De Quincey é um de seus aliados. Não tem qualquer motivo ou desculpa para invadir a casa dele, como se fosse um criminoso comum. Não sem evidências de transgressões por parte dele. Entendo que, sob estes novos Acordos, um vampiro deve de fato ser visto ferindo um humano antes que os Nephilim possam agir, certo?

— Sim — respondeu Charlotte, relutante —, mas se pudéssemos ter ido a alguma dessas festas...

Camille soltou uma risada curta.

— De Quincey jamais permitiria que isso acontecesse! Assim que avistasse um Caçador de Sombras, teria fechado completamente o local. Jamais teriam podido entrar.

— Mas *você* podia — disse Charlotte. — Poderia ter levado um de nós consigo...

A pluma no chapéu de Camille estremeceu quando ela jogou a cabeça para trás.

— E arriscar minha própria vida?

— Bem, você não está exatamente *viva*, está? — disse Will.

— Valorizo minha existência tanto quanto você, Caçador de Sombras — disse Lady Belcourt, semicerrando os olhos. — Uma lição que seria bom que aprendesse. Não prejudicaria em nada se os Nephilim parassem de acreditar que aqueles que não vivem como eles não devam, portanto, *viver* de fato.

Foi Jem que falou, pelo que parecia a primeira vez desde que entraram na sala.

— Lady Belcourt, se me perdoa a pergunta, o que exatamente quer com Tessa?

Camille olhou então diretamente para Tessa, os olhos verdes brilhando como joias.

— Pode se disfarçar de qualquer pessoa, correto? Um disfarce perfeito, aparência, voz, modos? Foi o que ouvi. — O lábio se contraiu. — Tenho minhas fontes.

— Sim — respondeu Tessa com hesitação. — Quero dizer, já declararam que o disfarce é idêntico.

Camille olhou minuciosamente para Tessa.

— Teria que ser perfeito. Se fosse se disfarçar de mim...

— *Você*? — disse Charlotte. — Lady Belcourt, não vejo...

— *Eu* vejo — disse Will imediatamente. — Se Tessa se disfarçasse de Lady Belcourt, poderia entrar em uma das festas de De Quincey. Poderia vê-lo transgredindo a Lei. Então a Clave poderia atacar, sem violar os Acordos.

— Que belo estrategistazinho você é. — Camille sorriu, revelando os dentes brancos mais uma vez.

— E também seria a oportunidade perfeita para vasculhar a casa de De Quincey — disse Jem. — Ver o que podemos descobrir sobre este interesse dele em autômatos. Se realmente vem assassinando mundanos, temos motivos para achar que há um propósito maior do que puro esporte. — Olhou significativamente para Charlotte, e Tessa soube que ele estava pensando, assim como ela, nos corpos no porão da Casa Sombria.

— Teríamos que descobrir alguma forma de contatar a Clave de dentro da casa de De Quincey — disse Will, os olhos azuis já acesos. — Talvez Henry pudesse criar alguma coisa. Seria imprescindível possuir uma planta da casa.

— *Will* — protestou Tessa. — Eu não...

— É claro que não iria sozinha — disse Will impacientemente. — Eu iria junto. Não permitiria que nada lhe acontecesse.

— Will, não — disse Charlotte. — Você e Tessa sozinhos, em uma casa cheia de vampiros? Eu proíbo.

— Então quem você mandaria com ela, se não eu? — perguntou Will. — Sabe que posso protegê-la, e sabe que seria a escolha certa...

— *Eu* poderia ir. Ou Henry...

Camille, que assistia a tudo com uma mistura de tédio e divertimento, disse:

— Temo que concorde com William. Os únicos indivíduos aceitos nestas festas são os amigos mais próximos de De Quincey, vampiros e humanos subjugados a vampiros. De Quincey já viu Will antes, se passando por um mundano fascinado pelo oculto; não se surpreenderá em descobrir que foi promovido à servidão vampírica.

Humano subjugado. Tessa havia lido sobre eles no *Códex*: subjugados, ou dominados, eram mundanos que juravam uma vida de serviço a um vampiro. Ofereciam ao vampiro companhia e comida, e em troca recebiam pequenas transfusões de sangue de vampiro em intervalos esporádicos. Este sangue os mantinha ligados ao mestre vampiro e garantia que, quando morressem, também se tornariam vampiros.

— Mas Will só tem 17 anos — protestou Charlotte.

— A maioria dos humanos subjugados *é* jovem — disse Will. —Vampiros gostam de adquiri-los quando são jovens, mais bonitos de serem vistos e com menos chances de terem sangue doente. E viverão um pouco mais, apesar de não muito. — Parecia satisfeito consigo mesmo. — A maioria das outras pessoas do Enclave não passaria de forma convincente por um bonito jovem humano subjugado...

— Porque o restante de nós é horrível, certo? — perguntou Jem, parecendo entretido. — É por isso que não posso ir?

— Não — disse Will. — Sabe por que não pode ser você. — Respondeu sem qualquer inflexão, e Jem, após olhar para ele por um instante, deu de ombros e desviou o olhar.

— Realmente não estou convencida — disse Charlotte. — Para quando está programado o próximo evento do tipo, Camille?

— Sábado à noite.

Charlotte respirou fundo.

— Terei que falar com o Enclave antes de concordar. E Tessa também teria que estar de acordo.

Todos olharam para Tessa.

Ela lambeu os lábios, nervosa.

— Acredita — disse a Lady Belcourt —, que exista uma chance de o meu irmão estar lá?

— Não posso prometer que estará. Pode ser. Mas *alguém* provavelmente saberá o que aconteceu com ele. As Irmãs Sombrias frequentavam as festas de De Quincey; sem dúvida elas ou alguém do seu bando, se capturados e interrogados, irão fornecer algumas respostas.

O estômago de Tessa embrulhou.

— Eu vou — disse. — Mas quero que prometam que *se* encontrarmos Nate, o tiraremos de lá, e se não, descobriremos onde ele está. Quero me certificar de que não seja apenas para capturar De Quincey. Tem que ser para salvar Nate, também.

— Claro — disse Charlotte. — Mas não sei, Tessa. Será muito perigoso...

— Já se Transformou em algum integrante do Submundo antes? — perguntou Will. — Sequer sabe se algo assim seria possível?

Tessa balançou a cabeça.

— Nunca fiz nada assim. Mas... poderia tentar. — Voltou-se para Lady Belcourt. — Poderia me emprestar alguma coisa sua? Um anel, ou um lenço, talvez.

Camille esticou as mãos para trás da cabeça, afastando os cachos espessos de cabelos louro-prateados que caíam sobre o pescoço, e soltou o colar. Segurando-o com seus dedos finos, ofereceu-o para Tessa.

— Aqui. Pegue isto.

Com o cenho franzido, Jem avançou para pegar o objeto, em seguida o entregou a Tessa. Ela sentiu o peso assim que encostou nele. Era pesado, e o pingente quadrado de rubi do tamanho de um ovo de pássaro era frio ao toque, gelado como se tivesse ficado em meio a neve. Segurá-lo era como fechar os dedos em torno de gelo. Ela respirou fundo, e cerrou os olhos.

Foi estranho, diferente desta vez, enquanto a Transformação se fixava. A escuridão veio depressa, envolvendo-a, e a luz que viu ao longe era um brilho prateado frio. O arrepio que fluía da luz era escaldante. Tessa puxou a luz para si, atravessando seu centro. A luz se ergueu em paredes brancas brilhantes ao redor...

Então sentiu uma dor aguda, no meio do peito, e por um momento sua visão ficou vermelha — escarlate, cor de sangue. Tudo tinha cor de sangue, e Tessa começou a entrar em pânico, lutando para se libertar, as pálpebras se abrindo.

E lá estava outra vez, no Santuário, com todos a encarando. Camille sorria singelamente; os outros pareciam tão espantados, para não dizer pasmos, quanto na vez em que a viram se transformar em Jessamine.

Mas alguma coisa tinha dado muito errado. Tinha um grande vazio dentro de si — não era dor, mas uma sensação cavernosa de que havia alguma coisa *faltando*. Tessa engasgou, e um choque cauterizante passou por ela. Afundou em uma poltrona, com as mãos no peito. Seu corpo inteiro tremia.

— Tessa? — Jem abaixou ao lado da cadeira, pegando uma das mãos dela.

Tessa podia se ver no espelho pendurado na parede oposta, ou, mais precisamente, podia ver a imagem de Camille. Os cabelos claros brilhantes da vampira, soltos nos ombros, e a pele branca avolumando-se e preenchendo o corpete do vestido de Tessa, agora apertado demais, de um jeito que a teria feito enrubescer, se pudesse. Para tanto, precisaria ter sangue de fato correndo pelas veias, e se lembrou, apavorada, de que vampiros não respiravam, não sentiam frio ou calor, e não tinham corações que batiam no peito.

Então *isso* era o vazio, a estranheza que sentia. O coração estava parado no peito como uma coisa morta. Respirou soluçando outra vez. Doeu, e ela percebeu que apesar de *poder* respirar, o novo corpo não queria e nem precisava.

— Oh, Deus — disse em um sussurro para Jem. — Eu... meu coração não está batendo. Sinto como se tivesse morrido. Jem...

Ele acariciou a mão dela de maneira cuidadosa e reconfortantemente, e a olhou com os olhos prateados. A expressão não tinha mudado com a transformação dela; ele a olhava como fazia antes, como se ainda fosse Tessa Gray.

— Você está viva — disse, com a voz tão suave que só ela escutou. — Está com uma pele diferente, mas é Tessa, e está viva. Sabe como sei disso?

Balançou a cabeça.

— Porque disse a palavra "Deus" agora mesmo. Nenhum vampiro conseguiria dizer isso. — Apertou a mão dela. — Sua alma continua a mesma.

Ela fechou os olhos e ficou parada por um instante, concentrando-se na pressão da mão de Jem na sua própria, a pele morna contra a dela, gelada. Lentamente, o tremor que sacudia todo o seu corpo começou a diminuir; ela abriu os olhos e deu um sorriso pequeno e trêmulo para Jem.

— Tessa — disse Charlotte. — Você... Está tudo bem?

Tessa desviou o olhar do rosto de Jem e o direcionou para Charlotte, que a observava de forma ansiosa. Will, ao lado de Charlotte, tinha uma expressão ilegível.

— Terá que treinar um pouco os movimentos e manter-se contida, se quiser convencer De Quincey de que sou eu — disse Lady Belcourt. — Eu jamais afundaria em uma cadeira assim. — Inclinou a cabeça para o lado. — Mesmo assim, no geral, uma demonstração impressionante. Alguém lhe treinou muito bem.

Tessa pensou nas Irmãs Sombrias. Será que a treinaram bem? Tinham lhe feito um favor ao destrancar o poder dormente que detinha, apesar do tanto que as detestava e a essa condição? Ou teria sido melhor se jamais tivesse sabido que era diferente?

Lentamente, libertou-se, deixando a pele de Camille se afastar dela. Parecia que estava saindo de uma água gelada. Apertou a mão de Jem enquanto o calafrio passava por ela, da cabeça aos pés, como uma cascata congelante. Então alguma coisa saltou dentro de seu peito. Seu coração voltou a bater, como um pássaro que ficou aturdido e imóvel após bater em uma janela e, em seguida, recuperou as forças para saltar e voar pelos ares outra vez. Ar preencheu seus pulmões, e ela soltou Jem, as mãos voando para o peito, os dedos pressionados contra a pele para sentir o ritmo suave abaixo.

Olhou-se no espelho do outro lado da sala. Era ela mesma outra vez: Tessa Gray, não uma vampira milagrosamente linda. Sentiu um alívio completo.

— Meu colar? — disse Lady Belcourt friamente, e estendeu a mão esguia.

Jem pegou o pingente de rubi de Tessa para devolvê-lo para a vampira; ao levantá-lo, Tessa viu que havia palavras inscritas na forma prateada do pingente: *AMOR VERUS NUNQUAM MORITUR*.

Virou-se para Will, do outro lado, sem saber exatamente por quê, e o pegou retribuindo o olhar. Ambos desviaram os olhos rapidamente.

— Lady Belcourt — disse Will —, como nenhum de nós nunca esteve na casa de De Quincey, acha que pode nos oferecer uma planta, ou mesmo um rascunho dos andares e cômodos?

— Oferecerei coisa melhor. — Lady Belcourt ergueu os braços para fechar o colar em volta do pescoço. — Magnus Bane.

— O feiticeiro? — As sobrancelhas de Charlotte se ergueram.

— Isso mesmo — disse Lady Belcourt. — Conhece a casa tão bem quanto eu, e sempre é convidado para os eventos sociais organizados por De Quincey. Contudo, assim como eu, tem evitado as festas em que ocorrem assassinatos.

— Muito nobre da parte dele — murmurou Will.

— Ele vai encontrá-los lá, e os guiará pela casa. Ninguém ficará surpreso em nos ver juntos. Magnus é meu amante.

Tessa abriu ligeiramente a boca. Este não era o tipo de coisa que damas diziam em companhia formal, ou qualquer companhia. Mas talvez fosse diferente com vampiros. Todos os outros pareceram tão espantados quanto ela, exceto Will, que, como sempre, parecia estar tentando segurar o riso.

— Que ótimo — disse Charlotte, após uma pausa.

— É, de fato — respondeu Camille, e se levantou. — E agora, se alguém puder me levar até a saída. Está tarde, e ainda não me alimentei.

Charlotte, que olhava preocupada para Tessa, disse:

— Will, Jem, por favor?

Tessa observou enquanto os dois meninos ladeavam Camille como soldados — o que, ela supôs, era o que eram — e a levaram para fora da sala. Última a atravessar a porta, a vampira pausou e olhou para trás. Os cachos louro-claros esfregaram a bochecha ao sorrir; era tão linda que

Tessa sentiu uma espécie de pontada ao olhar para ela, se sobrepondo à sensação de aversão.

— Se fizer isto — disse Camille —, e for bem-sucedida, independentemente de encontrar ou não o seu irmão, posso prometer, alteradora de forma, que não vai se arrepender.

Tessa franziu a testa, mas Camille já tinha se retirado. Movia-se tão rapidamente que foi como se tivesse desaparecido entre uma respiração e outra. Tessa virou-se para Charlotte.

— O que acha que ela quis dizer com isso? Que não vou me arrepender?

Charlotte balançou a cabeça.

— Não sei. — Suspirou. — Gostaria de pensar que quis dizer que o reconhecimento por ter feito uma boa ação a consolaria, mas é Camille, então...

— Todos os vampiros são assim? — perguntou Tessa. — Tão frios?

— Muitos deles estão vivos há muito tempo — disse Charlotte diplomaticamente. — Não veem as coisas como nós.

Tessa colocou os dedos nas têmporas doloridas.

— Realmente não.

Dentre todas as coisas que incomodavam Will a respeito dos vampiros — a maneira silenciosa de se moverem, o timbre baixo e inumano das vozes — era o cheiro que mais o perturbava. Ou melhor, a falta de cheiro. Todos os seres humanos cheiravam a *alguma coisa* — suor, sabão, perfume —, mas vampiros não tinham odor, como bonecos de cera.

À frente dele, Jem segurava a última das portas que levava do Santuário ao vestíbulo externo do Instituto. Todos esses espaços foram desconsagrados para que vampiros e afins pudessem utilizá-los, mas Camille nunca poderia avançar além dali no Instituto. Conduzi-la à saída era mais do que uma cortesia. Estavam se certificando de que ela não entrasse acidentalmente em solo consagrado, o que representaria um perigo a todos os envolvidos.

Camille passou por Jem, mal olhando para ele, e Will foi atrás, pausando por tempo o suficiente apenas para murmurar baixinho para o amigo:

— Ela não tem cheiro de nada.

Jem ficou assustado.

— Você estava *cheirando* ela?

Camille, que esperava por eles na porta seguinte, virou a cabeça e sorriu.

— Consigo ouvir tudo o que dizem, fiquem sabendo — falou. — É verdade, vampiros não têm cheiro. Faz com que sejamos melhores predadores.

— Isso e a excelente audição — disse Jem, e deixou a porta se fechar atrás de Will.

Agora estavam na pequena entrada quadrada com Camille, a mão dela na maçaneta da porta da frente como se pretendesse sair rapidamente, mas não havia pressa alguma em sua expressão enquanto examinava os meninos.

— Olhem para vocês — declarou —, todos pretos e prateados. Poderia ser um vampiro — disse ela a Jem —, com esta pele e esta aparência. E você — dirigiu-se a Will —, bem, acho que ninguém na casa de De Quincey irá duvidar de que é meu humano subjugado.

Jem estava olhando para Camille com aquele olhar que Will sempre achou que pudesse penetrar vidro. Então disse:

— Por que está fazendo isto, Lady Belcourt? Este plano, De Quincey, tudo isso, por quê?

Camille sorriu. Era linda, Will tinha que admitir — mas, pensando bem, muitos vampiros eram bonitos. A beleza deles sempre pareceu a ele como a de flores desidratadas: adoráveis, porém mortas.

— Porque saber o que ele vinha fazendo pesou minha consciência.

Jem balançou a cabeça.

— Talvez você seja do tipo que se sacrificaria no altar por um princípio, embora eu duvide. A maioria de nós faz coisas por motivos mais pessoais. Por amor, ou ódio.

— Ou vingança — disse Will. — Afinal de contas, há um ano que sabe o que vem acontecendo, e só agora veio até nós.

— Foi por causa da srta. Gray.

— Sim, mas isso não é tudo, é? — disse Jem. — Tessa é a oportunidade, mas a razão, o motivo, é outro. — Inclinou a cabeça para o lado. — Por que detesta De Quincey tanto assim?

— Não vejo como possa ser da sua conta, Caçadorzinho de Sombras prateado — respondeu Camille, e seus lábios contraídos sobre os dentes deixaram visíveis as presas, como pedacinhos de marfim sobre o vermelho da boca. Will sabia que vampiros podiam exibir as presas quando quisessem, mas ainda assim era irritante. — Por que meus motivos importam?

Will respondeu por Jem, já sabendo o que o amigo estava pensando.

— Porque caso contrário não podemos confiar em você. Talvez esteja nos conduzindo a uma armadilha. Charlotte não gostaria de acreditar na hipótese, mas isso não a torna impossível.

— Conduzi-los a uma armadilha? — O tom de Camille era de deboche. — E me expor à fúria aterrorizante da Clave? Muito improvável!

— Lady Belcourt — disse Jem —, seja o que for que Charlotte tenha lhe prometido, se quer nossa ajuda, vai responder à pergunta.

— Muito bem — disse. — Vejo que não ficarão satisfeitos enquanto não obtiverem uma explicação. Você — falou, acenando com a cabeça para Will — tem razão. E parece saber muito sobre amor e vingança para alguém tão jovem; devemos discutir os temas algum dia, juntos. — Sorriu novamente, mas não com os olhos. — Eu tive um amante — disse. — Ele também mudava de forma, era um licantrope. As Crianças Noturnas são proibidas de amar ou se deitar com os Filhos da Lua. Éramos cuidadosos, mas De Quincey nos descobriu. Descobriu e o matou, da mesma forma como vai matar um pobre prisioneiro mundano na próxima festa. — Seus olhos brilhavam como lâmpadas verdes ao olhar para os meninos. — Eu o amava e De Quincey o assassinou, com a ajuda e a cumplicidade de outros da minha espécie. Não os perdoarei por isso. Matem todos.

* * *

Os Acordos, agora com dez anos, marcaram um momento histórico tanto para os Nephilim quanto para integrantes do Submundo. Não mais os grupos se empenhariam em destruir um ao outro. Unir-se-iam contra um inimigo comum, o demônio. Cinquenta homens estiveram na assinatura dos Acordos em Idris: dez dos Filhos da Noite; dez dos Filhos de Lilith, conhecidos como feiticeiros; dez do Povo das Fadas; dez dos Filhos da Lua; e dez com o sangue de Raziel...

Tessa despertou de repente com o barulho de uma batida à porta; estava quase babando no travesseiro, com o dedo ainda marcando a página no *Códex dos Caçadores de Sombras*. Após repousar o livro, mal teve tempo de se sentar e puxar as cobertas antes que a porta abrisse.

A luz do lampião entrou, e Charlotte com ela. Tessa sentiu uma estranha pontada, quase uma decepção — mas quem estaria esperando? Apesar de ser tarde, Charlotte estava vestida como se planejasse sair. Estava com o rosto muito sério e exibia linhas de cansaço sob os olhos escuros.

— Está acordada?

Tessa assentiu, e levantou o livro que estava lendo.

— Lendo.

Charlotte não disse nada, mas atravessou o quarto e se sentou ao pé da cama. Esticou a mão. Alguma coisa brilhava; era o pingente de anjo de Tessa.

— Deixou isto com Henry.

Tessa repousou o livro e pegou o colar. Passou a corrente sobre a cabeça, e sentiu conforto quando o peso familiar repousou no espaço oco da garganta.

— Henry descobriu alguma coisa sobre ele?

— Não sei. Disse que estava todo entupido por dentro pelos anos de ferrugem, e que era impressionante o fato de sequer estar funcionando. Limpou o mecanismo, apesar de não parecer ter resultado em grandes mudanças. Talvez esteja batendo com mais frequência agora?

— Talvez. — Tessa não se importava; alegrava-se apenas em ter o anjo, o símbolo da mãe e da vida em Nova York, outra vez em mãos.

Charlotte cruzou as mãos no colo.

— Tessa, tem uma coisa que não lhe contei.

O coração da menina começou a bater acelerado.

— O que é?

— Mortmain... — Charlotte hesitou. — Quando disse que foi ele quem apresentou seu irmão ao Clube Pandemônio, era verdade, mas não toda ela. Seu irmão já sabia sobre o Mundo das Sombras antes de Mortmain contar para ele. Parece que ficou sabendo pelo seu pai.

Perplexa, Tessa ficou em silêncio.

— Quantos anos você tinha quando seus pais morreram? — perguntou Charlotte.

— Foi um acidente — disse Tessa, um pouco atordoada. — Eu tinha 3 anos. Nate tinha 6.

Charlotte franziu o cenho.

— Seu irmão era muito jovem para que seu pai lhe contasse segredos, mas... suponho que seja possível.

— Não — disse Tessa. — Você não está entendendo. Tive a criação mais normal, mais humana que possa imaginar. Minha tia Harriet era a mulher mais prática do mundo. E ela saberia, não saberia? Era a irmã mais nova da minha mãe; levaram-na com eles quando saíram de Londres para os Estados Unidos.

— Pessoas guardam segredos, Tessa, às vezes até mesmo daqueles que amam. — Charlotte passou o dedo na capa do *Códex*, com o selo gravado. — E você tem que admitir, faz sentido.

— Sentido? Não faz sentido algum!

— Tessa... — Charlotte suspirou. — Não sabemos por que tem a habilidade que tem. Mas se algum dos seus pais fosse de alguma forma ligado ao mundo da magia, não faz sentido que a conexão tenha alguma coisa a ver com isso? Se seu pai foi sócio do Clube Pandemônio, não seria assim que De Quincey teria sabido sobre você?

— Suponho que sim — concordou Tessa, a contragosto. — Mas é que... Acreditei tanto que tudo o que estava acontecendo quando cheguei a Londres era um sonho. Que minha vida de antes era real, e este era um terrível pesadelo. Achei que se ao menos pudesse encontrar Nate, poderíamos voltar à vida de antes. — Levantou os olhos para os de Charlotte. — Mas agora não consigo deixar de me perguntar se, talvez, a vida de antes não fosse o sonho e tudo isso agora é a verdade. Se meus pais sabiam do Clube Pandemônio, se também faziam parte do Mundo das Sombras, então não há mundo para o qual possa voltar sem tudo isto.

Charlotte, com as mãos ainda cruzadas no colo, olhava firmemente para Tessa.

— Já se perguntou por que o rosto de Sophie tem aquela cicatriz?

Surpresa, Tessa só conseguiu gaguejar.

— Eu... eu já me perguntei, mas... não quis perguntar.

— Nem deveria — disse Charlotte. A voz era calma e firme. — Na primeira vez que vi Sophie, ela estava agachada em uma porta, imunda, com um rasgo ensanguentado na bochecha. Ela me *viu* quando passei, apesar de eu estar enfeitiçada na ocasião. Foi o que chamou minha atenção para ela. Ela tem um toque da Visão, assim como Thomas e Agatha. Ofereci dinheiro a ela, mas não aceitou. A convenci a ir até uma casa de chá, e ela me contou o que acontecera. Era uma criada em uma casa elegante em St. John's Wood. Criadas como ela, é claro, são escolhidas pela aparência, e Sophie era linda, o que se provou uma grande vantagem e uma desvantagem para ela. Como pode imaginar, o filho da casa quis seduzi-la. Ela o recusou repetidas vezes. Em um acesso de raiva, ele pegou uma faca e cortou o rosto dela, dizendo que se não pudesse tê-la, iria se certificar de que ninguém nunca mais a quisesse.

— Que horror — sussurrou Tessa.

— Ela procurou a patroa, mãe do menino, mas ele alegou que *ela* é quem tinha tentado seduzi-lo, e ele então pegou a faca para afastá-la e proteger a *própria* virtude. É claro que a jogaram na rua. Quando a encontrei, estava com a bochecha terrivelmente infeccionada. Eu a trouxe até aqui, e pedi que os Irmãos do Silêncio a examinassem, mas se por um lado puderam curar a infecção, por outro não puderam fazer nada em relação à cicatriz.

Tessa pôs a mão no próprio rosto, em um gesto de solidariedade inconsciente.

— Pobre Sophie.

Charlotte inclinou a cabeça para o lado e olhou para Tessa com os olhos castanhos brilhantes. Tinha uma presença tão forte, pensou Tessa, que às vezes era difícil lembrar o quanto era pequena fisicamente, o quanto era frágil como um passarinho.

— Sophie tem um dom — disse. — Tem a Visão. Enxerga o que outros não podem ver. Em sua antiga vida, constantemente pensava que era louca. Agora sabe que não é, mas sim especial. Lá, era apenas uma criada, que provavelmente teria perdido a posição quando a beleza desbotasse. Agora, é uma integrante valiosa da nossa casa, uma menina com um dom e com muito a contribuir. — Charlotte se inclinou para a frente. — Olhe para a vida que tinha, Tessa, e comparada a esta, ela lhe parece segura. Mas você e sua tia eram muito pobres, se estou com a razão. Se não tivesse vindo para Londres, aonde teria ido depois que ela morreu? O que teria feito? Teria ido parar em um beco, chorando, como nossa Sophie? — Charlotte balançou a cabeça. — Você tem um poder de valor incalculável. Não precisa pedir nada a ninguém. Não precisa depender de ninguém. Você é livre, e essa liberdade é um dom.

— É difícil pensar que isso seja uma coisa boa quando você já foi atormentada e aprisionada por causa dela.

Charlotte balançou a cabeça.

— Sophie uma vez me disse que se sentia feliz pela cicatriz. Disse que quem quer que a amasse agora, a amaria por ser quem era, e não pelo rosto bonito. Esta é quem você realmente é, Tessa. Este poder é quem você é. Quem quer que a ame agora, e você também deve se amar, amará quem realmente é.

Tessa pegou o *Códex* e o abraçou contra o peito.

— Então está dizendo que tenho razão. Isto é a realidade e a vida de antes era o sonho.

— Correto. — Suavemente, Charlotte afagou o ombro de Tessa, que quase saltou com o contato. Fazia muito tempo, pensou, desde que alguém a havia tocado de um jeito maternal; pensou na tia Harriet, e sua garganta doeu. — E agora é hora de acordar.

9

O Enclave

Meu coração pode virar mó, minha face pedra,
Trair e ser traído, e morrer: quem sabe? Somos cinzas e pó.
— Lord Alfred Tennyson, "Maud"

— Tente outra vez — sugeriu Will. — Apenas ande de uma ponta à outra. Diremos se está convincente.

Tessa suspirou. A cabeça latejava, assim como o fundo dos olhos. Era exaustivo aprender a fingir ser uma vampira.

Fazia dois dias desde a visita de Lady Belcourt, e Tessa havia passado quase todos os instantes desde então tentando, sem grande sucesso, se transformar na vampira de maneira convincente. Ainda sentia como se deslizasse pela superfície da mente de Camille, sem conseguir alcançar os pensamentos ou a personalidade. Isso fazia com que fosse mais difícil saber como andar, como falar, e que tipos de expressão usar quando encontrasse os vampiros na festa de De Quincey — aos quais, sem dúvida, Camille conhecia muito bem, e que, portanto, Tessa também deveria conhecer.

Estava na biblioteca agora, e havia passado as últimas horas desde o almoço praticando o andar deslizante de Camille e a fala cuidadosamente arrastada. Preso no ombro estava um precioso broche que um dos humanos subjugados de Camille, uma criaturinha enrugada chamada Archer, havia trazido em um baú. Tinha um vestido, também, feito para Tessa usar na casa de De Quincey, mas era pesado e elaborado demais para vestir durante o dia. Tessa teve que fazer funcionar com o próprio vestido novo azul e branco, que ficava apertado demais nos seios e folgado demais na cintura sempre que se transformava em Camille.

Jem e Will montaram acampamento em uma das longas mesas no fundo da biblioteca, supostamente para ajudar e aconselhar, embora parecesse mais que estavam ali para zombar e se divertir com a falta de jeito de Tessa.

— Você põe ênfase demais nos pés quando anda — prosseguiu Will. Estava ocupado polindo uma maçã na blusa, e não pareceu notar Tessa olhando para ele. — Camille anda com delicadeza. Como um fauno na floresta. Não como um pato.

— Eu não ando como um pato.

— Gosto de patos — observou Jem, diplomaticamente. — Principalmente os do Hyde Park. — Olhou de lado para Will; os dois estavam sentados na beirada da mesa alta, com as pernas penduradas nas laterais. — Lembra quando tentou me convencer a dar torta de ave aos marrecos do parque, para ver se conseguia criar uma raça de patos canibais?

— E eles comeram — recordou-se Will. — Ferinhas com sede de sangue. Jamais confie em um pato.

— Importam-se? — perguntou Tessa. — Se não vão me ajudar, é melhor saírem. Não deixei que ficassem aqui para ouvi-los conversando sobre patos.

— Sua impaciência — disse Will —, é extremamente grosseira. — Sorriu para ela por trás da maçã. — Talvez a natureza vampírica de Camille esteja se afirmando?

Seu tom fora brincalhão. Era tão estranho, pensou Tessa. Há apenas alguns dias ele havia rosnado para ela por causa dos pais, e mais tarde implorado para que ajudasse a esconder a tosse sangrenta de Jem, com o rosto queimando de intensidade ao fazê-lo. E agora a estava provocando como se ela fosse a irmã caçula de um amigo, alguém que ele conhecia casualmente, talvez alguém por quem tivesse afeto, mas certamente nenhum sentimento mais complexo.

Tessa mordeu o lábio — e fez uma careta com a dor inesperadamente aguda. Os dentes de vampiro de Camille — os dentes *dela* — eram dominados por um instinto que não conseguia entender. Pareciam surgir sem aviso ou estímulo, alertando-a para sua presença ao perfurarem a pele frágil do lábio. Ela sentiu gosto de sangue — do próprio sangue, salgado e quente. Pressionou as pontas dos dedos na boca; quando afastou, os dedos voltaram sujos de sangue.

— Deixe quieto — disse Will, repousando a maçã e se levantando. — Verá que se cura muito depressa.

Tessa cutucou o incisivo esquerdo com a língua. Estava liso outra vez, um dente normal.

— Não entendo o que os faz crescerem assim!

— Fome — disse Jem. — Estava pensando em sangue?

— Não.

— Estava pensando em me fazer de refeição? — perguntou Will.

— Não!

— Ninguém a culparia — disse Jem. — Ele é muito irritante.

Tessa suspirou.

— Camille é tão *difícil*. Não entendo nada sobre ela, quanto mais sobre *ser* ela.

Jem a olhou com atenção.

— Consegue tocar os pensamentos dela? Do jeito que disse que podia tocar os pensamentos daqueles em que se transforma?

— Ainda não. Estou tentando, mas tudo que recebo são flashes ocasionais, imagens. Os pensamentos dela parecem muito bem protegidos.

— Bem, com sorte conseguirá atravessar essa proteção antes da noite de amanhã — disse Will. — Caso contrário eu não acreditaria muito nas nossas chances.

— Will — repreendeu Jem. — Não diga isso.

— Tem razão — disse Will. — Não devo subestimar minhas próprias habilidades. Se Tessa estragar tudo, tenho certeza de que conseguirei lutar contra as sedentas massas vampirescas e chegar à liberdade.

Jem — como de costume, Tessa estava começando a perceber — simplesmente ignorou.

— Talvez — disse —, só possa tocar os pensamentos dos mortos, Tessa. Vai ver a maioria dos objetos que recebeu das Irmãs Sombrias foi retirada de pessoas assassinadas por elas.

— Não. Toquei os pensamentos de Jessamine quando me Transformei nela. Então não pode ser isso, ainda bem. Que talento mórbido seria esse.

Jem olhava para ela com olhos prateados pensativos; alguma coisa na intensidade deles a deixou quase desconfortável.

— Com que clareza consegue ver os pensamentos dos mortos? Por exemplo, se eu lhe desse alguma coisa que tivesse pertencido ao meu pai, saberia o que ele estava pensando na hora em que morreu?

Foi a vez de Will parecer alarmado.

— James, não acho que... — começou, mas se interrompeu quando a porta da biblioteca abriu e Charlotte entrou. Não estava sozinha. Pelo menos uma dúzia de homens a seguiam, estranhos que Tessa jamais havia visto.

— O Enclave — sussurrou Will, e indicou para que Jem e Tessa se escondessem atrás de uma das prateleiras de três metros cheias de livros.

Observaram do esconderijo enquanto a sala se enchia com Caçadores de Sombras; homens, em sua maioria. Mas Tessa viu, conforme chegavam, que havia duas mulheres entre eles.

Não pôde deixar de encará-las, lembrando o que Will dissera a respeito de Boadiceia, que mulheres também podiam ser guerreiras. A mais alta — e devia ter quase 1,80m — tinha cabelos brancos presos em uma coroa na parte de trás da cabeça. Parecia ter 60 e muitos anos, e sua presença era majestosa. A segunda era mais jovem, tinha olhos de gato e um comportamento reservado.

Os homens formavam um grupo mais heterogêneo. O mais velho era alto e estava vestido de cinza. Os cabelos e a pele também eram cinzentos, o rosto ossudo e aquilino, com um nariz forte, fino e um queixo pontudo. Tinha linhas profundas nos cantos dos olhos e cavidades escuras sob as maçãs do rosto. Os olhos tinham contornos vermelhos. Ao seu lado, o mais jovem do grupo, um menino que provavelmente não era nem um ano mais velho que Jem ou Will. Era bonito de uma forma angulosa, com feições fortes, porém regulares, cabelos castanhos despenteados e expressão observadora.

Jem emitiu um ruído de surpresa e desagrado.

— Gabriel Lightwood — murmurou baixinho para Will. — O que está fazendo aqui? Pensei que estivesse estudando em Idris.

Will não tinha se movido. Encarava o menino de cabelos castanhos com as sobrancelhas erguidas e a ameaça de um leve sorriso nos lábios.

— Só não arrume uma briga com ele, Will — acrescentou Jem apressadamente. — Não aqui. É só o que peço.

— Está pedindo muito, não acha? — respondeu Will sem olhar para Jem. Will se inclinou para fora da estante de livros, observando Charlotte enquanto ela conduzia todos para a grande mesa na parte da frente da biblioteca. Parecia insistir para que todos se acomodassem nos assentos.

— Frederick Ashdown e George Penhallow, aqui, por favor — disse Charlotte. — Lillian Highsmith, se puder se acomodar ali, perto do mapa...

— E onde está Henry? — perguntou o homem de cabelos grisalhos com um ar de educação bruta. — Seu marido? Como um dos líderes do Instituto, ele realmente deveria estar presente.

Charlotte hesitou por apenas uma fração de segundo antes de pintar um sorriso no rosto.

— Está a caminho, sr. Lightwood — disse, e Tessa percebeu duas coisas: primeiro, o grisalho provavelmente era pai de Gabriel Lightwood, e segundo: Charlotte estava mentindo.

— É bom que esteja — murmurou o sr. Lightwood. — Uma reunião do Enclave sem a presença do líder do Instituto... É extremamente irregular. — Então virou-se e, apesar de Will ter desviado rapidamente para se esconder atrás de uma estante alta de livros, era tarde demais. Os olhos do sujeito se estreitaram. — E quem é que está ali atrás? Venha cá e se mostre!

Will olhou na direção de Jem, que deu de ombros eloquentemente.

— Não adianta se esconder até que nos arrastem, adianta?

— Fale por você — sibilou Tessa. — Não preciso de Charlotte irritada comigo já que não devemos estar aqui.

— Não dê um ataque. Não há razão para que você fizesse a menor ideia sobre a reunião do Enclave, e Charlotte sabe muito bem disso — declarou Will. — Ela sempre sabe exatamente em quem jogar a culpa. — Sorriu. — Mas eu me transformaria de volta, se é que me entende. Não precisa chocar demais as velhas constituições.

— Ah! — Por um instante Tessa quase se esqueceu de que ainda estava disfarçada de Camille. Apressadamente, começou a se despir da Transformação, e quando os três saíram de trás das prateleiras, já tinha voltado a ser ela mesma.

— Will. — Charlotte suspirou ao vê-lo, e balançou a cabeça para Tessa e Jem. — Avisei a você que o Enclave se reuniria aqui às quatro horas.

— Avisou? — disse Will. — Devo ter esquecido. Que horror. — Desviou os olhos para o lado, e sorriu. — Olá, Gabriel.

O menino de cabelos castanhos retribuiu o olhar de Will com fúria. Tinha olhos verdes muito claros, e sua boca, no momento em que encarou Will, ficou rígida de descontentamento.

— William — disse ele afinal, e com esforço. Voltou-se para Jem. — E James. Não são um pouco jovens demais para se infiltrarem em reuniões do Enclave?

— E você não? — disse Jem.

— Fiz 18 anos em junho — declarou Gabriel, se inclinando tanto para trás que as pernas dianteiras da cadeira deixaram o chão. — Tenho todo o direito de participar de atividades do Enclave agora.

— Que ótimo para você — disse a mulher de cabelos brancos que Tessa achara tão majestosa. — Então esta é ela, Lottie? A menina feiticeira de quem nos falou? — A pergunta foi para Charlotte, mas o olhar da mulher estava repousado em Tessa. — Não parece grande coisa.

— Como Magnus Bane também não pareceu na primeira vez que o vi — disse o sr. Lightwood, voltando um olho curioso para Tessa. — Vamos lá, então. Mostre-nos do que é capaz.

— Não sou uma feiticeira — protestou Tessa, furiosa.

— Bem, certamente você é alguma coisa, minha jovem — disse a mulher mais velha. — Se não é feiticeira, o que seria então?

— Basta. — Charlotte se levantou. — A srta. Gray já provou seus talentos para mim e para o sr. Branwell. Terá que bastar por enquanto, ao menos até o Enclave tomar a decisão de que deseja utilizar os talentos dela.

— Claro que querem — disse Will. — Não temos a menor chance de obtermos sucesso neste plano sem ela...

Gabriel trouxe a cadeira novamente para a frente com tanta força que as pernas dianteiras bateram no chão ruidosamente.

— Sra. Branwell — disse, furioso —, William é, ou não é, jovem demais para participar de uma reunião do Enclave?

O olhar de Charlotte foi do rosto rubro de Gabriel para o sem expressão de Will. Ela suspirou.

— Sim, ele é. Will, Jem, se puderem, por favor, esperem lá fora com Tessa.

A expressão de Will enrijeceu, mas Jem o lançou um olhar em tom de alerta, e ele se manteve calado. Gabriel Lightwood parecia triunfante.

— Acompanho vocês até a saída — anunciou Gabriel, levantando-se. Conduziu os três para fora da biblioteca e foi até o corredor atrás deles. — Você — disse para Will, com a voz baixa o suficiente para que ninguém na biblioteca pudesse escutar. — Você envergonha o nome dos Caçadores de Sombras em todo lugar.

Will se apoiou na parede do corredor e olhou para Gabriel com frieza nos olhos azuis.

— Não sabia que ainda havia muito nome para envergonhar, depois que seu pai...

— Eu agradeceria se *não* falasse da minha família — rosnou Gabriel, esticando o braço atrás de si para fechar a porta da biblioteca.

— É uma infelicidade que o prospecto da sua gratidão não me seja nada tentador — respondeu Will.

Gabriel o encarou, com os cabelos desalinhados e os olhos verdes brilhando de raiva. Fez com que Tessa se lembrasse de alguém naquele instante, apesar de ela não saber dizer quem.

— O quê? — grunhiu Gabriel.

— Ele quis dizer — explicou Jem —, que não liga para seus agradecimentos.

As bochechas de Gabriel escureceram a um tom escarlate.

— Se não fosse menor de idade, Herondale, seria *monomachia* para nós. Apenas eu e você, até a morte. Faria de você um picadinho ensanguentado...

— Pare, Gabriel — interrompeu Jem antes que Will pudesse responder. — Incitar Will a um combate individual é como punir um cachorro depois de atormentá-lo até fazer com que ele o morda. Sabe como ele é.

— Muito agradecido, James — disse Will, sem tirar os olhos de Gabriel. — Aprecio o testemunho ao meu caráter.

Jem deu de ombros.

— É verdade.

Gabriel lançou um olhar sombrio a Jem.

— Fique fora disso, Carstairs. Não é assunto seu.

Jem aproximou-se da porta e de Will, que estava completamente imóvel, respondendo ao olhar gelado de Gabriel com outro igual. Os pelos na nuca de Tessa tinham começado a arrepiar.

— Se envolve Will, é assunto meu — declarou Jem.

Gabriel balançou a cabeça.

— Você é um bom Caçador de Sombras, James — disse —, e um cavalheiro. Tem sua... limitação, mas ninguém o culpa por isso. Mas isto... — Curvou o lábio, apontando um dedo na direção de Will. — Este imundo só o levará para baixo. Encontre outra pessoa para ser seu *parabatai*. Ninguém espera que Will Herondale passe dos 19 anos e ninguém vai lamentar quando se for...

Isso foi demais para Tessa. Sem pensar, deixou escapar, indignada:

— Que horror!

Gabriel, interrompido no meio do discurso revoltado, ficou impressionado, como se uma das tapeçarias tivesse começado a falar.

— Como?

— Você ouviu. Dizer a alguém que não lamentaria se ele morresse! É imperdoável! — Ela pegou Will pela manga. — Vamos, Will. Este... esta pessoa... obviamente não vale o nosso tempo.

Will pareceu imensamente agradado.

— Verdade.

— Vo-você... — Gabriel, gaguejando levemente, olhou alarmado para Tessa. — Você não imagina as coisas que ele fez...

— E também não me importo. São todos Nephilim, não são? Deveriam estar do mesmo lado. — Tessa franziu o cenho para Gabriel. — Acho que deve um pedido de desculpas a Will.

— Eu — disse Gabriel — preferia ter as entranhas arrancadas e amarradas em um nó diante dos meus olhos a pedir desculpas para um verme destes.

— Que gracioso — disse Jem calmamente. — Não pode estar falando sério. Não sobre Will ser um verme, claro. A parte das entranhas. Parece horrível.

— Falo sério — disse Gabriel, animando-se com o tema. — Preferia ser jogado em um tonel de veneno Malphas e dissolver lentamente até sobrarem apenas os ossos.

— Sério? — disse Will. — Porque conheço um sujeito que pode nos vender um tonel de...

A porta da biblioteca abriu. O sr. Lightwood estava na entrada.

— Gabriel — disse em tom gelado. — Você pretende comparecer à reunião, sua primeira reunião de Enclave, se precisa que eu o lembre, ou prefere brincar com o restante das crianças no corredor?

Ninguém pareceu particularmente feliz com o comentário, principalmente Gabriel, que engoliu em seco, assentiu, lançou um último olhar a Will, e seguiu o pai para a biblioteca, fechando a porta atrás de si.

— Bem — disse Jem depois que a porta se fechou atrás de Gabriel. — Foi tão ruim quanto imaginei que pudesse ser. Foi a primeira vez que se encontraram depois da festa de Natal do ano passado? — perguntou para Will.

— Foi — disse Will. — Acha que deveria ter dito que senti saudades?

— Não — disse Jem.

— Ele é sempre assim? — perguntou Tessa. — Tão horrível?

— Deveria conhecer o irmão mais velho dele — disse Jem. — Faz com que Gabriel pareça doce como um pão de mel. E detesta Will mais do que ele, se é que é possível.

Will sorriu com o comentário, em seguida virou e começou a andar pelo corredor, assobiando ao fazê-lo. Após um momento de hesitação, Jem foi atrás dele, gesticulando para que Tessa o seguisse.

— Por que Gabriel Lightwood odiaria você, Will? — perguntou Tessa enquanto caminhava. — O que fez para ele?

— Não foi nada que eu tenha feito para ele — respondeu Will, andando a passos acelerados. — Foi o que fiz com a irmã.

Tessa olhou de lado para Jem, que deu de ombros.

— Onde há nosso Will, há uma dúzia de meninas furiosas alegando que ele comprometeu suas virtudes.

— E comprometeu? — perguntou Tessa, apressando-se para acompanhar os meninos. Havia um limite de velocidade possível quando se andava com saias pesadas que prendiam entre os tornozelos a cada passo. A entrega dos vestidos da Bond Street tinha chegado no dia anterior, e Tessa ainda estava se acostumando a usar roupas tão caras. Lembrava-se dos vestidos leves que usava quando era pequena, quando conseguia correr até o irmão, chutá-lo na canela, e fugir sem que ele conseguisse pegá-la. Imaginou brevemente o que aconteceria se tentasse isso com Will. Duvidava que fosse sair com vantagem, apesar de a ideia ser um pouco tentadora. — A virtude dela, quero dizer.

— Você tem muitas perguntas — disse Will, com uma curva aguda para a esquerda, subindo uma escadaria estreita. — Não é?

— É — disse Tessa, cujos calcanhares do sapato faziam barulho nos degraus de pedra enquanto subia com Will. — O que é *parabatai*? E o que quis dizer sobre o pai de Gabriel ser uma desgraça para os Caçadores de Sombras?

— *Parabatai* em grego é o termo para um soldado emparelhado com um condutor de carruagem — disse Jem —, mas quando utilizado pelos Nephilim, nos referimos a uma dupla de guerreiros, dois homens que juram proteção mútua.

— Homens? — disse Tessa. — Não poderia haver uma dupla de mulheres, ou uma mulher e um homem?

— Pensei que tivesse dito que mulheres não tinham desejo de sangue — disse Will sem se virar. — Quanto ao pai de Gabriel, digamos que tem uma reputação de gostar de demônios e integrantes do Submundo mais do que deveria. Ficaria surpreso se alguma das visitas noturnas do Lightwood mais velho a certas casas em Shadwell não lhe tivessem provocado um caso sério de varíola demoníaca.

— Varíola demoníaca? — Tessa ficou horrorizada e fascinada ao mesmo tempo.

— Ele inventou isso — garantiu Jem apressadamente. — Sério, Will. Quantas vezes precisamos dizer que não existe varíola demoníaca?

Will havia parado na frente de uma porta estreita na curva da escada.

— Acho que é aqui — disse, meio para si mesmo, e mexeu na maçaneta. Como nada aconteceu, pegou a estela do casaco e desenhou uma Marca preta na porta. Ela se abriu com uma lufada de poeira. — Deve ser um armazém.

Jem o seguiu para dentro, e após um instante, Tessa foi atrás. Viu-se em uma pequena sala cuja única iluminação vinha de uma janela arqueada no alto de uma parede. Uma luz filtrada penetrava, exibindo um espaço quadrado cheio de baús e caixas. Poderia ser um armazém em qualquer lugar, não fosse pelo que pareciam pilhas de armas antigas empilhadas nos cantos — coisas pesadas de ferro com aspecto enferrujado, com lâminas largas e correntes ligadas a pedaços de metal com espinhos.

Will pegou um dos baús e o moveu para criar um espaço quadrado no chão, levantando mais poeira. Jem tossiu e lançou ao amigo um olhar de reprovação.

— Daria para pensar que nos trouxe até aqui para nos assassinar — disse —, caso suas motivações para tal não parecessem nebulosas, na melhor das hipóteses.

— Assassinato, não — disse Will. — Esperem. Preciso mover mais um baú.

Ao empurrar a caixa pesada para a parede, Tessa olhou de lado para Jem.

— O que Gabriel quis dizer — perguntou, abaixando bastante a voz para que Will não pudesse ouvir — com "sua limitação"?

Os olhos prateados de Jem se arregalaram ligeiramente antes de ele responder:

— Minha saúde fraca. Só isso.

Estava mentindo, Tessa sabia. Tinha o mesmo olhar de Nate quando fazia isso — franco demais para ser verdadeiro. Mas antes que pudesse dizer qualquer outra coisa, Will se levantou e anunciou:

— Cá estamos. Venham se sentar.

Então sentou-se no chão coberto de poeira; Jem foi para o lado dele, mas Tessa parou por um instante, hesitando. Will, com a estela na mão, a olhou com um sorriso torto.

— Não vai se juntar a nós, Tessa? Imagino que não queira estragar o vestido bonito que Jessamine lhe deu.

E tinha razão, na verdade. Tessa não tinha a menor vontade de estragar a roupa mais bonita que já possuíra. Mas o tom debochado de Will era mais irritante do que a ideia em questão. Cerrando os dentes, foi se sentar em frente aos meninos, de modo que formaram um triângulo.

Will colocou a ponta da estela no chão sujo, e começou a movê-la. Espessas linhas escuras fluíram da ponta e Tessa assistiu a tudo fascinada. Havia algo de particular e belo na maneira como a estela rabiscava — não era como tinta saindo de uma caneta, mas algo como se as linhas sempre tivessem estado ali, e Will as estivesse revelando.

Estava a meio-caminho quando Jem emitiu um ruído de compreensão, claramente reconhecendo a Marca que o amigo estava desenhando.

— O que você... — Ele começou a dizer, mas Will levantou a mão com a qual não estava desenhando, balançando a cabeça.

— Não — disse Will. — Se eu errar isto aqui, poderemos cair pelo chão.

Jem revirou os olhos, mas não parecia ter importância: Will já tinha terminado, e estava levantando a estela do desenho que havia acabado de fazer. Tessa soltou um gritinho quando os tacos de madeira entre eles pareceram brilhar... E em seguida se tornaram transparentes como uma janela. Chegando para a frente, esquecendo-se completamente do vestido, olhou através do chão como se ele fosse um painel de vidro.

Estava vendo o que, agora percebia, era a biblioteca. Podia enxergar a grande mesa redonda e o Enclave sentado ao redor, com Charlotte entre Benedict Lightwood e a elegante mulher de cabelos brancos. Era fácil reconhecer Charlotte, mesmo de cima, pelo coque bem-feito nos cabelos castanhos e os movimentos rápidos de suas pequenas mãos enquanto falava.

— Por que aqui em cima? — perguntou Jem a Will com a voz baixa. — Por que não na sala de armas? É do lado da biblioteca.

— O som se propaga — disse Will. — É tão fácil de ouvir daqui de cima quanto do lado. Além disso, como podemos saber se um deles não resolverá fazer uma visita à sala das armas no meio da reunião para ver o que temos em estoque? Já aconteceu antes.

Tessa, fascinada, percebeu que de fato podia ouvir o murmúrio de vozes.

— Eles podem nos escutar?

Will balançou a cabeça.

— O encantamento funciona estritamente em sentido único. — Franziu o cenho, inclinando-se para a frente.

— Do que estão falando?

Os três se calaram, e no silêncio, a voz de Benedict Lightwood se ergueu claramente aos ouvidos.

— Não tenho certeza, Charlotte — disse ele. — Este plano todo parece muito arriscado.

— Mas não podemos simplesmente permitir que De Quincey continue — argumentou Charlotte. — Ele é o líder dos clãs de vampiros de Londres. O restante das Crianças Noturnas o procura para se orientar. Se permitirmos que transgrida a Lei desta forma, que recado isso transmitirá ao Submundo? Que os Nephilim relaxaram na função de guardiões?

— Só para eu entender — disse Lightwood —, está disposta a aceitar a palavra de Lady Belcourt de que De Quincey, um aliado da Clave de longa data, anda assassinando mundanos na própria casa?

— Não sei por que está tão surpreso, Benedict. — Havia uma ponta de irritação na voz de Charlotte. — Sugere que *ignoremos* a denúncia, apesar de, no passado, ela nos ter fornecido apenas informações confiáveis? E apesar do fato de que, se novamente estiver falando a verdade, o sangue de todo mundo que De Quincey matar a partir de agora sujará as nossas mãos também?

— E a despeito de sermos obrigados pela Lei a investigar qualquer relato de violação do Pacto — disse um homem esguio de cabelos escuros na ponta oposta da mesa. — Sabe disso tão bem quanto nós, Benedict; está simplesmente sendo teimoso.

Charlotte expirou quando o rosto de Lightwood se obscureceu.

— Obrigada, George. Agradeço — disse.

A mulher alta que anteriormente havia chamado Charlotte de Lottie soltou uma risada baixa e contida.

— Não seja tão dramática, Charlotte — disse. — Tem que admitir, a história toda é muito bizarra. Uma menina capaz de alterar sua forma, que pode ou não ser uma feiticeira, bordéis cheios de cadáveres e um informante que jura ter vendido algumas ferramentas mecânicas a De Quincey, sendo esse um fato que você parece encarar como prova consumada, apesar de se recusar a revelar o nome do informante.

— Jurei que não iria envolvê-lo — protestou Charlotte. — Ele teme De Quincey.

— Ele é um Caçador de Sombras? — perguntou Lightwood. — Por que, se não for, não é confiável.

— Realmente, Benedict, seus pontos de vista são muito antiquados — disse a mulher com olhos de gato. — Falando com você, qualquer um acreditaria que os Acordos nunca aconteceram.

— Lilian tem razão; você está sendo ridículo, Benedict — disse George Penhallow. — Procurar um informante inteiramente confiável é como procurar uma concubina virgem. Se fossem virtuosas, não teriam utilidade. Um informante simplesmente oferece informação; é nosso trabalho *verificar* tal informação, que é o que Charlotte está sugerindo que façamos.

— Eu simplesmente detestaria ver os poderes do Enclave sendo utilizados inadequadamente neste caso — disse Lightwood com um tom insinuante. Era muito estranho, pensou Tessa, ouvir um grupo de adultos elegantes se dirigindo uns aos outros sem honoríficos, simplesmente pelos primeiros nomes. Mas parecia ser o costume dos Caçadores de Sombras. — Se, por exemplo, houvesse um vampiro com uma rixa com o líder do clã, e que talvez quisesse vê-lo destituído do poder... Que maneira melhor do que envolver a Clave para fazer o trabalho sujo?

— Inferno — murmurou Will, trocando olhares com Jem. — Como ele sabe sobre isso?

Jem balançou a cabeça, como se quisesse dizer, *não sei*.

— Sabe do quê? — sussurrou Tessa, mas a voz foi abafada por Charlotte e a mulher de cabelo branco falando ao mesmo tempo.

— Camille *jamais* faria isso! — protestou Charlotte. — Para começar, ela não é tola. Sabe qual seria o castigo por mentir para nós!

— Benedict tem certa razão — disse a mulher mais velha. — Seria melhor se um Caçador de Sombras tivesse visto De Quincey violando a Lei...

— Mas esse é todo o objetivo do plano — disse Charlotte. Tinha algo na voz, um nervosismo, um desejo de se afirmar. Tessa sentiu uma ponta de solidariedade por ela. — Observar De Quincey transgredindo a Lei, tia Callida.

Tessa emitiu um ruído espantado.

Jem levantou os olhos.

— Sim, ela é tia de Charlotte — disse. — Era o irmão dela, o pai de Charlotte, que governava o Instituto. Ela gosta de dizer aos outros o que fazer. Apesar de que, claro, *ela* sempre fazer o que quer.

— Faz mesmo — concordou Will. — Sabia que ela já me fez uma proposta certa vez?

Jem não pareceu acreditar nem um pouco.

— Não fez nada.

— Fez, sim — insistiu Will. — Foi muito escandaloso. Talvez eu devesse ter atendido se ela não me desse tanto medo.

Jem simplesmente balançou a cabeça e voltou a atenção para a cena que se desenrolava na biblioteca.

— Há também a questão do selo de De Quincey — dizia Charlotte —, que encontramos no corpo da garota mecânica. Há simplesmente provas demais o ligando a esses eventos, provas demais para não investigarmos.

— Concordo — disse Lilian. — Eu, por exemplo, estou preocupada com esta questão das criaturas mecânicas. Fazer garotas mecânicas é uma coisa, mas e se ele estiver fazendo um exército?

— Isso é pura especulação, Lilian — disse Frederick Ashdown.

Lilian o descartou com um aceno de mão.

— Um autômato não é um serafim e nem um demônio em sua aliança; não é um dos filhos de Deus ou do Diabo. Seriam eles vulneráveis às nossas armas?

— Acho que está imaginando um problema que não existe — disse Benedict Lightwood. — Há anos que existem autômatos; os mundanos são fascinados pelas criaturas. Nenhum deles jamais representou ameaça.

— Nunca houve um deles feito com uso de magia — disse Charlotte.

— Que você saiba. — Lightwood parecia impaciente.

Charlotte endireitou a postura; apenas Tessa e os outros, olhando de cima, podiam ver que ela estava com as mãos firmemente entrelaçadas no colo.

— Sua preocupação, Benedict, parece ser a possibilidade de punirmos De Quincey injustamente por um crime que ele não cometeu, e com isso prejudicar a relação entre as Crianças Noturnas e os Nephilim. Estou certa?

Benedict Lightwood assentiu.

— Mas tudo o que o plano de Will fará é com que *observemos* De Quincey. Se não o virmos transgredindo a Lei, não agiremos contra ele e a relação não será ameaçada. Se o virmos transgredindo a Lei, então a relação é uma mentira. Não podemos permitir abusos à Lei do Pacto, por mais... conveniente que possa ser ignorar.

— Concordo com Charlotte — disse Gabriel Lightwood, falando pela primeira vez, para grande surpresa de Tessa. — Acho que o plano é razoável. Exceto por um aspecto: enviar a menina alteradora de forma com Will Herondale. Ele sequer tem idade suficiente para participar desta reunião. Como pode ser confiado a uma missão tão séria?

— Pedantezinho bajulador — rosnou Will, inclinando-se mais para a frente, como se quisesse esticar as mãos através do portal mágico e estrangular Gabriel. — Quando pegá-lo sozinho...

— Eu deveria ir — prosseguiu Gabriel. — Posso cuidar dela um pouco melhor. Em vez de simplesmente cuidar de mim mesmo.

— O enforcamento seria bom demais para ele — concordou Jem, que parecia estar tentando controlar o riso.

— Tessa conhece Will — protestou Charlotte. — *Confia* nele.

— Eu não iria tão longe — murmurou Tessa.

— Além disso — disse Charlotte —, foi Will quem inventou o plano, é Will quem De Quincey irá reconhecer do Clube Pandemônio. É Will quem sabe o que procurar na casa de De Quincey para ligá-lo às criaturas mecânicas e aos mundanos assassinados. Will é um excelente investigador, Gabriel, e um bom Caçador de Sombras. Tem que reconhecer.

Gabriel se inclinou para trás na cadeira, cruzando os braços sobre o peito.

— Não tenho que reconhecer nada.

— Então Will e sua garota feiticeira entram na casa, aturam a festa de De Quincey até observarem alguma contravenção, e nos sinalizam... como? — perguntou Lilian.

— Com a invenção de Henry — disse Charlotte. Houve um leve, apenas muito leve, tremor na voz ao dizê-lo. — O Fósforo. Projetará uma luz enfeitiçada extremamente brilhante, iluminando todas as janelas da casa de De Quincey, por apenas um instante. Esse será o sinal.

— Oh, santo Deus, não uma das invenções de Henry outra vez — disse George.

— Houve algumas complicações com o Fósforo inicialmente, mas Henry demonstrou ontem à noite — protestou Charlotte. — Funciona perfeitamente.

Frederick riu.

— Lembra da última vez que Henry ofereceu uma de suas invenções? Passamos dias limpando tripa de peixe das roupas de luta.

— Mas não era para ser utilizado perto da água... — começou Charlotte, ainda com o mesmo tremor na voz, mas os outros já tinham começado a falar por cima, conversando animadamente sobre as invenções fracassadas de Henry e as terríveis consequências das mesmas, enquanto Charlotte ficava em silêncio.

Pobre Charlotte, pensou Tessa. Justo ela, cuja afirmação da própria autoridade era tão importante, e fora tão duramente adquirida.

— Malditos, interrompendo desse jeito o que Charlotte estava falando — murmurou Will.

Tessa olhou espantada para ele, que olhava intensamente para a cena que se desdobrava diante dele, com os pulsos firmes nas laterais do corpo. Então ele gosta de Charlotte, pensou, e se surpreendeu pelo quanto ficou agradada ao perceber. Talvez significasse que Will de fato tinha sentimentos.

Não que tivesse alguma coisa a ver com ela, ter sentimentos ou não, é claro. Tirou apressadamente os olhos de Will, voltando-os para Jem, que parecia igualmente perturbado. Estava mordendo o lábio.

— Onde está Henry? Não deveria ter chegado?

Como que em resposta, a porta do armazém se abriu com uma explosão, e os três giraram para ver Henry na entrada, com olhos arregalados e cabelos desgrenhados. Segurava alguma coisa — o tubo de cobre com o botão preto na lateral que quase fizera Will quebrar o braço ao cair do guarda-louça na sala de jantar.

Will olhou, assustado, para o objeto.

— Afaste de mim esta coisa maldita.

Henry, que estava com o rosto vermelho e suando, olhou horrorizado para todos eles.

— Maldição — disse. — Estava procurando a biblioteca. O Enclave...

— Está reunido — disse Jem. — Sim, nós sabemos. Fica um andar abaixo daqui, Henry. Terceira porta à direita. E é melhor ir, Charlotte está esperando você.

— Eu sei — choramingou Henry. — Droga, droga, droga. Só estava tentando ajeitar o Fósforo, só isso.

— Henry — disse Jem —, Charlotte *precisa* de você.

— Certo. — Henry se virou como se fosse sair apressado da sala, e então girou e os encarou, com um olhar confuso passando por seu rosto sardento, como se só agora tivesse parado para se perguntar por que Will, Tessa e Jem estariam agachados juntos em um armazém inutilizado. — E o que vocês três estão fazendo aqui?

Will inclinou a cabeça para o lado e sorriu para Henry.

— Mímica — disse ele. — Um jogo e tanto.

— Ah. Muito bem, então — disse Henry, e saiu pela porta, deixando que se fechasse.

— Mímica. — Jem riu em deboche, em seguida inclinou-se para a frente outra vez, com os cotovelos nos joelhos, enquanto a voz de Callida se erguia lá de baixo.

— Sinceramente, Charlotte — dizia ela —, quando vai admitir que Henry não tem nada a ver com a coordenação deste lugar, e que você está fazendo tudo sozinha? Talvez com a ajuda de James Carstairs e Will Herondale, mas nenhum dos dois tem mais de 17 anos. O quanto de ajuda eles podem ser?

Charlotte emitiu um ruído murmurado de súplica.

— É demais para uma pessoa, principalmente alguém da sua idade — disse Benedict. — Você só tem 23 anos. Se quiser renunciar...

Apenas vinte e três! Tessa ficou espantada. Achava que Charlotte era muito mais velha, provavelmente porque irradiava um ar de muita competência.

— O Cônsul Wayland atribuiu a direção do Instituto a mim e ao meu marido há cinco anos — respondeu Charlotte com seriedade, aparentemente reencontrando a própria voz. — Se você tem algum problema com a escolha, deve tratar com ele. Enquanto isso, coordeno o Instituto como achar melhor.

— Espero que isso signifique que planos como o que está sugerindo ainda passem por votação? — disse Benedict Lightwood. — Ou está governando por decreto agora?

— Não seja ridículo, Lightwood, claro que haverá votação — disse Lilian irritada, sem dar a Charlotte chance de responder. — Todos a favor do plano contra De Quincey, digam sim.

Para surpresa de Tessa, houve um coro de sim e nem um não. A discussão tinha sido controversa o suficiente para que tivesse certeza de que pelo menos um dos presentes tentaria recuar. Jem viu seu olhar de espanto e sorriu.

— Eles são sempre assim — murmurou. — Gostam de manipular por poder, mas nenhum deles jamais se oporia a uma questão como esta. Seriam taxados de covardes se o fizessem.

— Muito bem — disse Benedict. — Amanhã à noite. Estão todos suficientemente preparados? Existe...

A porta da biblioteca se abriu, e Henry entrou — parecendo, se possível, ainda mais agitado e descabelado do que antes.

— Cheguei! — anunciou. — Não estou muito atrasado, estou?

Charlotte cobriu o rosto com as mãos.

— Henry — disse Benedict Lightwood secamente. — Que prazer em vê-lo. Sua esposa estava acabando de nos falar sobre sua mais nova invenção. O Fósforo, é isso?

— Sim! — Henry ergueu o Fósforo orgulhosamente. — Aqui está. E posso garantir que funciona, vejam?

— Não há necessidade de demonstração — começou Benedict apressadamente, mas era tarde demais. Henry já tinha pressionado o botão.

Uma luz cintilante brilhou, e as luzes da biblioteca se apagaram repentinamente, deixando Tessa olhando para um quadrado negro no chão. Ouviram-se suspiros lá embaixo. Houve um grito e alguma coisa caiu no chão e se espatifou. Acima da confusão, ouviu-se a voz de Benedict Lightwood, praguejando sem parar.

Will levantou os olhos e sorriu.

— Um pouco constrangedor para Henry, é claro — observou alegremente —, no entanto, foi de alguma forma bastante satisfatório, não acham?

Tessa não pôde deixar de concordar, com ambas as coisas.

10
Reis e Príncipes Pálidos

Vi pálidos reis, e príncipes também,
Pálidos guerreiros, de mortal palidez eram todos
— John Keats, "La Belle Dame Sans Merci"

Enquanto a carruagem passava pela Strand, Will ergueu a mão coberta por uma luva preta e abriu uma das cortinas de veludo da janela, permitindo que um pouco de luz amarela de um poste de rua iluminasse brevemente o interior escuro do veículo.

— Parece — disse —, que enfrentaremos chuva esta noite.

Tessa seguiu o olhar dele; pela janela o céu estava nublado, de um cinza metálico — o normal para Londres, ela pensou. Homens de chapéus e longas capas escuras se apressavam pela calçada em ambos os lados da rua, com os ombros encolhidos pelo vento frio que carregava resíduos de carvão, esterco de cavalo, e todos os tipos de sujeira que fazem arder os olhos. Mais uma vez Tessa achou que conseguia sentir o cheiro do rio.

— Aquilo é uma *igreja* no meio da rua? — Tessa se perguntou em voz alta.

— É a St. Mary le Strand — disse Will —, e tem uma longa história, mas não vou contar agora. Estava ouvindo alguma coisa do que eu disse?

— Estava — respondeu Tessa —, até começar a falar em chuva. Quem se importa com a chuva? Estamos a caminho de uma espécie de... evento social de vampiros, não faço ideia de como devo me comportar e até agora você não me ajudou muito.

O canto da boca de Will se contorceu para cima.

— Apenas tenha cuidado. Quando chegarmos à casa, não pode olhar para mim em busca de ajuda ou orientação. Lembre-se, sou seu humano subjugado. Você me mantém para ter sangue sempre que quiser, e nada mais.

— Então não vai falar hoje à noite — disse Tessa. — Nada.

— A não ser que me mande — disse Will.

— Parece que esta noite vai ser melhor do que eu imaginava.

Will não pareceu ter escutado. Com a mão direita, estava afivelando uma empunhadura metálica no pulso esquerdo, na qual guardava uma faca. Olhava na direção da janela, como se enxergasse alguma coisa invisível para Tessa.

— Talvez esteja pensando em vampiros como monstros ferozes, mas estes não são assim. São tão cultos quanto cruéis. Facas afiadas quando comparados à lâmina cega da humanidade. — A linha da mandíbula de Will estava rígida sob a luz fraca. — Terá que tentar acompanhar. E pelo amor de Deus, se não conseguir, não diga nada. Eles têm um senso tortuoso e sombrio de etiqueta. Uma gafe social séria pode significar morte instantânea.

Tessa apertou as mãos com força sobre o colo. Estavam frias. Podia sentir o frio da pele de Camille, mesmo através das luvas.

— Você está brincando, né? Como naquele dia na biblioteca, quando derrubou aquele livro?

— Não. — A voz soou distante.

— Will, está me assustando. — As palavras saíram da boca de Tessa antes que pudesse contê-las; então ficou tensa, esperando que Will zombasse dela.

Will afastou o olhar da janela e direcionou-o a ela, como se tivesse acabado de notar a mesma coisa.

— Tess — disse, e ela teve um sobressalto repentino; ninguém jamais havia a chamado de Tess. Às vezes o irmão a chamava de Tessie, mas só. — Sabe que não precisa fazer isto se não quiser.

Respirou fundo, mesmo sem precisar.

— E então? Daríamos a volta com a carruagem e voltaríamos para casa?

Ele levantou as mãos e pegou as dela. As mãos de Camille eram tão pequenas que as hábeis mãos de Will, cobertas por luvas pretas, pareciam engoli-las.

— Um por todos, e todos por um — disse.

Com isso Tessa sorriu, fracamente.

— *Os Três Mosqueteiros?*

Will sustentava o olhar dela. Os olhos azuis estavam muito escuros, de um jeito único. Tessa já tinha conhecido pessoas com olhos azuis antes, mas sempre azul-claros. Os de Will eram da cor do céu à beira da noite. Os longos cílios os cobriam enquanto dizia:

— Às vezes, quando tenho que fazer alguma coisa que não quero, finjo ser personagem de algum livro. É mais fácil saber o que *eles* fariam.

— Sério? E quem finge ser? D'Artagnan? — perguntou Tessa, citando o único dos mosqueteiros cujo nome se lembrava.

— *É algo muito, muito melhor que faço, melhor do que jamais fiz* — citou Will. — *É um descanso muito, muito melhor a que me dirijo do que jamais conheci.*

— Sydney Carton? Mas disse que odiava *Um conto de duas cidades*!

— Na verdade não odeio. — Will parecia imperturbável com a mentira.

— E Sydney Carton era um alcoólatra desenfreado.

— Exatamente. Eis um homem que não valia nada, sabia que não valia nada, e por mais que tentasse afundar a alma ainda mais, havia sempre alguma parte dele que era capaz de grandes gestos. — Will abaixou a voz. — O que ele diz para Lucie Manette? Que apesar de ser fraco ainda podia incendiar?

Tessa, que já tinha perdido a conta de quantas vezes lera *Um conto de duas cidades*, sussurrou:

— *No entanto tive a fraqueza, e ainda tenho, de desejar que soubesse com que maestria me acendeu, o monte de cinzas que sou, em fogo.* — Hesitou. — Mas isso foi porque ele a amava.

— Sim — disse Will. — Ele a amava o bastante para saber que ela ficaria melhor sem ele.

Ainda estava com as mãos nas dela, o calor queimando através das luvas. O vento estava frio lá fora, e havia desarrumado os cabelos negros de Will quando atravessaram o pátio do Instituto até a carruagem. Fez com que parecesse mais jovem e mais vulnerável, e seus olhos também estavam da mesma forma, abertos como uma porta. A maneira como olhava para ela... Tessa não acreditaria que Will pudesse, ou fosse olhar para alguém desse jeito. Se conseguisse enrubescer, pensou, estaria muito vermelha agora.

E então desejou que não tivesse pensado nisso. Pois essa ideia levou, inevitável e desagradavelmente, a outra: ele estava olhando para ela ou para Camille, que era, de fato, incrivelmente bela? Seria essa a razão para a mudança de expressão? Será que conseguia enxergar Tessa através do disfarce, ou apenas a casca?

Tessa recuou, tirando as mãos das dele, apesar de estarem fechadas com firmeza. Levou um instante para ele a soltar.

— Tessa... — começou, mas antes que pudesse falar mais, a carruagem parou com um impacto que deixou as cortinas balançando. Thomas avisou, gritando do banco traseiro:

— Chegamos! — Will, depois de respirar fundo, abriu a porta e saltou para o asfalto, erguendo a mão para ajudá-la a descer.

Tessa abaixou a cabeça ao saltar da carruagem, para evitar destruir as rosas no chapéu de Camille. Apesar de Will estar de luvas, ela quase pôde imaginar a sensação do sangue pulsando sob a pele dele, mesmo através da dupla camada de tecido que os separava. Estava ruborizado, a cor forte nas bochechas, e ela ficou imaginando se era o frio trazendo sangue para o rosto ou outra coisa.

Estavam diante de uma casa branca e alta com uma entrada de pilares brancos. Ela era cercada por casas semelhantes em ambos os lados, como uma fila de dominós pálidos. Acima de uma fileira de degraus brancos havia um par de portas duplas pintadas de preto. Estavam semiabertas, e Tessa podia enxergar o brilho de velas vindo de dentro, oscilando como uma cortina.

Tessa se virou para olhar para Will. Atrás dele, Thomas estava sentado na frente da carruagem, com o chapéu inclinado para a frente, para esconder o rosto. A pistola com cabo de prata no bolso do colete estava totalmente escondida.

Em algum lugar no fundo da mente, sentiu Camille rir, e compreendeu, sem saber como, que estava sentindo o divertimento da vampira com sua admiração por Will. *Aí está,* pensou Tessa, aliviada apesar do desagrado. Tinha começado a temer que a voz interior de Camille jamais fosse chegar a ela.

Afastou-se de Will, levantando o queixo. A pose arrogante não era natural para ela — mas para Camille, sim.

— Irá me tratar não como Tessa, mas como um servo o faria — disse, contraindo o lábio. — Agora venha. — Apontou imperiosamente com a cabeça para os degraus, e começou a subir sem olhar para trás para verificar se Will a seguia.

Um criado bem-vestido esperava por ela no topo da escada.

— Vossa senhoria — murmurou, e ao se curvar em reverência, Tessa viu as duas marcas de presas pontuando o pescoço, logo acima do colarinho.

Virou a cabeça para ver Will atrás, e estava prestes a apresentá-lo ao criado quando a voz de Camille sussurrou no fundo da mente: *Não apresentamos nossos humanos de estimação para os outros. São nossas propriedades anônimas, a não ser que resolvamos dar um nome a eles.*

Ugh, pensou Tessa. Em meio ao desgosto, mal percebeu quando o criado a conduziu por um longo corredor até um grande salão com chão de mármore. Ele fez uma segunda reverência e partiu; Will foi para o lado dela, e por um instante ambos ficaram parados, observando.

O espaço era exclusivamente iluminado por velas. Dúzias de candelabros dourados pontilhavam a sala, com espessas velas brancas brilhando nos suportes. Mãos esculpidas de mármore saíam das paredes, cada qual sustentando uma vela escarlate, as gotas de cera vermelha florescendo como rosas nas laterais da pedra.

E, em meio aos candelabros, moviam-se vampiros, as faces brancas como nuvens, os movimentos graciosos, fluidos e estranhos. Tessa podia ver a semelhança com Camille, as feições que partilhavam — a pele sem poros, os olhos com cores de joias, as bochechas claras pintadas com blush artificial. Alguns pareciam mais humanos que os outros; muitos estavam com roupas de outras eras — calções até os joelhos e plastrões, saias volumosas com as de Maria Antonieta ou presas atrás, punhos bordados e babados de linho. O olhar de Tessa examinou freneticamente a sala, procurando uma familiar figura de cabelos claros, mas Nathaniel não estava em lugar algum. Em vez disso, se viu tentando não encarar uma mulher alta e esquelética, trajada segundo a moda extravagante e empoada de cem anos atrás. O rosto era forte e aterrorizante, mais branco do que a peruca em sua cabeça. Seu nome era Lady Delilah, sussurrou a voz de Camille na mente de Tessa. Lady Delilah trazia uma pequena figura pela mão, e a mente de Tessa se recolheu — uma criança, neste lugar? —, mas quando a figura se virou, Tessa notou que se tratava de um vampiro também, com olhos escuros e fundos como abismos no rosto redondo e infantil. Sorriu para Tessa, exibindo as presas.

— Devemos procurar Magnus Bane — sussurrou Will, baixinho. — Ele irá nos guiar por esta bagunça. Indicarei caso o veja.

Ela estava prestes a falar que Camille reconheceria Magnus por ela quando viu um homem esguio, com cabelos muito claros e um fraque preto. Tessa sentiu o coração saltar — e em seguida afundar em amarga decepção quando ele se virou. Não era Nathaniel. Era um vampiro, com rosto pálido e anguloso. O cabelo não era louro como o de Nate, mas quase descolorido sob a luz das velas. Deu uma piscadela para Tessa, e começou a se mover em sua direção, abrindo caminho pela multidão. Não havia apenas vampiros entre eles, Tessa notou, mas também humanos subjugados. Traziam bandejas brilhantes, nas quais havia taças vazias. Ao lado delas, um arranjo de utensílios de prata, todos afiados. Facas, é claro, e ferramentas finas como os furadores que sapateiros utilizavam para perfurar couro.

Enquanto Tessa observava, confusa, um dos subjugados foi parado pela mulher com a peruca branca empoada. Ela estalou os dedos imperiosamente e o dominado — um menino pálido com casaco cinzento e calças — virou a cabeça para o lado, obediente. Após retirar um furador fino da bandeja com os dedos magros, a vampira apertou a ponta contra a pele da garganta do menino, logo abaixo da mandíbula. As taças sacudiram na bandeja quando a mão dele balançou, mas ele não a derrubou, nem mesmo quando a mulher levantou a taça e a pressionou contra sua garganta para que o sangue corresse como um riacho.

O estômago de Tessa se contraiu com um mistura repentina de asco... e fome; não podia negar a fome, apesar de pertencer a Camille, e não a ela. Mais forte que a sede, no entanto, foi o horror. Observou enquanto a vampira levava a taça aos lábios, tendo ao seu lado o menino humano com o rosto acinzentado, tremendo enquanto ela bebia.

Queria dar a mão para Will, mas uma vampira baronesa jamais seguraria a mão de seu humano subjugado. Endireitou a coluna, e chamou Will para o lado com um rápido estalo de dedos. Ele levantou os olhos, surpreso, em seguida foi se juntar a ela, claramente lutando para esconder a irritação. Mas era preciso.

— Ora, não saia vagando por aí, William — disse com um olhar expressivo. — Não quero perdê-lo na multidão.

Will cerrou os dentes.

— Estou com a estranha sensação de que está se divertindo com isso — murmurou.

— Não há nada de estranho nisso. — Sentindo-se incrivelmente corajosa, Tessa o cutucou sob o queixo com a ponta do leque de pano. — Apenas comporte-se.

— São *tão* difíceis de treinar, não é? — O homem de cabelos sem cor surgiu em meio à multidão, inclinando a cabeça para Tessa. — Humanos subjugados, quero dizer — acrescentou, acreditando que a expressão assustada de Tessa era fruto de uma confusão. — E depois, quando estão prontos, morrem de alguma coisa ou outra. Criaturas delicadas, os humanos. Têm a longevidade das borboletas.

Ele sorriu, mostrando os dentes. A pele tinha o azulado pálido do gelo. Os cabelos quase brancos estavam caídos sobre os ombros, tocando levemente o colarinho do casaco escuro. O colete era de seda cinza, adornado com uma estampa de símbolos prateados curvilíneos. Parecia um príncipe russo saído de um livro.

— É um prazer vê-la, Lady Belcourt — disse, e também tinha um sotaque, porém não era francês, estava mais para eslavo. — Por acaso vi uma nova carruagem pela janela?

Este é De Quincey, a voz de Camille soprou na mente de Tessa. Imagens surgiram em seu cérebro de repente, como um chafariz ligado, jorrando visões em vez de água. Ela se viu dançando com De Quincey, as mãos nos ombros dele; ela parada perto de um riacho escuro sob o céu branco de uma noite nórdica, assistindo enquanto ele se alimentava de algo pálido espalhado sobre a grama; ela sentada imóvel à ponta de uma longa mesa de vampiros, De Quincey na cabeceira, enquanto berrava e gritava com ela, e socava com tanta força o mármore que a mesa rachou. Gritava com ela qualquer coisa sobre um lobisomem, e um relacionamento do qual ela ainda se arrependeria. Em seguida estava sozinha em um quarto, no escuro, choramingando, até que De Quincey entrou e se ajoelhou perto da cadeira, pegando-a pela mão, querendo confortá-la, apesar de ter sido o causador da dor. *Vampiros podem chorar?*, Tessa pensou primeiro, e em seguida: *Se conhecem há muito tempo, Alexei De Quincey e Camille Belcourt. Foram amigos outrora, e ele acha que ainda o são.*

— De fato, Alexei — disse, e ao dizê-lo, soube que fora este o nome que tentara lembrar à mesa de jantar no outro dia, o nome estrangeiro que as Irmãs Sombrias haviam dito. *Alexei.* — Queria alguma coisa mais... espaçosa. — Esticou a mão, e ficou parada enquanto ele a beijava, os lábios frios contra sua pele.

Os olhos de De Quincey deslizaram de Tessa para Will, e ele lambeu os beiços.

— E um novo subjugado também, percebo. Este é bem elegante. — Esticou a mão fina e pálida, e passou o dedo indicador pela lateral da bochecha até a mandíbula de Will. — Cores diferentes — divertiu-se. — E estes olhos.

— Obrigada — disse Tessa, como se estivesse sendo elogiada por uma escolha de papel de parede de bom gosto.

Assistiu, nervosa, enquanto De Quincey se aproximava ainda mais de Will, que estava pálido e tenso. Ficou imaginando se ele estava com dificuldades em se conter quando certamente cada célula do seu corpo gritava *Inimigo! Inimigo!*

De Quincey passou o dedo da mandíbula para a garganta de Will, no ponto pulsante.

— Aí — disse, e desta vez quando sorriu, as presas estavam visíveis. Eram afiadas e finas nas pontas, como agulhas. As pálpebras abaixaram, exauridas e pesadas, e a voz ao falar, saiu carregada. — Não se importaria, não é Camille, se eu desse só uma mordidinha...

A visão de Tessa ficou branca. Viu De Quincey outra vez, a frente da camisa branca vermelha de sangue — e um corpo pendurado de cabeça para baixo em uma árvore à beira do rio, dedos pálidos roçando na água escura...

Sua mão voou, mais rápido do que jamais imaginaria ser capaz de se mover, e agarrou o pulso de De Quincey.

— Meu querido, não — disse, com um tom lisonjeiro na voz. — Gostaria de guardá-lo só para mim por um tempo. Sabe como seu apetite se descontrola às vezes. — Abaixou as pálpebras.

De Quincey riu.

— Por você, Camille, exercitarei minha capacidade de restrição. — Afastou o pulso e, por um momento, sob a pose de flerte, Tessa pensou ter visto um flash de raiva nos olhos dele, rapidamente mascarado. — Em nome da nossa longa amizade.

— Obrigada, Alexei.

— Pensou melhor, querida — continuou ele —, sobre minha oferta de sociedade no Clube Pandemônio? Sei que mundanos a entediam, mas são uma fonte de renda, nada mais. Nós, integrantes, o quadro estão à beira de algumas... descobertas muito interessantes. Poder além de seus sonhos mais selvagens, Camille.

Tessa esperou, mas a voz interior de Camille estava calada. Por quê? Lutou contra o pânico e conseguiu sorrir para De Quincey.

— Meus sonhos — disse, e torceu para que ele acreditasse que o tom rouco fosse divertimento, e não pavor — podem ser mais selvagens do que imagina.

Ao lado dela, pôde perceber que Will lhe lançara um olhar surpreso; que ele rapidamente transformou em expressão vazia, e desviou o olhar. De Quincey, com os olhos brilhando, apenas sorriu.

— Peço apenas que considere minha oferta, Camille. E agora devo receber meus outros convidados. Imagino que a verei na cerimônia?

Aturdida, apenas assentiu.

— Claro.

De Quincey se curvou em reverência, então desapareceu na multidão. Tessa soltou o ar. Não tinha percebido que o vinha prendendo.

— Não — disse Will suavemente ao seu lado. — Vampiros não precisam respirar, lembre-se.

— Meu Deus, Will. — Tessa percebeu que estava tremendo. — Ele teria lhe mordido.

Os olhos de Will ficaram escuros de raiva.

— Eu o teria o matado primeiro.

Uma voz falou ao cotovelo de Tessa.

— E então estariam os dois mortos.

Girou e viu que um homem alto havia aparecido atrás dela, tão silenciosamente quanto se tivesse flutuado até ali, como fumaça. Vestia um elaborado casaco de brocado que parecia pertencer ao século anterior com um tecido branco desordenadamente costurado no colarinho e nos punhos. Sob o longo casaco Tessa viu calções até o joelho, e sapatos de cano longo. Os cabelos pareciam seda preta e eram tão escuros que tinham um brilho azulado; a pele era marrom, as feições semelhantes às de Jem. Ficou imaginando se talvez, como Jem, ele não seria de ascendência estrangeira. Em uma orelha tinha um anel prateado com um pingente de diamante do tamanho de um dedo, que cintilava, refletindo as luzes. E havia diamantes na cabeça da bengala prateada. Ele parecia brilhar por todos os lados, como luz enfeitiçada. Tessa o encarou; jamais tinha visto alguém vestido de um jeito tão estranho.

— *Este* é Magnus — disse Will baixinho, soando aliviado. — Magnus Bane.

— Querida Camille — disse Magnus, inclinando-se para beijar a mão coberta pela luva. — Passamos muito tempo separados.

No instante em que lhe tocou, as lembranças de Camille vieram como uma enchente — lembranças de Magnus segurando-a, beijando-a, tocando-a de modo distintamente pessoal. Tessa puxou a mão para trás com um chiado. *E* agora *você reaparece*, pensou, ressentida com relação a Camille.

— Entendo — murmurou ele, endireitando-se. Os olhos, quando os ergueu para os de Tessa, quase a fizeram perder a compostura. Eram verde-dourados, com pupilas em fenda, olhos de um gato em um rosto claramente humano. Estavam carregados com um divertimento fervilhante. Diferentemente de Will, cujos olhos transmitiam um traço de tristeza mesmo quando estava alegre, os olhos de Magnus eram cheios de uma alegria surpreendente. Fizeram rápidos movimentos ao redor do ambiente, e ele apontou com o queixo para o lado oposto da sala, indicando que Tessa deveria segui-lo. — Venha comigo, então, há uma sala privada onde podemos conversar.

Com um torpor, Tessa o seguiu, com Will ao lado. Estava imaginando coisas, ou as faces brancas dos vampiros se viraram para acompanhá-la quando passou? Uma vampira ruiva com um vestido azul a encarou enquanto atravessava; a voz de Camille sussurrou que a mulher tinha ciúmes da estima de De Quincey por ela. Tessa ficou grata quando Magnus finalmente chegou a uma porta — tão habilmente escondida na parede que ela não percebeu que se tratava de uma até que o feiticeiro pegasse uma chave. Ele abriu a porta com um suave clique. Will e Tessa o seguiram para dentro.

A sala era uma biblioteca, claramente pouco usada; apesar de haver volumes alinhados nas paredes, estavam cobertos de poeira, assim como as cortinas de veludo penduradas nas janelas. Quando a porta se fechou atrás deles, a luz do recinto diminuiu. Antes que Tessa pudesse falar qualquer coisa, Magnus estalou os dedos e fogueiras idênticas se acenderam nas lareiras de ambos os lados. As chamas tinham cor azulada, e o fogo em si tinha um aroma forte, como de incenso queimando.

— Oh! — Tessa não conseguiu conter uma pequena exclamação.

Com um sorriso, Magnus subiu na mesa de mármore no centro da sala e se deitou de lado, apoiando a cabeça na mão.

— Nunca viu um feiticeiro fazendo mágica antes?

Will suspirou exageradamente.

— Por favor, não provoque, Magnus. Imagino que Camille tenha contado que ela sabe bem pouco sobre o Mundo das Sombras.

— De fato — disse Magnus, sem qualquer arrependimento —, mas é difícil acreditar, considerando o que ela sabe fazer. — Estava com os olhos em Tessa. — Vi sua expressão quando beijei-lhe a mão. Soube imediatamente quem sou, não soube? Sabe o que Camille sabe. Existem alguns feiticeiros e demônios capazes de se transformar, assumir qualquer forma. Mas nunca ouvi falar em algum que pudesse fazer o que você faz.

— Não se pode afirmar com certeza que eu seja feiticeira — disse Tessa. — Charlotte disse que não sou marcada como um feiticeiro teria de ser.

— Ah, você é uma feiticeira. Acredite. Só porque não tem orelhas de morcego... — Magnus viu Tessa franzir o cenho, e ergueu as sobrancelhas. — Ah, você não *quer* ser feiticeira, não é? Detesta a ideia.

— Apenas nunca pensei... — disse Tessa em um sussurro. — Que eu fosse qualquer outra coisa que não humana.

O tom de Magnus não foi despido de solidariedade.

— Coitadinha. Agora que sabe a verdade, nunca mais poderá voltar.

— Deixe-a em paz, Magnus. — A voz de Will tinha um tom ríspido. — Preciso revistar a sala. Se não for ajudar, ao menos tente não atormentar Tessa enquanto o faço. — Ele dirigiu-se então à grande mesa de carvalho no canto da sala e começou a remexer nos papéis que a cobriam.

Magnus olhou na direção de Tessa e deu uma piscadela.

— Acho que ele está com ciúme — disse em um sussurro conspiratório.

Tessa balançou a cabeça e foi até a estante de livros mais próxima. Havia um livro aberto na prateleira do meio, exposto. As páginas eram cobertas por figuras brilhantes e elaboradas, como se tivessem sido pintadas com ouro em pergaminhos. Tessa exclamou surpresa.

— É uma Bíblia.

— Isso a espanta? — perguntou Magnus.

— Pensei que vampiros não pudessem tocar em objetos sagrados.

— Depende do vampiro: há quanto tempo está vivo, que tipo de fé tem. De Quincey na verdade coleciona bíblias antigas. Diz que não há outro livro por aí com tanto sangue nas páginas.

Tessa olhou para a porta fechada. O fraco volume das vozes do outro lado era audível.

— Não vamos provocar nenhum tipo de comentário, nos escondendo aqui assim? Os outros, os vampiros... tenho certeza de que estavam nos encarando quando entramos.

— Estavam olhando para Will. — Sob alguns aspectos o sorriso de Magnus era tão enervante quanto o de um vampiro, apesar de não ter presas. — Will parece estranho.

Tessa olhou para Will, que estava remexendo as gavetas com as mãos enluvadas.

— Acho difícil dar crédito a isto, quando vem de alguém vestido como você — disse Will.

Magnus ignorou.

— Will não se comporta como os outros humanos subjugados. Não olha para a dama que acompanha com adoração cega, por exemplo.

— É esse chapéu monstruoso — disse Will. — Me repele.

— Humanos subjugados jamais são repelidos — disse Magnus. — Têm adoração pelos vampiros mestres, independentemente dos trajes. Claro, os convidados também estavam encarando porque conhecem minha relação com Camille, e estão imaginando o que podemos estar fazendo aqui na biblioteca... sozinhos. — Fez um movimento de sobrancelhas para Tessa.

Ela pensou nas visões.

— De Quincey... Ele disse alguma coisa para Camille sobre se arrepender de um relacionamento com um lobisomem. Fez parecer um crime.

Magnus, que agora estava deitado de costas girando a bengala por cima da cabeça, deu de ombros.

— Para ele seria. Vampiros e lobisomens se odeiam. Alegam que tem algo a ver com o fato de que as duas raças de demônios que os contaminaram estavam envolvidas em uma vendeta. Contudo, se quer a minha opinião, é simplesmente porque são dois predadores, e predadores sempre se opõem a incursões em seus territórios. Não que vampiros gostem das fadas ou dos da minha espécie, mas De Quincey gosta de mim. Acha que somos amigos. Aliás, desconfio que ele queira ser mais do que amigo. — Magnus sorriu, deixando Tessa confusa. — Mas eu o desprezo, apesar de ele não saber.

— Então, por que socializar com ele? — perguntou Will, que havia se dirigido ao armário comprido entre duas das janelas e estava examinando o conteúdo. — Por que vem à casa dele?

— Política — respondeu Magnus, dando de ombros novamente. — Ele é o líder do clã; se Camille não viesse às festas dele quando convidada, seria um insulto. E se eu permitisse que ela viesse sozinha, seria... um descuido. De Quincey é perigoso, e não menos para os da própria espécie. Principalmente para aqueles que o desagradaram no passado.

— Então você deveria... — começou Will, e se interrompeu, a voz mudando. — Encontrei uma coisa. — Fez uma pausa. — Talvez devesse dar uma olhada nisso, Magnus. — Will se aproximou da mesa e repousou sobre ela o que parecia uma folha longa de papel enrolado. Indicou para que Tessa se aproximasse e desenrolou o papel sobre a superfície. — Não vi quase nada na mesa — disse —, mas encontrei isto, escondido em uma gaveta falsa no armário. Magnus, o que acha?

Tessa, que se colocara ao lado de Will, olhou o papel. Era coberto por um rascunho de uma espécie de planta de esqueleto humano feito de pistões, rodas dentadas e placas metálicas. O crânio tinha uma mandíbula com dobradiças, cavidades abertas nos olhos e uma boca que acabava logo atrás dos dentes. Tinha também uma placa no peito, exatamente como a de Miranda. Por todo o lado esquerdo da página havia anotações rabiscadas em uma língua que Tessa não conseguia decifrar. As letras eram muito diferentes.

— Planta de um autômato — disse Magnus, inclinando a cabeça para o lado. — Um humano artificial. Os homens sempre foram fascinados por essas criaturas, suponho que seja por serem humanoides que não podem morrer ou se machucar. Já leu *O livro da sabedoria de dispositivos mecânicos engenhosos*?

— Nunca nem ouvi falar — respondeu Will. — Tem montanhas ermas envolvidas por brumas misteriosas? Noivas fantasmagóricas vagando pelos corredores de castelos em ruínas? Um sujeito bonito correndo para socorrer uma donzela pobre, porém bela?

— Não — disse Magnus. — Tem uma parte bem picante sobre rodas dentadas no meio, mas é um livro técnico, essencialmente.

— Então Tessa também não leu — disse Will.

Tessa o encarou, mas não disse nada; *não tinha* lido, e não estava com humor para permitir que Will a atingisse.

— Bem, então — disse Magnus. — Foi escrito por um acadêmico árabe, dois séculos antes de Leonardo da Vinci, e descrevia como poderiam ser construídas máquinas que imitariam as ações dos seres humanos. Agora, não há nada de alarmante no fato em si. Mas é isso — o longo dedo de Magnus tocou gentilmente a escrita do lado esquerdo da página — que me preocupa.

Will se inclinou mais para perto. A manga da roupa dele tocou o braço de Tessa.

— Sim, era o que queria perguntar. É um feitiço?

Magnus assentiu.

— Um feitiço de ligação. Feito para injetar energia demoníaca em um objeto inanimado, com isso dando ao objeto uma espécie de vida. Já vi o feitiço sendo utilizado. Antes dos Acordos, os vampiros gostavam de se divertir criando engenhocas demoníacas como caixas de música que só tocavam à noite, cavalos mecânicos que só cavalgavam depois do pôr do sol, essas bobagens. — Tamborilou gentilmente no topo da bengala. — Um dos principais problemas na criação de autômatos convincentes, é claro, sempre foi a aparência. Não há material que se pareça com carne humana.

— Mas e se alguém conseguisse utilizá-la? Carne humana, quero dizer. — perguntou Tessa.

Magnus pausou delicadamente.

— O problema aí, para fabricantes humanos, é, ah... Óbvio. Preservar a carne destrói a aparência. Seria preciso utilizar magia. E depois magia outra vez, para ligar a energia demoníaca ao corpo mecânico.

— E o que isso conquistaria? — perguntou Will, com uma agitação na voz.

— Já foram criados autômatos capazes de escrever poemas, desenhar paisagens... mas apenas aqueles que foram direcionados a criar. Não possuem qualquer criatividade ou imaginação individual. Animado por energia demoníaca, no entanto, um autômato teria alguma quantidade de pensamento e vontade. Mas qualquer espírito ligado seria escravizado. Se tornaria inteira inevitavelmente obediente a quem quer que tivesse feito a ligação.

— Um exército mecânico — disse Will, e tinha uma espécie de amargor na voz. — Que não nasceu nem do Paraíso, nem do Inferno.

— Não iria tão longe — disse Magnus. — Energia demoníaca não é fácil de encontrar. É preciso invocar demônios, vinculá-los, e sabe como é um processo difícil. Obter energia demoníaca o suficiente para criar um exército seria praticamente impossível e extraordinariamente arriscado. Mesmo para um degenerado cruel feito De Quincey.

— Entendo. — E com isso, Will enrolou o papel e o escondeu no casaco. — Muito grato pela ajuda, Magnus.

Magnus pareceu ligeiramente confuso, mas foi cortês na resposta:

— Claro.

— Suponho que não fosse lamentar ver De Quincey arruinado e outro vampiro em seu lugar — disse Will. — Já o viu de fato transgredindo a Lei?

— Uma vez. Fui convidado para testemunhar uma de suas "cerimônias". No fim das contas... — Magnus parecia estranhamente ameaçador. — Bem, deixe-me mostrar.

Virou-se e foi em direção à estante de livros que Tessa estivera observando mais cedo, gesticulando para que se aproximassem. Will chegou mais perto, com Tessa ao lado. Magnus estalou os dedos outra vez e, enquanto faíscas azuis voavam, a Bíblia ilustrada deslizou para o lado, revelando um pequeno buraco cortado na madeira atrás da prateleira. Quando Tessa, surpresa, se inclinou para a frente, viu que dava em uma elegante sala de música. Pelo menos foi o que pensou inicialmente, ao ver as cadeiras organizadas em fileiras no fundo do cômodo; formava uma espécie de teatro. Fileiras de candelabros acesos haviam sido dispostas para oferecer iluminação. Cortinas vermelhas de cetim que iam do teto ao chão cobriam as paredes do fundo, e o chão era ligeiramente elevado, criando uma espécie de palco artesanal. Sobre ele não havia nada além de uma única cadeira com encosto de madeira alto.

Havia algemas de aço afixadas nos braços da cadeira, brilhando como carapaças de insetos à luz de velas. A madeira da cadeira era marcada, aqui e ali, com manchas vermelhas escuras. As pernas dela, Tessa viu, estavam pregadas ao chão.

— É aqui que acontecem as pequenas... apresentações — disse Magnus, com uma indicação de desgosto na voz. — Trazem o humano e o prendem... ou a prende... à cadeira. Depois se alternam para drenar lentamente a vítima, enquanto o público observa e aplaude.

— E eles gostam disso? — perguntou Will. O nojo na voz dele não estava sequer implícito. — Da dor dos mundanos? Do medo?

— Nem todas as Crianças Noturnas são assim — disse Magnus, baixinho. — Estes aqui são os piores.

— E as vítimas — perguntou Will —, onde as encontram?

— Criminosos, em sua maioria — respondeu Magnus. — Bêbados, viciados, prostitutas. Os esquecidos e perdidos. Aqueles que não farão falta. — Olhou diretamente para Will. — Gostaria de explicar melhor o plano?

— Começaremos quando virmos a Lei sendo violada — disse ele. — No instante em que um vampiro se mexer para ferir um humano, faço o sinal para o Enclave. Eles atacarão.

— Sério? — disse Magnus. — Como vão entrar?

— Não se preocupe com isso. — Will não se perturbou. — Sua função é levar Tessa nesta hora, e retirá-la daqui em segurança. Thomas está esperando lá fora com a carruagem. Entrem, e ele os levará de volta ao Instituto.

— Parece um desperdício dos meus talentos, me assinalar para cuidar de uma menina relativamente crescida — observou Magnus. — Certamente eu seria útil...

— Isto é um assunto de Caçadores de Sombras — disse Will. — Nós fazemos a Lei, e a sustentamos. A ajuda que nos deu até agora foi inestimável, mas não pedimos mais de você.

Magnus encontrou os olhos de Tessa por cima do ombro de Will; seu olhar era oblíquo.

— O orgulhoso isolamento dos Nephilim. Usam você quando é necessário, mas não suportam compartilhar uma vitória com membros do Submundo.

Tessa voltou-se para Will.

— Está me mandando embora também, antes da luta começar?

— Preciso — disse Will. — Seria melhor para Camille não ser vista cooperando com Caçadores de Sombras.

— Isso é uma bobagem — disse Tessa. — De Quincey saberá que eu, que ela, o trouxe aqui. Saberá que mentiu em relação ao local onde o achou. Acha que depois disto o resto do clã não saberá que ela é traidora?

Em algum lugar no fundo da mente, a risada suave de Camille ronronou. Não parecia temer.

Will e Magnus trocaram um olhar.

— Ela não espera — disse Magnus — que qualquer um dos vampiros aqui presentes sobreviva para acusá-la.

— Mortos não falam — disse Will suavemente. A luz que tremulava na sala pintava seu rosto em tons alternados de preto e dourado; a linha da mandíbula estava dura. Olhou na direção da fenda na estante, cerrando os olhos. — Vejam.

Os três se apertaram para enxergar através da fenda, pela qual viram as portas de um dos lados da sala se abrirem. Atrás delas situava-se a grande sala de estar, iluminada por velas, e dela, vampiros começaram a entrar, sentando-se nas cadeiras diante do "palco".

— Está na hora — disse Magnus suavemente, e fechou a abertura.

A sala de música estava quase cheia. Tessa, de braços dados com Magnus, assistiu enquanto Will costurou o caminho entre a multidão, procurando por três lugares juntos. Mantinha a cabeça baixa, os olhos no chão, mas mesmo assim...

— Ainda estão olhando para ele — sussurrou ela para Magnus. — Para Will, quero dizer.

— Claro que estão — disse Magnus. Os olhos do feiticeiro refletiam luz como os de um felino enquanto examinava o recinto. — Olhe para ele. O rosto de um anjo mau e olhos como o céu noturno no inferno. É muito bonito, e vampiros gostam disso. Não posso dizer que me desagrade. — Magnus sorriu. — Cabelos pretos e olhos azuis formam minha combinação favorita.

Tessa esticou o braço para afagar os cachos louros de Camille.

Magnus deu de ombros.

— Ninguém é perfeito.

Tessa foi poupada de ter que responder; Will havia encontrado um conjunto de lugares vazios, e chamava os dois com a mão enluvada. Ela tentou não prestar atenção ao modo como os vampiros olhavam para ele enquanto Magnus a conduzia até os assentos. Era verdade que era lindo, mas por que se importava? Will não passava de comida para eles, não é?

Sentou-se com Magnus de um lado e Will do outro, a saia de tafetá farfalhando como folhas ao vento. A sala era fria, diferente de uma sala cheia de humanos, que estariam irradiando calor corporal. A manga de Will subiu ao se esticar para tocar o bolso do colete, e ela viu que o braço dele estava arrepiado. Ficou imaginando se os companheiros humanos dos vampiros viviam com frio.

Um murmúrio de sussurros passou pela sala, e Tessa tirou os olhos de Will. A luz dos candelabros não chegava aos recuos mais afastados da sala; partes do "palco" — o fundo da sala — eram manchadas por sombras, e nem mesmo os olhos de vampira de Camille podiam distinguir o que se movia pela escuridão, até De Quincey surgir das sombras de repente.

A plateia estava em silêncio. Então De Quincey sorriu. Um sorriso psicótico, mostrando as presas, que transformava a face. Selvagem e primitivo, como um lobo. Um murmúrio de apreciação silenciosa passou pela sala, semelhante à maneira como uma plateia humana demonstraria apreço por um ator com uma presença de palco particularmente boa.

— Boa noite — disse De Quincey. — Bem-vindos, amigos. Aqueles de vocês que se juntaram a mim aqui — e sorriu diretamente para Tessa, que estava nervosa demais para fazer qualquer coisa além de retribuir o olhar — são filhos e filhas orgulhosos das Crianças Noturnas. Não abaixamos a cabeça para aquela opressão chamada Lei. Não respondemos aos Nephilim. E nem abandonaremos nossos antigos costumes por caprichos deles.

Era impossível não notar o efeito que o discurso de De Quincey estava provocando em Will. Estava tenso como um arco, com as mãos cerradas no colo, e as veias saltadas no pescoço.

— Temos um prisioneiro — prosseguiu De Quincey. — O crime foi trair as Crianças Noturnas. — Passou o olhar pela plateia de vampiros ansiosos. — E qual é o castigo para este tipo de traição?

— É a morte! — gritou uma voz, a vampira Delilah. Estava esticada para a frente no assento, com uma terrível ansiedade no rosto.

Os outros vampiros incorporaram o grito.

— Morte! Morte!

Mais formas sombrias passaram pelas cortinas que formavam o palco artesanal. Dois vampiros, segurando entre eles a forma de um homem que se debatia. Um capuz preto escondia as feições do sujeito. Tudo o que Tessa conseguia ver era que se tratava de um homem esguio, provavelmente jovem — e imundo, com as roupas bonitas rasgadas e esfarrapadas. Os pés descalços deixavam marcas sangrentas nos tacos do chão enquanto era arrastado e colocado na cadeira. Uma leve exclamação de solidariedade escapou da garganta de Tessa, e ela sentiu Will ficar tenso ao seu lado.

O homem continuou a se debater inutilmente, como um inseto em um espeto, enquanto os vampiros amarravam os punhos e calcanhares à cadeira, e em seguida recuavam. De Quincey sorriu, ainda com as presas expostas. Brilhavam como alfinetes de marfim enquanto ele analisava a multidão. Tessa podia sentir a agitação dos vampiros — e mais do que a agitação, a fome. Não pareciam mais uma plateia educada de teatro. Eram ávidos como leões sentindo cheiro de presa, chegando para a frente nas cadeiras, os olhos arregalados e brilhantes, as bocas abertas,

— Quando podemos chamar o Enclave? — perguntou Tessa a Will em um sussurro urgente.

Will estava com a voz tensa.

— Quando sangue for derramado. Precisamos *vê-lo* fazer isso.

— Will...

— Tessa. — Ele sussurrou seu nome verdadeiro, os dedos agarrando os dela. — Fique *quieta*.

Relutante, Tessa voltou a atenção para o palco, onde De Quincey se aproximava do prisioneiro acorrentado. Ele parou perto da cadeira... esticou a mão... e os dedos pálidos e finos tocaram o ombro do homem, tão suavemente quanto o toque de uma aranha. O prisioneiro se debateu, sacudindo-se desesperadamente enquanto a mão do vampiro deslizava do ombro para o pescoço. De Quincey colocou dois dedos brancos no ponto de pulsação do sujeito, como se fosse um médico checando os batimentos de um paciente.

De Quincey estava com um anel prateado em um dedo, Tessa reparou, e um dos lados destacava-se como uma agulha afiada quando o vampiro cerrava a mão em um punho. Houve um flash de prata, e o prisioneiro gritou — o primeiro som que emitiu. Havia algo de familiar naquele ruído.

Uma fina linha de sangue apareceu na garganta do prisioneiro, como um pedaço de fio vermelho. O sangue se derramou e escorreu até a cavidade da clavícula. O prisioneiro se debateu e lutou enquanto De Quincey, cujo rosto se transformara em uma máscara de fome, esticou o braço para encostar dois dedos no líquido vermelho. Levantou a ponta do dedo manchado até a boca. A plateia sibilava e gemia, mal conseguindo se manter sentada. Tessa olhou para a mulher de chapéu branco. Estava com a boca aberta, o queixo molhado de saliva.

— Will — murmurou Tessa. — Will, *por favor*.

Will olhou por cima dela, para Magnus.

— Magnus. Tire-a daqui.

Alguma coisa em Tessa se rebelou contra a ideia de ser mandada embora.

— Will, não, estou bem aqui...

A voz de Will estava calma, mas os olhos ardiam.

— Já conversamos sobre isto. Vá, ou não invocarei o Enclave. Vá, ou aquele homem morre.

— Vamos. — Foi Magnus, com a mão no cotovelo de Tessa, que a fez se levantar.

Ainda com relutância, ela permitiu que o feiticeiro a puxasse até a porta. Tessa olhou em volta, ansiosa para ver se alguém tinha notado sua partida, mas ninguém estava olhando. Todas as atenções estavam centradas em De Quincey e no prisioneiro, e muitos vampiros já estavam de pé, sibilando, vibrando, e emitindo ruídos desumanos de fome.

Em meio à multidão fervilhante, Will continuava sentado, inclinando-se para a frente como um cão de caça ansioso para ser solto da coleira. Sua mão esquerda deslizou para o bolso do colete, e voltou com algo feito de cobre entre os dedos.

O Fósforo.

Magnus abriu a porta atrás deles.

— Depressa.

Tessa hesitou, olhando novamente para o palco. De Quincey estava atrás do prisioneiro agora. A boca sorridente estava manchada de sangue. Esticou o braço e tirou o capuz do prisioneiro.

Will se levantou, com o Fósforo suspenso. Magnus praguejou e puxou o braço de Tessa. Ela deu meia-volta para sair com ele, porém congelou em seguida quando De Quincey tirou o capuz negro para revelar o prisioneiro.

O rosto estava inchado de tanto apanhar. Um dos olhos estava roxo e fechado com o inchaço. Os cabelos louros, grudados à cabeça com sangue e suor. Mas nada disso importava; Tessa o reconheceria de qualquer maneira, em qualquer lugar. Sabia agora por que o grito de dor soara tão familiar.

Era Nathaniel.

11

Poucos São Anjos

Somos todos homens,
Em nossas próprias naturezas frágeis, e sujeitos
À nossa carne; poucos são anjos
— Shakespeare, "Henrique VIII"

Tessa gritou.

Não um grito humano, mas vampiresco. Mal reconheceu o som que saiu da própria garganta — soava como vidro estilhaçando. Só depois pôde perceber que estava gritando palavras. Pensou que fosse gritar o nome do irmão, mas não.

— Will! — berrou. — Will, agora! Faça agora!

Uma exclamação atravessou a sala. Dezenas de faces brancas se voltaram para Tessa. O berro tinha interrompido a sede por sangue. De Quincey estava parado no palco; até Nathaniel a estava encarando, aturdido, como que imaginando se os gritos seriam fruto de sua imaginação em meio à agonia.

Will, com o dedo no botão do Fósforo, hesitou. Seus olhos encontraram os de Tessa do outro lado da sala. Foi apenas por uma fração de segundo, mas De Quincey viu. Como se pudesse lê-lo, mudou de expressão, agitando a mão para apontar diretamente para Will.

— O menino — gritou. — Parem-no!

Will desviou os olhos de Tessa. Os vampiros já estavam se levantando, indo em direção a ele, os olhos brilhando com raiva e fome. Will voltou-se para além deles, para De Quincey, que o encarava, furioso. Não havia medo no semblante de Will quando seu olhar encontrou o do vampiro — nem hesitação, e nem surpresa.

— Não sou um menino — disse. — Sou um Nephilim.

E apertou o botão.

Tessa se preparou para um brilho de luz enfeitiçada branca. Em vez disso, ouviu um chiado quando as chamas dos candelabros se ergueram em direção ao teto. Faíscas voaram, enchendo o chão de brasas brilhantes, atingindo as cortinas, as saias dos vestidos das mulheres. De repente, a sala se encheu de fumaça negra e gritos; agudos e horríveis.

Tessa não conseguia mais ver Will. Tentou correr, mas Magnus — já tinha quase se esquecido da presença dele — segurou seu pulso com firmeza.

— Srta. Gray, não — disse, e quando ela respondeu puxando mais forte, ele acrescentou: — Senhorita Gray! É uma vampira agora! Se pegar fogo, vai queimar como madeira...

Como que para ilustrar o argumento, naquele instante uma faísca aterrissou na peruca branca de Lady Delilah. O objeto começou a queimar. Com um berro, a vampira tentou arrancá-la da cabeça, mas quando as mãos entraram em contato com o fogo elas também começaram a queimar, como se fossem papel em vez de pele. Em menos de um segundo os dois braços ardiam como tochas. Uivando, ela correu para a porta, mas o fogo foi mais veloz. Em segundos uma fogueira ocupou o local onde ela estava. Tudo o que Tessa pôde enxergar foram os contornos de uma figura berrando dentro do fogo.

— Viu o que eu quis dizer? — gritou Magnus ao ouvido de Tessa, lutando para se fazer ouvir entre os uivos dos vampiros, que mergulhavam de um lado para o outro, tentando evitar as chamas.

— Me solte! — gritou Tessa. De Quincey havia saltado para o meio da confusão; Nathaniel estava sozinho no palco, aparentemente inconsciente, sustentado na cadeira apenas pelas algemas. — Aquele é o meu irmão ali. Meu *irmão*!

Magnus olhou fixamente para ela. Tirando vantagem da confusão, Tessa puxou o braço e começou a correr para o palco. A sala era a imagem do caos: vampiros correndo para frente e para trás, muitos debandando para a saída. Os que chegaram à porta empurravam e puxavam para serem os primeiros a passar; outros correram para o outro lado, buscando as portas que davam para o jardim.

Tessa desviou para evitar uma cadeira caída, e quase deu de cara com a vampira ruiva de vestido azul que a encarara mais cedo, mas parecia apavorada agora. Mergulhou na direção de Tessa, e depois pareceu tropeçar. A boca se abriu em um grito, e jorrou sangue como uma fonte. O rosto se contorceu, dobrando-se sobre si mesmo, a pele se transformando em pó e se precipitando a partir dos ossos do crânio. Os cabelos ruivos murcharam e se tornaram cinzentos; a pele dos braços derreteu até virar farelo, e com um último berro desesperado, a vampira sucumbiu em uma pilha de ossos e pó sobre um vestido de cetim vazio.

Tessa teve ânsia de vômito, desviou o olhar dos restos e viu Will. Estava diretamente à frente dela, segurando uma faca longa de prata; a lâmina manchada de sangue escarlate. O rosto também sangrava, os olhos ferozes.

— Que *diabos* ainda está fazendo aqui? — gritou com Tessa. — Você é *incrivelmente* idiota...

Tessa ouviu o ruído antes de Will; um lamento fraco, como uma máquina quebrada. O menino de cabelos claros e casaco cinza — o servo humano de quem Lady Delilah bebera mais cedo — investia contra Will, um ganido agudo saindo da garganta, o rosto marcado com lágrimas e sangue Trazia uma perna arrancada de alguma cadeira em uma das mãos, com a ponta afiada.

— Will, *cuidado*! — gritou Tessa, e Will girou. Agiu *rápido*, Tessa viu, como um borrão escuro, e a faca na mão foi como um flash de prata na penumbra nebulosa.

Quando ele parou de se mover, o menino estava deitado no chão, a lâmina se projetando do peito. Sangue escorria em volta, mais espesso e mais escuro do que sangue de vampiro.

Will, olhando para baixo, estava pálido.

— Pensei...

— Ele o teria matado se pudesse — disse Tessa.

— Você não sabe de nada — disse Will. Balançou a cabeça uma vez, como se estivesse livrando-se da voz dela, ou da visão do menino no chão.

O subjugado parecia muito jovem, o rosto antes contorcido agora suavizado pela morte. — Eu disse para ir embora...

— Aquele é o meu irmão — disse Tessa, apontando para o fundo da sala. Nathaniel continuava desmaiado e algemado. Não fosse pelo sangue que continuava fluindo do pescoço, acharia que ele estava morto. — Nathaniel. Na cadeira.

Os olhos de Will se arregalaram em espanto.

— Mas como...? — começou ele. Não teve chance de terminar a pergunta.

Naquele instante o som de vidro estilhaçando preencheu o recinto. As janelas explodiram para dentro, e a sala de repente foi inundada por Caçadores de Sombras com roupas escuras de luta. Entraram no ambiente acompanhados do esfarrapado grupo de vampiros que havia fugido para o jardim. Enquanto Tessa assistia, mais Caçadores de Sombras começavam a invadir por outras portas, arrebanhando mais vampiros diante de si, como cães pastores conduzindo ovelhas a um cercado. De Quincey cambaleou perante os outros vampiros, o rosto pálido manchado com cinzas negras, os dentes expostos.

Tessa viu Henry entre os Nephilim, facilmente distinguível pelos cabelos ruivos. Charlotte também estava lá, vestida como um homem em seu uniforme escuro de luta, igual às mulheres ilustradas no livro de Caçadores de Sombras de Tessa. Parecia pequena, determinada e surpreendentemente feroz. E então viu Jem. A roupa o deixava ainda mais assustadoramente pálido, e as Marcas pretas na pele se destacavam como tinta no papel. Reconheceu Gabriel Lightwood na multidão; o pai, Benedict; a sra. Highsmith, magra e de cabelos negros; e atrás de todos eles vinha Magnus, chamas azuladas voando de suas mãos quando gesticulava.

Will soltou a respiração, parte da cor voltando ao rosto.

— Não tinha certeza se viriam — murmurou —, não com o Fósforo funcionando errado. — Desgrudou o olhar dos amigos, voltando-o para Tessa. — Vá cuidar do seu irmão — disse. — Isso a afastará do pior. Espero.

Ele virou e se afastou de Tessa sem olhar para trás. Os Nephilim tinham reunido o restante dos vampiros, os que não haviam sido mortos pelo fogo — ou por Will — no centro de uma roda improvisada de Caçadores de Sombras. De Quincey se erguia em meio ao grupo, o rosto pálido contorcido de raiva e a camisa manchada de sangue — dele ou de outra pessoa, Tessa não conseguia determinar. Os outros vampiros se aglomeravam atrás dele como crianças atrás de um pai, ao mesmo tempo ferozes e miseráveis.

— A Lei — grunhiu De Quincey, enquanto Benedict Lightwood avançava para ele com uma lâmina brilhante na mão direita, cuja superfície era marcada por símbolos pretos. — A Lei nos protege. Nós nos rendemos a vocês. A Lei...

— Você violou a Lei — rosnou Benedict. — Portanto a proteção não se estende mais a você. A sentença é a morte.

— Um mundano — disse De Quincey, dispensando um olhar a Nathaniel. — Um mundano que *também* transgrediu a Lei do Pacto...

— A Lei não se estende a mundanos. Não se pode esperar que eles respeitem a lei de um mundo cuja existência desconhecem.

— Ele é desprezível — disse De Quincey. — Não sabe o quão desprezível. Realmente quer destruir nossa aliança por causa de um mundano inútil?

— É mais do que apenas um mundano! — gritou Charlotte, e tirou do casaco o papel que Will havia encontrado na biblioteca. Tessa não tinha visto Will entregá-lo para ela, mas provavelmente o fizera. — E estes feitiços? Achou que não fôssemos descobrir? Esta... Esta magia sombria é absolutamente proibida pelo Pacto!

A face imóvel de De Quincey o traiu com apenas uma leve indicação de surpresa.

— Onde encontrou isso?

A boca de Charlotte era uma linha fina e rígida.

— Não importa.

— O que quer que acreditem saber... — começou De Quincey.

— Sabemos o bastante! — A voz de Charlotte estava carregada de emoção. — Sabemos que nos detesta e nos despreza! Sabemos que sua aliança conosco não passou de uma mentira!

— E é contra a Lei do Pacto não gostar de Caçadores de Sombras? — disse De Quincey, mas o desdém não estava mais na voz. Ele soava áspero.

— Não faça seus joguinhos conosco — disparou Benedict. — Depois de tudo o que fizemos por vocês, depois que transformamos os Acordos em Lei... Por quê? Tentamos torná-los iguais a nós...

O rosto de De Quincey se contorceu.

— *Iguais?* Não sabem nem o que essa palavra significa. Não conseguem se desapegar da própria convicção, da crença na superioridade inerente dos Caçadores de Sombras por tempo o bastante para sequer *considerarem* o significado disso. Onde estão nossos assentos no Conselho? Onde fica nossa embaixada em Idris?

— Mas isso... isso é ridículo — disse Charlotte, apesar de ter empalidecido.

Benedict lançou um olhar impaciente a Charlotte.

— E irrelevante. Nada disto justifica seu comportamento, De Quincey. Enquanto sentava em conselho conosco, fingindo querer paz, violava a Lei nas nossas costas e zombava do nosso poder. Renda-se, diga o que queremos saber, e talvez permitamos que seu clã sobreviva. Caso contrário, não teremos piedade.

Outro vampiro falou. Era um dos homens que havia prendido Nathaniel à cadeira. Tinha cabelos cor de fogo e uma expressão irritada.

— Se precisávamos de mais provas de que os Nephilim nunca foram sinceros no que se refere a promessas de paz, aqui está. Ousem nos atacar, Caçadores de Sombras, e terão uma guerra nas mãos!

Benedict apenas sorriu.

— Então que a guerra comece aqui — disse, e atirou a lâmina em De Quincey. Ela voou pelo ar e se enterrou até o cabo no peito do vampiro ruivo, que se atirara na frente do líder do bando. Ele explodiu em um banho de sangue enquanto os outros vampiros gritavam. Com um uivo, De Quincey atacou Benedict. Os outros pareceram despertar do estupor de pânico e rapidamente seguiram o exemplo. Em segundos a sala se tornou uma confusão de gritos e caos.

O caos súbito também despertou Tessa. Segurando as saias, ela correu para o palco e se ajoelhou ao lado da cadeira de Nathaniel. A cabeça dele pendia para o lado, os olhos fechados. O sangue do machucado no pescoço havia se reduzido a um filete. Tessa puxou a manga dele.

— Nate — sussurrou. — Nate, sou eu.

Ele gemeu, mas não respondeu. Mordendo o lábio, Tessa se voltou para as algemas que prendiam os pulsos do irmão. Eram de ferro maciço, presas aos braços da cadeira por fileiras de pregos — claramente projetadas para suportarem força até de um vampiro. Puxou até que seus dedos começassem a sangrar, mas elas nem se mexeram. Se ao menos tivesse uma das facas de Will.

Olhou pela sala. Ainda estava escura devido à fumaça. Em meio aos redemoinhos escuros ela pôde enxergar os lampejos das armas dos Caçadores de Sombras. Eles brandiam suas brilhantes adagas brancas, que Tessa agora sabia serem chamadas de lâminas serafim, cada uma trazida à vida pelo nome de um anjo. Sangue de vampiro voava das pontas das lâminas, brilhante como um mar de rubis. Notou — com um choque de surpresa, pois inicialmente as criaturas a haviam apavorado — que os vampiros estavam em clara desvantagem aqui. Apesar de as Crianças Noturnas serem perversas e velozes, os Caçadores de Sombras eram quase tão rápidos quanto eles, e tinham a vantagem das armas e do treinamento. Vampiro após vampiro sucumbia sob a chacina das lâminas serafim. Sangue corria em rios pelo chão, ensopando as bordas dos tapetes persas.

A fumaça clareou em um ponto, e Tessa viu Charlotte dar conta de um vampiro corpulento que vestia um casaco cinza. Cortou a garganta dele com a lâmina e o sangue esguichou na parede atrás deles. Ele caiu, rosnando, de joelhos, e Charlotte acabou com ele com um golpe da lâmina no peito.

Um borrão de movimentos explodiu atrás de Charlotte; era Will, seguido por um vampiro de olhos vorazes brandindo uma pistola de prata. Apontou-a para Will, mirou e atirou. Will mergulhou para fora da trajetória do projétil e derrapou pelo chão ensanguentado. Ao se colocar de pé, bateu em uma cadeira revestida de veludo. Desviando de outro tiro, saltou novamente, e Tessa o observou impressionada enquanto ele corria pelas *costas* de uma fileira de cadeiras, pulando ao chegar à última. Girou para encarar o vampiro, agora longe, através da sala. De alguma forma, uma faca de lâmina curta surgira na mão de Will, apesar de Tessa não tê-lo visto sacar a arma. Arremessou-a. O vampiro desviou, mas não foi rápido o suficiente; a faca afundou em seu ombro. O vampiro berrou de dor e se esforçou para alcançar a lâmina quando uma sombra surgiu do nada. Viu-se um lampejo de prata, e o vampiro estourou em um banho de sangue e pó. Enquanto a confusão se dissipava, Tessa viu Jem, com uma lâmina longa ainda empunhada. Estava sorrindo, mas não para ela; chutou a pistola de prata — agora caída em meio aos restos do vampiro — com força, e a arma deslizou pelo chão, indo parar aos pés de Will. Will acenou com a cabeça para Jem, retribuindo o sorriso, pegou a pistola do chão e a enfiou no cinto.

— Will! — gritou Tessa para ele, apesar de não ter certeza se ele conseguia ouvi-la com todo o barulho. — Will...

Alguma coisa a pegou pela parte traseira do vestido, levantando-a do chão e movendo-a para trás. Foi como ser agarrada pelas garras de um pássaro gigante. Tessa gritou uma vez, e, arremessada para a frente, derrapou pelo chão, atingindo as cadeiras. Elas caíram no chão de forma ensurdecedora, e Tessa, largada entre a desordem, olhou para cima com um grito de dor.

De Quincey estava sobre ela. Os olhos negros eram ferozes, contornados de vermelho; os cabelos brancos caíam sobre o rosto em chumaços emaranhados, a camisa estava rasgada na frente, as bordas do corte ensopadas de sangue. Provavelmente fora cortado, embora não de forma profunda o suficiente para ser morto, e havia se curado. A pele sob a camisa destruída não exibia marca alguma.

— *Maldita* — rosnou para Tessa. — Maldita traidora mentirosa. Você trouxe aquele menino aqui, Camille. Aquele Nephilim.

Tessa se arrastou para trás, batendo com as costas na parede de cadeiras derrubadas.

— Eu a recebi de volta no clã, mesmo depois daquele... episódio nojento com o licantrope. Tolero aquele seu feiticeiro ridículo. E é assim que retribui a mim. É assim que retribui a *nós*. — Estendeu as mãos para ela; estavam sujas de cinzas negras. — Está vendo isto — disse. — O pó de nossos mortos. *Vampiros* mortos. E você os traiu por *Nephilim*. — Disse a palavra como se fosse veneno.

Algo borbulhou na garganta de Tessa. Uma risada. Não a dela; a de Camille.

— *Episódio nojento?* — As palavras saíram da boca de Tessa antes que pudesse contê-las. Era como se não tivesse controle sobre o que dizia. — Eu o amava, como você nunca me amou, como nunca amou nada. E o matou apenas para mostrar ao clã que podia. Quero que saiba o que é perder tudo o que importa. Quero que saiba, enquanto sua casa queima e seu clã é reduzido a cinzas, e sua própria vida miserável acaba, que *sou eu que estou fazendo isto com você.*

E a voz de Camille desapareceu tão depressa quanto veio, deixando Tessa se sentindo exaurida e em choque. Mas isso não a impediu de utilizar as mãos para procurar alguma coisa entre as cadeiras arrebentadas. Certamente teria que haver *alguma coisa*, algum pedaço quebrado que pudesse utilizar como arma. De Quincey a encarava, pasmo, com a boca aberta. Tessa imaginou que ninguém jamais havia falado assim com ele. Certamente não um vampiro.

— Talvez — disse ele. — Talvez eu a tenha subestimado. Talvez vá me destruir. — Avançou para cima dela, com as mãos esticadas, alcançando-a. — Mas a levarei comigo...

Os dedos de Tessa se fecharam ao redor da perna de uma cadeira; sem pensar, ergueu a mesma e a quebrou nas costas de De Quincey. Sentiu-se extasiada quando ele gritou e cambaleou para trás. Ela se recompôs aos tropeços e, enquanto o vampiro se ajeitava, o atacou com a cadeira novamente. Desta vez um pedaço quebrado o atingiu no rosto, abrindo um longo corte vermelho. Os lábios do vampiro se contraíram em um rosnado silencioso, e ele *saltou* — não havia outra palavra para descrever. Foi como o salto silencioso de um gato. Derrubou Tessa no chão, aterrissando sobre ela e arrancando-lhe o pedaço de cadeira da mão. Mirou a garganta dela com às presas expostas, e Tessa o arranhou no rosto. Seu sangue, onde pingou nela, parecia queimar, como ácido. Ela gritou, e o atacou com mais violência, mas De Quincey apenas riu; as pupilas tinham desaparecido no preto dos olhos, e sua aparência era inteiramente inumana, parecia uma espécie de serpente predadora monstruosa.

Ele agarrou os punhos de Tessa e os segurou nas laterais do corpo da menina, com força, contra o chão.

— Camille — disse, inclinando-se sobre ela, com a voz rouca. — Fique parada, pequena Camille. Vai acabar em instantes...

Lançou a cabeça para trás, como uma naja dando o bote. Apavorada, Tessa lutou para libertar as pernas, com intenção de chutá-lo, chutá-lo com toda a sua força...

Ele gritou. Gritou e se contorceu, e Tessa viu que havia a mão de alguém no cabelo de De Quincey. Era cheia de Marcas pretas curvilíneas.

A mão de Will.

De Quincey foi erguido, urrando, com as mãos na cabeça. Tessa lutou para se levantar, assistindo enquanto Will jogava o vampiro uivante para longe desdenhosamente. Will não estava mais sorrindo, mas os olhos brilhavam, e Tessa pôde perceber por que Magnus os descrevera como céu no Inferno.

— *Nephilim.* — De Quincey cambaleou, se ajeitou, e cuspiu nos pés de Will.

Ele sacou a pistola do cinto e mirou em De Quincey.

— Você é uma das próprias abominações do Diabo, não é? Nem merece viver neste mundo com o restante de nós; no entanto, quando por pena permitimos que o faça, você joga desdenha.

— Como se precisássemos de sua piedade — respondeu De Quincey. — Como se algum dia pudéssemos ser menos do que vocês. Vocês Nephilim, achando que são... — parou bruscamente. Estava tão sujo que era difícil dizer, mas parecia que o corte no rosto já estava curado.

— Que somos o quê? — Will ajeitou a pistola; o clique foi alto mesmo em meio ao som da batalha. — Diga.

Os olhos do vampiro queimavam.

— Dizer o quê?

— Deus — disse Will. — Ia me dizer que nós, os Nephilim, brincamos de Deus, não ia? Exceto que não consegue nem dizer a palavra. Desdenhe da Bíblia o quanto quiser com aquela coleçãozinha, continua não conseguindo falar. — Estava com o dedo branco no gatilho. — Diga. Diga e deixarei que continue vivo.

O vampiro exibiu os dentes.

— Não pode me matar com esse... Esse estúpido brinquedo humano.

— Se a bala passar pelo coração — disse Will, com a mira firme —, você vai morrer. E eu sou um excelente atirador.

Tessa ficou congelada, assistindo à cena diante de si. Queria recuar, ir até Nathaniel, mas tinha medo de se mexer.

De Quincey ergueu a cabeça. Abriu a boca. Uma crepitação saiu quando ele tentou falar, esforçando-se para formar uma palavra que sua alma não permitia que dissesse. Engasgou-se outra vez, sem fôlego, e colocou a mão na garganta. Will começou a rir...

E o vampiro saltou. Com o rosto retorcido em uma máscara de ódio e dor, ele lançou-se contra Will com um uivo. Houve um borrão de movimento. Então a arma disparou e houve um esguicho de sangue. Will caiu no chão, a pistola escapando de sua mão, o vampiro em cima dele. Tessa se esforçou para recuperar a pistola, pegou-a, e virou para ver que De Quincey tinha pegado Will por trás, prendendo o antebraço ao redor da garganta do Caçador de Sombras.

Ela levantou a pistola, a mão tremendo — mas nunca tinha utilizado uma pistola antes, nunca atirara em nada... e como ia acertar o vampiro sem ferir Will? O Caçador de Sombras claramente estava engasgando, o rosto coberto de sangue. De Quincey rosnou alguma coisa e apertou com ainda mais força...

Então, virando a cabeça, Will enterrou os dentes no antebraço do vampiro. De Quincey gritou e puxou o braço; Will se jogou para o lado, com ânsia de vômito, caindo de joelhos e cuspindo sangue no palco. Quando levantou a cabeça, estava com a parte inferior do rosto toda suja de sangue. Os dentes também brilhavam em vermelho quando ele — Tessa não conseguiu acreditar — *sorriu*, e, olhando para De Quincey, disse:

— E aí, gostou, vampiro? Ia morder aquele mundano mais cedo. Agora já sabe como é, não sabe?

De Quincey, ajoelhado, olhou de Will para o horrível buraco vermelho no próprio braço, que já começava a fechar, apesar de ainda escorrer um pouco de sangue escuro.

— Por isso — disse —, vai morrer, Nephilim.

Will abriu os braços. De joelhos, sorrindo como um demônio, com sangue pingando da boca, ele próprio mal parecia um humano.

— Venha me pegar.

De Quincey se preparou para saltar — e Tessa puxou o gatilho. A arma deu um forte coice, lançando a mão dela para trás, e o vampiro caiu de lado, com sangue escorrendo do ombro. Errou o coração. *Droga.*

Uivando, De Quincey começou a se levantar. Tessa levantou o braço e puxou o gatilho da pistola outra vez — mas nada. Um clique suave a informou de que a arma estava vazia.

De Quincey riu. Ainda estava segurando o ombro, apesar de o fluxo de sangue já ter diminuído.

— *Camille.* — Ele pareceu cuspir as palavras para Tessa. — Voltarei para pegá-la. Farei com que lamente um dia ter renascido.

Tessa sentiu um calafrio na ponta do estômago — não apenas o *próprio* medo. O de Camille. De Quincey mostrou os dentes uma última vez e girou com incrível velocidade, correndo pela sala e se jogando contra uma janela. Ela estilhaçou para fora em uma explosão de vidro, carregando-o para a frente como uma onda e fazendo-o desaparecer na noite.

Will praguejou.

— Não podemos perdê-lo... — começou, e avançou. Em seguida girou quando Tessa berrou.

Um vampiro esfarrapado havia se erguido por trás dela como um fantasma se materializando do ar, pegando-a pelos ombros. Ela tentou se livrar, mas a força com que ele a segurava era demais. Podia escutá-lo murmurando ao seu ouvido, palavras horríveis sobre como era traidora das Crianças Noturnas e como a rasgaria com os dentes.

— *Tessa* — gritou Will, e não deu pra saber se ele estava irritado ou outra coisa. Buscou as armas luminosas no cinto e fechou a mão em torno do cabo de uma lâmina serafim exatamente no momento em que o vampiro girou Tessa. Ela viu o rosto branco e malicioso dele, as presas com pontas sangrentas, prontas para o ataque. O vampiro avançou...

E explodiu em um banho de pó e sangue. Ele dissolveu, a carne do rosto e das mãos derretendo, e Tessa por um instante viu o esqueleto queimado, antes que este também sucumbisse deixando uma pilha de roupas vazias para trás. Roupas e uma lâmina prateada brilhante.

Tessa levantou o olhar. Jem estava a alguns metros, muito pálido. Segurava a lâmina na mão esquerda; a direita estava vazia. Tinha um longo corte em uma das bochechas, mas fora isso parecia intacto. Os olhos e os cabelos brilhavam, prateados, à luz das chamas que morriam.

— Acho — disse — que esse foi o último.

Surpresa, Tessa olhou em volta. O caos havia diminuído. Caçadores de Sombras se moviam aqui e ali em meio aos escombros — alguns estavam sentados em cadeiras, sendo atendidos por curadores empunhando estelas —, mas não havia nem um vampiro. A fumaça do incêndio também tinha diminuído, apesar de ainda haver cinzas brancas das cortinas queimadas flutuando pelo salão, como uma nevasca inesperada.

Will, ainda com sangue pingando do queixo, olhou para Jem com as sobrancelhas erguidas.

— Belo arremesso — disse.

Jem balançou a cabeça.

— Você mordeu De Quincey — disse. — Seu tolo. Ele é um *vampiro*. Sabe o que significa morder um vampiro.

— Não tive escolha — respondeu Will. — Ele estava me enforcando.

— Eu sei — disse Jem. — Mas sério, Will. *Outra vez*?

* * *

Foi Henry, no fim das contas, quem soltou Nathaniel da cadeira de tortura, pelo simples procedimento de bater com a parte lisa da lâmina de uma espada até as algemas se soltarem. Nathaniel deslizou para o chão, onde permaneceu gemendo deitado, com Tessa embalando seu corpo. Charlotte agitou-se um pouco, trazendo panos molhados para limpar o rosto de Nate e um pedaço rasgado de cortina para cobri-lo antes de correr para iniciar uma conversa enérgica com Benedict Lightwood — durante a qual alternou entre apontar para Tessa e Nathaniel, e gesticular com as mãos de forma dramática. Tessa, completamente aturdida e exausta, ficou imaginando o que Charlotte poderia estar dizendo.

Não tinha a menor importância, na verdade. Tudo parecia estar acontecendo dentro de um sonho. Ela se sentou no chão com Nathaniel enquanto os Caçadores de Sombras se moviam ao redor, desenhando uns nos outros com as respectivas estelas. Era incrível ver os ferimentos desaparecerem conforme as Marcas de cura penetravam a pele. Todos pareciam igualmente capazes de desenhar as Marcas. Assistiu enquanto Jem, franzindo o rosto, desabotoava a camisa para mostrar um corte grande ao longo do ombro pálido; ele desviou o olhar, com a boca firme, enquanto Will desenhava uma marca cuidadosa abaixo do ferimento.

Tessa só percebeu o quanto estava cansada quando Will, após terminar com Jem, veio até ela com um andar despreocupado.

— Voltou a si, percebo — disse ele. Tinha uma toalha molhada em uma das mãos, mas ainda não tinha se dado o trabalho de limpar o sangue do rosto e do pescoço.

Tessa olhou para si. Era verdade. Em algum momento havia perdido Camille e voltado a ser ela mesma. Devia estar de fato entorpecida, pensou, para não ter percebido o retorno dos próprios batimentos cardíacos. Pulsavam no peito como um tambor.

— Não imaginava que você sabia como usar uma pistola — acrescentou Will.

— Não sei — disse Tessa. — Acho que Camille devia saber. Foi... instintivo. — Mordeu o lábio. — Não que tenha importância, considerando que não deu certo.

— Raramente as utilizamos. Gravar símbolos no metal de uma arma ou de balas impede a ativação da pólvora; ninguém sabe por quê. Henry tentou cuidar do problema, é claro, mas não obteve sucesso. Como não se pode matar um demônio sem uma pistola Z marcada com um símbolo antigo ou uma lâmina serafim, pistolas não são de grande utilidade para nós. Vampiros morrem com um tiro no coração, isso é fato, e lobisomens são feridos com uma bala de prata, mas se não acertar os órgãos vitais, eles só voltam mais irritados do que nunca. Lâminas marcadas simplesmente funcionam melhor para os nossos propósitos. Acerte um vampiro com uma lâmina com símbolos antigos e é mais difícil que se recuperem e se curem.

Tessa o encarou, com o olhar firme.

— Isso não é difícil?

Will jogou de lado o pano molhado. Estava vermelho de sangue.

— *O que* é difícil?

— Matar vampiros — respondeu. — Podem não ser pessoas, mas *parecem* pessoas. Sentem como pessoas. Gritam e sangram. Não é difícil destruí-los?

A mandíbula de Will cerrou.

— Não — disse. — E se você realmente soubesse alguma coisa sobre eles...

— Camille sente — declarou Tessa. — Ela ama e odeia.

— E *ela* ainda está viva. Todo mundo tem escolha, Tessa. Aqueles vampiros não teriam estado aqui hoje à noite se não tivessem feito as deles. — Olhou para Nathaniel, desmaiado no colo de Tessa. — Imagino que o seu irmão também não.

— Não sei por que De Quincey o queria morto — disse Tessa suavemente. — Não sei o que ele pode ter feito para despertar a fúria dos vampiros.

— Tessa! — Era Charlotte, avançando para ela e Will como um beija flor. Ainda parecia tão pequena e tão inofensiva, pensou Tessa, apesar da roupa de combate que vestia e das marcas pretas sobre a pele, como cobras se contorcendo. — Recebemos autorização para levar seu irmão até o Instituto conosco — anunciou, apontando para Nathaniel com uma das mãozinhas. — Os vampiros podem tê-lo dopado. Certamente foi mordido e quem sabe o que mais? Pode virar um subjugado, ou coisa pior, se não evitarmos. De qualquer forma, duvido que poderiam ajudá-lo em um hospital mundano. Conosco, pelo menos os Irmãos do Silêncio podem dar uma olhada, coitadinho.

— Coitadinho? — ecoou Will de forma bastante rude. — Foi ele quem se colocou nessa situação, não? Ninguém mandou ele fugir e se envolver com um monte de gente do Submundo.

— Francamente, Will. — Charlotte encarou-o friamente. — Não pode ter um pingo de compaixão?

— Santo Deus — disse Will, olhando de Charlotte para Nate e então para Charlotte outra vez. — Existe alguma coisa que deixe as mulheres mais bobas do que a visão de um garoto ferido?

Tessa cerrou os olhos para ele.

— Talvez queira limpar o sangue do rosto antes de continuar discutindo *esse* tema.

Will jogou as mãos para o alto e saiu. Charlotte olhou para Tessa, um meio sorriso se formando no lado da boca.

— Devo dizer, gosto muito da maneira como administra Will.

Tessa balançou a cabeça.

— Ninguém administra Will.

Rapidamente foi decidido que Tessa e Nathaniel iriam com Henry e Charlotte na carruagem grande, e Will e Jem iriam em uma menor emprestada pela tia de Charlotte, com Thomas conduzindo. Os Lightwood e o restante do Enclave ficariam para revistar a casa de De Quincey e se certificar de que não haveria vestígios da batalha para os mundanos encontrarem no dia seguinte. Will queria ficar e participar das buscas, mas Charlotte foi firme. Havia ingerido sangue de vampiro e precisava voltar ao Instituto o quanto antes para iniciar a cura.

Thomas, no entanto, não deixou Will entrar na carruagem coberto de sangue como estava. Após anunciar que voltaria em "meio segundo", Thomas foi procurar um pano molhado. Will se apoiou na lateral da carruagem, observando enquanto os membros do Enclave entravam e saíam da casa de De Quincey, como formigas, resgatando papéis e móveis dentre o rescaldo.

Retornando com um pano ensaboado, Thomas o entregou a Will e se apoiou na carruagem, que balançou sob o peso. Charlotte sempre estimulou Thomas a se juntar a Jem e Will nas partes físicas do treinamento, e na medida em que os anos se passaram, Thomas se desenvolveu de criança magricela a um homem tão grande e musculoso que alfaiates se desesperavam com suas medidas. Will podia ser o melhor lutador — seu sangue o fazia assim —, mas a imponente presença física de Thomas não era fácil de ignorar.

Às vezes Will não conseguia parar de se lembrar de Thomas quando chegou ao Instituto. Pertencia a uma família que servia os Nephilim havia anos, mas nasceu tão frágil que achavam que não fosse sobreviver. Quando completou 12 anos foi mandado ao Instituto; naquela época ainda tão pequeno que mal parecia ter 9 anos. Will zombou de Charlotte por querer empregá-lo, mas secretamente torceu para que ele ficasse, porque assim teria mais um menino da mesma idade na casa. E foram amigos, o Caçador de Sombras e o menino serviçal — até Jem chegar e Will se esquecer quase completamente de Thomas. Thomas nunca pareceu guardar ressentimento, e tratava Will com a mesma simpatia que dispensava a todos.

— É sempre estranho ver essas coisas acontecendo, sem que nenhum dos vizinhos venham à rua para sequer dar uma olhada — disse Thomas, olhando rua acima.

Charlotte sempre exigiu que os serventes falassem de maneira "adequada" entre as paredes do Instituto, e o sotaque do East End de Thomas tendia a ir e vir de acordo com sua memória.

— Está cheio de feitiços fortes por aqui. — Will esfregou o rosto e o pescoço. — E imagino que muito poucos nesta rua não sejam mundanos, e eles sabem que é melhor cuidar das próprias vidas quando há Caçadores de Sombras envolvidos.

— Bem, vocês são um grupo aterrorizante, isso é verdade — disse Thomas, tão de forma inexpressiva que Will desconfiou que estivesse zombando. Ele apontou para o rosto de Will. — Você vai ficar com um belo olho roxo amanhã se não fizer um *iratze* aí.

— Talvez eu *queira* um olho roxo — disse Will irritadiço. — Já pensou nisso?

Thomas apenas sorriu e foi para o assento do cocheiro na frente da carruagem. Will voltou a esfregar o sangue seco de vampiro das mãos e dos braços. A tarefa era suficientemente trabalhosa para que ele pudesse ignorar quase completamente Gabriel Lightwood quando este surgiu das sombras e veio até Will, com um sorriso de superioridade no rosto.

— Belo trabalho, Herondale, tocando fogo na casa — observou Gabriel. — Ainda bem que estávamos lá para limpar sua bagunça, ou todo o plano teria ido por água abaixo, junto com o restante da sua reputação.

— Está querendo dizer que o restante da minha reputação permanece intacto? — perguntou Will fingindo horror. — Claramente estou fazendo alguma coisa errada. Ou *não* fazendo coisa errada, como parece ser o caso. — Bateu na lateral da carruagem. — Thomas! Temos que ir de uma vez ao bordel mais próximo! Quero escândalo e más companhias.

Thomas riu e murmurou alguma coisa que soava como "besteira", mas Will ignorou.

O rosto de Gabriel se tornou sombrio.

— Existe *alguma coisa* que não seja piada para você?

— Não consigo lembrar de nada.

— Sabe — disse Gabriel —, houve um tempo em que pensei que pudéssemos ser amigos, Will.

— Houve um tempo em que achei que eu fosse um furão — disse Will —, mas acabou se provando ser o efeito do ópio. Sabia que tinha esse efeito? Porque eu não.

— Acho — disse Gabriel —, que talvez deva considerar se piadas sobre ópio são divertidas ou de bom gosto, dada a... situação do seu amigo Carstairs.

Will congelou. No mesmo tom de voz, disse:

— Está falando da limitação dele?

Gabriel piscou os olhos.

— O quê?

— Foi assim que chamou. No Instituto. "Limitação". — Will jogou o pano ensanguentado de lado. — E você se pergunta por que não somos amigos.

— Só fiquei pensando — disse Gabriel, com uma voz mais derrotada —, se talvez você já não tenha se cansado.

— Cansado de quê?

— Desse seu comportamento.

Will cruzou os braços sobre o peito. Os olhos brilhavam perigosamente.

— Ah, nunca me canso — disse. — O que foi, por acaso, o que sua irmã me disse quando...

A porta da carruagem se abriu com violência e a mão de alguém apareceu, agarrando Will pela camisa e o puxando para dentro. A porta se fechou em seguida e Thomas, sentado ereto, pegou as rédeas dos cavalos.

No instante seguinte a carruagem havia partido noite adentro, deixando Gabriel olhando, furioso, para ela.

— O que estava pensando? — Jem, após colocar Will no assento em frente ao dele, balançou a cabeça, com seus olhos prateados brilhando na escuridão. Estava com a bengala entre os joelhos e a mão levemente apoiada no entalhe de cabeça de dragão. A bengala havia sido do pai de Jem, Will sabia, e foi feita para ele por um fabricante de armas de Caçadores de Sombras em Pequim. — Incitando Gabriel Lightwood daquele jeito... Por que faz essas coisas? De que adianta?

— Ouviu o que ele disse a seu respeito...

— Não ligo para isso. É o que todos pensam. Ele apenas tem coragem de falar. — Jem se inclinou para a frente, apoiando o queixo na mão. — Não posso ser eternamente o senso de autopreservação que você não tem. Eventualmente terá que aprender a se virar sem mim.

Will, como sempre, ignorou o comentário.

— Gabriel Lightwood não é ameaça.

— Então esqueça Gabriel. Existe alguma razão específica para viver mordendo vampiros?

Will tocou o sangue seco nos pulsos e sorriu.

— Eles nunca esperam que eu vá fazer tal coisa.

— Claro que não. Sabem o que acontece quando alguém consome sangue de vampiro. *Eles* provavelmente imaginam que você tenha mais juízo.

— Essa expectativa não ajuda muito a eles, não é mesmo?

— Também não ajuda você. — Jem olhou pensativamente para o amigo. Ele era o único que nunca se irritava com Will. O que quer que Will fizesse, a reação mais extrema que parecia capaz de provocar em Jem era de certa exasperação. — O que aconteceu lá? Estávamos esperando o sinal...

— A porcaria do Fósforo de Henry não funcionou. Em vez de causar um brilho luminoso, ateou fogo nas cortinas.

Jem tentou esconder uma risada.

Will o encarou.

— Não tem graça. Não sabia se vocês apareceriam ou não.

— Realmente achou que não fôssemos atrás quando o lugar inteiro acendeu como uma tocha? — perguntou Jem sensatamente. — Poderiam estar assando você em uma fogueira, até onde sabíamos.

— E Tessa, aquela tola, deveria ter saído com Magnus, mas não foi...

— O irmão dela *estava* preso a uma cadeira na sala — observou Jem. — No lugar dela, não sei se eu teria saído.

— Vejo que está determinado a não entender meu argumento.

— Se o seu argumento é que havia uma menina bonita na sala e isso o distraiu, então acho que entendi muito bem.

— Acha que ela é bonita? — Will se surpreendeu; Jem raramente opinava nestes assuntos.

— Sim, e você também acha.

— Nem reparei, na verdade.

— Reparou sim, e eu reparei que reparou.

Jem estava sorrindo. Apesar da tensão da batalha, Jem parecia saudável hoje. Tinha cor nas bochechas e os olhos estavam de um prateado escuro e firme. Houve ocasiões, nos piores momentos da doença, em que toda a cor deixava seu corpo, até mesmo os olhos, que ficavam terrivelmente pálidos, com o preto da pupila no centro parecendo uma cinza negra na neve. Era em épocas assim que ele também delirava. Will já tinha segurado Jem enquanto ele se debatia e gritava em outra língua, os olhos revirando para dentro, e sempre que isso acontecia Will achava que era o fim, que Jem realmente ia morrer. Às vezes pensava no que faria depois, mas não conseguia imaginar. Da mesma forma, não conseguia olhar para trás e se lembrar da própria vida antes de ter ido para o Instituto. Nem suportava pensar no assunto por muito tempo.

E então havia outros momentos, como este, quando olhava para Jem e não via sinais da doença, e imaginava como seria um mundo em que Jem não estivesse morrendo. E também não suportava pensar nisso. Era um medo que vinha de um lugar sombrio terrível dentro dele, com uma voz terrível que Will só conseguia calar por meio da raiva, dos riscos e da dor.

— Will. — A voz de Jem interrompeu seu devaneio desagradável. — Ouviu alguma palavra do que eu disse nos últimos cinco minutos?

— Na verdade, não.

— Não precisamos conversar sobre Tessa se não quiser, você sabe.

— Não é Tessa. — Isto era verdade. Will não estava pensando nela. Estava ficando bom em não pensar nela, de verdade; bastava determinação e prática. — Um dos vampiros tinha um servente humano que me atacou.

Eu o matei — disse Will. — Sem sequer parar para pensar. Era apenas um garoto humano idiota, e eu o matei.

— Era um dominado — disse Jem. — Estava Mudando. Era uma questão de tempo.

— Era apenas um menino — insistiu Will. Virou o rosto para a janela, apesar de, com o brilho da luz enfeitiçada na carruagem, não conseguir ver nada além do reflexo do próprio rosto. — Vou me embebedar quando chegarmos em casa — acrescentou. — Acho que será preciso.

— Não, não vai — disse Jem. — Sabe exatamente o que vai acontecer quando chegarmos em casa.

E, porque ele estava certo, Will fez uma careta.

À frente de Will e Jem, na primeira carruagem, Tessa estava no assento de veludo diante de Henry e Charlotte; eles conversavam em murmúrios sobre como tinha sido a noite. Tessa deixava que as palavras passassem direto por ela, mal se importando. Apenas dois Caçadores de Sombras tinham sido mortos, mas a fuga de De Quincey fora um desastre, e Charlotte temia que o Enclave se enfurecesse com ela. Henry emitiu ruídos para confortá-la, mas Charlotte parecia inconsolável. Tessa teria se sentido mal por ela se tivesse energia para sentir alguma coisa.

Nathaniel estava deitado, com a cabeça no colo de Tessa. Curvada sobre ele, ela acariciava os cabelos imundos com os dedos enluvados.

— Nate — disse, tão suavemente que torceu para que Charlotte não pudesse ouvir. — Está tudo bem agora. Está tudo bem.

Os cílios de Nathaniel estremeceram e ele abriu os olhos. Levantou a mão — as unhas quebradas, as juntas inchadas e contorcidas — e agarrou a da irmã com firmeza, entrelaçando os dedos nos dela.

— Não vá — disse ele com uma voz rouca. Fechou os olhos outra vez; claramente estava perdendo e recobrando a consciência, se é que estava acordado. — Tessie... fique.

Mais ninguém a chamava assim; fechou os olhos, tentando segurar as lágrimas. Não queria que Charlotte — ou qualquer Caçador de Sombras — a visse chorar.

12
Sangue e Água

Não ouso tocá-la sempre, temendo que o beijo
Deixe meus lábios queimados. Sim, Deus, um pequeno êxtase
Breve êxtase amargo, que se tem por um grande pecado;
Porém sabeis quão doce é o sabor ofertado.
— Algernon Charles Swinburne, "Laus Veneris"

Quando chegaram ao Instituto, Sophie e Agatha estavam esperando às portas abertas com lampiões. Tessa cambaleou de cansaço ao sair da carruagem, ficando surpresa — e grata — quando Sophie veio ajudá-la a subir. Charlotte e Henry praticamente carregaram Nathaniel. Atrás deles a carruagem com Will e Jem atravessou os portões, e ouviu-se a voz de Thomas cortando o ar frio noturno ao gritar uma saudação.

Jessamine não estava em lugar algum, o que não surpreendia Tessa.

Instalaram Nathaniel em um quarto muito parecido com o de Tessa — os mesmos móveis de madeira pesada e escura, a mesma cama e armário grandes. Enquanto Charlotte e Agatha ajeitavam Nathaniel na cama, Tessa afundou na cadeira ao lado, semifebril de preocupação e exaustão. Vozes — suaves como costumam ser em um quarto de doente — giravam ao seu redor. Ouviu Charlotte dizer alguma coisa sobre os Irmãos do Silêncio, e

Henry respondeu com uma voz derrotada. Em algum momento Sophie tocou seu cotovelo e insistiu para que bebesse alguma coisa quente e agridoce que fez com que as energias voltassem a fluir lentamente. Logo conseguiu se sentar e olhar um pouco ao redor, e para sua surpresa percebeu que exceto por ela e o irmão, o quarto estava vazio. Todos tinham se retirado.

Olhou para Nathaniel. Permanecia deitado, imóvel, com o rosto muito machucado, o cabelo grudento e desgrenhado espalhando-se no travesseiro. Tessa não podia deixar de lembrar, com uma pontada de dor, do irmão muito bem-vestido em suas lembranças, o cabelo claro sempre tão cuidadosamente penteado e arrumado, sapatos e punhos da camisa impecáveis. Este Nathaniel não se parecia em nada com alguém que já tinha dançado com a irmã pela sala, cantarolando para si mesmo, pela mera alegria de estar vivo.

Inclinou-se para a frente, com a intenção de olhar para o rosto dele mais de perto, e viu uma faísca de movimento com o canto do olho. Virando a cabeça, percebeu que era apenas ela própria, refletida no espelho da parede oposta. Com o vestido de Camille, olhou para os próprios olhos como se visse uma criança brincando de se fantasiar. Ela era frugal demais para o estilo sofisticado da roupa. Parecia uma criança — uma criança tola. Não foi à toa que Will tinha...

— Tessie? — A voz de Nathaniel, fraca e frágil, interrompeu instantaneamente seus pensamentos sobre Will. — Tessie, não me deixe. Acho que estou doente.

— Nate. — Ela tomou a mão dele, segurando-a entre as palmas enluvadas. — Você está bem. Vai ficar bem. Chamaram médicos...

— Quem "chamaram"? — A voz era um choramingo enfraquecido. — Onde estamos? Não conheço este lugar.

— Este é o Instituto. Está seguro aqui.

Nathaniel piscou. Havia círculos escuros, quase pretos, em torno de cada um dos olhos, e os lábios estavam cobertos com o que parecia sangue seco. Seus olhos passearam de um lado para o outro, sem se fixar em nada.

— Caçadores de Sombras — suspirou, exalando o termo. — Não achei que existissem de fato... O Magistrado — sussurrou Nathaniel de repente, e Tessa se sobressaltou. — Ele disse que eles eram a Lei. Disse que deviam ser temidos. Mas não tem lei neste mundo. Não há castigo, apenas matar ou morrer. — A voz se ergueu. — Tessie, sinto muito... por tudo...

— O Magistrado. Está falando de De Quincey? — perguntou Tessa, mas Nate emitiu um ruído engasgado, e fixou os olhos para além dela com um olhar apavorado. Soltando a mão do irmão, Tessa virou para ver o que era.

Charlotte tinha entrado no quarto praticamente sem fazer barulho. Ainda estava com as roupas masculinas, apesar de ter jogado uma longa capa antiquada sobre elas, com um fecho duplo na garganta. Parecia muito pequena, em parte porque o Irmão Enoch estava ao seu lado, projetando uma sombra enorme no chão. Usava a mesma túnica de tecido cru de antes, apesar de agora o bastão ser preto, com a cabeça esculpida em forma de asas escuras. O capuz estava levantado, deixando o rosto na sombra.

— Tessa — disse Charlotte. — Lembra-se do Irmão Enoch. Está aqui para ajudar Nathaniel.

Com um uivo animalesco de terror, Nate segurou o pulso de Tessa. Ela olhou para ele espantada.

— Nathaniel? O que houve?

— De Quincey me contou sobre eles — engasgou-se Nathaniel. — Os Gregori: os Irmãos do Silêncio. Podem matar um homem com um pensamento. — Estremeceu. — Tessa... — Sua voz era um sussurro — olhe o *rosto* dele.

Tessa olhou. Enquanto conversava com Nate, o Irmão Enoch havia silenciosamente retirado o capuz. As cavidades lisas dos olhos refletiam as luzes enfeitiçadas e havia uma brilho cruel nos pontos vermelhos e cicatrizados na boca.

Charlotte deu um passo para a frente.

— Se o Irmão Enoch puder examiná-lo, sr. Gray...

— Não! — gritou Tessa. Puxando o braço do aperto de Nate, colocou-se entre o irmão e os outros dois ocupantes do quarto. — Não toque nele.

Charlotte parou, parecendo perturbada.

— Os Irmãos do Silêncio são nossos melhores curadores. Sem o Irmão Enoch, Nathaniel... — A voz de Charlotte se interrompeu. — Bem, não há muito o que possamos fazer por ele...

Srta. Gray.

Levou um instante para perceber que a palavra, seu nome, não tinha sido dito em voz alta. Em vez disso, como a nota de uma música quase esquecida, havia ecoado dentro da própria cabeça — mas não com a voz dos próprios pensamentos. Este pensamento era estranho, hostil... *alheio.* A voz do Irmão Enoch. Fora como havia falado com ela ao sair do quarto em seu primeiro dia no Instituto.

É interessante, srta. Gray, prosseguiu o Irmão Enoch, *que você seja integrante do Submundo e seu irmão não. Como isso aconteceu?*

Tessa ficou imóvel.

— Você... você consegue saber só de olhar para ele?

— Tessie! — Nathaniel se levantou dos travesseiros, com o rosto enrubescido. — O que acha que está fazendo, falando com o Gregori? Ele é perigoso!

— Tudo bem, Nate — disse Tessa, sem tirar os olhos do Irmão Enoch. Sabia que deveria estar assustada, mas na verdade o que sentiu foi uma pontada de decepção. — Quer dizer que não há nada de estranho em Nate? — perguntou, com a voz baixa. — Nada sobrenatural?

Nada, disse o Irmão do Silêncio.

Tessa não tinha percebido o quanto vinha quase torcendo para que o irmão fosse como ela até este momento. A decepção tornou sua voz ríspida.

— Devo supor, considerando que sabe tanta coisa, que saiba o que sou? Sou uma feiticeira?

Não sei dizer. Você tem aquilo que lhe marca como um dos Filhos de Lilith. No entanto não há sinal demoníaco em sua pessoa.

— Percebi isso — disse Charlotte, e Tessa notou que ela também podia ouvir a voz do Irmão Enoch. — Pensei que talvez não fosse uma feiticeira. Alguns humanos nascem com ligeiros poderes, como a Visão. Ou poderia ter sangue de fada...

Ela não é humana. É outra coisa. Vou estudar. Talvez haja algo nos arquivos que possa me guiar. Apesar de não ter olhos, o Irmão Enoch parecia investigar o rosto de Tessa com o olhar. *Você tem um poder que posso sentir. Um que nenhum outro feiticeiro possui.*

— A Transformação, você quer dizer — disse Tessa.

Não. Não estou falando disso.

— O que, então? — Tessa estava espantada. — O que eu...? — Interrompeu-se com um barulho emitido por Nathaniel.

Virando-se, viu que ele havia se livrado dos cobertores e estava com a metade do corpo para fora da cama, como se tivesse tentado se levantar;

estava com o rosto suado e extremamente branco. Sentiu uma pontada de culpa. Ficou tão envolvida no que o Irmão Enoch dizia que tinha se esquecido do irmão.

Correu para a cama e, com a ajuda de Charlotte, lutou para deitar Nathaniel novamente nos travesseiros, puxando o cobertor em volta dele. Parecia muito pior do que há poucos momentos. Enquanto Tessa ajeitava a coberta do irmão, ele a pegou pelo pulso outra vez, com um olhar selvagem.

— Ele sabe? — perguntou. — Ele sabe onde estou?

— Como assim? De Quincey?

— Tessie. — Apertou os pulsos da irmã com firmeza, puxando-a para sussurrar ao ouvido dela. — Tem que me perdoar. Ele disse que você seria a rainha de todos eles. Disseram que iam me matar. Não quero morrer, Tessie. Não *quero* morrer.

— Claro que não — disse para acalentá-lo, mas ele não pareceu escutar. Os olhos fixos em seu rosto de repente se arregalaram e ele gritou.

— Afaste ele de mim! Afaste de mim! — uivou. Empurrou-a, debatendo-se nos travesseiros. — Santo Deus, não deixe que me toque!

Assustada, Tessa puxou a mão de volta, voltando-se para Charlotte — mas ela havia se afastado da cama, e em seu lugar estava o Irmão Enoch, o rosto sem olhos e imóvel.

Precisa me deixar ajudar seu irmão. Ou ele provavelmente morrerá, disse.

— Do que ele está falando? — perguntou Tessa miseravelmente. — O que há de errado com ele?

Os vampiros deram uma droga a ele, para mantê-lo calmo enquanto se alimentavam. Se não for curado, a droga irá enlouquecê-lo e depois matá-lo. Já começou a sofrer alucinações.

— Não é minha culpa! — gritou Nathaniel. — Não tive escolha! Não é minha culpa! — Voltou o rosto para Tessa; horrorizada, ela percebeu que os olhos do irmão estavam completamente negros, como os de um inseto. Ela arfou, recuando.

— Ajude-o. Por favor, ajude-o.

Segurou a manga do Irmão Enoch, e imediatamente se arrependeu; o braço sob a manga era duro como mármore, e congelante ao toque. Retirou a mão, apavorada, mas o Irmão do Silêncio sequer pareceu notar. Havia passado por ela e agora colocava os dedos marcados por cicatrizes na testa de Nathaniel, que afundou nos travesseiros até fechar os olhos.

Precisa sair, disse o Irmão Enoch sem olhar para ela. *Sua presença só irá desacelerar a cura.*

— Mas Nate me pediu para ficar...

Vá. A voz na mente de Tessa era gélida.

Tessa olhou para o irmão; continuava sobre os travesseiros, o rosto lívido. Voltou-se para Charlotte, com intenção de protestar, mas Charlotte retribuiu o olhar com um pequeno balanço de cabeça. Os olhos eram solidários, porém, inflexíveis.

— Assim que a condição do seu irmão mudar, irei chamá-la. Prometo.

Tessa olhou para o Irmão Enoch. Tinha aberto a bolsa na cintura e estava colocando objetos na mesa de cabeceira, lenta e metodicamente. Frascos de vidro com pós e líquidos, plantas secas, bastões de uma substância preta que pareciam pedras de carvão.

— Se acontecer alguma coisa com Nate — disse Tessa —, nunca vou te perdoar. Nunca.

Foi como falar com uma estátua. O Irmão Enoch não respondeu sequer com uma contração. Tessa saiu do quarto.

Ao sair do cômodo mal-iluminado, o brilho dos candeeiros no corredor agrediram os olhos de Tessa. Ela se inclinou contra a parede perto da porta, combatendo as lágrimas. Era a segunda vez nessa noite que quase chorava, e estava irritada consigo mesma. Cerrando a mão direita em punho, bateu na parede atrás de si com força, enviando uma onda de choque pelo braço. *Isso* limpou as lágrimas, e a cabeça.

— Essa deve ter doído.

Tessa virou. Jem havia aparecido por trás dela no corredor, silencioso como um gato. Tinha trocado as roupas de combate. Trajava calças folgadas escuras com um nó na cintura e uma camisa branca pouco mais clara que a pele. O cabelo brilhante estava molhado, cacheando-se nas têmporas e na nuca.

— Doeu. — Tessa apoiou a mão no peito. A luva que usava havia amortecido o golpe, mas as juntas ainda latejavam.

— Seu irmão — disse Jem. — Ele vai ficar bem?

— Não sei. Ele está lá dentro com um daqueles... daqueles monges.

— O Irmão Enoch. — Jem a olhou com olhos solidários. — Sei como é a aparência dos Irmãos do Silêncio, mas eles realmente são bons médicos.

São ótimos nas artes da cura e da medicina. Vivem muito tempo e sabem muita coisa.

— Não parece valer a pena viver tanto tempo com uma aparência *daquelas*.

O canto da boca de Jem tremeu.

— Suponho que isso depende de qual a sua razão para viver. — Olhou para ela mais de perto. Havia algo na *maneira* como Jem a olhava, pensou. Como se ele pudesse enxergar dentro e através dela. Mas também como se nada dentro dela, nada do que visse ou ouvisse, pudesse incomodar, chatear, ou desapontá-lo.

— O Irmão Enoch — disse Tessa de repente. — Sabe o que ele falou? Que Nate não é como eu. É completamente humano. Nenhum poder especial.

— E isso te chateia?

— Não sei. Por um lado eu não desejaria isto... esta *coisa* que sou... a ele, ou a ninguém. Mas se Nate não é como eu, então significa que não é completamente meu irmão. É filho dos meus pais. Mas eu sou filha de quem?

— Não deve se preocupar com isso. Certamente seria maravilhoso se todos nós soubéssemos exatamente quem somos. Mas este conhecimento não vem de fora, e sim de dentro. "*Conhece-te a ti mesmo*", como diz o oráculo. — Jem sorriu. — Me desculpe se isso soa como sofisma. Só estou te passando o que aprendi por experiência própria.

— Mas eu *não* me conheço. — Tessa balançou a cabeça. — Desculpe. Depois da maneira como lutou na casa de De Quincey, deve achar que sou incrivelmente covarde, chorando porque meu irmão *não é* um monstro e não tenho coragem de ser um monstro sozinha.

— Você não é um monstro — disse Jem. — Ou covarde. Pelo contrário, fiquei muito impressionado com a maneira como atirou em De Quincey. Tenho quase certeza de que o teria matado se houvesse mais balas na arma.

— Sim, acho que sim. *Queria* matar todos eles.

— Sabe, foi isso que Camille nos pediu para fazer. *Matar todos eles.* Talvez fossem as emoções dela que estivesse sentindo?

— Mas Camille não tem motivo para se importar com Nate, ou com o que possa acontecer com ele, e foi nesse momento que me senti mais assassina. Quando vi Nate lá, quando percebi o que estavam planejando fazer... — Respirou, trêmula. — Não sei quanto daquilo era eu e quanto era Camille. Sequer sei se é certo ter esse tipo de sentimento...

— Quer dizer — perguntou Jem — se é certo uma garota ter esses sentimentos?

— Qualquer um, talvez... não sei. Talvez para uma garota mesmo.

Jem então pareceu olhar através dela, como se enxergasse alguma coisa além do corpo à sua frente, além do corredor, além do próprio Instituto.

— Seja como você for fisicamente — disse ele —, homem ou mulher, forte ou fraco, doente ou saudável, tudo isso importa menos do que o que há em seu coração. Se tiver a alma de um guerreiro, você é um guerreiro. Independentemente da cor, da forma, do tom que a envolve, a chama do lampião permanece a mesma. *Você* é essa chama. — Ele então sorriu, parecendo ter voltado a si, ligeiramente envergonhado. — É nisso que eu acredito.

Antes que Tessa pudesse responder, a porta do quarto de Nate abriu e Charlotte apareceu, respondendo ao olhar inquisidor de Tessa com um assentimento cansado.

— O Irmão Enoch ajudou muito o seu irmão — disse —, mas ainda há muito a ser feito e já terá amanhecido antes que saibamos mais. Sugiro que vá dormir, Tessa. Ficar esgotada não ajudará Nathaniel.

Fazendo um esforço, Tessa se obrigou a simplesmente assentir e não encher Charlotte com perguntas que sabia que não seriam respondidas.

— E Jem. — Charlotte voltou-se para ele. — Posso falar com você um instante? Pode ir comigo até a biblioteca?

Jem assentiu.

— Claro. — Ele sorriu para Tessa, inclinando a cabeça. — Até amanhã, então — disse, e seguiu Charlotte pelo corredor.

No instante em que desapareceram na esquina, Tessa tentou abrir a porta do quarto de Nate. Estava trancada. Com um suspiro, ela virou a cabeça e foi para o outro lado. Talvez Charlotte estivesse certa. Talvez devesse dormir um pouco.

Na metade do corredor ouviu uma agitação. Sophie, com um balde metálico em cada mão, apareceu de repente, batendo uma porta atrás de si. Parecia irritada.

— Sua Alteza está com um humor particularmente bom esta noite — anunciou enquanto Tessa se aproximava. — Jogou um balde na minha cabeça.

— Quem? — perguntou Tessa, e então percebeu. — Ah, Will. Ele está bem?

— Bem o suficiente para jogar baldes — disse Sophie, irritada. — E para me insultar com um nome feio. Não sei o que significa. Acho que foi em francês e geralmente isso significa que estão te chamando de vadia. — Contraiu os lábios. — É melhor correr e chamar a sra. Branwell. Talvez *ela* consiga fazê-lo ingerir a cura, visto que eu não consigo.

— A cura?

— Ele precisa beber isto. — Sophie mostrou o balde para Tessa; ela não conseguia ver exatamente o que havia, mas se assemelhava a água. — Ele *precisa*. Ou não gostaria de dizer o que vai acontecer.

Um impulso louco tomou conta de Tessa.

— *Eu* o farei tomar. Onde está?

— Lá em cima, no sótão. — Sophie estava com os olhos arregalados. — Mas não iria lá se fosse você, senhorita. Ele fica muito desagradável quando está assim.

— Não me importo — disse Tessa, pegando o balde. Sophie entregou para ela com um olhar de alívio e apreensão. Estava surpreendentemente pesado, cheio de água até a boca, a ponto de entornar. — Will Herondale precisa aprender a tomar remédio como um homem — acrescentou, abrindo a porta do porão. Sophie a seguia com uma expressão que claramente dizia que achava que Tessa estava louca.

Atrás da porta havia um lance estreito de escadas conduzindo para cima. Segurou o balde na frente do corpo ao subir, derramando água no corpete do vestido e fazendo com que sentisse calafrios na pele. Quando chegou ao topo, estava molhada e sem fôlego.

Não havia porta no alto da escada; os degraus acabavam bruscamente no sótão, uma sala enorme cujo telhado era tão íngreme que dava a impressão de que o teto era rebaixado. Logo acima da cabeça de Tessa havia vigas que percorriam todo o comprimento do local, e nas paredes havia janelas quadradas muito baixas e intercaladas, através das quais Tessa podia ver a luz cinzenta do alvorecer. O chão era de tacos sem polimento. Não havia móveis e nenhuma luz exceto a claridade pálida que vinha das janelas. Uma escadaria ainda mais estreita levava a um alçapão no teto.

Will estava no centro da sala, descalço e deitado no chão. Diversos baldes o cercavam — e o chão em volta dele, Tessa viu ao se aproximar, estava ensopado. Água corria em riachos pelos tacos e formava poças nos buracos desiguais do chão. Parte dela estava suja de vermelho, como se tivesse sido misturada com sangue.

Will estava com o braço sobre o rosto, escondendo os olhos. Não estava parado, mas sim movendo-se sem parar, como se estivesse com alguma dor. Quando Tessa se aproximou, ele disse algo em voz baixa, algo que parecia um nome. *Cecily*, pensou Tessa. Sim, soava muito como se ele tivesse dito o nome Cecily.

— Will? — disse. — Com quem está falando?

— Voltou, Sophie? — Will respondeu sem levantar a cabeça. — Avisei que se trouxesse mais um destes baldes infernais, eu...

— Não é Sophie — disse Tessa. — Sou eu. Tessa.

Will ficou em silêncio por um instante — e imóvel, exceto pelo peito subindo e descendo com a respiração. Estava apenas com uma calça escura e uma camisa branca, e, como o chão ao redor, estava ensopado. O tecido das roupas estava colado no corpo, e os cabelos negros, grudados à cabeça. Devia estar morrendo de frio.

— Mandaram *você*? — disse finalmente. Soava incrédulo e mais alguma coisa.

— Sim — respondeu Tessa, apesar de não ser exatamente verdade.

Will abriu os olhos e virou a cabeça para ela. Mesmo com a pouca luminosidade, Tessa podia ver a intensidade da cor dos olhos dele.

— Muito bem, então. Deixe a água e vá.

Tessa olhou para o balde. Por algum motivo, as mãos não pareciam querer que soltasse o cabo de metal.

— O que é isso, então? Isso que estou trazendo, exatamente?

— Não contaram a você? — Piscou, surpreso. — É água benta. Para queimar o que há em mim.

Foi a vez de Tessa piscar.

— Quer dizer...

— Sempre me esqueço de quanta coisa você não sabe — disse Will. — Lembra de quando mordi De Quincey, mais cedo? Bem, engoli um pouco do sangue dele. Foi só um pouco, mas não é preciso muito.

— Para quê?

— Para transformá-lo em vampiro.

Com isso, Tessa quase derrubou o balde.

— Está se transformando em um *vampiro*?

Will sorriu, apoiando-se em um cotovelo.

— Não se assuste à toa. É preciso dias para que a transformação ocorra, e mesmo assim, eu precisaria morrer para que se concretizasse. O que o sangue *faria* seria me tornar irresistivelmente atraído por vampiros, atraído por eles pela esperança de que me transformassem em um deles. Como os humanos subjugados.

— E a água benta...

— Neutraliza os efeitos do sangue. Tenho que bebê-la. Fico enjoado, é claro, me faz tossir o sangue e tudo mais em mim.

— Santo Deus. — Tessa empurrou o balde para ele com uma careta. — Suponho que seja melhor lhe entregar, então.

— Suponho que sim. — Will se sentou, esticando as mãos para pegar o balde. Franziu o rosto para o conteúdo, em seguida levou-o à boca. Após alguns goles, contorceu o rosto e jogou o resto do conteúdo sobre a cabeça, sem cerimônia. Quando acabou, largou o balde de lado.

— Ajuda? — perguntou Tessa com curiosidade sincera. — Jogar na cabeça assim?

Will emitiu um ruído sufocado, parcialmente uma risada.

— As perguntas que você faz... — Balançou a cabeça, fazendo com que gotas de água em seu cabelo caíssem nas roupas de Tessa. O colarinho e a frente da camisa branca estavam ensopados, ficando transparentes. A maneira como o tecido grudava nele, exibindo os contornos de seu corpo, as proeminências de músculos fortes, o contorno expressivo da clavícula e as Marcas queimando como fogo sombrio, fez com que Tessa pensasse em alguém colocando um pedaço de papel sobre uma placa de bronze gravada, para desenhar com carvão. Ela engoliu em seco. — O sangue me deixa febril, faz minha pele queimar — disse Will. — Não consigo esfriar. Mas sim, a água ajuda.

Tessa ficou olhando para ele. Quando Will entrou no quarto dela na Casa Sombria, ela pensou ser o menino mais bonito que já tinha visto. Agora, observando novamente — nunca tinha olhado assim para um menino, não deste jeito que trazia sangue para o rosto e apertava o peito —, queria, mais do que qualquer coisa, tocá-lo, sentir o cabelo molhado, ver se os braços musculosos eram tão firmes quanto pareciam, ou se as palmas calejadas eram ásperas. Colocar a bochecha contra a dele e sentir seus cílios esfregarem a própria pele. Cílios tão longos...

— Will — disse, e a voz soou fraca. — Will, eu queria perguntar...

Ele olhou para ela. A água fazia os cílios se prenderem um ao outro, de modo que formavam pontas como as de uma estrela.

— O quê?

— Você age como se não se importasse com nada — disse, expirando. Sentia-se como se tivesse subido correndo uma montanha e agora descesse pelo outro lado, sem ter mais como parar. A gravidade a levava para onde tinha que ir. — Mas... todo mundo se importa com *alguma coisa*. Não é?

— É? — disse Will suavemente. Quando ela não respondeu, ele se inclinou para trás sobre as mãos. — Tess — disse. — Senta aqui do meu lado.

Ela o fez. O chão era frio e úmido, mas Tessa sentou-se, juntando a saia ao redor de modo que só apareciam as pontas dos sapatos. Olhou para Will; estavam muito próximos, olhando um para o outro. À luz cinzenta, o perfil dele parecia frio e imaculado; apenas a boca tinha alguma suavidade.

— Você nunca ri — disse ela. — Comporta-se como se tudo fosse engraçado, mas nunca ri. Às vezes sorri quando acha que ninguém está prestando atenção.

Por um instante, ele ficou em silêncio. Em seguida disse:

— Você — disse ele, meio relutante. — Você me faz rir. Desde que me atingiu com aquela garrafa.

— Era um jarro — corrigiu Tessa automaticamente.

Os lábios de Will contraíram para cima nos cantos.

— Sem falar no jeito como sempre me corrige. Com esse olhar engraçado quando o faz. E o jeito como gritou com Gabriel Lightwood. E mesmo a forma como respondeu a De Quincey. Você me faz... — interrompeu-se, olhando para ela, e Tessa imaginou se sua aparência revelava como se sentia: aturdida e sem fôlego. — Tessa... Posso ver suas mãos? — falou Will de repente.

Ela as estendeu para ele, com as palmas para cima, quase sem olhar. Não conseguia tirar os olhos do rosto dele.

— Ainda tem sangue — disse a ela. — Nas suas luvas. — E, olhando para baixo, Tessa viu que era verdade. Não tinha tirado as luvas brancas de couro de Camille, e elas estavam sujas de sangue e sujeira, rasgadas perto das pontas dos dedos, onde havia atacado as algemas de Nate.

— Ah — disse, e começou a puxá-las de volta, querendo tirar as luvas, mas Will só soltou a mão esquerda. Continuou segurando a direita, suavemente, pelo pulso. Tinha um anel pesado de prata no indicador direito, ela percebeu, esculpido com um padrão delicado de pássaros voando. Estava com a cabeça abaixada, o cabelo preto molhado caindo para a frente; Tessa não conseguia ver seu rosto. Passou os dedos levemente sobre a superfície da luva. Havia quatro botões de pérola que a prendiam no pulso, e quando ele passou a ponta do dedo, os mesmos se abriram. A ponta do polegar de Will esfregou a pele nua da parte interna do pulso de Tessa, onde veias azuis pulsavam.

O coração dela quase pulou pela garganta.

— *Will.*

— Tessa — disse ele. — O que você quer de mim?

Ainda acariciava o interior do pulso dela, o toque fazendo coisas estranhas e deliciosas com sua pele e nervos. Sua voz tremeu ao falar.

— Quero... quero entendê-lo.

Will olhou para ela, através dos cílios.

— É realmente necessário?

— Não sei — disse Tessa. — Não tenho certeza de que alguém *realmente* o entenda, exceto, talvez, Jem.

— Jem não me entende — disse Will. — Ele gosta de mim... como um irmão. Não é a mesma coisa.

— Não *quer* que ele o entenda?

— Santo Deus, não — disse. — Por que ele precisaria conhecer minhas razões para viver minha vida da maneira que vivo?

— Talvez — disse Tessa — ele simplesmente queira saber que *existe* uma razão.

— Isso importa? — perguntou Will suavemente, e com um movimento rápido deslizou a luva completamente para fora da mão dela. O ar gelado do quarto atingiu com um choque a pele exposta dos dedos de Tessa, e um tremor passou por todo o seu corpo, como se de repente tivesse ficado nua no frio. — As razões importam quando não há nada que possa ser feito para mudar as coisas?

Tessa buscou uma resposta, mas não encontrou nenhuma. Estava tremendo tanto que mal conseguia falar.

— Está com frio? — Entrelaçando os dedos nos dela, Will pegou a mão de Tessa e pressionou-a contra a própria bochecha. Ela foi surpreendida pelo calor febril da pele dele. — Tess — disse, com a voz grossa e suave de desejo, e ela se inclinou em direção a ele, balançando como uma árvore cujos galhos estavam pesados pela neve. Seu corpo todo doía; *ela* doía, como se houvesse um vazio oco dentro de si. Tinha mais consciência de Will do que jamais tinha tido de qualquer outra coisa ou pessoa na vida, do brilho fraco do azul sob as pálpebras semifechadas, da sombra do princípio de barba na mandíbula, das suaves cicatrizes brancas que marcavam a pele dos ombros e da garganta; e mais do que qualquer outra coisa, da boca, do seu formato de lua crescente, da leve rachadura no centro do lábio inferior. Quando ele se inclinou e encostou os lábios nos dela, Tessa o segurou, como se fosse se afogar caso soltasse.

Por um instante as bocas se tocaram quentes, a mão livre de Will passando pelo cabelo de Tessa. Ela suspirou quando os braços dele a envolveram, a saia arrastando no chão quando ele a puxou com força. Ela colocou as mãos suavemente em volta do pescoço dele; a pele queimava, pelando ao toque. Através do tecido fino e molhado da camisa, podia sentir os músculos dos ombros, duros e suaves. Os dedos de Will encontraram o pregador de joia, e quando ele o puxou, os cabelos de Tessa se derramaram em volta dos ombros, o prendedor caindo no chão, e Tessa soltou um ruído surpreso na boca de Will. E então, sem aviso, ele arrancou as mãos do aperto dela e a empurrou pelos ombros, afastando-a com tanta força que Tessa quase caiu para trás, segurando-se sem jeito, com as mãos apoiadas no chão.

Tessa se sentou com o cabelo solto a sua volta como uma cortina, encarando-o atordoada. Will estava de joelhos, com o peito subindo e descendo como se estivesse correndo a toda a velocidade e há muito tempo. Estava pálido, exceto por duas manchas vermelhas febris nas bochechas.

— Deus do céu — sussurrou ele. — O que foi isso?

Tessa sentiu as próprias bochechas ficando escarlates. Não era Will que deveria saber exatamente o que *isso* era, e não devia ter sido ela a empurrá-lo?

— Não *posso*. — As mãos estavam cerradas em punhos nas laterais do corpo; Tessa pôde vê-las tremendo. — Tessa, acho melhor você ir.

— *Ir*? — Sua mente girava; sentia-se como se tivesse estado em um lugar quente e seguro e, sem aviso, tivesse sido jogada na escuridão fria e vazia. — Eu... não deveria ter sido tão direta. Me desculpe...

Um olhar de intensa dor passou pelo rosto dele.

— Deus. Tessa. — As palavras pareciam arrancadas dele. — Por favor. Apenas vá. Não pode ficar aqui. Não é... possível.

— Will, por favor...

— *Não.* — Afastou o olhar do dela, desviando o rosto e fixando os olhos no chão. — Conto tudo o que quiser saber amanhã. Qualquer coisa. Apenas me deixe sozinho agora. — Sua voz falhou. — Tessa. Estou implorando. Você entende? Estou *implorando*. Por favor, *por favor*, vá.

— Muito bem — disse Tessa, vendo com uma mistura de espanto e dor as linhas de tensão nos ombros dele.

Era tão horrível assim tê-la ali, e um alívio tão grande vê-la indo embora? Levantou-se, o vestido úmido, frio e pesado, os pés quase escorregando no chão molhado. Will não se moveu nem levantou o olhar, mas continuou onde estava, ajoelhado, olhando para o chão enquanto Tessa atravessava o quarto e descia as escadas sem olhar para trás.

Algum tempo depois, no quarto semi-iluminado pelo brilho fraco do amanhecer londrino, Tessa se deitou na cama, exausta demais para tirar as roupas de Camille — exausta demais até para dormir. Tinha sido um dia de primeiras vezes. A primeira vez que tinha usado seu poder de acordo com a própria vontade e se sentido bem em relação a isso. A primeira vez que usara uma pistola. E, a única primeira vez com a qual já tinha sonhado, durante anos: o primeiro beijo.

Tessa rolou de lado, enterrando o rosto no travesseiro. Por tantos anos tinha imaginado como seria — se ele seria bonito, se a amaria, se seria gentil. Nunca tinha imaginado que seria tão breve, desesperado e feroz. E que teria gosto de água benta. Água benta e sangue.

13

Alguma Coisa Sombria

Às vezes somos menos infelizes em sermos enganados
por aqueles que amamos que em ouvirmos deles a verdade.
— François La Rochefoucauld, "Maxims"

Tessa acordou no dia seguinte com Sophie acendendo o lampião ao lado da cama. Com um gemido, Tessa fez menção de cobrir os olhos doloridos.

— Vamos lá, senhorita. — Sophie dirigiu-se a Tessa com a vivacidade de sempre. — Dormiu o dia todo. Já passa das oito da noite, e Charlotte mandou acordá-la.

— Já passou das oito? Da *noite*?

Tessa tirou as cobertas, apenas para perceber, surpresa, que ainda estava com o vestido de Camille, agora amassado e amarrotado, sem falar manchado. Tinha caído na cama toda vestida. Lembranças da noite anterior começaram a inundar sua mente, as faces brancas dos vampiros, o fogo subindo pelas cortinas, Magnus Bane rindo, De Quincey, Nathaniel, e Will. *Oh, Deus*, pensou. *Will.*

Afastou a lembrança dele do pensamento e se sentou, olhando ansiosamente para Sophie.

— Meu irmão — disse. — Ele...

O sorriso de Sophie vacilou.

— Na verdade não piorou, mas também não está melhor. — Vendo a expressão ferida de Tessa, disse: — Um banho quente e comida, é disso de que precisa. Morrer de fome e ficar suja não fará seu irmão melhorar.

Tessa olhou para si. O vestido de Camille estava arruinado, isso era certo — rasgado e manchado com sangue e cinzas em diversos pontos. As meias de seda estavam em trapos, os pés imundos, as mãos e os braços manchados de sujeira. Hesitou ao pensar no estado do cabelo.

— Suponho que tenha razão.

A banheira era oval e com pés em formato de garras, e estava escondida atrás de uma tela japonesa em um canto do quarto. Sophie a havia enchido com água quente, que já estava começando a esfriar. Tessa foi para trás da tela, se despiu e entrou na banheira. A água quente vinha até os ombros, aquecendo-a. Por um instante sentou-se imóvel, deixando o calor inundar os ossos frios. Lentamente começou a relaxar, e fechou os olhos...

Lembranças de Will a inundaram. Will, o sótão, a maneira como havia tocado sua mão. A maneira como a tinha beijado e depois mandado que fosse embora.

Mergulhou sob a água como se pudesse se esconder da lembrança humilhante. Não deu certo. *Se afogar não vai ajudar*, disse a si mesma decidida. *Agora, afogar Will, por outro lado...* Sentou-se, alcançou o pedaço de sabão de lavanda na ponta da banheira e esfregou a pele e o cabelo até a água ficar escura com as cinzas e a sujeira. Talvez não fosse de fato possível se lavar até seus pensamentos escorrerem para longe com a água, mas não custava tentar.

Sophie estava esperando por Tessa quando esta surgiu de trás da tela. Havia uma bandeja de sanduíches e chá pronta. Diante do espelho, ela ajudou Tessa a colocar o vestido amarelo com bainha de laço escuro. Era mais espalhafatoso do que Tessa gostaria, mas Jessamine tinha gostado muito do modelo na loja e insistido para que Tessa o comprasse. *Não posso usar amarelo, mas é incrivelmente adequado para meninas com cabelos castanhos como os seus*, dissera.

A sensação da escova passando pelo cabelo era muito agradável; lembrava Tessa de quando era pequena e a tia Harriet penteava o cabelo dela. Era tão reconfortante que, quando Sophie falou em seguida, levou um susto.

— Conseguiu fazer o sr. Harondale tomar o remédio ontem à noite, senhorita?

— Ah, eu... — Tessa lutou para manter a compostura, mas era tarde demais; a cor escarlate havia subido pelo pescoço até o rosto. — Ele não queria — concluiu, tolamente. — Mas eu o convenci no final.

— Entendo. — A expressão de Sophie não mudou, mas o ritmo da escova no cabelo de Tessa acelerou. — Sei que não cabe a mim, mas...

— Sophie, pode dizer o que quiser para mim, de verdade.

— É só que... Mestre Will. — As palavras de Sophie saíram em um impulso. — Ele não é alguém de quem deve gostar, srta. Tessa. Não desse jeito. Não deve confiar nem contar com ele. Ele... não é como você pensa.

Tessa cruzou as mãos no colo. Teve uma vaga sensação de estar fora da realidade. Será que as coisas realmente tinham ido tão longe a ponto de precisar ser alertada contra Will? E, ao mesmo tempo, era ótimo ter alguém com quem conversar sobre ele. Sentia-se um pouco como uma pessoa faminta, a quem estavam oferecendo comida.

— Não sei o que acho que ele seja, Sophie. Às vezes é de um jeito, e depois pode mudar completamente, como o vento, e não sei por que, ou o que aconteceu...

— Nada. Não aconteceu nada. Ele apenas não gosta de ninguém além de si mesmo.

— Ele gosta de Jem — disse Tessa, baixinho.

A escova parou; Sophie havia pausado, congelada. Tinha alguma coisa que queria dizer, pensou Tessa, alguma coisa que estava se esforçando para não falar. Mas o que era?

A escova começou a se mover outra vez.

— Mas isso não basta.

— Está querendo dizer que eu não devo oferecer meu coração a um menino que nunca vai gostar de mim...

— Não! — disse Sophie. — Há coisas piores do que isso. Não tem problema amar alguém que não a ame, contanto que seja digno do seu amor. Contanto que *mereça.*

A paixão na voz de Sophie surpreendeu Tessa. Virou para olhar para ela.

— Sophie, existe alguém de quem você gosta? Thomas?

Sophie pareceu espantada.

— *Thomas?* Não. O que lhe deu essa ideia?

— Bem, porque acho que ele gosta de você — disse Tessa. — Já o vi olhando para você. Ele a observa quando está na sala. Acho que pensei...

Interrompeu-se ao ver o olhar surpreso de Sophie.

— Thomas? — disse Sophie novamente. — Não, não poderia ser. Tenho certeza de que ele não tem esses pensamentos a meu respeito.

Tessa não a contradisse; claramente, quaisquer sentimentos que Thomas pudesse ter, Sophie não os retribuía. Então só restava...

— Will? — disse Tessa. — Quer dizer que já gostou de Will? — Isso explicaria a amargura e o desgosto, pensou, considerando a forma como Will tratava meninas que gostavam dele.

— *Will*? — Sophie parecia absolutamente horrorizada, o suficiente para se esquecer de chamar Will de sr. Herondale. — Está me perguntando se já fui apaixonada por *ele*?

— Bem, pensei... Quero dizer, ele é incrivelmente bonito. — Tessa percebeu que soava bem incerta.

— Existem mais motivos para amar alguém do que a *aparência*. Meu último empregador — disse Sophie, sua maneira cuidadosa de falar falhando na agitação das palavras, de modo que o "último" soou mais como "útimo" — sempre fazia safáris na África e na Índia, atirando em tigres e afins. E me disse que a maneira de perceber se um inseto ou uma cobra é venenosa, é se tiver marcas belas e coloridas. Quanto mais bela a pele, mais fatal. Will é assim. Aquele rosto bonito e tudo mais apenas escondem o quanto é cruel e podre por dentro.

— Sophie, eu não sei...

— Há algo de sombrio nele — disse Sophie. — Alguma coisa escura e sombria que ele esconde. Will tem alguma espécie de segredo, do tipo que corrói por dentro. — Repousou a escova prateada na penteadeira, e, surpresa, Tessa viu que ela estava com a mão tremendo. — Pode anotar o que estou dizendo.

* * *

Depois que Sophie saiu, Tessa pegou o anjo mecânico da cabeceira e o colocou no pescoço. Ao ajeitá-lo sobre o peito, sentiu-se imediatamente tranquilizada. Tinha sentido falta dele enquanto estivera disfarçada de Camille. A presença do objeto era reconfortante e — apesar de ser uma tolice, sabia — ela achava que se visitasse Nate enquanto o usava, ele poderia sentir a presença dele e se sentir acalentado também.

Manteve a mão sobre o anjo ao fechar a porta do quarto atrás de si, atravessar o corredor e bater suavemente na porta dele. Quando não obteve resposta, girou a maçaneta e abriu a porta. As cortinas no quarto estavam abertas e o recinto, semipreenchido com luz. Ela pôde ver Nate dormindo recostado em um amontoado de travesseiros. Estava com um braço sobre a testa, e as bochechas brilhavam por causa da febre.

E não estava sozinho. Jessamine estava sentada na poltrona perto da cama, com um livro aberto no colo. Respondeu ao olhar surpreso de Tessa com tranquilidade.

— Eu... — começou Tessa, e se interrompeu. — O que está fazendo aqui?

— Pensei em ler um pouco para o seu irmão — disse Jessamine. — Todo mundo passou metade do dia dormindo, e ele estava sendo cruelmente negligenciado. Apenas Sophie vindo checar como estava e não se pode contar com *ela* para uma conversa decente.

— Nate está inconsciente, Jessamine; não *quer* conversar.

— Não dá para ter certeza — respondeu Jessamine. — Ouvi dizer que as pessoas podem escutar o que se diz para elas mesmo que estejam inconscientes, ou até mesmo mortas.

— E ele também não está *morto.*

— Certamente não. — Jessamine o olhou, ansiosa. — Ele é bonito demais para morrer. É casado, Tessa? Ou existe alguma menina em Nova York a quem pertença?

— *Nate?* — Tessa a encarou. Sempre houve garotas, toda sorte delas, interessadas em Nate, mas a capacidade dele de manter-se atento era como a de uma borboleta. — Jessamine, ele sequer está consciente. Esse não é o momento...

— Ele vai melhorar — anunciou ela. — E quando acontecer, saberá que fui eu que cuidei dele. Os homens sempre se apaixonam pelas mulheres que cuidam deles. "Quando dor e angústia te causam temor/ tu és um anjo pastor!" — concluiu, com um sorriso satisfeito. Ao ver o olhar horrorizado de Tessa, franziu o cenho. — O que foi? Não sou boa o suficiente para o seu precioso irmão?

— Ele não tem dinheiro, Jessie...

— Eu tenho dinheiro o suficiente para nós dois. Só preciso de alguém para me tirar deste lugar. Já disse isso a você.

— Sim, e, aliás, me perguntou se eu poderia ser essa pessoa.

— É *isso* que a incomoda? — perguntou Jessamine. — Francamente, Tessa, ainda podemos ser melhores amigas quando formos cunhadas, mas um homem é sempre melhor que uma mulher nesta situação, não acha?

Tessa não conseguiu pensar em nada para responder.

Jessamine deu de ombros.

— A propósito, Charlotte quer vê-la. Na sala de estar. Me pediu para lhe dizer. Não precisa se preocupar com Nathaniel. Estou checando a temperatura a cada quinze minutos e colocando compressas frias na testa dele.

Tessa não tinha certeza se acreditava em nada disto, mas como Jessamine não tinha o menor interesse em ceder o lugar ao lado de Nathaniel e não parecia valer a pena brigar por isso, virou-se com um suspiro enojado e saiu do quarto.

A porta da sala de estar estava ligeiramente entreaberta quando Tessa chegou; podia ouvir as vozes do outro lado. Hesitou, com a mão semilevantada para bater — então ouviu o som do próprio nome e congelou.

— Este não é o hospital de Londres. O irmão de Tessa não deveria estar aqui! — Era a voz de Will, elevada a um grito. — Ele não faz parte do Submundo, é apenas um mundano tolo e mercenário que se envolveu em algo com que não conseguiu lidar...

Charlotte respondeu:

— Ele não pode ser tratado por médicos mundanos. Não com o que há de errado com ele. Seja razoável, Will.

— Ele já sabe sobre o Submundo. — A voz era de Jem: calma, lógica. — Aliás, pode até ter informações importantes que *nós* desconhecemos. Mortmain alegou que Nathaniel estava trabalhando para De Quincey; pode saber alguma coisa sobre os planos dele, os autômatos, toda a história do Magistrado... tudo. De Quincey o queria morto, afinal. Talvez porque ele soubesse de algo que não deveria.

Fez-se um longo silêncio. Em seguida:

— Podemos chamar os Irmãos do Silêncio outra vez, então — disse Will. — Podem entrar na mente dele, ver o que descobrem. Não precisamos esperar que ele acorde.

— Sabe que esse tipo de processo é delicado com mundanos — protestou Charlotte. — O Irmão Enoch já disse que a febre está fazendo o sr. Gray sofrer alucinações. É impossível distinguir o que é verdade do que é delírio febril. Não sem comprometer a mente dele, possivelmente para sempre.

— Duvido que fosse uma mente tão brilhante assim para começar. — Tessa ouviu o tom de desgosto de Will mesmo através da porta e sentiu o estômago se contrair de raiva.

— Não sabe nada sobre o rapaz — falou Jem, mais friamente do que Tessa jamais havia ouvido. — Não posso imaginar o que esteja deixando seu humor assim, Will, mas não ajuda você em nada.

— Eu sei o que é — disse Charlotte.

— Sabe? — Will soou espantado.

— Está tão chateado quanto eu pelo que aconteceu ontem à noite. Só tivemos duas vítimas fatais, é verdade, mas a fuga de De Quincey não depõe a nosso favor. O plano era meu. Forcei a decisão do Enclave, e agora vão me culpar por qualquer coisa que tenha dado errado. Sem falar que Camille teve que se esconder, considerando que não sabemos onde De Quincey está, e a essa altura já deve ter oferecido uma recompensa pela cabeça dela. E Magnus Bane, é claro, está furioso conosco porque Camille desapareceu. Então nossa melhor informante e nosso melhor feiticeiro estão perdidos no momento.

— Mas impedimos que De Quincey matasse o irmão de Tessa e sabe-se lá quantos outros mundanos — disse Jem. — Isso deveria contar para alguma coisa. Benedict Lightwood não queria acreditar na traição de De Quincey inicialmente; agora ele não tem escolha. Sabe que você estava certa.

— Isso — disse Charlotte —, provavelmente só vai irritá-lo ainda mais.

— Talvez — disse Will. — E talvez, se não tivesse insistido em condicionar o sucesso do *meu* plano ao funcionamento de uma das invenções ridículas de Henry, não estivéssemos tendo esta conversa agora. Pode dar as voltas que quiser, mas a razão pela qual tudo deu errado ontem à noite foi o fato de o Fósforo não ter funcionado. Nada do que Henry inventa funciona. Se simplesmente admitisse que seu marido é um tolo inútil, estaríamos muito melhor.

— *Will.* — A voz de Jem trazia fúria gelada.

— Não. James, não. — A voz de Charlotte tremeu, como se de repente ela tivesse se jogado em uma cadeira. — Will — disse —, Henry é um homem gentil e bondoso, e ama você.

— Não seja sentimental, Charlotte. — A voz de Will estava cheia de desdém.

— Ele te conhece desde que era um menino. Gosta de você como se fosse o irmão mais novo dele. Assim como eu. Tudo o que sempre fiz foi amá-lo, Will...

— Sim — disse Will —, e preferia que não o fizesse.

Charlotte emitiu um ruído de dor, como um cachorrinho chutado.

— Sei que não está falando sério.

— Sempre falo sério — disse Will. — Principalmente quando digo que é melhor vasculharmos a mente de Nathaniel Gray agora do que depois. Se você é sentimental demais para fazê-lo...

Charlotte começou a falar, interrompendo-o, mas não tinha importância. Era demais para Tessa. Ela abriu a porta e entrou, irritada. O interior da sala estava claro devido a uma fogueira, contrastando com os quadrados de vidro cinza-escuro filtrando o que sobrava do crepúsculo nebuloso. Charlotte estava sentada atrás da mesa, Jem em uma cadeira ao lado dela. Will, por outro lado, apoiava-se na cornija da lareira; estava ruborizado, claramente irritado, os olhos ardentes e o colarinho desabotoado. Seus olhos encontraram os de Tessa em um momento de puro espanto. Qualquer esperança que ela tivera de ele ter magicamente esquecido o que acontecera no sótão na noite anterior desapareceu. Ele enrubesceu ao vê-la, os olhos azuis escurecendo... e desviou o olhar, como se não suportasse encará-la.

— Suponho que estava escutando a conversa, não é? — perguntou. — E agora está aqui para abrir sua mente e me oferecer um pouco do que acha sobre seu precioso irmão?

— Pelo menos tenho uma mente para abrir, o que Nathaniel não terá, se as coisas forem do seu jeito. — Tessa voltou-se para Charlotte. — Não vou deixar o Irmão Enoch mexer na mente de Nate. Ele já está doente o bastante; provavelmente isso acabaria o matando.

Charlotte balançou a cabeça. Parecia exausta, o rosto sem cor, as pálpebras caídas. Tessa ficou imaginando se ela sequer tinha dormido.

— Certamente, permitiremos que ele se cure antes de pensarmos em interrogá-lo.

— E se ele ficar doente durante semanas? Ou meses? — perguntou Will. — Podemos não ter tanto tempo.

— Por que não? O que é tão urgente a ponto de querer arriscar a vida do meu irmão? — irritou-se Tessa.

Os olhos de Will eram fragmentos de vidro azul.

— Tudo o que você sempre quis foi encontrar seu irmão. E agora encontrou. Bom para você. Mas esse nunca foi o *nosso* objetivo. Percebe isso, não percebe? Normalmente não vamos tão longe assim por um mundano delinquente.

— O que Will está tentando dizer — interrompeu Jem —, sem grande civilidade, é: — deteve-se, e suspirou — De Quincey disse que seu irmão era alguém em quem tinha confiado. E agora De Quincey sumiu e não fazemos ideia do que esteja escondendo. As anotações que encontramos no escritório dele indicam que ele acreditava em uma guerra iminente entre integrantes do Submundo e Caçadores de Sombras, uma guerra que aquelas criaturas mecânicas nas quais vinha trabalhando certamente participariam de forma ativa. Dá para entender por que queremos saber onde ele está, e o que mais seu irmão possa ter de informação.

— Talvez *vocês* queiram saber essas coisas — disse Tessa —, mas essa não é minha luta. Não sou Caçadora de Sombras.

— De fato — disse Will. — Não pense que não sabemos disso.

— Fique quieto, Will. — O tom de Charlotte transmitia mais do que a aspereza usual. Voltou-se dele para Tessa, os olhos castanhos suplicantes. — Confiamos em você, Tessa. Também precisa confiar em nós.

— Não — respondeu Tessa. — Não preciso. — Podia sentir o olhar de Will nela, e foi repentinamente preenchida por uma raiva espantosa. Como ele *ousava* ser frio com ela, irritar-se com ela? O que havia feito para merecer isso? Ela permitiu que Will a beijasse. Só isso. De alguma forma, era como se esse fato tivesse apagado tudo o mais que tinha feito naquela noite: como se, agora que tinha beijado Will, não importasse mais o fato de que também tinha sido corajosa. — Vocês queriam me usar, exatamente como as Irmãs Sombrias o fizeram. No instante em que tiveram a chance, no instante em que Lady Belcourt apareceu e precisaram da minha habilidade, quiseram que eu a utilizasse. Independentemente do perigo que representava! Vocês se comportam como se eu tivesse alguma responsabilidade para com o seu mundo, para com as suas leis e os seus Acordos. Mas esse é o mundo de vocês, e vocês que devem governá-lo. Não tenho culpa se estão fazendo um péssimo trabalho!

Tessa viu Charlotte empalidecer e se recostar na cadeira. Sentiu uma pontada aguda no peito. Não era Charlotte quem queria ferir. Mesmo assim, continuou. Não conseguia se conter, as palavras saíam em uma tempestade:

— Só fazem falar de integrantes do Submundo e de como não os odeiam. Isso é tudo besteira, não é? São apenas palavras. Não estão falando sério. Quanto aos mundanos, já pararam para pensar que poderiam estar executando um trabalho melhor em protegê-los se não os desprezassem tanto? — Olhou para Will. Estava pálido, com os olhos ardentes. Parecia... Não tinha certeza se conseguia descrever sua expressão. Horrorizado, pensou, mas não com ela; o horror era mais profundo do que isso.

— Tessa — protestou Charlotte, mas ela já estava andando para a porta. Virou-se no último instante antes de sair e os viu encarando-a.

— Fiquem longe do meu irmão — ordenou, irritada. — E *não* venham atrás de mim.

A raiva, pensou Tessa, era satisfatória à sua maneira, quando se sucumbia a ela. Havia algo particularmente gratificante sobre gritar até as palavras se esgotarem enquanto se está cega de raiva.

O depois, claro, era menos agradável. Uma vez que se diga a todos que você os odeia e que eles não podem vir atrás de você, para onde exatamente você *vai*? Se voltasse para o próprio quarto, seria o mesmo que dizer que estava tendo um ataque que eventualmente passaria. Não podia ir até Nate e levar seu mau humor para o quarto dele, e ficar em qualquer outro lugar significava arriscar ser vista nesse estado por Sophie ou Agatha.

No fim das contas, pegou as escadas estreitas e curvas que desciam pelo Instituto. Passou pela nave iluminada por luz enfeitiçada e chegou aos amplos degraus da parte frontal da igreja. Deixou-se cair sobre eles, envolvida nos próprios braços, tremendo com a brisa fria e inesperada. Devia ter chovido em algum momento durante o dia, pois os degraus estavam molhados e a pedra escura do pátio brilhava como um espelho. A lua estava no alto, aparecendo entrecortada por entre pedaços de nuvem, e o enorme portão de ferro brilhava, negro, à luz vacilante. *Somos pó e sombras.*

— Sei o que está pensando. — A voz que veio da entrada atrás de Tessa era suave o bastante para que quase pudesse ser parte do vento que soprava as folhas das árvores.

Tessa se virou. Jem estava no arco, e, atrás dele, a branca luz enfeitiçada iluminava seu cabelo, fazendo com que reluzisse como metal. O rosto, no entanto, estava escondido pela sombra. Segurava a bengala na mão direita; os olhos do dragão brilhavam ao observar Tessa.

— Acho que não sabe.

— Está pensando: "Se eles chamam este treco horrível e úmido de verão, como deve ser o inverno?". Ficaria surpresa. O inverno é na verdade muito parecido. — Afastou-se da porta e se sentou no degrau, ao lado de Tessa porém não muito perto. — É a primavera que é linda, na verdade.

— É mesmo? — disse Tessa, sem muito interesse.

— Não. Na verdade é bem nebuloso e úmido também. — Olhou de lado para ela. — Sei que disse para não segui-la. Mas estava torcendo para que estivesse se referindo apenas a Will.

— Estava. — Tessa girou para olhar para ele. — Não devia ter gritado daquele jeito.

— Não, teve razão em dizer o que disse — respondeu Jem. — Nós, Caçadores de Sombras, somos o que somos há tanto tempo e ficamos tão isolados que frequentemente esquecemos de examinar qualquer situação sob outro ponto de vista. Só pensamos se é bom ou ruim para os Nephilim. Às vezes acho que esquecemos de perguntar se é bom ou ruim para o mundo.

— Não tive a intenção de magoar Charlotte.

— Charlotte é muito sensível em relação à conduta do Instituto. Como mulher, precisa lutar para ser ouvida, e mesmo assim suas decisões são questionadas. Você ouviu Benedict Lightwood na reunião do Enclave. Ela tem a sensação de que não é livre para errar.

— E algum de nós é? Algum de *vocês*? Tudo é uma questão de vida ou morte no seu mundo. — Tessa respirou fundo o ar nebuloso. Tinha gosto de cidade, metal, cinzas, cavalos e água do rio. — Eu só... Às vezes sinto que não posso suportar. Nada. Queria jamais ter descoberto o que sou. Queria que Nate tivesse ficado em casa e nada disso tivesse acontecido!

— Às vezes — disse Jem —, nossas vidas mudam tão depressa que a mudança é mais rápida do que nossas mentes e corações. É nessas vezes, acho, quando nossas vidas mudaram mas ainda sentimos falta do tempo anterior, que sentimos a pior das dores. Mas posso te dizer, no entanto, por experiência própria, que você se acostuma. Aprende a viver a nova vida e não consegue imaginar, ou sequer se lembrar, de como as coisas eram antes.

— Está dizendo que vou me acostumar a ser uma feiticeira, ou o que quer que eu seja.

— Você sempre foi o que é. Isso não é novidade. O que vai se acostumar é a ter consciência disso.

Tessa inspirou fundo, e soltou o ar lentamente.

— Não falei sério lá em cima — disse. — Não acho que os Nephilim sejam tão horríveis assim.

— Sei disso. Se achasse, não estaria aqui. Estaria ao lado do seu irmão, protegendo-o contra nossas intenções horrendas.

— Will também não quis dizer aquelas coisas, quis? — perguntou Tessa após um instante. — Ele não machucaria Nate.

— Ah. — Jem olhou para o portão, os olhos cinzentos pensativos. — Você está certa. Mas estou surpreso que saiba disso. *Eu* sei. E levei anos para entender Will. Para saber quando ele fala sério, ou não.

— Então nunca se irrita com ele?

Jem riu alto.

— Não diria *isso*. Às vezes quero estrangulá-lo.

— E como consegue se conter?

— Vou para o meu lugar preferido de Londres — disse Jem —, e fico ali, olhando para a água e pensando na continuidade da vida, em como o rio segue, sem se importar com nossos problemas mesquinhos.

Tessa ficou fascinada.

— E funciona?

— Na verdade, não, mas depois disso penso em como eu poderia matá-lo enquanto dorme se eu realmente quisesse, e me sinto melhor.

Tessa riu.

— E onde é? Este seu lugar preferido?

Por um instante, Jem pareceu considerar. Em seguida, se levantou e estendeu para ela a mão que não segurava a bengala.

— Vem comigo e eu mostro.

— É longe?

— Nem um pouco. — Sorriu.

Tinha um sorriso adorável, pensou Tessa, e contagioso. Não pôde deixar de retribuir, sorrindo pelo que parecia a primeira vez em séculos.

Tessa se permitiu ser erguida. A mão de Jem era calorosa e forte, surpreendentemente reconfortante. Ela olhou para trás, para o Instituto, e hesitou... Mas permitiu que ele a conduzisse pelo portão de ferro, para as sombras da cidade.

14

Blackfriars Bridge

Vinte pontes da Torre ao Kew
Queriam ver o que o Rio viu,
Pois eram jovens e o Tâmisa não,
E ouviu-se do Rio esta lição.
— Rudyard Kipling, "The River's Tale"

Atravessando o portão de ferro do Instituto, Tessa se sentiu um pouco como a Bela Adormecida, deixando o castelo para trás do muro de espinhos. O Instituto ficava no centro de uma praça, e as ruas que saíam dela iam nas direções cardeais, desaguando em labirintos estreitos entre casas. Ainda com a mão gentilmente segurando o cotovelo de Tessa, Jem a conduziu por uma passagem estreita. O céu acima parecia feito de aço. O chão ainda estava molhado da chuva que havia caído mais cedo, e as laterais dos prédios que pareciam pressioná-los de ambos os lados tinham linhas de água e manchas de resíduos escuros de sujeira.

Jem falava durante o caminho, sem dizer nada de grande importância, mas mantendo uma conversa calorosa, contando a ela o que tinha achado de Londres logo que chegou, como tudo parecia cinzento — até as pessoas! Não conseguia acreditar que podia chover tanto e tão incessantemente em um lugar. A umidade parecia vir do chão e penetrar seus ossos de modo que ele achou que eventualmente fosse começar a produzir lodo, como uma árvore.

— Você *vai* se acostumar — disse quando saíram da passagem estreita e chegaram à amplidão da Fleet Street. — Mesmo que às vezes sinta que precisa ser torcida como um pano.

Lembrando do caos da rua durante o dia, Tessa ficou satisfeita em ver o quanto era quieta à noite, as multidões reduzidas a um pedestre ou outro andando de cabeça baixa, mantendo-se à sombra. Ainda havia carruagens e até alguns homens montados na rua, apesar de nenhum parecer notar Tessa e Jem. Seria um feitiço operando?, Tessa se perguntou, mas não disse nada. Estava gostando de simplesmente ouvir Jem falar. Esta era a parte mais antiga da cidade, disse ele, onde Londres havia nascido. As lojas que se alinhavam pela rua estavam fechadas, com cortinas abaixadas, mas ainda havia anúncios em cada superfície. Eram anúncios de todo tipo, desde sabonetes Pears e tônicos capilares, a cartazes convocando pessoas para palestras sobre espiritualismo. Enquanto Tessa andava, conseguia enxergar as espirais do Instituto entre as construções e não pôde deixar de se perguntar se mais alguém podia ver. Lembrou-se da mulher-papagaio com pele verde e penas. O Instituto realmente estava fora de vista? Dominada pela curiosidade, perguntou a Jem.

— Deixa eu te mostrar uma coisa — disse ele. — Pare aqui. — Pegou Tessa pelo cotovelo e virou-a de modo que ela ficou olhando para o outro lado da rua. Então apontou. — O que vê ali?

Tessa cerrou os olhos; estavam perto do cruzamento da Fleet Street com a Chancery Lane. Não parecia haver nada de especial no local.

— A frente de um banco. O que mais há para ver?

— Agora deixe sua mente vagar um pouco — disse, com a mesma voz suave. — Olhe para outra coisa, evitando contato visual direto, do jeito que olharia para um gato se não quisesse assustá-lo. Olhe para o banco novamente, com o canto do olho. Agora olhe diretamente, bem rápido!

Tessa obedeceu — e ficou boquiaberta. O banco não estava mais lá; em seu lugar havia uma taverna revestida de madeira, com grandes janelas em formato de diamante. A luz do interior era tingida por um brilho vermelho e, através da porta da frente aberta, mais luz vermelha vazava para a calçada. Pelos vidros, sombras escuras se moviam — não as sombras familiares de homens e mulheres, mas formas muito altas e magras, estranhamente alongadas, ou com membros demais para serem humanas. Explosões de risada interromperam uma música alta e doce, assombrosa e sedutora. Uma placa pendurada sobre a porta mostrava um homem se esticando para cutucar o nariz de um demônio chifrudo. Abaixo da imagem lia-se as palavras A TAVERNA DO DIABO.

Foi aqui que Will veio na outra noite. Tessa olhou na direção de Jem. Ele continuava com os olhos na taverna, a mão levemente pousada em seu braço, a respiração lenta e suave. Podia ver a luz vermelha do bar refletida nos olhos prateados dele como um pôr do sol sobre a água.

— *Este* é o seu lugar favorito? — perguntou.

A intensidade deixou o olhar do rapaz; ele olhou para ela e riu.

— Meu Deus, não — respondeu. — É apenas uma coisa que queria que visse.

Alguém saiu pela porta da taverna naquele instante, um homem com um longo casaco preto um chapéu de seda elegante na cabeça. Ao olhar para a rua, Tessa notou que tinha a pele azul-escura, e o cabelo e a barba brancos como gelo. Foi para o leste em direção à Strand enquanto Tessa observava, imaginando se ele atrairia olhares curiosos, mas não foi mais notado do que um fantasma o seria. Aliás, os mundanos que passavam na frente da Taverna do Diabo mal pareciam notá-la, mesmo quando diversas figuras longilíneas e muito falantes saíram e quase derrubaram um homem de aparência cansada que empurrava um carrinho vazio. Ele parou por um instante para olhar em volta, confuso, então deu de ombros e continuou.

— Antes havia uma taverna bastante comum ali — disse Jem. — Ao se tornar mais e mais infestada por integrantes do Submundo, os Nephilim começaram a se preocupar com a mistura do Mundo das Sombras e dos mundanos. Bloquearam-nos do lugar pelo simples processo de instalação de um feitiço que os convence de que a taverna foi derrubada e um banco erguido no lugar. Agora o Diabo é praticamente um reduto exclusivo de integrantes do Submundo. — Jem olhou para a lua, franzindo o cenho. — Está ficando tarde. É melhor irmos.

Após uma última olhada para o Diabo, Tessa foi atrás de Jem, que continuou conversando tranquilamente enquanto andavam, indicando coisas interessantes — a Temple Church, onde agora ficavam os tribunais de lei e antigamente os Cavaleiros Templários mantiveram peregrinos a caminho da Terra Santa.

— Eram amigos dos Nephilim, os cavaleiros. Mundanos, mas não desprovidos de conhecimentos sobre o Mundo das Sombras. E claro — acrescentou, quando saíram da rede de ruas e chegaram na Blackfriars Bridge, a ponte dos Frades Negros —, muitos acreditam que os Irmãos do Silêncio sejam os Frades Negros originais, apesar de ninguém poder provar. Chegamos — acrescentou, gesticulando para a frente. — Meu lugar preferido em Londres.

Olhando sobre a ponte, Tessa se perguntou o que Jem gostava tanto no lugar. Estendia-se de uma margem do Tâmisa à outra, uma ponte baixa de granito com arcos múltiplos, os parapeitos pintados de vermelho-escuro, com detalhes de uma tinta dourada e escarlate que brilhava ao luar. Seria bonito se não fosse a ponte ferroviária que corria pelo lado leste, silenciosa nas sombras mas ainda assim uma obra feia de ferro se estendendo em direção à margem oposta do rio.

— Sei o que está pensando — disse Jem novamente, como tinha feito no Instituto. — A ponte ferroviária. É horrenda. Mas significa que as pessoas raramente vêm aqui apreciar a vista. Gosto da solidão e da aparência do rio, silencioso sob a lua.

Caminharam até o centro da ponte, onde Tessa se apoiou em um parapeito de granito e olhou para baixo. O Tâmisa era escuro ao luar. Toda Londres se estendendo por cada margem, a grande cúpula da Catedral de St. Paul's se erguendo por trás deles como um fantasma branco. Tudo isso envolto na névoa que lançava um véu ligeiramente turvo sobre as linhas fortes da cidade.

Tessa olhou para o rio. Um cheiro de sal, sujeira e podridão vinha da água, misturando-se à névoa. Ainda assim, havia alguma coisa solene no rio de Londres, como se carregasse o peso do passado em suas correntes. Lembrou de um trecho de uma velha poesia.

— *Doce Tâmisa, corra suave até que meu canto termine* — disse, quase para si mesma. Normalmente jamais teria citado poesia em voz alta na frente de alguém, mas havia alguma coisa em Jem que lhe dava a impressão de que o que quer que fizesse, ele não a julgaria.

— Já ouvi esse verso antes — foi tudo o que disse. — Will já citou para mim. O que é?

— Spenser. "Prothalamion". — Tessa franziu a testa. — Will parece ter uma estranha afinidade com poesia para alguém tão... tão...

— Will lê bastante e tem uma memória excelente — disse Jem. — São pouquíssimas as coisas de que não se lembra. — Havia algo na voz dele que dava certo peso à declaração, transformando-a em algo mais do que um simples relato.

— Você gosta de Will, não é? — disse Tessa. — Quero dizer, são amigos.

— O amo como se fosse meu irmão — disse Jem de forma prática.

— Você pode dizer isso — falou Tessa. — Por mais detestável que seja com todo mundo, ele ama *você*. É gentil com você. O que foi que você fez para que ele o trate de forma tão diferente de todos os outros?

Jem se inclinou de lado no parapeito, com o olhar em Tessa, mas ainda distante. Tamborilou os dedos pensativamente na cabeça em jade da bengala. Aproveitando-se da clara distração do menino, Tessa se permitiu olhar para ele, maravilhando-se um pouco com sua estranha beleza ao luar. Era todo prateado e cinzento, não como as cores fortes de azul, preto e dourado de Will.

Finalmente respondeu:

— Não sei, de verdade. Achava que fosse porque nós dois não tínhamos pais, e por isso ele achava que éramos iguais...

— Sou órfã — observou Tessa. — Jessamine também. Ele não acha que é como nós.

— Não, não acha. — Os olhos de Jem tinham certa reserva, como se houvesse algo que não estava dizendo.

— Não consigo entendê-lo — disse Tessa. — Ele consegue ser gentil uma hora e absolutamente horrível na outra. Não consigo decidir se ele é amável ou cruel, adorável ou detestável...

— E isso importa? — disse Jem. — Precisa tomar tal decisão?

— Naquela noite — prosseguiu —, no seu quarto, quando Will entrou. Disse que tinha passado a noite toda bebendo, mas depois, mais tarde, quando você... Mais tarde ele pareceu se tornar instantaneamente sóbrio. Já vi meu irmão bêbado. Sei que isso não desaparece assim em um instante. Mesmo se minha tia jogasse um balde de água fria no rosto de Nate ele não acordaria do torpor, não se estivesse realmente embriagado. E Will não estava cheirando a álcool, nem pareceu enjoado na manhã seguinte. Mas por que mentiria dizendo que estava bêbado se não estava?

Jem pareceu resignado.

— Eis a essência do mistério de Will Herondale. Eu mesmo pensava nestas coisas. Como alguém podia beber tanto quanto ele alegava fazer e sobreviver, e ainda lutar tão bem quanto ele. Então, uma noite o segui.

— Você o *seguiu*?

Jem deu um sorriso torto.

— Segui. Ele saiu, dizendo que tinha um encontro ou coisa do tipo, e eu fui atrás. Se soubesse o que esperar, teria usado sapatos mais resistentes. Ele passou a noite inteira andando pela cidade, de St. Paul's ao Spitalfields Market e então à White Chapel Street. Foi até o rio e vagou pelas docas. Em nenhum momento parou para falar com ninguém. Foi como seguir um fantasma. Na manhã seguinte, ele relatou um conto libertino de falsas aventuras, e eu nunca exigi a verdade. Se ele quer mentir para mim, então deve ter motivo para isso.

— Ele mente para você, e confia nele?

— Sim — respondeu Jem. — Confio.

— Mas...

— Ele conta mentiras consistentes. Sempre inventa a história que irá deixá-lo com a pior imagem possível.

— Ele já contou o que aconteceu com os pais? Sendo verdade ou mentira?

— Não completamente. Pedaços e fragmentos — disse Jem após uma longa pausa. — Sei que o pai deixou os Nephilim. Antes mesmo de Will nascer. Se apaixonou por uma mundana e, quando o Conselho se recusou a transformá-la em Caçadora de Sombras, ele abandonou a Clave. Então se mudou com ela para uma parte muito isolada do País de Gales, onde acreditavam que não seriam incomodados. A Clave ficou furiosa.

— A mãe de Will era mundana? Quer dizer que ele só é metade Caçador de Sombras?

— O sangue Nephilim é dominante — disse Jem. — Por isso há três regras para aqueles que deixam a Clave. A primeira: precisa romper as relações com todo e qualquer Caçador de Sombras que já tenha encontrado, até mesmo a própria família. Eles nunca mais podem falar com você, e nem você com eles. Segunda, não pode chamar a Clave para pedir ajuda, independentemente do perigo. E a terceira...

— Qual é a terceira?

— Ainda que deixe a Clave — disse Jem —, eles ainda podem reivindicar seus filhos.

Um ligeiro tremor passou por Tessa. Jem ainda olhava para o rio, como se pudesse enxergar Will na superfície prateada.

— A cada seis anos — disse —, até a criança completar 18 anos, um representante da Clave vai até a sua família e pergunta para o filho ou filha se ele quer deixar a família e se juntar aos Nephilim.

— Não posso imaginar que alguém aceite — disse Tessa, espantada. — Quero dizer, jamais poderia voltar a falar com a família, certo?

Jem assentiu.

— E Will concordou com isso? Se juntou aos Caçadores de Sombras mesmo assim?

— Ele recusou. Por duas vezes recusou. Então, um dia, quando Will tinha por volta de 12 anos, bateram à porta do Instituto e Charlotte atendeu. Ela teria dezoito anos na época, imagino. Will estava lá nos degraus. Charlotte me disse que ele estava coberto de poeira de estrada e sujeira, como se tivesse dormido entre os arbustos. E falou: "Sou um Caçador de Sombras. Um de vocês. Têm que me deixar entrar. Não tenho para onde ir."

— Ele falou isso? Will? "Não tenho para onde ir"?

Jem hesitou.

— Entenda, todas estas informações recebi de Charlotte. Will nunca mencionou uma palavra a respeito disso para mim. Mas é o que ela diz que ele falou.

— Não entendo. Os pais dele... estão mortos, não estão? Ou teriam procurado o filho.

— E procuraram — disse Jem, muito baixo. — Algumas semanas depois que Will chegou, Charlotte me contou, os pais foram atrás dele. Apareceram na porta do Instituto e bateram, chamando por ele. Charlotte foi até o quarto de Will perguntar se queria vê-los. Ele tinha se arrastado para baixo da cama e estava tapando os ouvidos com as mãos. Não quis sair, não importava o que ela fizesse, e não quis vê-los. Acho que Charlotte finalmente desceu e os mandou embora, ou eles saíram por conta própria, não tenho certeza...

— Mandou embora? Mas o filho deles estava dentro do Instituto. Tinham o direito...

— Não tinham direito. — Jem falou com gentileza, pensou Tessa, mas havia algo no tom que o deixou tão distante dela quanto a lua. — Will escolheu se unir aos Caçadores de Sombras. Uma vez feita a escolha, não podiam mais reivindicá-lo. Era direito e responsabilidade da Clave mandá-los embora.

— E você nunca perguntou a ele por quê?

— Se ele quisesse que eu soubesse, me contaria — disse Jem. — Perguntou por que acho que ele tolera a mim mais do que aos outros. Imagino que seja justamente *porque* nunca perguntei o motivo. — Deu um sorriso irônico para Tessa. O ar frio havia trazido cor às bochechas do menino, e os olhos dele brilhavam. As mãos dos dois estavam próximas no parapeito. Por um instante breve, meio confuso, Tessa pensou que ele fosse colocar a mão sobre a dela, mas o olhar de Jem deslizou através dela e ele franziu o cenho. — Um pouco tarde para uma caminhada, não?

Seguindo o olhar dele, Tessa viu as figuras sombrias de um homem e uma mulher vindo em direção à ponte. Ele usava um chapéu de feltro de trabalhador e um casaco escuro de lã; estavam de braços dados, o rosto dela inclinado para perto do dele.

— Provavelmente estão pensando a mesma coisa de nós — disse Tessa. Olhou nos olhos de Jem. — E você, veio para o Instituto porque não tinha mais para onde ir? Por que não ficou em Xangai?

— Meus pais comandavam o Instituto lá — disse ele —, mas foram mortos por um demônio. Ele, a coisa, se chamava Yanluo. — A voz de Jem era muito calma. — Depois que morreram, todos acharam que o mais seguro para mim seria deixar o país, caso o demônio ou o bando resolvesse vir atrás de mim também.

— Mas por que aqui, por que a Inglaterra?

— Meu pai era britânico. Eu falava inglês. Parecia razoável. — O tom de Jem era calmo como sempre, mas Tessa sentiu que havia alguma coisa que ele estava escondendo. — Achei que fosse me sentir mais em casa do que em Idris, onde meus pais jamais estiveram.

Do outro lado da ponte, o casal que passeava havia parado em um parapeito; o homem parecia falar sobre a ponte ferroviária, a mulher assentindo enquanto ele falava.

— E se sentiu? Mais em casa, quero dizer?

— Não exatamente — respondeu. — A primeira coisa que percebi quando cheguei foi que meu pai nunca se enxergou como britânico, não como um inglês o faria. Verdadeiros ingleses são primeiramente britânicos e depois cavalheiros. Qualquer outra coisa que possam ser, médicos, acadêmicos ou proprietários de terras, vem em terceiro lugar. Para Caçadores de Sombras é diferente. Somos Nephilim. Antes e acima de tudo. Só depois disso que acenamos para qualquer país em que possamos ter nascido e sido criados. E quanto ao terceiro lugar, ele não existe. Somos apenas Caçadores de Sombras. Quando outros Nephilim olham para mim, veem apenas um Caçador de Sombras. Não como mundanos, que me enxergam como um menino que não é totalmente estrangeiro, mas também não exatamente como eles.

— Metade uma coisa e metade outra — disse Tessa. — Como eu. Mas *você* sabe que é humano.

A expressão de Jem se suavizou.

— Assim como você. Sob todos os aspectos que importam.

Tessa sentiu o fundo dos olhos arder. Olhou para cima e viu que a lua estava atrás de uma nuvem, o que lhe conferia um esplendor perolado.

— Acho melhor irmos. Os outros devem estar preocupados.

Jem moveu-se para lhe oferecer o braço... e parou. De repente, o casal que Jem notara antes estava parado diante deles, bloqueando a passagem. Apesar de provavelmente terem se movido muito depressa para alcançar o lado oposto tão rápido, estavam sinistramente parados agora, de braços dados. O rosto da mulher estava oculto à sombra de uma boina, o do homem escondido sob a aba do chapéu de feltro.

O aperto de Jem ficou mais forte no braço de Tessa, mas a voz saiu neutra quando falou:

— Boa noite. Podemos ajudar em alguma coisa?

Nenhum dos dois falou, mas derem um passo para a frente, a saia da moça sussurrando ao vento. Tessa olhou em volta, mas não havia mais ninguém na ponte ou nas margens aterradas. Londres parecia incrivelmente deserta sob o borrão da lua.

— Perdoem-me — disse Jem. — Agradeceria se permitissem que eu e minha acompanhante passássemos.

Ele avançou um passo, e Tessa o seguiu. Estavam bem próximos do casal silencioso quando a lua saiu de trás da nuvem, inundando a ponte com luz prateada e iluminando o rosto do homem de chapéu de feltro. Tessa o reconheceu instantaneamente.

Os cabelos emaranhados, o nariz grande outrora quebrado e o queixo com uma cicatriz, mas principalmente, os olhos protuberantes. A mulher ao seu lado tinha os mesmos olhos, vazios e fixos em Tessa, terrivelmente parecido com a expressão de Miranda.

Mas ele está morto. Nós o matamos. Eu vi o corpo dele. Tessa sussurrou:

— É ele, o cocheiro. Pertence às Irmãs Sombrias.

O cocheiro riu.

— *Pertenço* — disse — ao Magistrado. Enquanto as Irmãs Sombrias serviam a ele, servi a elas. Agora sirvo somente a ele.

A voz do cocheiro soava diferente do que Tessa se lembrava — menos grossa, mais articulada, com uma suavidade quase sinistra. Ao lado de Tessa, Jem tinha ficado completamente imóvel.

— Quem é você? — perguntou. — Por que está nos seguindo?

— O Magistrado instruiu para que os seguíssemos — disse o cocheiro. — Você é Nephilim. É responsável pela destruição da casa e do povo dele, as Crianças Noturnas. Estamos aqui para entregar uma declaração de guerra. E estamos aqui pela garota. — Voltou os olhos para Tessa. — Ela pertence ao Magistrado, e ela a terá.

— O Magistrado — disse Jem, os olhos muito prateados ao luar. — Está falando de De Quincey?

— O nome que dão a ele não importa. É o Magistrado. Mandou transmitirmos um recado. O recado é a guerra.

A mão de Jem se fechou ao redor do topo da bengala.

— Servem a De Quincey, mas não são vampiros. O que são?

A mulher ao lado do cocheiro emitiu um estranho ruído suspirado, como o assobio agudo de um trem.

— Cuidado, Nephilim. Como destroem outros, também serão destruídos. Seu anjo não pode protegê-los contra aquilo que nem Deus nem o Diabo fizeram.

Tessa começou a se virar para Jem, mas ele já estava agindo. Ergueu a mão com a bengala de jade, que emitiu um lampejo. Uma lâmina muito afiada e brilhante surgiu da ponta da bengala. Com um rápido movimento de corpo, Jem lançou a lâmina para a frente, rasgando o peito do cocheiro. Ele cambaleou para trás, com um ruído agudo de surpresa saindo da garganta.

Tessa respirou fundo. Um longo corte abria a camisa do cocheiro, e abaixo não se via nem carne nem sangue, mas metal brilhante, cortado pela lâmina de Jem.

Jem puxou a lâmina de volta, soltando o ar em uma mistura de satisfação e alívio.

— Eu sabia...

O cocheiro rosnou. A mão alcançou o casaco e sacou uma faca de serra, do tipo que açougueiros utilizam para cortar ossos, enquanto a mulher, entrando em ação, se aproximou de Tessa, esticando as mãos sem luvas na direção dela. Seus movimentos eram irregulares, desiguais — mas muito, muito rápidos, mais do que Tessa imaginaria que eles fossem capazes. Ela avançou para Tessa, com o rosto sem expressão e a boca semiaberta. Algo metálico brilhava lá dentro — metal, ou cobre. *Não tem garganta, e diria que nem estômago. A boca acaba em uma placa de metal atrás dos dentes.*

Tessa recuou até bater com as costas no parapeito. Procurou por Jem, mas o cocheiro o estava atacando novamente. Jem desferiu um golpe da lâmina, mas aparentemente isso só desacelerou o sujeito. O casaco e a camisa do cocheiro agora não passavam de trapos, mostrando claramente a carapaça metálica abaixo.

A mulher tentou pegar Tessa, que desviou para o lado. A perseguidora avançou e colidiu contra o parapeito. Não pareceu sentir mais dor do que o cocheiro; levantou-se rigidamente e virou-se para atacar outra vez. O impacto pareceu ter danificado o braço esquerdo, que agora estava pendurado ao lado do corpo dela. Partiu para cima de Tessa com o braço direito, os dedos formando garras, e a pegou pelo pulso. A mão a segurou com firmeza o bastante para fazê-la gritar quando os pequenos ossos arderam de dor. Agarrou a mão que a segurava, os dedos afundando em uma pele lisa e macia. Mas a pele caiu como a casca de uma fruta, as unhas de Tessa arranhando o metal com uma aspereza que a fez sentir calafrios na espinha.

Tentou puxar a mão de volta, mas só obteve sucesso em puxar a mulher em sua direção; ela emitia um ruído chiado e tilintado pela garganta, desagradavelmente parecido com o som de um inseto, e de perto seus olhos eram negros e sem pupilas. Tessa preparou o pé para dar um chute...

E ouviu um súbito barulho de metal contra metal; a lâmina de Jem desceu com um corte preciso, decepando o braço da mulher ao meio, no cotovelo. Tessa, livre, caiu para trás, a mão sem corpo se soltando do pulso e atingindo o chão aos seus pés. A mulher virava na direção de Jem, *shh-click, shh-click*. Ele avançou, batendo forte no autômato com a parte lisa da bengala, empurrando-o para trás, então mais uma vez, e outra, até chegar à grade da ponte e bater com tanta força que a mulher se desequilibrou. Ela caiu sem gritar, mergulhando na água abaixo; Tessa correu para a grade a tempo de vê-la afundar. Nenhuma bolha se ergueu para indicar o local onde havia desaparecido.

Tessa virou-se outra vez. Jem se agarrava à bengala, arfando. Sangue escorria pela lateral do rosto dele onde havia um corte, mas fora isso parecia inteiro. Segurou a arma sem firmeza em uma das mãos ao olhar para uma forma escura encolhida no chão, uma forma que se mexia e se retorcia, com lampejos metálicos aparecendo por entre os pedaços da roupa rasgada. Quando Tessa chegou perto, viu que se tratava do corpo do cocheiro. A cabeça tinha sido decepada e uma substância oleosa escura pulsava do pescoço, manchando o chão.

Jem levantou a mão para passá-la pelo cabelo, esfregando o sangue na bochecha. Sua mão tremia. Hesitante, Tessa tocou o braço dele.

— Você está bem?

O sorriso estava fraco.

— Era eu quem deveria estar fazendo essa pergunta a *você*. — Ele deu de ombros levemente. — Essas *coisas* mecânicas me dão nervoso. Elas... — interrompeu-se, olhando para além de Tessa.

Na extremidade sul da ponte, vindo em direção a eles com movimentos vigorosos e bruscos, havia pelo menos mais meia dúzia de criaturas mecânicas. Apesar da irregularidade dos movimentos, aproximavam-se depressa, quase se lançando para frente. Já tinham percorrido um terço da ponte.

Com um *click* agudo, a lâmina desapareceu novamente na bengala de Jem. Ele pegou a mão de Tessa e ofegou:

— *Corra.*

E foi o que fizeram, Tessa segurando a mão de Jem e olhando para trás apenas uma vez, apavorada. As criaturas estavam no centro da ponte, e continuavam avançando, ganhando velocidade. Eram homens, Tessa viu, trajando os mesmos casacos escuros de lã e chapéus de feltro do cocheiro. As faces brilhavam ao luar.

Jem e Tessa chegaram aos degraus no fim da ponte, e ele manteve a mão firme em torno da dela enquanto desciam correndo pelas escadas. Os sapatos de Tessa deslizaram na pedra molhada, e Jem a segurou, a bengala batendo de maneira desajeitada nas costas dela; sentiu o peito dele subindo e descendo intensamente contra o dela, como se estivesse arfando. Mas não podia estar sem fôlego, podia? Era um Caçador de Sombras. O *Códex* dizia que podiam correr quilômetros. Jem se afastou, e Tessa viu que ele estava com o rosto contorcido, como se sentisse dor. Queria perguntar se ele estava ferido, mas não havia tempo para isso. Podiam ouvir o som dos passos na escada acima. Sem dizer uma palavra, Jem a agarrou pelo pulso mais uma vez e a puxou atrás de si.

Passaram pelo Embankment, aceso pelo brilho dos postes, antes de Jem virar para o lado e se espremer entre dois prédios em um beco estreito. O beco era uma ladeira que subia, afastando-se do rio. O ar entre os prédios era frio, úmido e sufocante, e os paralelepípedos estavam escorregadios pela sujeira. Roupas penduradas em varais esvoaçavam como fantasmas nas janelas acima. Os pés de Tessa gritavam nos belos calçados e o coração batia forte no peito, mas não havia como desacelerar. Podia *ouvir* as criaturas atrás deles, escutar o *shh-click* dos movimentos, cada vez mais próximo.

O beco se abriu em uma rua larga e ali, erguendo-se diante deles, estava o edifício do Instituto. Atravessaram a entrada, Jem soltando-a para bater e trancar os portões atrás de si. As criaturas os alcançaram quando as trancas fecharam, colidindo contra o portão como brinquedos de corda incapazes de parar, atingindo o ferro com um estrondo.

Tessa recuou, com os olhos fixos nelas. As criaturas mecânicas estavam pressionadas contra o portão, as mãos enfiadas pelos buracos do ferro. Ela olhou em volta descontroladamente. Jem estava ao seu lado, branco como um papel, uma das mãos pressionada contra a lateral do corpo. Tentou alcançar a mão dele, mas ele recuou, se colocando fora de alcance.

— Tessa. — Estava com a voz irregular. — Entre no Instituto. Precisa entrar.

— Você está machucado? Jem, está ferido?

— Não — respondeu ele com a voz abafada.

Uma batida no portão a fez levantar o olhar. Um dos homens mecânicos havia colocado a mão por um buraco na grade e puxava a corrente de ferro que o mantinha fechado. Enquanto observava com um horror fascinado, viu que ele arrastava os arcos de metal com tanta força que a pele estava descascando dos dedos, evidenciando as mãos metálicas abaixo. Obviamente tinha muita força. O metal estava se deformando sob a mão do autômato; claramente era uma questão de minutos até que a corrente se partisse.

Tessa agarrou o braço de Jem. A pele dele estava ardente; podia sentir através das roupas.

— *Vamos.*

Com um rosnado ele a deixou puxá-lo para a porta da frente da igreja; estava cambaleando e se apoiando nela com força, a respiração crepitando no peito. Deram uma guinada escada acima, Jem deslizando da mão dela quase no instante em que chegaram ao degrau superior. Ele atingiu o chão de joelhos, tosses engasgadas rasgando-o por dentro, o corpo inteiro em espasmos.

O portão se abriu com uma explosão. As criaturas mecânicas inundaram a entrada, lideradas pelo que havia quebrado a corrente, as mãos despidas de pele brilhando ao luar.

Lembrando-se do que Will havia dito, que era preciso ter sangue de Caçador de Sombras para abrir a porta, Tessa alcançou o cordão da campainha que se pendurava ao lado e puxou, com força, mas não ouviu nenhum barulho. Desesperada, voltou-se para Jem, que continuava ajoelhado no chão.

— Jem! Jem, por favor, você precisa abrir a porta...

O menino levantou a cabeça. Os olhos estavam abertos, mas sem cor. Inteiramente brancos, como mármore. Tessa podia ver a lua refletida neles.

— *Jem*!

Ele tentou se levantar, mas os joelhos cederam; sucumbiu, caindo no chão, sangue escorrendo dos cantos da boca. A bengala rolou da mão, indo parar quase aos pés de Tessa.

As criaturas haviam alcançado a base da escada; começaram a subir, balançando-se ligeiramente, o indivíduo de mão sem pele vindo na frente. Tessa se jogou contra as portas do Instituto, socando o carvalho. Podia ouvir as reverberações ocas dos golpes ecoando do outro lado, e se desesperou. O Instituto era enorme, e não havia *tempo*.

Afinal, desistiu. Afastando-se da porta, ficou horrorizada em ver que o líder das criaturas havia alcançado Jem; estava curvado sobre ele, a mão metálica no peito do Caçador de Sombras.

Com um grito alcançou a bengala de Jem e a empunhou.

— Afaste-se dele! — berrou.

A criatura se ajeitou, e ao luar, pela primeira vez, Tessa viu o rosto com clareza. Era liso, quase sem feições, apenas entalhes onde os olhos e a boca deveriam estar, e sem nariz. Ergueu as mãos sem pele; estavam sujas com o sangue de Jem. O próprio Jem estava deitado imóvel, camisa rasgada, uma poça de sangue se formando ao redor. Enquanto Tessa assistia horrorizada, o homem mecânico balançou os dedos sangrentos para ela, em uma espécie de paródia grotesca de um aceno — em seguida se virou e desceu saltando os degraus, quase correndo, como uma aranha. Atravessou os portões e se perdeu de vista.

Tessa foi para perto de Jem, mas os outros autômatos se moveram rapidamente para bloqueá-la. Eram *todos* sem expressão, como o líder, um grupo uniforme de guerreiros sem face, como se alguém não tivesse tido tempo de *concluí-los*.

Com um *shh-click* um par de mãos metálicas tentou alcançá-la e ela girou a bengala, quase cegamente. Atingiu a lateral da cabeça de um homem mecânico. Tessa sentiu o impacto da madeira contra o metal subindo pelo braço e cambaleou para o lado, apenas por um instante. A cabeça estalou para trás muito rápido. Ela atacou novamente, desta vez atingindo o ombro; ele balançou, mas outras mãos surgiram, agarrando a bengala, puxando-a de Tessa com tanta força que a pele de sua mão queimou. Lembrou-se da força dolorosa das garras de Miranda nela, enquanto o autômato que havia arrancado a bengala a chocava contra o próprio joelho, com força extraordinária.

A bengala se partiu ao meio com um barulho horrível. Tessa se virou para correr, mas seus ombros foram agarrados por mãos metálicas que a puxaram para trás. Lutou para se livrar...

E as portas do Instituto se abriram. A luz que se derramou da entrada cegou Tessa momentaneamente e ela só conseguiu enxergar os contornos de figuras escuras, envolvidas em luz que transbordava do interior da igreja. Alguma coisa assobiou ao lado de sua cabeça, arranhando-a na bochecha. Ouviu o som moído de metal contra metal, e então o aperto da criatura mecânica relaxou, e ela caiu para a frente sobre os degraus, engasgando.

Tessa olhou para cima. Charlotte estava sobre ela, o rosto pálido e rígido, um disco afiado de metal em uma das mãos. Outro disco, semelhante, estava enterrado no peito do homem mecânico que a tinha segurado. Ele se contorcia em espasmos, descrevendo um círculo como faria um brinquedo quebrado. Faíscas azuis voavam do rasgo no pescoço.

Ao redor dele, o restante das criaturas girava e desmoronava enquanto os Caçadores de Sombras se agrupavam em torno deles. Henry descendo a lâmina serafim em um arco e abrindo o peito de um dos autômatos, enviava-o cambaleando para as sombras. Ao seu lado vinha Will, brandindo o que parecia uma espécie de foice, golpeando sem parar, cortando outra das criaturas em pedacinhos com tanta fúria que produziu um chafariz de faíscas azuis. Charlotte, descendo apressadamente os degraus, jogou o segundo disco, que cortou a cabeça de um monstro metálico com um barulho doentio. Ele caiu no chão, vazando mais faíscas e óleo preto.

As duas criaturas restantes, aparentemente repensando a situação, se viraram e correram em direção aos portões. Henry correu atrás, assim como Charlotte, mas Will, derrubando a arma, virou-se e correu de volta para os degraus.

— O que aconteceu? — gritou para Tessa. Ela o encarou, atordoada demais para responder. Sua voz saiu tingida por um pânico furioso. — Está machucada? Onde está Jem?

— Não estou machucada — sussurrou. — Mas Jem, ele desabou. Ali. — Apontou para onde Jem estava, encolhido nas sombras ao lado da porta.

O rosto de Will empalideceu, como uma lousa sendo apagada. Sem olhar novamente para ela, ele correu pelas escadas e se jogou ao lado de Jem, dizendo alguma coisa em voz baixa. Quando não obteve resposta, levantou a voz, gritando para Thomas vir ajudar a carregar Jem e berrando mais alguma coisa, algo que Tessa não conseguiu identificar por causa da tontura. Talvez estivesse gritando com ela. Talvez ela fosse a culpada de tudo? Se não tivesse ficado tão irritada, se não tivesse fugido e feito Jem ir atrás...

Uma sombra escura se ergueu como uma torre na entrada acesa. Era Thomas, com cabelos desgrenhados e o rosto sério, e que, sem dizer uma palavra, se ajoelhou ao lado de Will. Juntos eles levantaram Jem, colocando cada um de seus braços em torno do próprio pescoço. Apressaram-se para dentro sem olhar para trás.

Atordoada, Tessa olhou para o pátio. Alguma coisa estava estranha, diferente. Era o silêncio repentino que seguia o caos e o barulho. As criaturas mecânicas estavam espalhadas aos pedaços, destruídas pelo chão. O piso agora escorregadio com o líquido viscoso, os portões abertos. E o brilho da lua iluminando tudo, exatamente da mesma maneira como tinha brilhado sobre ela e Jem na ponte, quando ele disse que ela era humana.

15

Lama Estrangeira

Ah, Deus, que o amor fosse como uma flor ou uma flama,
Que a vida fosse como dar nome àquilo que chama,
Que a morte não fosse mais lamentável que o desejo,
Que tudo isso não fosse feito da mesma trama!
— Algernon Charles Swinburne, "Laus Veneris"

— Srta. Tessa. — A voz era de Sophie. Tessa virou e a viu emoldurada pela entrada, com um lampião balançando na mão. — Você está bem?

Tessa se sentiu lamentavelmente feliz em ver a outra menina. Sentia-se tão sozinha.

— Não estou ferida. Mas Henry foi atrás das criaturas, e Charlotte...

— Eles vão ficar bem. — Sophie pôs a mão no cotovelo de Tessa. — Venha, vamos trazê-la para dentro, senhorita. Está sangrando.

— Estou? — Confusa, Tessa levantou os dedos para tocar a testa; voltaram manchados de vermelho. — Devo ter batido a cabeça quando caí nos degraus. Nem senti.

— Foi o choque — respondeu Sophie calmamente, e Tessa se perguntou quantas vezes Sophie já devia ter feito isso trabalhando aqui: cuidado de cortes, limpado sangue. — Vamos, vou arranjar uma compressa para sua cabeça.

Tessa concordou com a cabeça. Dando uma última olhada sobre o ombro para a destruição no pátio, permitiu que Sophie a guiasse de volta ao Instituto. Os próximos instantes se passaram em um borrão. Depois que Sophie a ajudou a subir e se sentar em uma cadeira na sala de estar, ela saiu e voltou logo em seguida com Agatha, que colocou uma caneca de alguma coisa quente na mão de Tessa.

Tessa soube o que era assim que sentiu o cheiro — conhaque e água. Pensou em Nate e hesitou, mas após alguns goles, as coisas começaram a voltar ao foco. Charlotte e Henry voltaram, trazendo consigo o cheiro de metal e de luta. Taciturna, Charlotte repousou as armas em uma mesa e chamou por Will. Ele não respondeu, mas Thomas sim, correndo pelo corredor com o casaco manchado de sangue para informá-la de que Will estava com Jem, que ficaria bem.

— As criaturas o feriram, e ele perdeu sangue — disse Thomas, passando a mão nos emaranhados de cabelo castanho. Olhou para Sophie ao falar. — Mas Will fez um *iratze* nele...

— E o remédio? — perguntou Sophie rapidamente. — Ele tomou um pouco?

Thomas assentiu, e os ombros rígidos de Sophie relaxaram minimamente. O olhar de Charlotte também suavizou.

— Obrigada, Thomas — disse. — Talvez possa ir ver se ele precisa de mais alguma coisa?

Thomas assentiu e partiu pelo corredor dando uma última olhada para Sophie, que pareceu não perceber. Charlotte afundou-se em um divã no lado oposto de Tessa.

— Tessa, pode nos contar o que houve?

Agarrando a xícara, os dedos frios apesar do calor, Tessa estremeceu.

— Pegaram os que fugiram? Os... o que quer que sejam. Os monstros metálicos?

Charlotte balançou a cabeça solenemente.

— Nós os perseguimos pelas ruas, mas eles desapareceram quando chegamos à Hungerford Bridge. Henry acha que há alguma mágica envolvida.

— Ou um túnel secreto — disse Henry. — Também sugeri um túnel secreto, querida. — Ele olhou para Tessa. O rosto amigável estava sujo de sangue e óleo, e o colete listrado, rasgado e destruído. Parecia um garoto depois de ter se metido em alguma briga séria na escola. — Talvez você os tenha visto saindo de um túnel, srta. Gray.

— Não — disse Tessa, a voz quase num sussurro. Para limpar a garganta, tomou mais um gole da bebida que Agatha havia lhe dado e repousou a xícara antes de relatar tudo: a ponte, o cocheiro, a perseguição, as palavras ditas pela criatura, a maneira como abriram os portões do Instituto.

Charlotte ouviu com o rosto pálido e contorcido; até Henry parecia ameaçador. Sophie, sentada imóvel em uma cadeira, prestou atenção à história com a concentração de uma estudante.

— Disseram que era uma declaração de guerra — concluiu Tessa. — Que estavam vindo para se vingar de nós, de vocês; pelo que aconteceu com De Quincey, imagino.

— E a criatura se referiu a ele como Magistrado? — perguntou Charlotte.

Tessa apertou os lábios com firmeza para impedi-los de tremer.

— Sim. Ele disse que o Magistrado me queria e que tinham sido enviados para me buscar. Charlotte, é tudo minha culpa. Se não fosse por mim, De Quincey não teria mandado aquelas criaturas hoje, e Jem... — Olhou para as próprias mãos. — Talvez devessem permitir que ele me leve.

Charlotte estava balançando a cabeça.

— Tessa, você ouviu De Quincey ontem à noite. Ele odeia Caçadores de Sombras. Atacaria a Clave independentemente de você. E se a entregássemos para ele só estaríamos colocando uma arma potencialmente valiosa em suas mãos. — Olhou para Henry. — Não sei por que esperou tanto. Por que não foram atrás de Tessa quando ela saiu com Jessie? Diferente dos demônios, estas criaturas mecânicas podem sair durante o dia.

— *Podem* — disse Henry —, mas não sem alarmar a população, pelo menos por enquanto. Não são suficientemente parecidos com seres humanos normais para passarem sem despertar comentários. — Pegou um material brilhante do bolso e o suspendeu. — Examinei os restos dos autômatos no pátio. Estes que De Quincey mandou atrás de Tessa na ponte não são como os da cripta. São mais sofisticados, feitos de metal mais resistente e com um sistema de juntas mais avançado. Alguém vem desenvolvendo o modelo daquelas plantas que Will encontrou, refinando-o. Agora as criaturas estão mais rápidas e mais mortais.

Mas quão refinadas?

— Havia um feitiço — disse Tessa rapidamente. — Na planta. Magnus o decifrou...

— O feitiço de ligação. Feito para ligar uma energia demoníaca a um autômato. — Charlotte olhou para Henry. — Será que De Quincey...?

— Teve sucesso na execução desse feitiço? — Henry balançou a cabeça. — Não. Essas criaturas são simplesmente configuradas para seguir um padrão, como caixas de música. Mas não são animadas. Não têm inteligência, vontade ou vida. E não há nada de demoníaco nelas.

Charlotte respirou aliviada.

— *Temos* que encontrar De Quincey antes que ele alcance esse objetivo. Essas criaturas já são difíceis de matar agora. Sabe o Anjo quantas mais ele fez, e como serão difíceis de matar se tiverem a habilidade dos demônios.

— Um exército que não nasceu no Paraíso nem no Inferno — disse Tessa suavemente.

— Exatamente — disse Henry. — De Quincey precisa ser encontrado e detido. E enquanto isso, Tessa, você precisa ficar no Instituto. Não queremos mantê-la prisioneira, mas seria mais seguro se permanecesse aqui dentro.

— Mas por quanto tempo...? — começou Tessa, interrompendo-se quando a expressão de Sophie mudou. Estava olhando para alguma coisa atrás de Tessa, os olhos castanhos ficando arregalados de repente. Tessa seguiu o olhar.

Era Will. Ele estava na entrada da sala de estar. Tinha uma linha de sangue na camisa branca; parecia tinta. O rosto estava imóvel, quase como uma máscara, o olhar fixo em Tessa. Quando seus olhares se encontraram através da sala, ela sentiu acelerar na garganta a pulsação.

— Ele quer falar com você — disse Will.

Fez-se um instante de silêncio enquanto todos na sala de estar olhavam para ele. Havia algo de tão ameaçador na intensidade do olhar de Will, na tensão de sua imobilidade. Sophie estava com a mão na garganta, os dedos mexendo nervosamente na clavícula.

— Will — disse Charlotte afinal. — Está falando de Jem? Ele está bem?

— Está acordado e conversando — disse Will. O olhar deslizou momentaneamente para Sophie, que olhou para baixo como se quisesse esconder a expressão. — E agora quer falar com Tessa.

— Mas... — Tessa olhou para Charlotte, que parecia confusa. — Ele está bem... Bem o suficiente?

A expressão de Will não mudou.

— Ele quer falar com você — disse, enunciando cada palavra com clareza. — Então você vai levantar, vir comigo e falar com ele. Entendeu?

— Will — começou Charlotte em um tom severo, mas Tessa já estava se levantando e ajeitando as saias amarrotadas com as mãos. Charlotte olhou preocupada para ela, mas não disse mais nada.

Will ficou completamente em silêncio ao atravessarem o corredor com lâmpadas de luz enfeitiçada desenhando sombras oscilantes nas paredes opostas. Havia óleo escurecido que parecia sangue espalhado na camisa branca dele, e uma mancha da substância na bochecha; ele estava com o cabelo emaranhado e a mandíbula cerrada. Tessa ficou imaginando se ele tinha dormido desde o amanhecer, quando o deixou no sótão. Queria perguntar, mas tudo nele — a postura, o silêncio, a tensão nos ombros — dizia que perguntas não seriam bem-recebidas.

Ele abriu a porta do quarto de Jem e indicou para que ela entrasse antes dele. A única luz do quarto vinha da janela e de uma vela de luz enfeitiçada na cabeceira. Jem estava deitado semicoberto na cama alta esculpida. Estava tão branco quanto a camisa de dormir, as pálpebras fechadas sobre os olhos azul-escuros. Apoiada na lateral da cama estava a bengala com cabeça de jade. De algum modo tinha sido consertada e estava inteira outra vez, brilhando como nova.

Jem virou o rosto em direção ao barulho na porta, sem abrir os olhos.

—Will?

Will então fez algo que impressionou Tessa. Forçou o rosto em um sorriso e disse, com um tom que forjava alegria:

— Trouxe ela, como pediu.

Os olhos de Jem se abriram; Tessa ficou aliviada ao ver que tinham voltado à cor normal. Mesmo assim, pareciam buracos de sombra no rosto pálido.

— Tessa — disse ele —, sinto muito.

Tessa olhou para Will; se para pedir permissão ou orientação, não tinha certeza, mas ele estava olhando para a frente. Claramente não a ajudaria. Sem olhar para ele novamente, atravessou o quarto depressa e afundou na cadeira ao lado da cama de Jem.

— Jem — disse com a voz baixa —, não deve se lamentar, nem pedir desculpas para mim. Eu é que devo pedir desculpas. Você não fez nada errado. Eu era o alvo daquelas coisas mecânicas e não você. — Afagou a coberta suavemente, querendo tocar a mão dele mas não ousando fazê-lo. — Se não fosse por mim, você nunca teria se machucado.

— Machucado. — Jem disse a palavra em uma arfada, quase enojado. — Eu não me machuquei.

— James. — O tom de Will tinha um aspecto de alerta.

— Ela precisa saber, William. Caso contrário, vai pensar que foi culpa dela.

— Você estava doente — disse Will, sem olhar para Tessa ao falar. — Não é culpa de ninguém. — Pausou. — Só acho que deveria tomar cuidado. Ainda não está muito bem. Falar só vai cansá-lo.

— Há coisas mais importantes do que ser cuidadoso. — Jem lutou para se sentar, as linhas do pescoço sobressaindo conforme ele apoiava as costas nos travesseiros. Quando voltou a falar, estava ligeiramente sem fôlego. — Se não gostar, Will, não precisa ficar.

Tessa ouviu a porta abrindo e fechando atrás de si com um clique suave. Soube sem precisar olhar que Will tinha saído. Não pôde evitar: sentiu uma leve pontada, como sempre parecia acontecer quando ele deixava um recinto.

Jem suspirou.

— Ele é tão teimoso.

— Ele estava certo — disse Tessa. — Pelo menos em relação a você não precisar me contar nada que não queira. Sei que não teve culpa de nada.

— Culpa não tem nada a ver com isso — disse Jem. — Só acho que é melhor que saiba a verdade. Escondê-la raramente ajuda. — Olhou para a porta por um instante, como se as palavras fossem, em parte, para o Will que não estava ali. Em seguida suspirou novamente, passando as mãos no cabelo. — Você sabe — disse — que passei quase toda a minha vida em Xangai com os meus pais e fui criado no Instituto lá?

— Sei — disse Tessa, imaginando se ele ainda estava um pouco atordoado. — Você me contou, na ponte. E me contou que um demônio matou seus pais.

— *Yanluo* — disse Jem. Tinha ódio na voz. — O demônio tinha raiva da minha mãe. Ela foi a responsável pela morte de muitos dos seus descendentes. Ele tinha um ninho em uma cidadezinha chamada Lijiang, onde se alimentavam de crianças locais. Ela incendiou o ninho e escapou antes que o demônio pudesse encontrá-la. Yanluo esperou sua hora durante anos... porque Demônios Maiores vivem eternamente... mas nunca se esqueceu. Quando eu tinha 11 anos, Yanluo encontrou um ponto fraco no feitiço que protegia o Instituto, e entrou. O demônio matou os guardas e aprisionou minha família, nos amarrando a cadeiras no salão da casa. E então começou os trabalhos.

"Yanluo me torturou na frente dos meus pais — prosseguiu Jem, a voz vazia. — Injetou diversas vezes um veneno demoníaco ardente que queimava minhas veias e atacava minha mente. Durante dois dias sofri alucinações e sonhos. Via o mundo afogado em rios de sangue e ouvia os gritos de todos os mortos e moribundos da história. Vi Londres queimando e grandes criaturas metálicas passando aqui e ali como aranhas gigantescas... — Jem perdeu o fôlego. Estava muito pálido, a camisa de dormir grudada ao peito com o suor, mas ele descartou com um aceno a expressão preocupada de Tessa. — De poucas em poucas horas eu voltava à realidade e ouvia meus pais me chamando aos gritos. No segundo dia, voltei e só ouvi minha mãe. Meu pai tinha sido silenciado. A voz da minha mãe estava rouca e falhava, mas continuava dizendo meu nome. Não meu nome em inglês, mas o que me deu quando nasci: Jian. Ainda a ouço algumas vezes, me chamando."

Estava com as mãos agarradas ao travesseiro, firmes o suficiente para que o tecido começasse a rasgar.

— Jem — disse Tessa suavemente. — Pode parar. Não precisa me contar tudo agora.

— Lembra quando eu disse que Mortmain provavelmente enriqueceu contrabandeando ópio? — perguntou ele. — Os ingleses levam toneladas de ópio para a China. Fizeram de nós uma nação de viciados. Em chinês chamamos de "lama estrangeira" ou "fumaça negra". De certa forma, Xangai, a minha cidade, foi construída sobre ópio. Ela não existiria da forma que é sem ele. A cidade é cheia de covis onde homens com olhos vazios se matam de fome porque a única coisa que querem é mais e mais droga. Fazem qualquer coisa por isso. Eu desprezava homens assim. Não conseguia entender como podiam ser tão fracos.

Respirou fundo.

— Quando o Enclave de Xangai se preocupou com o silêncio do Instituto e o invadiu para nos salvar, meus pais já estavam mortos. Não me lembro de nada. Eu estava gritando e delirando. Fui levado aos Irmãos do Silêncio, que curaram meu corpo como puderam. Mas havia algo que não conseguiram curar. Tinha me viciado na substância com que o demônio me envenenou. Meu corpo estava dependente dela como o corpo de um viciado em ópio. Mesmo quando conseguiam bloquear a dor com feitiços, a falta da droga levava meu corpo à beira da morte. Após semanas de experimentos, decidiram que não havia nada que pudesse ser feito. Eu não podia viver sem ela. A droga em si significava uma morte lenta, mas me tirar dela significaria uma rápida.

— Semanas de experimentos? — ecoou Tessa. — Quando só tinha 11 anos? Parece crueldade.

— Bondade, a verdadeira bondade, tem sua própria espécie de crueldade atrelada — disse Jem, olhando através dela. — Ali, ao seu lado na cabeceira, tem uma caixa. Pode me dar?

Tessa levantou a caixa. Era feita de prata, a tampa ornamentada com uma cena que retratava uma mulher magra de túnica branca e descalça, jogando água de um vaso em um riacho.

— Quem é ela? — perguntou, entregando a caixa a Jem.

— Kwan Yin. A deusa da solidariedade e da compaixão. Dizem que ela ouve cada oração e cada grito dos sofredores e faz o que pode para atender. Pensei que se mantivesse a causa do meu sofrimento em uma caixa com a imagem dela, talvez pudesse reduzi-lo um pouco. — Ele abriu a fechadura da caixa e puxou a tampa. Dentro havia uma camada espessa do que Tessa inicialmente achou que fossem cinzas, mas a cor era clara demais. Era uma camada de pó prateado espesso, quase tão brilhante quanto a cor dos olhos de Jem.

— Esta é a droga — disse ele. — Vem de um feiticeiro comerciante que conhecemos em Limehouse. Tomo um pouco todos os dias. É por isso que pareço tão... tão fantasmagórico; é isso que drena a cor dos meus olhos e dos meus cabelos, até da minha pele. Às vezes fico imaginando se meus pais me reconheceriam... — A voz se interrompeu. — Se preciso lutar, tomo mais. Tomar menos me enfraquece. Não tinha tomado nada hoje antes de irmos para a ponte. Por isso sofri o colapso. Não por causa das criaturas mecânicas. Por causa da droga. Sem nada no organismo, a luta, a corrida, foi tudo demais para mim. Meu corpo começou a se alimentar de si próprio, e desabei. — Ele fechou a caixa com um estalo e a devolveu para Tessa. — Aqui. Ponha no lugar.

— Não precisa tomar?

— Não. Já tomei o suficiente hoje.

— Você disse que a droga significava uma morte lenta — disse Tessa. — Então quer dizer que ela está te matando?

Jem assentiu, fios de cabelo caindo sobre a testa.

Tessa sentiu o coração dolorosamente perder o compasso.

— E quando você precisa lutar, toma mais? Então por que não para de lutar? Will e os outros...

— Entenderiam. — Jem concluiu por ela. — Sei que entenderiam. Mas a vida é mais do que simplesmente não morrer. Sou um Caçador de Sombras. É o que sou, não o que faço. Não posso viver sem.

— Quer dizer que não quer viver sem.

Will, pensou Tessa, teria se irritado se ela tivesse dito isso a ele, mas Jem simplesmente a olhou com intensidade.

— Não quero. Por muito tempo procurei uma cura, mas por fim parei, e pedi que Will e os outros parassem também. Não sou esta droga, ou a dependência. Acredito que sou melhor do que isso. Que minha vida é mais que isso, não importa como e quando possa terminar.

— Bem, eu não quero que você morra — disse Tessa. — Não sei por que é tão importante, acabei de conhecê-lo, mas não quero que morra.

— E eu confio em você — disse. — Não sei por que, acabei de conhecê-la, mas confio. — As mãos não estavam mais agarrando o travesseiro, mas sim apoiadas e paradas na superfície da cama. Eram mãos esguias, as juntas ligeiramente grandes para os dedos finos e compridos, uma espessa cicatriz branca passando nas costas do polegar direito. Tessa queria colocar a própria mão sobre a dele, segurar firme e confortá-lo...

— Bem, é tudo muito tocante. — Era Will, claro, que havia retornado silenciosamente para o quarto. Tinha trocado a camisa sangrenta e parecia ter se lavado apressadamente. Estava com o cabelo molhado e o rosto limpo, apesar de as unhas ainda estarem escuras de sujeira e óleo. Olhou de Jem para Tessa com a expressão cuidadosamente vazia. — Vejo que contou para ela.

— Contei. — Não havia nada de desafiador no tom de Jem; em nenhum momento ele olhou para Will com nada além de afeto, pensou Tessa, independentemente das provocações do amigo. — Está feito. Não precisa mais se preocupar com isso.

— Eu discordo — disse Will. Lançou um olhar afiado a Tessa. Ela se lembrou do que ele havia dito sobre não cansar Jem e se levantou da cadeira.

Jem a olhou com ansiedade.

— Precisa ir? Estava torcendo para que ficasse, como um anjo da guarda, mas se precisa ir, tudo bem.

— Eu fico — disse Will um pouco irritado, e se jogou na poltrona de onde Tessa tinha acabado de se levantar. — Posso guardá-lo e ser angelical.

— Não consegue ser convincente em nenhuma das duas coisas. E não é tão bonito quanto Tessa — disse Jem fechando os olhos ao se apoiar de volta no travesseiro.

— Que grosseria. Muitos dos que já me viram comparam à experiência a olhar para o brilho do sol.

Jem ainda estava com os olhos fechados.

— Se queriam dizer que você dá dor de cabeça, tinham razão.

— Além disso — disse Will com os olhos em Tessa —, não é justo manter Tessa longe do irmão. Ela não teve oportunidade de visitá-lo desde hoje de manhã.

— É verdade. — Jem abriu os olhos por um instante; estavam pretos e prateados, escuros de sono. — Peço desculpas, Tessa. Quase me esqueci.

Tessa não disse nada. Estava ocupada demais ficando horrorizada pelo fato de que Jem não era o único que quase tinha se esquecido do seu irmão. *Tudo bem*, queria dizer, mas os olhos de Jem se fecharam novamente e ela achou que ele pudesse ter caído no sono. Enquanto assistia, Will se inclinou para a frente e puxou o cobertor, cobrindo o peito de Jem.

Tessa virou e saiu o mais silenciosamente possível.

A luz dos corredores queimava suavemente, ou talvez o quarto de Jem apenas estivesse mais claro. Tessa ficou parada por um instante, piscando, antes de os olhos se ajustarem. Levou um susto.

— Sophie?

A menina era uma série de manchas pálidas à pouca luz — o rosto claro, o chapéu branco pendurado em um lado da cabeça.

— Sophie? — disse Tessa. — Algum problema?

— Ele está bem? — perguntou Sophie com uma pequena alteração na voz. — Vai ficar bem?

Espantada demais para entender a pergunta, Tessa disse:

— Quem?

Sophie a encarou com os olhos silenciosamente tristes.

— Jem.

Não "Mestre Jem", ou "sr. Carstairs". Jem. Tessa olhou para ela completamente espantada, lembrando-se de repente. *Não tem problema amar alguém que não te ame, contanto que seja digno do seu amor. Contanto que ele mereça.*

Claro, pensou. *Sou tão tola. É por Jem que está apaixonada.*

— Ele está bem — disse da forma mais gentil possível. — Está descansando, mas estava sentado e conversando. Logo estará recuperado, tenho certeza. Talvez se quisesse vê-lo...

— Não! — exclamou Sophie. — Não, não seria correto ou apropriado. — Os olhos estavam brilhando. — Muito agradecida, senhorita. Eu...

Então virou-se, saindo apressada pelo corredor. Tessa olhou na direção dela, confusa e perplexa. Como pôde não ter enxergado antes? Como pôde ser tão cega? Que estranho era deter o poder de literalmente se transformar nos outros e, no entanto, ser incapaz de se colocar no lugar deles

A porta do quarto de Nate estava ligeiramente aberta; Tessa abriu o restante o mais silenciosamente possível e espiou o interior.

O irmão era um aglomerado de cobertores. A luz da vela na cabeceira iluminava o cabelo claro espalhado no travesseiro. Estava com os olhos fechados, o peito subindo e descendo regularmente.

Jessamine estava sentada na poltrona ao lado da cama. Ela também dormia. O cabelo louro soltava do penteado cuidadosamente arrumado, os cachos caindo pelos ombros. Alguém havia colocado um pesado cobertor de lã sobre ela, que o agarrava com as mãos, segurando-o contra o peito. Parecia mais jovem do que nunca, e vulnerável. Não havia nela qualquer traço da menina que tinha acabado com o gnomo no parque. Era tão estranho, pensou Tessa, o que provocava ternura nas pessoas. Nunca era o que se esperava. O mais silenciosamente possível, virou-se de costas, fechando a porta atrás de si.

Tessa dormiu mal naquela noite, acordando frequentemente entre sonhos com criaturas mecânicas que tentavam pegá-la, esticando as mãos metálicas para arrancar sua pele. Eventualmente isso se dissolveu em um sonho com Jem, que dormia em uma cama enquanto pó prateado chovia sobre ele, queimando onde atingia o cobertor que o envolvia até que a cama inteira estivesse queimando. Jem dormia pacificamente sobre ela, inconsciente dos gritos de alerta de Tessa.

Finalmente, sonhou com Will, no ápice da cúpula de St Paul's, sozinho sob a luz de uma lua muito branca. Estava com um fraque preto e, sob o brilho do céu, as Marcas eram claras na pele do pescoço e das mãos. Olhava para Londres de cima como um anjo mau com a missão de salvar a cidade dos próprios pesadelos, enquanto abaixo dele a cidade dormia, indiferente e sem consciência.

Tessa foi arrancada do sonho por uma voz ao seu ouvido, e uma mão que a sacudia vigorosamente.

— Senhorita! — Era Sophie, com a voz aguda. — Srta. Gray, você *precisa* acordar. É o seu irmão.

Tessa se levantou de súbito, espalhando os travesseiros. A luz da tarde entrava através das janelas do quarto, iluminando o recinto e o rosto ansioso de Sophie.

— Nate acordou? Ele está bem?

— Sim, quero dizer, não. Quero dizer, não sei, senhorita. — Havia uma pequena hesitação na voz de Sophie. — Ele desapareceu.

16

O Feitiço de Ligação

Uma ou outra vez
Também é cortês arremessar o dado,
Mas na Casa da Vergonha, jamais ganha
Aquele que joga com o Pecado.
— Oscar Wilde, "The Ballad of Reading Gaol"

— Jessamine! Jessamine, o que está acontecendo? Onde está Nate?

Jessamine, que estava do lado de fora do quarto de Nate, se virou para olhar Tessa, que vinha correndo pelo corredor. Os olhos de Jessamine tinham contornos vermelhos e sua expressão era furiosa. Cachos louros se soltavam do coque normalmente impecável atrás da cabeça.

— Não *sei* — irritou-se. — Dormi na cadeira ao lado da cama, e quando acordei, ele tinha desaparecido, simplesmente desaparecido! — Apertou os olhos. — Meu Deus, você está parecendo um fantasma.

Tessa olhou para si. Não tinha se incomodado em colocar uma crinolina, ou mesmo sapatos. Simplesmente havia colocado um vestido e deslizado os pés descalços nos chinelos. Estava com o cabelo caído sobre os ombros, e imaginou que estivesse parecendo a louca que o sr. Rochester mantinha no sótão em *Jane Eyre*.

— Bem, Nate não pode ter ido longe, não doente como está — disse Tessa. — Não tem ninguém *procurando* por ele?

Jessamine lançou as mãos para o alto.

— Estão todos procurando por ele. Will, Charlotte, Henry, Thomas, até mesmo Agatha. Não imagino que queira que arranquemos Jem da cama para que ele também se junte à equipe de buscas.

Tessa balançou a cabeça.

— Sinceramente, Jessamine... — interrompeu-se, virando de costas. — Bem, vou procurar também. Pode ficar aqui se quiser.

— Sim, eu quero. — Jessamine balançou a cabeça enquanto Tessa dava meia-volta e partia pelo corredor, com a mente girando.

Aonde Nate poderia ter ido? Será que estava febril, delirante? Será que tinha saltado da cama sem saber onde estava, e saído em busca dela? Esse pensamento fez com que seu coração apertasse. O Instituto era um labirinto, pensou ao dobrar mais uma esquina, que dava em mais um corredor repleto de tapeçarias. Se ela, a essa altura, mal conseguia se achar, como Nate poderia...

— Srta. Gray?

Tessa virou e viu Thomas surgindo de uma das portas no longo corredor. Estava com uma camisa de manga comprida, o cabelo desalinhado como sempre, os olhos castanhos muito sérios. Ela se sentiu enrijecendo. *Meu Deus, notícia ruim.*

— Sim?

— Encontrei o seu irmão — disse Thomas, para espanto de Tessa.

— *Encontrou*? Mas onde ele estava?

— Na sala de estar. Arrumou uma espécie de esconderijo, atrás das cortinas. — Thomas falou apressado, parecendo acanhado. — Assim que me viu, saiu do lugar e começou a gritar e berrar. Tentou passar por mim, e quase tive que agredi-lo para sossegá-lo... — Diante do olhar de incompreensão de Tessa, ele pausou e limpou a garganta. — Quero dizer, temo que o tenha assustado, senhorita.

Tessa colocou a mão sobre a boca.

— Oh, céus. Mas ele está bem?

Parecia que Thomas não sabia exatamente para onde olhar. Estava envergonhado por ter encontrado Nate se acovardando atrás das cortinas de Charlotte, pensou Tessa, sentindo uma onda de indignação em nome de Nate. Seu irmão não era um Caçador de Sombras, não tinha crescido matando coisas e arriscando a vida. Claro que estava apavorado. E provavelmente estava delirando de febre, para completar.

— É melhor que eu vá vê-lo. Sozinha, entende? Acho que ele precisa de um rosto familiar.

Thomas pareceu aliviado.

— Sim, senhorita. E eu fico esperando aqui, por enquanto. Avise quando quiser que chame os outros.

Tessa assentiu e passou por Thomas para abrir a porta. A sala de estar estava escura, tendo com única luminosidade a luz cinzenta de fim de tarde que se filtrava pelas janelas altas. À sombra, os sofás e as poltronas espalhados pela sala pareciam feras encolhidas. Nate estava sentado em uma das poltronas maiores perto da lareira. Tinha encontrado a camisa manchada de sangue e as calças que estava usando na casa de De Quincey e as vestira. Os pés estavam descalços. Estava com os cotovelos nos joelhos e o rosto nas mãos. Parecia miserável.

— Nate? — disse Tessa suavemente.

Com isso, ele levantou o olhar — e ficou de pé, com uma expressão de felicidade incrédula no rosto.

— Tessie!

Com um gritinho Tessa correu pela sala e jogou os braços em volta do irmão, abraçando-o ferozmente. Ouviu-o soltar um ganido de dor, mas ele também a envolveu, e, por um instante, abraçando-o, Tessa estava novamente na cozinha da tia em Nova York, com o cheiro de comida ao redor e a risada suave da tia enquanto os repreendia por fazerem tanto barulho.

Nate se afastou primeiro, e olhou para ela.

— Meu Deus, Tessie, você está tão diferente...

Um tremor a percorreu.

— Como assim?

Ele a afagou na bochecha, quase distraído.

— Mais velha — respondeu. — Mais magra. Você era uma menininha de rosto redondo quando saí de Nova York, não era? Ou é só a minha lembrança de você?

Tessa assegurou-o de que ainda era a mesma menina que ele sempre conheceu, mas sua mente só estava parcialmente voltada para a questão.

Não conseguia deixar de olhar para ele, preocupada; não estava mais cinzento como antes, mas continuava pálido, e machucados se destacavam em manchas azuis, pretas e amarelas no rosto e no pescoço.

— Nate...

— Não está tão ruim quanto parece — disse, interpretando a ansiedade no rosto da irmã.

— É, sim. Deveria estar na cama, descansando. O que está fazendo aqui?

— Estava tentando encontrá-*la*. Sabia que estava aqui. A vi antes daquele maldito careca sem olhos me pegar. Concluí que estava aprisionada também. Ia tentar nos tirar daqui.

— Aprisionada? Não, Nate, não é assim aqui — disse, balançando a cabeça. — Estamos seguros.

Ele franziu o cenho para ela.

— Esse é o Instituto, não é? Fui alertado quanto a este lugar. De Quincey disse que é governado por loucos, monstros, autointitulados Nephilim. Disse que mantêm as almas condenadas de homens em uma espécie de caixa, gritando...

— O que, a Pyxies? Guarda extratos de energia demoníaca, Nate, e não almas de homens! É perfeitamente inofensivo. Eu posso mostrar mais tarde, na sala das armas, se não acredita.

Nate não pareceu menos austero.

— Ele disse que se os Nephilim pusessem as mãos em mim, me cortariam em pedacinhos por transgredir as Leis.

Um tremor frio passou pela espinha de Tessa; ela se afastou do irmão, e notou que uma das janelas da sala de estar estava aberta, com as cortinas batendo ao vento. Então o tremor era mais do que nervoso.

— Você abriu a janela? Está tão frio aqui, Nate.

Ele balançou a cabeça.

— Estava aberta quando entrei.

Balançando a cabeça, Tessa atravessou a sala e fechou a vidraça.

— Vai acabar morrendo...

— Esqueça minha morte — disse Nate, irritado. — E os Caçadores de Sombras? Está dizendo que não a mantiveram presa aqui?

— Não. — Tessa virou de costas para a janela. — Não mantiveram. São pessoas estranhas, mas foram gentis comigo. Eu *quis* ficar aqui. E eles foram suficientemente generosos para permitir.

Nate balançou a cabeça.

— Não entendo.

Tessa sentiu uma pontada de raiva, o que a surpreendeu; ela tentou conter a sensação. Não era culpa de Nate. Tinha tanta coisa que ele não sabia...

— Para onde mais eu iria, Nate? — perguntou, atravessando a sala e pegando-o pelo braço. Levou-o até a poltrona. — Sente-se. Está se exaurindo.

Nate sentou-se obedientemente e olhou para ela. Tinha uma expressão distante. Tessa conhecia aquele olhar. Significava que ele estava tramando alguma coisa, inventando um plano maluco, sonhando um sonho ridículo.

— Ainda podemos sair deste lugar — disse. — Chegar a Liverpool, embarcar em um navio. Voltar para Nova York.

— E fazer o quê? — disse Tessa da forma mais gentil que conseguiu. — Não há nada lá para nós. Não com a nossa tia morta. Tive que vender tudo para fazer o enterro. Não temos mais o apartamento. Não tinha dinheiro para o aluguel. Não há lugar para nós em Nova York, Nate.

— Arrumaremos um lugar. Uma vida nova.

Tessa olhou, entristecida, para o irmão. Era doloroso vê-lo assim, com o rosto cheio de súplicas desesperançosas, hematomas brotando nas maçãs do rosto como flores feias, o cabelo ainda grudento com sangue em alguns lugares. Nate não era como as outras pessoas, tia Harriet sempre dizia. Tinha uma inocência bela que precisava ser protegida a qualquer custo.

E Tessa sempre tentou. Ela e a tia sempre esconderam de Nate suas próprias fraquezas e as consequências de seus próprios defeitos e fracassos. Nunca contaram para ele sobre o trabalho que a tia Harriet arrumou para compensar o dinheiro que ele perdeu no jogo, das zombarias que Tessa sofreu de outras crianças que chamavam seu irmão de bêbado inútil. Esconderam tudo isso para que ele não se machucasse. Mas ele se machucou mesmo assim, pensou Tessa. Talvez Jem estivesse certo. Talvez a verdade fosse sempre melhor.

Sentada no divã em frente ao irmão, olhou para ele com firmeza.

— Não pode ser assim, Nate. Ainda não. Esta bagunça em que estamos metidos agora nos seguirá mesmo que fujamos. E se fugirmos, estaremos sozinhos quando nos encontrar. Não haverá ninguém para nos ajudar ou proteger. Precisamos do Instituto, Nate. Precisamos dos Nephilim.

Os olhos azuis de Nate estavam confusos.

— Suponho que sim — respondeu, e Tessa, que havia quase dois meses não ouvia nada além de vozes britânicas, achou a frase tão americana que sentiu saudade de casa. — É por minha causa que está aqui. De Quincey me torturou. Me fez escrever aquelas cartas, mandar aquela passagem. Ele disse que não a machucaria depois que a tivesse, mas nunca me deixava vê-la e eu pensei... pensei... — Levantou a cabeça e olhou entorpecido para ela. — Que devia me odiar.

A voz de Tessa foi firme.

— Jamais poderia odiá-lo. É meu irmão. Meu sangue.

— Acha que quando isso tudo acabar, podemos voltar para casa? — perguntou Nate. — Esquecer que isto tudo aconteceu? Ter vidas normais?

Ter vidas normais. As palavras evocaram uma imagem dela e de Nate em um pequeno apartamento ensolarado. Nate poderia arrumar um outro emprego e à noite ela poderia cozinhar e arrumar a casa para ele, enquanto nos fins de semana talvez fossem passear no parque ou pegassem o trem para Coney Island e andar no carrossel, ou subissem a Iron Tower para assistir aos fogos explodirem à noite no Manhattan Beach Hotel. Haveria sol de verdade, não como esta versão cinzenta e aguada de verão, e Tessa poderia ser uma garota comum, com a cabeça em um livro e os pés plantados com firmeza no pavimento familiar de Nova York.

Mas quando tentou sustentar este cenário na cabeça, a visão pareceu ruir e sucumbir diante dela, como uma teia de aranha quando você tenta levantá-la com as mãos. Viu os rostos de Will, Jem, Charlotte, e até de Magnus quando ele disse "Coitadinha. Agora que sabe a verdade, nunca mais poderá voltar".

— Mas não somos normais — disse Tessa. — Eu não sou normal. E você sabe disso, Nate.

Ele olhou para o chão.

— Sei. — Fez um pequeno aceno de desamparo com a mão. — Então é verdade. Você é o que De Quincey disse. Mágica. Ele disse que tinha o poder de mudar de forma, Tessie, e se tornar qualquer coisa que quisesse ser.

— Você acreditou nele? É verdade, bem, quase verdade, mas eu mesma mal acreditei no começo. É tão estranho...

— Já vi coisas mais estranhas. — A voz dele estava cavernosa. — Deus, deveria ter sido eu.

Tessa franziu o cenho.

— O que quer dizer?

Mas antes que ele pudesse responder, a porta se abriu.

— Srta. Gray. — Era Thomas, com ar de quem se desculpa. — Srta. Gray, o Mestre Will está...

— Mestre Will está bem aqui. — Era Will, mergulhando com habilidade para desviar de Thomas, apesar do tamanho do outro menino.

Ainda estava com as roupas da noite anterior, que pareciam amarrotadas. Tessa ficou imaginando se ele teria dormido na cadeira no quarto de Jem. Tinha sombras azul-acinzentadas sob os olhos e parecia cansado. Apesar disso, a expressão nos olhos parecia acesa... De alívio? Divertimento? Tessa não sabia dizer enquanto Will olhava para Nate.

— Nosso andarilho, encontrado afinal — continuou. — Thomas disse que estava escondido atrás das cortinas?

Nate olhou confuso para Will.

— Quem é você?

Tessa fez as apresentações rapidamente, apesar de nenhum dos meninos parecer tão satisfeito em conhecer o outro. Nate ainda parecia estar morrendo e Will olhava para ele como se estivesse diante de uma nova descoberta científica não muito atraente.

— Então você é um Caçador de Sombras — disse Nate. — De Quincey me contou que vocês são monstros.

— E isso foi antes ou depois de ele tentar comê-lo? — perguntou Will.

Tessa se levantou rapidamente.

— Will. Posso falar com você no corredor por um instante, por favor?

Se esperava encontrar resistência, enganou-se. Após dar uma última olhada hostil para Nate, Will concordou e foi silenciosamente até o corredor com ela, fechando a porta da sala de estar.

A iluminação no corredor sem janelas era irregular, a luz enfeitiçada projetava discretos círculos brilhantes que não se tocavam. Will e Tessa estavam nas sombras entre duas dessas áreas iluminadas, olhando um para o outro — cautelosamente, pensou Tessa, como gatos furiosos circulando em um beco.

Foi Will que interrompeu o silêncio.

— Muito bem. Me tem sozinho no corredor...

— Sim, sim — disse Tessa impacientemente —, e milhares de mulheres por toda a Inglaterra pagariam fortunas pelo privilégio de tal oportunidade. Podemos deixar o exibicionismo dos seus comentários engraçadinhos por um instante? Isto é importante.

— Quer que eu me desculpe, não quer? — disse Will. — Pelo que aconteceu no sótão?

Tessa, pega de surpresa, piscou.

— No *sótão*?

— Quer que eu peça desculpas por tê-la beijado.

Com essas palavras, a lembrança voltou a Tessa com uma clareza inesperada, os dedos de Will em seus cabelos, o toque na luva, a boca na dela. Sentiu-se enrubescer e torceu furiosamente para que não fosse visível à pouca luz.

— O que... não. Não!

— Então não quer que eu lamente — disse Will. Agora estava sorrindo ligeiramente, o tipo de sorriso que uma criança pequena daria para o castelo de blocos que acabou de construir, antes de destruí-lo com o braço.

— Não ligo se lamenta ou não — disse Tessa. — Não era sobre isso que queria conversar. Queria pedir que fosse gentil com o meu irmão. Ele passou por coisas horríveis. Não precisa ser interrogado como uma espécie de criminoso.

A resposta de Will foi mais baixa do que Tessa teria imaginado.

— Entendo. Mas se ele estiver escondendo alguma coisa...

— Todo mundo esconde coisas! — explodiu Tessa, surpreendendo a si mesma. — Existem coisas das quais sei que ele tem vergonha, mas isso não quer dizer que devam importar para você. Não é como se você contasse tudo para todo mundo, é?

Will pareceu desconfiado.

— Do que está falando?

E seus pais, Will? Por que se recusou a vê-los? Por que não tem para onde ir? E por que, no sótão, me mandou embora? Mas Tessa não disse nada disso. Apenas falou:

— E Jem? Por que não me disse que ele estava doente desse jeito?

— *Jem*? — A surpresa de Will pareceu sincera. — Ele não queria. Acha que é assunto dele. O que de fato é. Você deve se lembrar que não fui a favor nem de que ele próprio lhe contasse. Jem achou que devesse uma explicação, e não devia. Ele não deve nada a ninguém. Não teve culpa do que aconteceu com ele, e mesmo assim carrega o fardo e sente vergonha...

— Ele não tem nada de que se envergonhar.

— *Você* pode pensar assim. Outros não enxergam diferença entre a doença dele e um vício, e o desprezam por ser fraco. Como se ele simplesmente pudesse parar de tomar a droga se tivesse força de vontade o bastante. — Will soava surpreendentemente amargo. — Já disseram isso, às vezes na cara dele. Não queria que ele tivesse que ouvir de você também.

— Nunca teria dito isso.

— Como eu poderia adivinhar o que você poderia dizer? — perguntou Will. — Não a conheço de fato, Tessa, conheço? Não mais do que você me conhece.

— Você não quer que ninguém o conheça — irritou-se Tessa. — E muito bem, não tentarei. Mas não finja que Jem é como você. Talvez ele prefira que as pessoas saibam a verdade sobre quem é.

— Não — disse Will, os olhos azuis tornando-se. — Não pense que conhece Jem melhor do que eu.

— Se você se importa tanto com ele, por que não está fazendo nada para ajudar? Por que não procura uma cura?

— Acha que não *procuramos*? Acha que Charlotte não procurou, que Henry não procurou, que não contratamos feiticeiros, pagamos por informações, cobramos favores? Acha que a morte de Jem é algo que aceitamos sem sequer lutar?

— Jem me contou que ele pediu que parassem de procurar — disse Tessa, calma diante da raiva de Will —, e que pararam. Não foi?

— Ele disse, não disse?

— *Pararam*?

— Não há nada para encontrar, Tessa. Não tem cura.

— Você não pode ter certeza. Poderia continuar procurando sem contar para ele. Poderia haver alguma coisa. Mesmo a menor das chances...

Will ergueu as sobrancelhas. A luz que piscava no corredor realçou as sombras sob os olhos e os ossos angulares das bochechas dele.

— Acha que devemos desconsiderar a vontade dele?

— Acho que devem fazer tudo o que for possível, mesmo que isso signifique mentir para ele. Acho que não entendo a aceitação à morte.

— E eu acho que *você* não entende que às vezes a última escolha é entre aceitação e loucura.

Atrás deles alguém no corredor limpou a garganta.

— O que está acontecendo aqui? — perguntou uma voz familiar. Tanto Tessa quanto Will estavam tão envolvidos na conversa que não escutaram Jem se aproximando. Will soltou uma exclamação de culpa antes de se virar para olhar o amigo, que os observava com um interesse calmo. Jem estava completamente vestido, mas aparentava ter acabado de despertar de um sonho febril, o cabelo despenteado e as bochechas ardendo em cor.

Will pareceu surpreso, e não muito contente, em vê-lo.

— O que está fazendo fora da cama?

— Encontrei Charlotte no corredor. Ela disse que iríamos nos reunir na sala de estar para conversar com o irmão de Tessa. — O tom de Jem era brando, e era impossível afirmar pela expressão dele o quanto da conversa de Tessa e Will teria escutado. — Estou bem o suficiente para pelo menos escutar.

— Ah, ótimo, estão todos aqui. — Era Charlotte, andando apressadamente pelo corredor. Atrás dela vinha Henry, acompanhado por Jessamine e Sophie. Jessie tinha colocado um de seus melhores vestidos, observou Tessa, um azul brilhante, e trazia um cobertor dobrado. Sophie, ao lado, trazia uma bandeja com chá e sanduíches.

— São para Nate? — perguntou Tessa, surpresa. — O chá e a coberta?

Sophie assentiu.

— A sra. Branwell achou que ele pudesse estar com fome...

— E *eu* achei que pudesse estar com frio. Ele tremeu muito ontem à noite — informou Jessamine ansiosa. — Vamos levar essas coisas para ele, então?

Charlotte olhou para Tessa procurando aprovação, o que a desarmou. Charlotte seria gentil com Nate; não podia evitar.

— Sim. Ele está esperando.

— Obrigada, Tessa — disse Charlotte suavemente, e então abriu a porta da sala de estar e entrou, seguida pelos outros. Enquanto Tessa ia atrás, sentiu a mão de alguém em seu braço, um toque tão leve que poderia nem ter sido notado.

Era Jem.

— Espere — disse ele. — Só um instante.

Virou-se para olhar para ele. Através da porta aberta, conseguia escutar um murmúrio de vozes — o barítono de Henry e o falsete ansioso de Jessamine se elevando ao pronunciar o nome de Nate.

— O que foi?

Ele hesitou. A mão em seu braço era fria; os dedos pareciam gravetos de vidro tocando-lhe a pele. Ficou imaginando se a pele sobre os ossos das bochechas, onde estava ruborizado e febril, seria mais quente ao toque.

— Mas minha irmã... — a voz de Nate flutuou para o corredor, parecendo ansiosa. — Ela vai se juntar a nós? Onde ela está?

— Esqueça. Não é nada. — Com um sorriso reconfortante, Jem abaixou a mão. Tessa ficou imaginando o que era, mas virou-se e foi para a sala, com Jem logo atrás.

Sophie estava ajoelhada perto da lareira, acendendo o fogo; Nate continuava na poltrona, com o cobertor de Jessamine no colo. Jessamine estava em um banco perto, sorrindo orgulhosa. Henry e Charlotte estavam no sofá em frente a Nate — Charlotte claramente curiosa — e Will, como sempre, inclinado contra a parede mais próxima, parecendo ao mesmo tempo irritado e entretido.

Enquanto Jem se juntava a Will, Tessa prestou atenção ao irmão. Parte da tensão dele tinha sumido quando ela voltou à sala, embora ainda parecesse infeliz. Estava puxando o cobertor de Jessamine com as pontas dos dedos. Ela atravessou a sala e afundou no divã aos pés dele, resistindo ao impulso de afagar o cabelo ou o ombro de Nate. Podia sentir todos os olhos da sala nela. Todos encaravam ela e o irmão, e seria possível escutar um alfinete caindo.

— Nate — disse ela suavemente. — Imagino que todos tenham se apresentado?

Nate, ainda mexendo no cobertor, assentiu.

— Sr. Gray — disse Charlotte —, já conversamos com o sr. Mortmain. Ele nos contou muito sobre você. Sobre seu interesse pelo Submundo. E pela jogatina.

— *Charlotte* — protestou Tessa.

Mas Nate falou com firmeza:

— É verdade, Tessie.

— Ninguém culpa seu irmão pelo que aconteceu, Tessa. — A voz de Charlotte era muito suave ao voltar o olhar para Nate. — Mortmain disse que você já sabia que ele estava envolvido com práticas ocultas quando chegou a Londres. Como sabia que ele era membro do Clube Pandemônio?

Nate hesitou. Charlotte prosseguiu:

— Sr. Gray, só precisamos entender o que aconteceu com você. O interesse de De Quincey. Sei que não está bem e não desejamos interrogá-lo de forma cruel, mas se puder nos oferecer qualquer informação; talvez seja de ajuda inestimável...

— Foi o kit de costura da tia Harriet — disse Nate com a voz baixa.

Tessa piscou.

— Foi o quê?

Nate prosseguiu, com a voz baixa.

— Nossa tia Harriet sempre manteve a antiga caixa de joias da nossa mãe na cabeceira. Dizia que guardava um kit de costura nela, mas eu... — Nate respirou fundo, olhando para Tessa ao falar. — Eu estava endividado. Tinha feito algumas apostas, perdido algum dinheiro, e estava mal. Não queria que você ou a nossa tia soubessem. Lembrei que a mamãe usava uma pulseira de ouro quando estava viva. Botei na cabeça que ainda estava na caixa de joias e que a tia Harriet era teimosa demais para vender. Sabe como ela é, como ela *era*. De qualquer forma, não consegui desistir dessa ideia. Sabia que se pudesse penhorar a pulseira, conseguiria o dinheiro para pagar minhas dívidas. Então um dia quando você e a tia saíram, peguei a caixa e vasculhei.

"Claro que a pulseira não estava lá. Mas encontrei um fundo falso. Não tinha nada de valor, apenas uns papéis velhos. Peguei todos eles quando ouvi as duas subindo as escadas e levei para o meu quarto."

Nate fez uma pausa. Todos os olhos estavam nele. Após um instante, Tessa, sem conseguir se conter, disse:

— *E*?

— Eram páginas do diário da mamãe — disse Nate. — Tinham sido arrancadas da capa original, com muita coisa faltando, mas foi o suficiente para que eu conseguisse juntar uma história estranha.

"Começou quando nossos pais moravam em Londres. Papai passava muito tempo fora, trabalhando nos escritórios de Mortmain no cais, mas a mamãe tinha a tia Harriet para lhe fazer companhia e a mim para mantê-la ocupada. Eu tinha acabado de nascer. Isso tudo até o papai começar a voltar para casa, noite após noite, cada vez mais perturbado. Relatava coisas estranhas na fábrica, o maquinário com defeitos estranhos, barulhos o tempo todo, e até mesmo o vigia noturno desaparecendo em uma das noites. E também havia rumores de que Mortmain estava envolvido com práticas ocultas. — Nate parecia estar se lembrando da história à medida contava. — Inicialmente, papai descartou os boatos, mas acabou relatando-os a Mortmain, que admitiu tudo. Suponho que ele tenha conseguido fazer soar inofensivo, como se estivesse apenas se divertindo com feitiços, pentagramas e afins. Chamava a organização à qual pertencia de Clube Pandemônio. Sugeriu que o papai fosse a uma das reuniões, e levasse a mamãe."

— Levar a mamãe? Mas não é possível que ele quisesse fazer isso...

— Provavelmente não, mas sendo recém-casado, e com um filho bebê, quereria agradar o chefe. Concordou em ir e em levar a nossa mãe junto.

— Papai deveria ter procurado a polícia...

— Um homem rico feito Mortmain teria a polícia no bolso — interrompeu Will. — Se seu pai tivesse procurado a polícia, teriam rido dele.

Nathaniel tirou o cabelo da testa; estava suando agora, com algumas mechas grudando na pele.

— Mortmain providenciou uma carruagem para eles naquela noite, quando ninguém estivesse olhando. A carruagem os levou à casa dele. Depois disso faltavam algumas páginas, e não tenho detalhes sobre o que aconteceu naquela noite. Foi a primeira vez que foram, mas pelo que descobri, não foi a última. Reuniram-se com o Clube Pandemônio diversas vezes nos meses seguintes. Nossa mãe, pelo menos, detestava ir, mas continuaram frequentando até que houve uma brusca mudança. Não sei o que foi; havia poucas páginas depois disso. Consegui entender que, quando saíram de Londres, o fizeram fugindo na calada da noite, sem dizer a ninguém para onde estavam indo e sem deixar endereço. Seria como se tivessem desaparecido. Contudo, nada no diário dizia qualquer coisa sobre o motivo...

Nate interrompeu a história com um acesso de tosse seca. Jessamine procurou o chá que Sophie havia deixado do outro lado da mesa, e um segundo depois estava colocando uma xícara na mão de Nate. Olhou para Tessa com uma expressão superior ao fazê-lo, como se quisesse dizer que Tessa deveria ter pensado naquilo antes.

Nate, após acalmar a tosse com o chá, prosseguiu.

— Tendo encontrado as páginas, senti como se tivesse descoberto uma mina de ouro. Já tinha ouvido falar em Mortmain. Sabia que ele era rico como Creso, ainda que claramente um pouco maluco. Escrevi para ele e disse que era Nathaniel Gray, filho de Richard e Elizabeth Gray, que eles estavam mortos e que entre as coisas da minha mãe havia encontrado evidências de suas atividades ocultas. Disse que estava ansioso para conhecê-lo e discutir um possível emprego, e que se ele se mostrasse menos ansioso em me conhecer, haveria muitos jornais interessados no diário da minha mãe.

— Isso foi empreendedor. — Will parecia quase impressionado.

Nate sorriu. Tessa olhou, furiosa.

— Não fique tão satisfeito consigo mesmo. Quando Will diz "empreendedor", quer dizer "imoral".

— Não, quero dizer empreendedor — disse Will. — Quando quero dizer imoral, digo "eis uma coisa que *eu* faria".

— Basta, Will — interrompeu Charlotte. — Deixe que o sr. Gray conclua a história.

— Achei que talvez fosse me mandar um suborno, algum dinheiro para me calar — prosseguiu Nate. — Em vez disso, recebi uma passagem de primeira classe de navio para Londres e a oferta oficial de um emprego quando eu chegasse. Achei que tinha conseguido uma coisa boa, e pela primeira vez na vida, não tinha a intenção de estragar tudo.

"Quando cheguei a Londres, fui direto para a casa de Mortmain, onde fui levado ao escritório para conhecê-lo. Me recebeu muito bem, dizendo que estava feliz em me ver e que eu parecia muito com a minha falecida mãe. Depois ficou sério. Pediu que me sentasse e contou que sempre gostou dos meus pais, e que ficou triste quando deixaram a Inglaterra. Não sabia que estavam mortos até receber a minha carta. Ainda que eu fosse a público com o que sabia sobre ele, alegou que ficaria feliz em me dar um emprego e fazer o que pudesse por mim, em nome dos meus pais.

"Eu disse a Mortmain que guardaria o segredo *se* ele me levasse a uma reunião no Clube Pandemônio, disse que ele me devia isso: me mostrar o que tinha mostrado aos meus pais. A verdade foi que a menção da jogatina no diário da minha mãe havia despertado o meu interesse. Imaginei uma reunião de um grupo de homens tolos o bastante para acreditar em magias e demônios. Certamente não seria difícil ganhar algum dinheiro deles."

Nate fechou os olhos.

— Mortmain concordou, relutante, em me levar. Suponho que não tinha escolha. Naquela noite, a reunião foi na casa de De Quincey. Assim que a porta se abriu, eu soube que o tolo era eu. Não se tratava de um grupo de amadores mexendo com o espiritualismo. Era real, o Mundo das Sombras ao qual minha mãe fizera apenas breves referências no diário. Era *real*. Mal consigo descrever o meu choque quando olhei em volta: criaturas indescritivelmente grotescas preenchiam o recinto. As Irmãs Sombrias estavam lá, me olhando por trás das cartas de uíste, e tinham unhas como garras. Mulheres com rostos e ombros brancos sorriam para mim com sangue escorrendo nos cantos das bocas. Pequenas criaturas cujos olhos mudavam de cor atravessavam o chão. Nunca imaginei que coisas assim pudessem ser reais, e disse isso a Mortmain.

"'Há mais coisas entre o céu e a terra, Nathaniel, do que pressupõe a nossa vã filosofia', respondeu ele.

"Bem, reconheci a citação por sua causa, Tessa. Você vivia lendo Shakespeare, e eu até prestava atenção algumas vezes. Estava prestes a dizer a Mortmain para não caçoar de mim quando um homem se aproximou. Vi Mortmain enrijecer como uma tábua, como se este fosse alguém que ele temia. Fui apresentado como Nathaniel, um novo empregado, e ele me disse o nome do homem. De Quincey.

"Ele sorriu, e eu soube imediatamente que não era humano. Nunca tinha visto um vampiro antes, com aquela pele mortalmente branca que possuem, e claro que quando sorriu, vi os dentes dele. Acho que simplesmente fiquei estupefato. 'Mortmain, está guardando segredos outra vez', disse ele. 'Este é mais do que um novo empregado. Este é Nathaniel Gray, filho de Elizabeth e Richard Gray.'

"Mortmain gaguejou alguma coisa, aparentemente estarrecido. De Quincey riu. 'Ouço coisas, Axel', disse ele. E então voltou-se para mim. 'Conheci o seu pai', contou-me. 'Gostava dele. Talvez queira se juntar a mim para um jogo de cartas?'.

"Mortmain fez que não com a cabeça para mim, mas eu tinha visto a sala de carteado quando entrei na casa, é claro. Era atraído por mesas de jogos como uma mariposa para a luz. Passei a noite inteira jogando faro com um vampiro, dois lobisomens e um feiticeiro descabelado. Fui à forra naquela noite, ganhei muito dinheiro, e tomei muitos drinques coloridos e brilhantes que eram distribuídos pela sala em bandejas de prata. Em dado momento, Mortmain foi embora, mas não me importei. Emergi à luz do amanhecer em êxtase, no topo do mundo, e com um convite de De Quincey para voltar ao clube quando quisesse.

"Fui um tolo, é claro. Estava me divertindo daquele jeito porque as bebidas estavam misturadas com poções de feiticeiros, viciantes. E me *deixaram* ganhar naquela noite. Voltei, é claro, sem Mortmain, noite após noite. Inicialmente ganhei, um dia após o outro e foi como consegui mandar dinheiro para você e para tia Harriet, Tessie. Certamente não foi trabalhando para Mortmain. Ia ao escritório uma vez ou outra, e mal conseguia me concentrar, mesmo nas tarefas mais simples que me atribuíam. Só pensava em voltar ao clube, tomar mais daquelas bebidas, ganhar mais dinheiro.

"Então comecei a perder. Quanto mais eu perdia, mais obcecado ficava em ganhar de volta. De Quincey sugeriu que eu começasse a jogar a crédito, então pedi dinheiro emprestado; parei de ir ao escritório. Dormia o dia inteiro, e jogava durante a noite. Perdi tudo. — Estava com a voz distante. — Quando recebi sua carta dizendo que nossa tia tinha morrido, Tessa, pensei que fosse um castigo para mim. Uma punição pelo meu comportamento. Queria correr e comprar uma passagem de volta para Nova York naquele dia, mas não tinha dinheiro. Desesperado, fui até o clube; estava com a barba por fazer, infeliz, com olhos vermelhos. Devia parecer um homem à beira do precipício, pois foi então que De Quincey me fez uma proposta. Me levou a uma sala nos fundos e disse que eu tinha perdido mais dinheiro do que qualquer homem poderia pagar. Parecia entretido com a situação, aquele diabo, limpando poeiras invisíveis nos punhos, sorrindo com aqueles dentes de agulha. Perguntou o que eu estava disposto a dar para pagar minhas dívidas. Eu disse: 'Qualquer coisa.' E ele disse: 'Que tal sua irmã?'."

Tessa sentiu os pelos dos braços se arrepiarem, e ficou desconfortavelmente consciente dos olhos de todos na sala voltados para ela.

— O que... o que ele disse sobre mim?

— Fui pego totalmente de surpresa — disse Nate. — Não me lembrava de ter falado sobre você para ele em momento algum, mas em muitas vezes estava tão bêbado no clube, e conversávamos tão livremente... — A xícara de chá em sua mão tremeu no pires e ele os colocou na mesa, com força. — Perguntei a ele o que podia querer com a minha irmã. Ele respondeu que tinha bons motivos para crer que um dos filhos da minha mãe era... especial. Pensou que pudesse ser eu, mas após me observar, viu que a única coisa de extraordinária a meu respeito era minha tolice. — O tom de Nate era amargo. — E depois disse: 'Mas sua irmã, sua irmã é diferente. Ela tem todo o poder que você não tem. Não tenho qualquer intenção de machucá-la. Ela é importante demais.'

"Balbuciei qualquer coisa e implorei por mais informações, mas ele estava inflexível. Ou levava Tessa para ele, ou morreria. Até me disse o que tinha que fazer."

Tessa soltou lentamente.

— De Quincey te disse para escrever aquela carta — afirmou. — Mandou que enviasse a passagem do *Primordial*. Mandou que me trouxesse até aqui.

Os olhos de Nate suplicaram por compreensão.

— Jurou que não iria machucá-la. Disse que a única coisa que queria era ensiná-la a usar o seu poder. Disse que seria homenageada e enriqueceria além da imagin...

— Bem, nesse caso tudo bem — interrompeu Will. — Não é como se houvesse coisas mais importantes que dinheiro. — Os olhos ardiam de indignação; Jem não parecia menos enojado.

— Não é culpa de Nate! — Jessamine deixou escapar. — Não ouviram? De Quincey ia matá-lo. E sabia quem ele era, de onde vinha; eventualmente encontraria Tessa, e Nate morreria sem motivo.

— Então esta é sua opinião ética, certo, Jess? — disse Will. — Suponho que não tenha nada a ver com o fato de que está babando pelo irmão de Tessa desde que ele chegou. Qualquer mundano serve, suponho, independentemente do quão inútil...

Jessamine soltou um ruído indignado e se levantou. Charlotte, levantando a voz, tentou acalmá-los enquanto gritavam um com o outro, mas Tessa já não estava mais escutando; olhava para Nate.

Há algum tempo sabia que o irmão era fraco, que o que a tia chamava de inocência era na verdade uma infantilidade mimada e mesquinha; que por ser um menino, primogênito e lindo, Nate sempre fora o príncipe do próprio reino. Entendia que, apesar de protegê-la ser função dele enquanto irmão mais velho, sempre haviam sido ela e a tia a protegê-lo.

Mas era seu irmão, ela o amava; e o velho instinto protetor a invadiu, como sempre acontecia quando Nate estava envolvido, e provavelmente sempre aconteceria.

— Jessamine está certa — disse, projetando a voz para interromper a discussão exaltada na sala. — Não teria feito bem nenhum recusar De Quincey e não adianta discutir sobre isso agora. Ainda precisamos saber quais são os planos dele. Você sabe, Nate? Ele contou o que queria comigo?

Nate negou com cabeça.

— Quando concordei em chamá-la, ele me manteve preso na casa. Fez com que escrevesse uma carta para Mortmain, é claro, me demitindo; o pobre homem deve ter achado que eu estava desprezando sua generosidade. De Quincey não tinha a intenção de tirar os olhos de mim até tê-la em mãos, Tessie; eu era a garantia. Ele deu meu anel para as Irmãs Sombrias, para provar a você que eu estava em seu poder. Prometeu diversas vezes que não iria machucá-la, que as Irmãs simplesmente lhe ensinariam a usar seu poder. As Irmãs Sombrias relatavam seu progresso todos os dias, então eu sabia que estava viva.

"E como estava na casa, me vi observando o funcionamento do Clube Pandemônio. Vi que se tratava de uma organização. Havia os mais inferiores, como Mortmain e pessoas do tipo. De Quincey e os outros de mais alta patente os mantinham essencialmente pelo dinheiro, e os provocavam com pequenas demonstrações de magia do Mundo das Sombras, fazendo com que continuassem voltando para mais. E havia aqueles como as Irmãs Sombrias, os que tinham mais poder e responsabilidade no clube. Eram todos criaturas sobrenaturais. Nenhum humano. E então, no topo, estava De Quincey. Os outros o chamavam de Magistrado.

"Constantemente faziam reuniões para as quais os humanos e os inferiores não eram convidados. Foi lá que ouvi falar pela primeira vez nos Caçadores de Sombras. De Quincey detesta Caçadores de Sombras — disse Nate, voltando-se para Henry e Charlotte. — Tem raiva deles, de vocês. Falava sobre como as coisas seriam melhores quando os Caçadores de Sombras fossem destruídos e os integrantes do Submundo pudessem viver e negociar em paz..."

— Que disparate. — Henry parecia verdadeiramente ofendido. — Não sei que tipo de paz ele acha que existiria sem os Caçadores de Sombras.

— Falava sobre como nunca houve uma maneira de derrotar os Caçadores de Sombras, porque tinham armas muito superiores. Dizia que rezava a lenda que Deus queria que os Nephilim fossem guerreiros superiores, para que nenhuma criatura viva pudesse destruí-los. Então, aparentemente pensou: 'E uma criatura que *não* fosse viva?'.

— Os autômatos — disse Charlotte. — O exército de máquinas.

Nate pareceu confuso.

— Vocês os viram?

— Alguns deles atacaram sua irmã ontem à noite — disse Will. — Felizmente, nós, monstros Caçadores de Sombras, estávamos por perto para salvá-la.

— Não que ela estivesse se saindo mal — murmurou Jem.

— Sabe alguma coisa sobre as máquinas? — perguntou Charlotte, inclinando-se para a frente, ansiosa. — Qualquer coisa? De Quincey alguma vez falou sobre elas na sua frente?

Nate se encolheu na cadeira.

— Falou, mas eu não entendia quase nada. Não tenho uma mente mecânica, na verdade...

— É simples. — Foi Henry que falou, com o tom de uma pessoa que queria acalmar um gato assustado. — Atualmente as máquinas de De Quincey funcionam apenas com mecanismos. Precisam que se dê corda, como relógios. Mas encontramos a cópia de um feitiço na biblioteca dele que indica que está tentando encontrar uma forma de fazê-los *viver*, uma maneira de ligar energia demoníaca ao mecanismo e trazê-lo à vida.

— Ah, isso! Sim, ele falava sobre *isso* — respondeu Nathaniel, como uma criança feliz por dar uma resposta certa na sala de aula. Tessa quase conseguia ver as orelhas dos Caçadores de Sombras se erguendo de excitação. Era isto que realmente queriam saber. — Foi para isso que contratou as Irmãs Sombrias, não apenas para treinar Tessa. Elas são feiticeiras, vocês sabem, e estavam encarregadas de descobrir como isso poderia ser feito. E conseguiram. Não faz muito tempo, algumas semanas, mas descobriram.

— Descobriram? — Charlotte parecia chocada. — Mas, então, por que De Quincey ainda não o fez? O que ele está esperando?

Nate olhou do rosto ansioso de Charlotte para o de Tessa, e ao redor da sala.

— Eu... achei que soubessem. Ele disse que o feitiço de ligação só podia ser aplicado na lua cheia. Quando a hora chegar, as Irmãs Sombrias vão entrar em ação, e então... Ele tem dezenas daquelas coisas estocadas e sei que planeja fazer muitas mais, centenas, milhares talvez. Imagino que vá animá-las e...

— Lua cheia? — Charlotte, olhando para a janela, mordeu o lábio. — Será muito em breve; amanhã à noite, eu acho.

Jem se levantou de súbito.

— Posso checar as tabelas lunares na biblioteca. Já volto. — E desapareceu pela porta.

Charlotte voltou-se para Nate.

— Você tem certeza disto?

Nate fez que sim, engolindo em seco.

— Quando Tessa escapou das Irmãs Sombrias, De Quincey me culpou, apesar de eu não saber nada sobre o assunto. Disse que deixaria as Crianças Noturnas drenarem meu sangue como castigo. Fiquei preso durante dias até a festa. Não ligava mais para o que falavam na minha frente. Sabia que eu ia morrer. Ouvi ele falando sobre como as Irmãs tinham dominado o feitiço de ligação. Que não demoraria muito até que os Nephilim estivessem destruídos e todos os membros do Clube Pandemônio pudessem governar Londres em seu lugar.

Will falou, com a voz séria.

— Tem alguma ideia sobre onde De Quincey pode estar escondido agora que a casa dele foi incendiada?

Nate parecia exausto.

— Ele tem um esconderijo em Chelsea. Deve ter ido para lá com os que são leais a ele; provavelmente ainda há centenas de vampiros do clã que não estavam na casa naquela noite. Sei exatamente onde é. Posso mostrar no mapa... — interrompeu-se quando Jem entrou com um estrondo pela sala, os olhos muito arregalados.

— Não é amanhã — disse Jem. — A lua cheia. É hoje.

17

Invocar a Escuridão

A velha torre da igreja e o muro do jardim
Ficam escuros com a chuva de outono,
E ventos lúgubres pressagiam assim
A escuridão sendo invocada de seu sono
— Emily Brontë, "The Old Church Tower"

Enquanto Charlotte corria até a biblioteca para notificar o Enclave sobre a necessidade de uma ação emergencial naquela noite, Henry permaneceu na sala de estar com Nathaniel e os outros. Foi paciente enquanto Nate indicava meticulosamente em um mapa de Londres o ponto em que acreditava ser o esconderijo de De Quincey — uma casa em Chelsea, perto do Tâmisa.

— Não sei exatamente qual — disse Nate —, então terão que ser cuidadosos.

— Somos sempre cuidadosos — disse Henry, ignorando o olhar enviesado de Will em sua direção. Não muito tempo depois, no entanto, mandou Will e Jem para a sala de armas com Thomas para que preparassem um estoque de lâminas serafim e outros armamentos.

Tessa permaneceu na sala de estar com Jessamine e Nate enquanto Henry corria para a cripta a fim de reunir algumas de suas mais recentes invenções.

Assim que os outros se retiraram, Jessamine começou a perambular ao redor de Nate — acendendo a lareira para ele, buscando mais um cobertor para os ombros e se oferecendo para buscar um livro, que ela poderia ler em voz alta, oferta que ele recusou. Se Jessamine estava querendo conquistar o coração de Nate paparicando-o, pensou Tessa, sofreria uma grande decepção. Nate sempre esperava ser paparicado e mal perceberia aqueles cuidados diferenciados.

— Então o que vai acontecer agora? — perguntou afinal, semienterrado em um monte de cobertores. — O sr. e a sra. Branwell...

— Ah, chame-os de Henry e Charlotte. É o que todos fazem — disse Jessamine.

— Vão notificar o Enclave, o restante dos Caçadores de Sombras de Londres, sobre a localização do esconderijo de De Quincey, para planejarem um ataque — completou Tessa. — Mas sinceramente, Nate, não deveria estar se preocupando com essas coisas. Deveria estar descansando.

— Então seremos só nós. — Os olhos de Nate estavam fechados. — Neste grande e velho lugar. Parece estranho.

— Ah, Will e Jem não vão com eles — disse Jessamine. Ouvi Charlotte conversando com eles na sala das armas quando fui pegar o cobertor.

Os olhos de Nate se abriram.

— *Não vão?* — Ele parecia estarrecido. — Por que não?

— São novos demais — respondeu Jessamine. — Caçadores de Sombras são considerados adultos aos 18 anos, e neste tipo de missão, algo perigoso em que todo o Enclave está participando, a tendência é deixar os mais jovens em casa.

Tessa sentiu uma estranha onda de alívio, que disfarçou perguntando apressadamente:

— Mas isso é tão estranho. Deixaram Will e Jem irem à casa de De Quincey...

— E é por isso que não podem ir agora. Aparentemente, Benedict Lightwood está argumentando que a luta na casa de De Quincey acabou tão mal porque Will e Jem não são suficientemente treinados, apesar de não ter ficado muito claro como aquilo poderia ter sido culpa de Jem. Se quer minha opinião, ele quer uma desculpa para obrigar Gabriel a ficar em casa, apesar de já ter 18 anos. Ele o infantiliza demais. Charlotte contou que Benedict disse a ela que já houve Enclaves inteiros destruídos em uma única noite, e os Nephilim têm a obrigação de deixar a geração mais nova preparada, para seguir em frente, como deve ser.

O estômago de Tessa se contorceu. Antes que ela pudesse dizer qualquer coisa, a porta se abriu e Thomas entrou. Carregava uma pilha de roupas dobradas.

— Estas são coisas velhas do Mestre Jem — disse para Nate, parecendo ligeiramente envergonhado. — Parece que são do mesmo tamanho, e, bem, precisa ter o que vestir. Se puder me acompanhar de volta ao quarto, podemos ver se cabem.

Jessamine revirou os olhos. Tessa não sabia por quê. Talvez achasse que roupas descartadas não fossem boas o suficiente para Nate.

— Obrigada, Thomas — disse Nate, levantando-se. — E devo me desculpar por meu comportamento mais cedo, quando eu, ah, me escondi de você. Eu devia estar febril. É a única explicação.

Thomas ficou vermelho.

— Só estou fazendo o meu trabalho, senhor.

— Talvez você devesse dormir um pouco — disse Tessa, notando as escuras olheiras de exaustão ao redor dos olhos do irmão. — Não haverá muito o que possamos fazer agora, não até voltarem.

— Na verdade — disse Nate olhando de Jessamine para Tessa —, acho que já descansei bastante. Preciso me reerguer eventualmente, não preciso? Acho que posso comer alguma coisa e não me importaria em ter companhia. Se não se importarem, podem ir comigo depois que me vestir?

— Claro que não! — Jessamine parecia animadíssima. — Vou pedir para Agatha preparar alguma coisa leve. E talvez um jogo de cartas para nos mantermos ocupados depois que comermos. Sanduíches e chá, eu acho. — Bateu palmas quando Thomas e Nate saíram da sala, e voltou-se para Tessa, com os olhos brilhando. — Não será divertido?

— Cartas? — Tessa, que quase tinha perdido a fala de tão chocada que ficou com a sugestão de Jessamine, encontrou a voz. — Acha que devemos jogar *cartas*? Enquanto Henry e Charlotte estão combatendo De Quincey?

Jessamine balançou a cabeça.

— Como se fôssemos ajudar nos lamuriando! Tenho certeza de que preferem que fiquemos alegres e ativos em sua ausência em vez de melancólicos.

Tessa franziu o cenho.

— Eu realmente não acho — disse ela — que sugerir cartas para Nate foi uma boa ideia, Jessamine. Você sabe perfeitamente bem que ele tem... problemas... com o jogo.

— Não vai ser uma *jogatina* — disse Jessamine distraidamente. — Apenas uma partida amigável de cartas. Sinceramente, Tessa, precisa ser tão estraga prazeres?

— *O quê*? Jessamine, sei que só está tentando deixar Nate contente, mas esta não é a maneira...

— Suponho que *você* tenha dominado a arte de conquistar os homens? — irritou-se Jessamine, os olhos castanhos brilhando de raiva. — Acha que não a vi olhando para Will com olhar de coitadinha? Como se ele sequer... Ah! — Jogou as mãos para o alto. — Deixe para lá. Você me dá enjoo. Vou falar com Agatha sem você. — Com isso, se levantou e saiu da sala, parando na entrada apenas para dizer: — E sei que não se importa com a própria aparência, mas deveria ao menos arrumar o cabelo, Tessa. Parece que há passarinhos morando nele! — E então fechou a porta.

Por mais que soubesse que as palavras de Jessamine eram tolas, elas haviam machucado. Apressou-se para o quarto, querendo passar água no rosto e escovar os cabelos embaraçados. Olhando para o próprio rosto branco no espelho, tentou não se perguntar se ainda parecia com a irmã de que Nate se lembrava. Tentou não imaginar o quanto teria mudado.

Ao terminar, correu para o corredor — e quase deu um encontrão em Will, que estava apoiado na parede oposta à de sua porta, examinando as próprias unhas. Com seu jeito desinteressado de sempre, vestia uma camisa de manga comprida, sobre a qual uma série de tiras de couro cruzavam o tórax. Nas costas tinha uma espada longa e fina; podia ver o cabo logo acima do ombro. Enfiadas no cinto estavam diversas lâminas serafim.

— Eu... — A voz de Jessamine ecoou na cabeça de Tessa: *acha que não a vi olhando para Will com olhar de coitadinha*? A luz enfeitiçada emitia um brilho fraco. Tessa torceu para que estivesse escuro demais no corredor para que ele a visse enrubescer. — Pensei que não fosse com o Enclave hoje à noite — disse afinal, mais para ter o que falar do que por qualquer outra coisa.

— Não vou. Estou levando isso para Charlotte e Henry no pátio. Benedict Lightwood vai mandar a carruagem buscá-los. É mais rápido. Deve chegar em breve. — Estava escuro no corredor, o bastante para que Tessa, apesar de achar que Will estava sorrindo, não pudesse ter certeza. — Preocupada com a minha segurança, é? Ou estava planejando me dar um presente para usar na batalha como Wilfred de *Ivanhoé*?

— Nunca gostei desse livro — disse Tessa. — Rowena era tão irritante; Ivanhoé deveria ter escolhido Rebecca.

— A de cabelos escuros, em vez da loura? Sério? — Agora tinha certeza de que ele estava sorrindo.

— Will...?

— Sim?

— Acha que o Enclave vai conseguir matá-lo? De Quincey, quero dizer?

— Vai — falou sem hesitar. — O tempo de negociação já passou. Não sei se já viu aqui em Londres uma das nossas famosas disputas de terriers caçando ratos no fosso... Bem, suponho que não. Mas vai ser assim hoje à noite. A Clave vai despachar os vampiros um por um até acabar com todos.

— Quer dizer que não haverá mais vampiros em Londres?

Will deu de ombros.

— Sempre há vampiros. Mas o clã de De Quincey vai acabar.

— E quando acabar, quando o Magistrado se for, suponho que não haja mais motivo para eu e Nate ficarmos no Instituto, não é mesmo?

— Eu... — Will parecia verdadeiramente espantado. — Suponho que... Sim, bem, é verdade. Imagino que prefiram ficar em um local menos... violento. Talvez possam procurar em algumas partes mais tranquilas de Londres. Perto da Abadia de Westminster...

— Preferia ir para casa — disse Tessa. — Nova York.

Will não disse nada. A luz enfeitiçada do corredor havia desbotado; sob as sombras não dava para ver claramente o rosto dele.

— A não ser que houvesse alguma razão para ficar — prosseguiu, meio pensando o que ela própria queria dizer com isso. Era mais fácil conversar com Will assim, no corredor escuro, quando não conseguia ver o rosto dele e podia apenas sentir sua presença.

Não o viu se mexer, mas sentiu os dedos de Will tocarem levemente a parte de trás da sua mão.

— Tessa — disse ele. — Por favor não se preocupe. Logo tudo estará resolvido.

O coração de Tessa batia dolorosamente contra as costelas. Logo *o que* estaria resolvido? Não podia estar falando o que achava que estava. Tinha que ser outra coisa.

— *Você* não gostaria de ir para casa?

Ele não se moveu, os dedos ainda tocando sua mão.

— Nunca poderei ir para casa.

— Por que não? — sussurrou, mas era tarde demais. O sentiu recuando. A mão se afastou. — Sei que seus pais vieram ao Instituto quando você tinha 12 anos e que se recusou a vê-los. Por quê? O que fizeram de tão ruim?

— Não fizeram nada. — Balançou a cabeça. — Tenho que ir. Henry e Charlotte estão esperando.

— Will — disse, mas ele já estava se afastando, uma esguia sombra escura indo em direção às escadas. — Will — chamou ela. — Quem é Cecily?

Mas ele já tinha ido embora.

Quando Tessa voltou para a sala de estar, Nate e Jessamine estavam lá, e o sol tinha começado a se pôr. Foi imediatamente até a janela e olhou para fora. No pátio lá embaixo, Jem, Henry, Will e Charlotte estavam reunidos, suas sombras longas e escuras se projetando nos degraus do Instituto. Henry estava colocando o último símbolo *iratze* no braço enquanto Charlotte parecia dar instruções a Jem e Will. Jem estava concordando com a cabeça, mas, mesmo de longe, Tessa podia perceber que Will, com os braços cruzados, estava sendo teimoso. *Ele quer ir junto,* pensou. *Não quer ficar aqui.* Provavelmente Jem também queria ir, mas não reclamou. Essa era a diferença entre os dois. Uma delas, pelo menos.

— Tessie, tem certeza que não quer jogar?

Nate virou para olhar para a irmã. Ele estava novamente na cadeira, com uma coberta sobre as pernas, e havia cartas distribuídas em uma mesinha entre ele e Jessamine, onde também havia uma bandeja de prata com um pequeno prato de sanduíches. O cabelo de Nate parecia ligeiramente úmido, como se ele o tivesse lavado, e estava com as roupas de Jem. Nathaniel tinha emagrecido, Tessa podia perceber, mas Jem era magro o suficiente para que sua camisa ainda ficasse um pouco apertada em Nate no colarinho e nos punhos, apesar de os ombros de Jem serem mais largos, o que fazia Nate parecer um pouco mais fino com o casaco dele.

Tessa continuava olhando pela janela. Uma grande carruagem preta havia chegado, com uma porta com tochas acesas desenhadas, e Henry e Charlotte estavam entrando. Will e Jem tinham desaparecido de vista.

— Convencida — bufou Jessamine quando Tessa não respondeu. — Basta olhar para ela. Parece tão reprovadora.

Tessa tirou os olhos da janela.

— Não sou reprovadora. Só me parece errado ficar jogando enquanto Henry, Charlotte e os outros estão arriscando a vida.

— Sim, eu sei, você disse isso antes. — Jessamine repousou as cartas. — De verdade, Tessa. Isso acontece o tempo todo. Vão para a batalha; voltam. Não há nada que justifique essa aflição.

Tessa mordeu o lábio.

— Acho que deveria ter dado tchau ou desejado boa sorte, mas com toda aquela agitação...

— Não precisa se preocupar — disse Jem, entrando na sala de estar com Will logo atrás. — Caçadores de Sombras não se despedem, não antes de uma batalha. Nem desejam boa sorte. É preciso se comportar como se o retorno fosse certo, e não uma questão de sorte.

— Não precisamos de sorte — disse Will, se jogando em uma cadeira ao lado de Jessamine, que olhou irritada para ele. — Temos um encargo divino, afinal. Com Deus do nosso lado, que importância tem a sorte? — Parecia surpreendentemente amargo.

— Ah, pare de ser tão depressivo, Will — disse Jessamine. — Estamos jogando baralho. Pode se juntar à partida ou ficar quieto.

Will ergueu uma sobrancelha.

— O que estão jogando?

— *Pope Joan* — disse Jessamine friamente, distribuindo as cartas. — Estava apenas explicando as regras para o sr. Gray.

— A srta. Lovelace diz que quem se livrar de todas as cartas, ganha, mas eu acho que é o contrário. — Nate sorriu através da mesa para Jessamine, que ficou irritantemente agitada.

Will cutucou a xícara que exalava vapor ao lado do cotovelo de Nate.

— Tem algum chá aqui — perguntou —, ou é conhaque *puro*?

Nate enrubesceu.

— Conhaque é revigorante.

— Sim — disse Jem, com uma pequena agitação na voz. — Frequentemente revigora homens a ponto de levá-los direto para as casas de caridade.

— Francamente! Vocês dois! Tão hipócritas. Até parece que Will não bebe, e Jem... — Jessamine se interrompeu, mordendo o lábio. — Só estão reclamando porque Henry e Charlotte não os levaram — disse afinal. — Porque são *novos* demais. — Sorriu para Nate do outro lado da mesa. — Prefiro a companhia de cavalheiros mais maduros.

Nate, pensou Tessa enojada, *é dois anos mais velho que Will. Não é como se fosse um século. E nem forçando bastante a imaginação dá pra chamá-lo de "maduro".* Mas antes que pudesse dizer qualquer coisa, um som ecoou pelo Instituto.

Nate ergueu as sobrancelhas.

— Pensei que não fosse uma Igreja de verdade. Achei que não houvesse sinos.

— Não há. Este barulho não é de sinos de igreja soando. — Will se levantou. — É o sino da invocação. Significa que há alguém lá embaixo solicitando uma reunião com os Caçadores de Sombras. E como eu e James somos os únicos presentes...

Ele olhou para Jessamine, e Tessa percebeu que estava esperando que ela o contradissesse, afirmando que também era Caçadora de Sombras. Mas Jessamine estava sorrindo para Nate, que se inclinara para falar alguma coisa ao seu ouvido; nenhum dos dois estava prestando atenção ao que acontecia na sala.

Jem olhou para Will e balançou a cabeça. Ambos se voltaram para a porta; ao saírem, Jem olhou para Tessa e deu de ombros. *Gostaria que você fosse uma Caçadora de Sombras,* achou que seus olhos estivessem dizendo, mas talvez fosse simplesmente o que ela gostaria de achar. Talvez fosse apenas um sorriso gentil, sem qualquer significado.

Nate se serviu de mais um pouco de água quente com conhaque. Ele e Jessamine já tinham abandonado a simulação de que estavam jogando cartas e se inclinavam para perto um do outro, murmurando com as vozes baixas. Tessa sentiu uma pontada de decepção. De alguma forma esperava que a provação de Nate o tivesse deixado mais cônscio — mais inclinado a entender que havia coisas maiores no mundo, mais importantes que os próprios prazeres imediatos. De Jessamine não esperava nada melhor, mas o que outrora pareceu charmoso em Nate agora a irritava de maneira surpreendente.

Inclinou-se para a janela outra vez. Havia uma carruagem no pátio. Will e Jem estavam nos degraus da frente. Com eles, um homem usando trajes para a noite — um elegante fraque preto, uma cartola de seda, um colete branco que brilhava sob as tochas de luz enfeitiçada. Parecia um mundano aos olhos de Tessa, apesar de ser difícil dizer daquela distância. Enquanto observava, ele levantou os braços e fez um gesto amplo. Tessa viu Will olhar para Jem, que concordou com a cabeça, e imaginou sobre o que poderiam estar falando.

Olhou para trás do homem, para a carruagem — e congelou. Em vez de um brasão, o nome de uma empresa estava pintado em uma das portas: CORPORAÇÃO MORTMAIN.

Mortmain. O homem para quem seu pai tinha trabalhado, o homem que Nathaniel chantageou, que apresentou seu irmão ao Mundo das Sombras. O que estava fazendo ali?

Olhou para Nate novamente, a irritação substituída por uma onda de instinto protetor. Se ele soubesse que Mortmain estava aqui, sem dúvida ficaria aborrecido. Seria melhor que ela descobrisse o que estava acontecendo antes dele. Saiu do parapeito e foi silenciosamente até a porta; compenetrado na conversa com Jessamine, Nate mal percebeu que ela estava saindo.

Foi incrivelmente fácil para Tessa encontrar o caminho para a enorme escadaria de pedra que descia em espiral pelo centro do Instituto. Ao descer os degraus para o térreo, concluiu que finalmente devia estar aprendendo a circular pelo local. Ao chegar, encontrou Thomas na entrada. Ele estava empunhando uma espada enorme, com a ponta para baixo, o rosto muito sério. Atrás dele, as gigantescas portas duplas do Instituto estavam abertas em um enorme retângulo de crepúsculo negro-azulado londrino, iluminado pelo resplendor das tochas de luz enfeitiçada do pátio. Pareceu espantado em ver Tessa.

— Srta. Gray?

Ela abaixou a voz.

— O que está acontecendo aí fora, Thomas?

Ele deu de ombros.

— O sr. Mortmain — respondeu. — Queria falar com o sr. e a sra. Branwell, mas como não estão aqui...

Tessa foi em direção à porta.

Thomas, espantado, moveu-se para impedi-la.

— Srta. Gray, não acho...

— Terá que usar essa espada para me conter, Thomas — disse Tessa com a voz fria, e Thomas, após um instante de hesitação, deu um passo para o lado.

Com ligeiro remorso, ela torceu para que não o tivesse ferido os sentimentos, mas ele parecia mais atordoado do que qualquer outra coisa.

Passando por ele, foi para os degraus de fora do Instituto, onde estavam Will e Jem. Uma brisa forte surgia, embaraçando o cabelo e fazendo-a tremer. Ao pé da escada estava o homem que tinha visto pela janela. Era mais baixo do que imaginava: pequeno e magro, com um rosto bronzeado e amigável sob a aba da cartola. Apesar da elegância das roupas, tinha o ar brusco de um marinheiro ou comerciante.

— Sim — dizia ele —, o sr. e a sra. Branwell foram suficientemente gentis para ir ao meu encontro na semana passada. E ainda mais gentis, entendo, em manter o ocorrido relativamente em segredo.

— Não contaram para o Enclave sobre suas experiências ocultas, se é isso que quer saber — disse Will de forma brusca.

Mortmain enrubesceu.

— Sim. Foi um favor. E pensei em retribuí-lo... — interrompeu-se, olhando além de Will para Tessa. — E quem é esta? Outra Caçadora de Sombras?

Will e Jem viraram ao mesmo tempo e a viram. Jem pareceu satisfeito em vê-la; Will, é claro, pareceu exasperado, e talvez ligeiramente entretido.

— Tessa — disse. — Não podia deixar de se intrometer, podia? — Voltou-se novamente para Mortmain. — Esta é a srta. Gray, claro. Irmã de Nathaniel Gray.

Mortmain pareceu estarrecido.

— Oh, meu Deus. Devia ter percebido. Parece com ele. Srta. Gray...

— Não acho que pareça, na verdade — disse Will, porém, baixinho, então Tessa duvidou que Mortmain tivesse escutado.

— Não pode ver Nate — disse Tessa. — Não sei se é por isso que veio, sr. Mortmain, mas ele não está bem o suficiente. Precisa se recuperar do que passou e não ser lembrado do assunto.

As linhas de expressão nos cantos da boca de Mortmain ficaram mais profundas.

— Não estou aqui para ver o garoto — disse ele. — Reconheço que falhei com ele, falhei abominavelmente. A sra. Branwell deixou isso claro...

— Devia ter procurado por ele — disse Tessa. — Meu irmão. Deixou que ele afundasse sem rastros no Mundo das Sombras. — Uma pequena parte da mente de Tessa estava impressionada por ela estar sendo tão corajosa, mas continuou, mesmo assim. — Quando ele disse que tinha ido trabalhar para De Quincey, deveria ter feito alguma coisa. Sabia que tipo de homem De Quincey é, se é que se pode chamá-lo de homem.

— Eu sei. — Mortmain parecia pálido sob o chapéu. — Por isso estou aqui. Para tentar compensar o que fiz.

— E como espera fazer isso? — perguntou Jem, com a voz clara e forte. — E por que *agora*?

Mortmain olhou para Tessa.

— Seus pais — disse ele —, eram pessoas boas e gentis. Sempre me arrependi de tê-los apresentado ao Mundo das Sombras. Na época achava que tudo fosse um jogo divertido e uma espécie de brincadeira. De lá para cá eu aprendi o contrário. Para amenizar essa culpa, contarei o que sei. Mesmo que signifique que precise fugir da Inglaterra para escapar da ira de De Quincey. — Suspirou. — Há algum tempo, De Quincey encomendou comigo algumas partes mecânicas: rodas dentadas, engrenagens, peças e coisa do tipo. Nunca perguntei por que precisava delas. Não se pergunta essas coisas ao Magistrado. Somente quando vocês, Nephilim, vieram me ver, foi que me ocorreu que tal pedido pudesse estar ligado a um propósito nefasto. Investiguei, e um informante dentro do clube me contou que De Quincey pretendia construir um exército de monstros mecânicos para destruir os Caçadores de Sombras. — Balançou a cabeça. — De Quincey e sua laia podem detestar os Caçadores de Sombras, mas eu não. Sou apenas um humano. Sei que vocês são a única coisa entre mim e um mundo onde eu e a minha espécie somos brinquedinhos de demônios. Não posso ser conivente com o que De Quincey está fazendo.

— Isso é tudo muito bom — disse Will, denotando impaciência na voz —, mas não está nos dizendo nada que já não saibamos.

— Vocês também sabiam — disse Mortmain —, que ele pagou uma dupla de feiticeiras chamadas de Irmãs Sombrias para criar um feitiço de ligação que animasse estas criaturas não com energias mecânicas, mas demoníacas?

— Sabíamos — disse Jem. — Mas acredito que só reste uma Irmã Sombria. Will destruiu a outra.

— Mas a irmã a trouxe de volta com um feitiço necromântico — disse Mortmain, com uma ponta de triunfo na voz, como se estivesse aliviado por finalmente ter oferecido alguma informação de que não dispunham. — Agora mesmo as duas estão abrigadas e trabalhando no feitiço de ligação em uma mansão em Highgate, que pertencia a um feiticeiro que De Quincey acabou matando. Se minhas fontes estiverem corretas, as Irmãs Sombrias tentarão implementar o feitiço hoje à noite.

Os olhos azuis de Will estavam escuros e pensativos.

— Obrigado pela informação — disse —, mas De Quincey logo deixará de ser ameaça, assim como os monstros mecânicos.

Os olhos de Mortmain arregalaram.

— A Clave vai agir contra o Magistrado? Hoje à noite?

— Meu Deus — disse Will. — Você realmente conhece todos os termos, não conhece? É muito desconcertante em um mundano. — Deu um sorriso de contentamento.

— Quer dizer que não vai me contar — disse Mortmain pesarosamente. — Supus que não contaria. Mas deve saber que De Quincey dispõe de centenas daquelas criaturas mecânicas. Um exército. No instante em que as Irmãs Sombrias executarem o feitiço, o exército nascerá e se juntará a De Quincey. Se o Enclave quer derrotá-lo, seria sábio garantir que o exército não se levante, ou será quase impossível vencê-lo.

— Você sabe onde fica o lugar onde estão as Irmãs Sombrias, além do fato de que fica em Highgate? — perguntou Jem.

Mortmain assentiu.

— Certamente — disse, e ofereceu o nome de uma rua e o número de uma casa.

Will meneou a cabeça.

— Bem, certamente levaremos tudo isto em consideração. Obrigado.

— De fato — disse Jem. — Boa noite, sr. Mortmain.

— Mas... — Mortmain pareceu estarrecido. — Vão fazer alguma coisa a respeito do que falei ou não?

— Disse que consideraríamos — declarou Will. — Quanto a você, sr. Mortmain, parece um homem com coisas a fazer.

— O quê? — Mortmain olhou para os trajes noturnos e riu. — Suponho que sim. Só que... se o Magistrado descobrir que acabei de contar tudo isso, minha vida pode estar em perigo.

— Então talvez seja hora de tirar férias — sugeriu Jem. — Ouvi dizer que a Itália é muito agradável nesta época do ano.

Mortmain olhou de Will para Jem e para Will de novo, e então pareceu desistir. Os ombros afundaram. Ergueu os olhos para Tessa.

— Se puder transmitir minhas desculpas ao seu irmão...

— Acho que não — disse Tessa —, mas obrigada, sr. Mortmain.

Após uma longa pausa, ele concordou e virou-se. Os três observaram enquanto ele voltava à carruagem. O som dos cascos dos cavalos era alto no pátio conforme a carruagem partia e atravessava os portões do Instituto.

— O que vão fazer? — perguntou Tessa assim que a carruagem saiu de vista. — Em relação às Irmãs Sombrias?

— Ir atrás delas, é claro. — Will estava corado, com os olhos brilhando. — Seu irmão disse que De Quincey tem dezenas daquelas criaturas; Mortmain diz que são centenas. Se Mortmain estiver correto, precisamos chegar às Irmãs Sombrias antes que executem o feitiço, ou o Enclave pode estar indo em direção a um massacre.

— Mas... Talvez fosse melhor alertar Henry, Charlotte e os outros...

— Como? — Will conseguiu fazer esta única palavra soar cortante. — Suponho que possamos enviar Thomas para alertar o Enclave, mas não há garantias de que chegará a tempo. Se as Irmãs Sombrias conseguirem levantar o exército ele simplesmente pode acabar morto junto com o resto. Não, precisamos cuidar das Irmãs Sombrias sozinhos. Matei uma delas antes; eu e Jem podemos dar conta de duas.

— Mas talvez Mortmain esteja errado — disse Tessa. — Vocês têm apenas a palavra dele; podem ser informações falsas.

— Talvez — admitiu Jem —, mas e se não forem? E nós o ignorarmos? A consequência para o Enclave pode ser a destruição total.

Tessa, sabendo que ele estava certo, sentiu o coração afundar.

— Talvez eu possa ajudar. Lutei contra as Irmãs Sombrias com você uma vez. Se pudesse acompanhá-los...

— Não — disse Will. — Fora de cogitação. Temos pouquíssimo tempo para nos preparar e temos que confiar na nossa experiência de combate. E você não tem nenhuma.

— Lutei contra De Quincey na festa...

— Eu disse que não. — O tom de Will era definitivo. Tessa olhou para Jem, mas ele simplesmente deu de ombros como se quisesse dizer que sentia muito, mas Will tinha razão.

Voltou o olhar para Will.

— Mas e Boadiceia?

Por um instante achou que ele tivesse esquecido o que tinha dito a ela na biblioteca. Então o esboço de um sorriso apareceu no canto da boca, e era como se Will estivesse tentando contê-lo sem sucesso.

— Você será a Boadiceia um dia, Tessa — disse —, mas não hoje. — Voltou-se para Jem. — Temos que chamar Thomas e pedir que ele prepare a carruagem. Highgate não é perto; é melhor irmos logo.

A noite tinha caído sobre a cidade quando Will e Jem se colocaram perto da carruagem, prontos para partir. Thomas estava verificando os arreios dos cavalos enquanto Will, sua estela era como um flash branco no escuro, desenhava uma Marca no antebraço de Jem. Tessa, tendo registrado sua contrariedade, ficou nos degraus e os observou, com um vazio no estômago.

Após se assegurar de que a carroceria estava bem presa aos animais, Thomas virou e correu levemente pelos degraus acima, parando quando Tessa ergueu a mão para contê-lo.

— Estão indo agora? — perguntou. — Isso é tudo?

Fez que sim com a cabeça.

— Tudo pronto para irem, senhorita. — Thomas tinha tentado convencer Jem e Will a levarem-no, mas Will temeu que Charlotte fosse se irritar com Thomas por participar da façanha e negou.

— Além disso — tinha dito Will —, precisamos de um homem na casa, alguém para proteger o Instituto enquanto estamos fora. Nathaniel não conta — acrescentou, olhando de lado para Tessa, que ignorou.

Will puxou a manga de Jem, cobrindo as Marcas que tinha feito. Ao devolver a estela ao bolso, Jem ficou olhando para ele; suas faces eram manchas pálidas à luz das tochas. Tessa levantou a mão, e em seguida abaixou lentamente. O que ele tinha dito? *Caçadores de Sombras não se despedem, não antes de uma batalha. Nem desejam boa sorte. É preciso se comportar como se o retorno fosse certo, e não uma questão de sorte.*

Os meninos, como que alertados pelo gesto, olharam para ela. Tessa achou que pudesse ver o azul dos olhos de Will mesmo de onde estava. Ficou com a expressão estranha quando os olhos se cruzaram, a expressão de alguém que acaba de acordar e se pergunta se o que está vendo é real ou sonho.

Foi Jem quem se afastou e subiu as escadas até ela. Ao chegar mais perto, ela viu que havia cor no rosto dele, os olhos brilhantes e ardentes. Imaginou quanto da droga Will tinha permitido que ele tomasse para que estivessem prontos para o combate.

— Tessa... — disse ele.

— Não tive a intenção de me despedir — disse rapidamente. — Mas... parece estranho deixá-los partir sem dizer nada.

Jem a olhou com curiosidade. E então fez algo que a surpreendeu, pegou sua mão, virando-a de palma para baixo. Olhou para Tessa, para as unhas ruídas, os arranhões ainda cicatrizando na parte de trás dos dedos.

Ele a beijou na mão, apenas um leve toque com a boca, e o cabelo — macio como seda — esfregou seu pulso ao abaixar a cabeça. Sentiu um choque passar por ela, forte o suficiente para espantá-la, e ficou sem fala enquanto ele retomava a postura, a boca curvando em um sorriso.

— *Mizpah* — disse ele.

Tessa piscou para Jem, um pouco atordoada.

— O quê?

— É um modo de dar tchau sem dizer — disse ele. — É uma referência a uma passagem da Bíblia. *E Mizpah, pois ele disse, Deus vigia entre mim e ti quando estamos afastados um do outro.*

Tessa não teve chance de responder, pois ele se virou e correu pelas escadas para se juntar a Will, que estava imóvel como uma estátua, o rosto erguido, ao pé da escada. As mãos, cobertas por luvas pretas, pareciam fechadas nas laterais do corpo, pensou Tessa. Mas talvez fosse um truque da luz, pois quando Jem o alcançou e o tocou no ombro, ele se virou com uma risada, e sem olhar para Tessa, subiu no assento do cocheiro, com Jem atrás. Estalou o chicote, e a carruagem atravessou o portão, que se fechou atrás como que puxado por mãos invisíveis. Tessa ouviu a tranca, o clique forte no silêncio, e em seguida o som de sinos de igreja tocando em algum lugar na cidade.

Sophie e Agatha estavam esperando por Tessa na entrada quando voltou; Agatha dizia alguma coisa para Sophie, mas ela não parecia escutar. Olhou para Tessa ao entrar, e alguma coisa na aparência da criada, lembrou, por um instante, a maneira como Will a olhou no pátio. Mas isso era ridículo; não havia duas pessoas no mundo mais diferentes do que Sophie e Will.

Tessa chegou para o lado para Agatha fechar as pesadas portas duplas. Tinha acabado de fechá-las, arfando um pouco, quando a maçaneta da esquerda, intocada, começou a girar. Sophie franziu o rosto.

— Não podem ter voltado tão depressa, podem?

Agatha olhou para baixo, perplexa, observando a maçaneta girando com as mãos ainda apoiadas na porta — em seguida recuou enquanto as portas se abriam diante dos seus olhos. Havia uma figura na entrada, iluminada por trás pela luz que vinha de fora. Por um instante, tudo o que Tessa pôde ver foi que era alta e usava um casacão desgastado. Agatha, com a cabeça inclinando para trás ao olhar adiante, disse com uma voz de espanto:

— Oh, meu De...

A figura se moveu. Luz brilhou sobre metal; Agatha gritou e se desequilibrou. Parecia estar tentando afastar-se do estranho, mas algo a impedia.

— Santo Deus do céu — sussurrou Sophie. — *O que é isso?*

Por um instante, Tessa viu toda a cena congelada, como se fosse um quadro — a porta aberta e o autômato, o das mãos sem pele, com o mesmo casaco cinzento desgastado. E ainda, santo Deus, com o sangue de Jem nas mãos, vermelho-escuro e seco na carne cinza, e linhas de cobre aparecendo através de onde a pele tinha sido arranhada ou arrancada. Uma mão manchada de sangue agarrou o pulso de Agatha; empunhada na outra tinha uma faca longa e fina. Tessa avançou, mas já era tarde. A criatura manejou a lâmina com incrível velocidade e a enterrou no peito de Agatha.

Agatha engasgou, levando as mãos à lâmina. A criatura ficou ali parada, esfarrapada, assustadora e imóvel enquanto ela tentava alcançar o cabo da faca; então, com velocidade espantosa, puxou a lâmina de volta, deixando-a cair no chão. E o autômato não ficou para vê-la cair, mas virou-se e saiu pela porta através da qual tinha entrado.

De volta a si, Sophie gritou:

— Agatha! — E correu para o lado dela.

Tessa avançou para a porta e ficou olhando a criatura mecânica descendo os degraus para o pátio vazio. Por que tinha vindo, e por que estava indo embora agora? Mas não tinha tempo para pensar a respeito. Alcançou a corda do sino de convocação e puxou com força. Enquanto o som se propagava pelo edifício, fechou a porta, colocando a tranca no lugar e foi ajudar Sophie.

Juntas conseguiram levantar Agatha, em parte carregando, em parte arrastando-a pela sala, onde caíram de joelhos ao seu lado. Sophie, arrancando tiras de tecido do avental branco e pressionando-os sobre o ferimento, disse em um tom descontrolado de pânico:

— Não entendo, senhorita. Nada deveria ser capaz de tocar aquela porta, ninguém além dos que possuem sangue de Caçador de Sombras deveria conseguir girar a maçaneta.

Mas ele tinha sangue de Caçador de Sombras, pensou Tessa com um pavor repentino. Sangue de Jem, manchando as mãos metálicas como tinta. Teria sido por isso que se inclinou sobre Jem naquela noite depois da ponte? Teria sido por isso que fugiu, depois de conseguir o que queria — o sangue? E isso não significava que poderia voltar quando quisesse?

Começou a se levantar, mas já era tarde. A barra que mantinha a porta fechada se rompeu com um barulho como um tiro e caiu no chão em dois pedaços. Sophie levantou o olhar e gritou novamente, apesar de não ter se afastado de Agatha enquanto a porta explodia, abrindo uma janela para a noite.

Os degraus do Instituto não estavam mais vazios; estavam abarrotados, mas não de pessoas. Eram monstros mecânicos que subiam, com seus movimentos irregulares, as faces fixas e sem expressão. Não eram como os que Tessa tinha visto antes. Alguns pareciam ter sido montados com tanta pressa que sequer tinham rostos, apenas formas ovais de metal liso cobertos aqui e ali com pedaços de pele humana. Ainda mais horríveis, alguns ainda tinham pedaços de maquinaria em lugar de braços ou pernas. Um autômato tinha uma foice onde deveria haver um braço; outro tinha um serrote saindo da manga da camisa como uma imitação de um braço de verdade.

Tessa se levantou e se lançou contra a porta aberta, tentando fechá-la. Era pesada, e parecia se mover de forma assustadoramente devagar. Atrás dela, Sophie, desamparada, berrava sem parar; Agatha estava terrivelmente calada. Engasgando, Tessa empurrou a porta mais uma vez...

E puxou as mãos de volta quando a porta foi arrancada das dobradiças como um punhado de grama puxada da terra. Caiu para trás quando o autômato que arrancou a porta a jogou de lado e avançou, os pés metálicos batendo com força contra a pedra quando se lançou sobre a entrada. Atrás dele veio um e depois outro de seus irmãos mecânicos; havia pelo menos uma dúzia deles avançando em direção a Tessa com os braços monstruosos esticados.

Quando Will e Jem chegaram à mansão em Highgate, a lua tinha começado a subir. O lugar ficava numa colina na parte norte de Londres, oferecendo uma ótima vista da cidade abaixo, pálida sob a luz da lua, transformando a neblina e a fumaça de carvão que pairava sobre ela em uma nuvem prateada. *Uma cidade de sonho*, pensou Will, *flutuando no ar.* Havia um trecho de poesia no seu subconsciente, algo sobre a terrível maravilha de Londres, mas ele estava travado demais pela tensão da batalha iminente para se lembrar as palavras.

A casa era uma bela construção Georgiana, situada em uma extensa região gramada. Um grande muro de tijolos a cercava, e o telhado escuro mal era visível acima dele. Um tremor frio passou por Will ao se aproximarem, mas não se surpreendeu por sentir isso em Highgate. Estavam perto de uma área de bosques no fim da cidade, que os londrinos chamam de Gravel Pit Woods e onde milhares de corpos haviam sido despejados durante a Peste. Sem terem recebido um enterro adequado, as sombras perturbavam a vizinhança até hoje, e Will já tinha sido enviado aqui mais de uma vez por conta dessas atividades.

Um portão escuro de metal na parede da mansão mantinha os intrusos longe, mas o símbolo de abertura de Jem destravou rapidamente a tranca. Após deixarem a carruagem dentro do portão, os dois Caçadores de Sombras se encontraram na entrada curvilínea que levava até a frente da casa. A trilha era cheia de grama alta, e os jardins se estendiam ao redor, marcados por construções anexas em ruínas e tocos escurecidos de árvores mortas.

Jem virou para Will, com olhos febris.

— Devemos ir adiante?

Will sacou uma lâmina serafim do cinto.

— *Israfel* — sussurrou, e a arma acendeu como um raio.

Lâminas serafim brilhavam tanto que Will sempre esperava que irradiassem calor, mas elas eram geladas ao toque. Lembrou-se de Tessa contando a ele que o Inferno era frio e lutou contra o estranho impulso de sorrir diante disso. Estavam correndo para salvar as próprias vidas, ela deveria estar apavorada, mas lá estava, contando a ele sobre o Inferno com sotaque americano.

— Na verdade — disse a Jem. — Essa é a hora.

Subiram os degraus da frente e tentaram as portas. Apesar de Will esperar que estivessem trancadas, estavam abertas, e se escancararam com um rangido ressonante. Ele e Jem entraram na casa, as luzes das lâminas serafim iluminando o caminho.

Viram-se em um amplo hall. As janelas arqueadas atrás deles provavelmente haviam sido magníficas em outros tempos. Agora alternavam vidros inteiros com outros quebrados. Através dos buracos cheios de teias de aranha, era possível ver um terreno de vegetação sem cuidado. O chão de mármore estava rachado e quebrado, com ervas daninhas crescendo através deles, como as que cresciam através das pedras da entrada. Diante de Will e Jem, uma enorme escadaria em curva se erguia em direção ao primeiro andar, envolto em trevas.

— Não pode estar certo — sussurrou Jem. — É como se ninguém entrasse aqui há cinquenta anos.

Mal tinha acabado de falar quando um ruído se ergueu pelo ar noturno, um som que arrepiou os cabelos na nunca de Will e fez as Marcas em seus ombros queimarem. Era um canto — porém nada agradável. Tratava-se de uma voz capaz de alcançar notas que nenhum humano conseguiria. No alto, os pingentes de cristal do lustre tilintavam como taças de vinho vibrando ao toque de um dedo.

— *Alguém* está aqui — murmurou Will de volta. Sem mais uma palavra, ele e Jem se viraram, ficando um de costas para o outro. Jem olhava para a entrada aberta; Will para a escadaria.

Alguma coisa apareceu no topo da escada. Inicialmente Will só viu um padrão alternado de preto e branco, uma sombra que mexia. Ao flutuar para baixo, o canto se tornou mais alto e os cabelos na nuca de Will se arrepiaram ainda mais. Suor molhou o cabelo nas têmporas e escorreu até a lombar, apesar do vento frio.

Ela estava na metade da escada antes que a reconhecesse — a sra. Dark, o corpo comprido e ossudo com uma espécie de hábito de freira, uma túnica escura e amorfa que caía do pescoço até os pés. Um lampião sem luz balançava de uma de suas mãos. Estava sozinha — mas nem tanto. Will percebeu isso quando ela pausou no térreo. O que ela estava segurando não era um lampião, afinal. Era a cabeça decepada da irmã.

— Pelo Anjo — sussurrou Will. — Jem, veja.

Jem olhou e também praguejou. A cabeça da sra. Black estava pendurada por um chumaço de cabelo grisalho que a sra. Dark segurava como se fosse um artefato de valor inestimável. Os olhos da cabeça sem dono estavam abertos e perfeitamente brancos, como ovos cozidos. A boca também estava aberta, uma linha de sangue seco descendo de um canto dos lábios. A sra. Dark interrompeu a canção e riu, como uma colegial.

— Feio, feio — disse. — Invadir minha casa assim. Caçadorezinhos de Sombras maus.

— Pensei — disse Jem baixinho — que a outra irmã estivesse viva.

— Talvez ela tenha ressuscitado a irmã e depois arrancado a cabeça dela outra vez? — murmurou Will. — Parece muito esforço por nada, mas...

— Nephilim assassino — rosnou a sra. Dark, fixando o olhar em Will. — Não se contenta em matar minha irmã uma vez só, não é mesmo? Tem que voltar e me impedir de dar a ela uma segunda vida. Você sabe, tem alguma ideia, de como é ficar inteiramente *sozinho*?

— Mais do que pode imaginar — respondeu Will com rigidez, e viu Jem olhá-lo de lado, confuso. Idiota, pensou Will, não deveria dizer essas coisas.

A sra. Dark se balançou.

— Você é um mortal. Está sozinho por um instante no tempo, um sopro do universo. Eu estou sozinha para sempre. — Segurou a cabeça da irmã com força. — Que diferença faz para você? Certamente há crimes mais sinistros em Londres que requerem a atenção dos Caçadores de Sombras com mais urgência do que minhas pobres tentativas de trazer de volta a minha irmã.

O olhar de Will encontrou o de Jem, que deu de ombros. Claramente estava tão confuso quanto Will.

— É verdade que necromancia é contra a Lei — disse Jem —, mas ligar energias demoníacas também é. E também requer nossa atenção, com bastante urgência.

A sra. Dark os encarou.

— Ligar energias demoníacas?

— Não há razão para fingir. Sabemos exatamente quais são os seus planos — disse Will. — Sabemos sobre os autômatos, o feitiço de ligação, seus serviços ao Magistrado, a quem o resto do nosso Enclave está, neste momento, rastreando. Até o fim desta noite ele estará apagado. Não há quem possa chamar e nem onde possa se esconder.

Com isso, a sra. Dark empalideceu notoriamente.

— O Magistrado? — sussurrou. — Encontraram o Magistrado? Mas como...

— Isso mesmo — disse Will. — De Quincey escapou de nós uma vez, mas não agora. Sabemos onde está, e...

Mas suas palavras foram afogadas por... uma gargalhada. A sra. Dark estava curvada sobre o corrimão, uivando com júbilo. Will e Jem observaram confusos enquanto ela se recompunha. Lágrimas escuras de divertimento marcavam o rosto.

— De Quincey, o Magistrado! — gritou. — Aquele vampiro tolo e vaidoso! Ah, que piada! Seus tolos, seus tolinhos!

18

Trinta Peças de Prata

Apagado o seu nome, então, registro mais uma alma perdida,
mais uma tarefa recusada, mais uma trilha não percorrida,
mais um triunfo do diabo e uma tristeza para os anjos,
mais um erro para o homem, mais um insulto a Deus!
— Robert Browning, "The Lost Leader"

Tessa cambaleou para trás, afastando-se da porta. Atrás dela, Sophie estava imóvel, ajoelhada sobre Agatha, as mãos pressionadas contra o peito da mulher. Sangue ensopava a atadura de pano sob os seus dedos; Agatha estava horrivelmente pálida e emitia um ruído semelhante ao de uma chaleira apitando. Quando viu os autômatos mecânicos, arregalou os olhos e tentou empurrar Sophie para longe com as mãos ensanguentadas, mas Sophie, ainda gritando, se manteve agarrada a ela, recusando-se a se mexer.

— Sophie! — Houve um ruído de passos na escada e Thomas apareceu, o rosto extremamente branco. Ele empunhava a espada imensa que Tessa o tinha visto segurar mais cedo. Com ele vinha Jessamine, com o guarda-sol na mão. Atrás dela Nathaniel, aparentando estar absolutamente apavorado. — Mas o que...?

Thomas se interrompeu, olhando de Sophie, Tessa e Agatha para a porta e novamente para elas. Os autômatos tinham parado. Estavam em uma fila logo na entrada, como marionetes cujas cordas não estivessem mais sendo puxadas. As expressões vazias olhavam para a frente.

— Agatha! — A voz de Sophie se elevou a um ganido. A mulher estava imóvel, com os olhos arregalados, porém sem foco. As mãos estavam frouxas nas laterais do corpo.

Apesar de sentir calafrios por ter que ficar de costas para as máquinas, Tessa se inclinou e colocou a mão no ombro de Sophie. A menina a afastou; estava emitindo pequenos choramingos, como um cachorro ferido. Tessa olhou para trás, para as criaturas. Continuavam tão imóveis quanto peças de xadrez, mas quanto tempo isso duraria?

— Sophie, por favor!

Nate arfava, os olhos fixos na porta, o rosto branco como giz. Parecia não querer nada além de virar e sair correndo. Jessamine olhou para ele uma vez, uma expressão de surpresa e desdém, antes de se voltar para Thomas.

— Faça ela se levantar — disse. — Ela vai ouvir você.

Após olhar com espanto uma única vez para Jessamine, Thomas se curvou, e gentil porém firmemente, afastou as mãos de Sophie de Agatha, levantando a menina. Ela se agarrou a ele. As mãos e os braços estavam tão vermelhos como se tivesse vindo de um abatedouro, e o avental quase rasgado ao meio, cheio de marcas de mão ensanguentadas.

— Srta. Lovelace — disse com a voz baixa, mantendo Sophie perto com a mão que não segurava a espada. — Leve Sophie e a srta. Gray ao Santuário...

— Não — disse uma voz arrastada de trás de Tessa —, acho que não. Ou melhor: pegue você a criada e vá para onde quiser com ela. Mas eu e a srta. Gray permaneceremos aqui. Assim como o irmão dela.

A voz era familiar — assustadoramente familiar. Devagar, Tessa se virou. Entre as máquinas congeladas, como se tivesse aparecido num simples passe de mágica, havia um homem. De aparência tão comum quanto Tessa achou antes, embora agora não usasse mais o chapéu e seus cabelos grisalhos estivessem expostos sob a luz enfeitiçada.

Mortmain.

Sorria. Não o sorriso de antes, com alegria afável. O sorriso agora era quase doentio de tanto júbilo.

— Nathaniel Gray — disse. — Muito bem. Admito que testou minha fé, testou exaustivamente, mas demonstrou redimir-se extraordinariamente dos seus erros anteriores. Estou orgulhoso de você.

Tessa girou para olhar para o irmão, mas Nate parecia ter esquecido de que ela estava lá — de que qualquer um estava lá. Olhava para Mortmain com uma expressão estranha — um misto de medo e adoração — estampada no rosto. Avançou, passando por Tessa; ela estendeu o braço para contê-lo, mas ele a afastou com uma pontada de irritação. Finalmente, estava diante de Mortmain.

Com um grito, caiu sobre os joelhos e juntou as mãos diante dele, quase como se estivesse rezando.

— Meu único desejo sempre foi — disse — servi-lo, Magistrado.

A sra. Dark continuava gargalhando.

— O quê? — disse Jem espantado, levantando a voz para ser ouvido sobre as risadas. — O que está dizendo?

Apesar da aparência maltrapilha, a sra. Dark conseguiu transmitir um ar de triunfo.

— De Quincey não é o Magistrado — desdenhou. — É só um sanguessuga idiota, nem um pouco melhor do que os outros. O fato de terem sido tão facilmente enganados só prova que não têm a menor ideia de quem seja o Magistrado, ou com o que estão lidando. Estão mortos, Caçadores de Sombras. Como pequenos zumbis.

Isso foi demais para o humor de Will. Com um rosnado, avançou para os degraus, a lâmina serafim esticada. Jem gritou para que parasse, mas era tarde demais. A sra. Dark, com os lábios contraídos para cima como uma cobra sibilando, fez um movimento com o braço para a frente e atirou a cabeça decepada da irmã em Will. Com um grito de nojo ele desviou, e ela aproveitou a oportunidade para descer, passar por Will, e atravessar a porta arqueada a oeste do vestíbulo, indo para as sombras além.

A cabeça da sra. Black, enquanto isso, quicou por vários degraus e parou suavemente aos pés de Will. Ele olhou para baixo, para a língua que pendia, cinzenta e semelhante a couro saindo da boca, e podia jurar que ela estava lançando um olhar enviesado para ele.

— Acho que vou vomitar — anunciou.

— Não há tempo para vomitar — disse Jem. — Vamos...

E correu pelo arco atrás da sra. Dark. Chutando a cabeça decepada da feiticeira, Will partiu correndo atrás do amigo.

— Magistrado? — repetiu Tessa, confusa. *Mas isso é impossível. De Quincey é o Magistrado. Aquelas criaturas na ponte disseram que serviam a ele. Nate disse...* Olhou para o irmão. — Nate?

Falar em voz alta foi um erro. O olhar de Mortmain recaiu sobre Tessa, e ele sorriu.

— Peguem a alteradora de forma — ordenou às criaturas mecânicas. — Não deixem que escape.

— Nate! — gritou Tessa, mas o irmão sequer virou para olhar para ela, enquanto as criaturas, repentinamente ressuscitadas, avançaram chiando e estalando na direção de Tessa.

Uma delas a pegou, os braços metálicos como um torniquete ao envolverem seu peito, deixando-a sem fôlego.

Mortmain sorriu para Tessa.

— Não seja tão severa com seu irmão, srta. Gray. Ele realmente é mais esperto do que imaginei. Foi ideia dele atrair os jovens Carstairs e Herondale para fora do local com um conto do vigário, para que eu pudesse entrar intacto.

— O que está acontecendo? — A voz de Jessamine tremeu ao olhar de Nate para Tessa, então para Mortmain e para Nate outra vez. — Quem é este, Nate? Por que está ajoelhado?

— Ele é o Magistrado — disse Nate. — Se fosse sábia, também se ajoelharia.

Jessamine pareceu incrédula.

— Este é De Quincey?

Os olhos de Nate brilharam.

— De Quincey é um peão, um servo. Ele *responde* ao Magistrado. Poucos sequer conhecem sua verdadeira identidade; sou um dos escolhidos. O favorecido.

Jessamine emitiu um ruído grosseiro.

— Escolhido para se ajoelhar no chão, é isso?

O olhar de Nate se acendeu e ele ficou de pé. Gritou alguma coisa para Jessamine, mas Tessa não conseguiu ouvir. O manequim de metal a apertava a ponto de quase impedi-la de respirar, e pontos pretos começavam a aparecer diante dos olhos. Tinha vaga consciência de Mortmain berrando para que a criatura não a apertasse tanto, mas ela não obedecia. Tessa agarrou os braços metálicos com os dedos fracos, quase alheia de que uma coisa se agitava em sua garganta, algo que parecia com um pássaro ou uma borboleta presa sob o colarinho do vestido, batendo as asas. A corrente em torno do seu pescoço vibrava e tremia. Conseguiu olhar para baixo, com a visão turva, e viu que o pequeno anjo de metal havia ascendido de debaixo do colarinho do vestido e voado para o alto, levantando a corrente e passando-a por cima da cabeça. Os olhos pareciam brilhar conforme voava. Pela primeira vez, as asas metálicas estavam abertas, e Tessa viu que cada uma delas tinha algo afiado na ponta, como uma navalha. Enquanto observava, impressionada, o anjo mergulhou como uma vespa, cortando com as asas a cabeça da criatura que a segurava — penetrando cobre e metal, provocando um banho de faíscas vermelhas.

As faíscas queimaram o pescoço de Tessa como uma ducha de brasas quentes, mas ela mal percebeu; os braços da criatura relaxaram e ela se libertou enquanto o monstro mecânico girava e cambaleava, os braços balançando desgovernadamente à frente do corpo. Não pôde deixar de se lembrar de um desenho que já tinha visto; um cavalheiro furioso em uma festa num jardim, espantando abelhas. Mortmain, percebendo com algum atraso o que estava acontecendo, gritou, e as outras criaturas se lançaram adiante, avançando para Tessa. Ela olhou ao redor descontroladamente, mas não enxergou mais o anjo. Parecia ter desaparecido.

— Tessa! Saia do caminho. — Uma mãozinha fria a pegou pelo pulso. Era Jessamine, puxando-a para trás enquanto Thomas, tendo soltado Sophie, mergulhava na frente dela.

Jessamine jogou Tessa para trás, para as escadas da entrada dos fundos, e avançou com o guarda-sol, o rosto cheio de determinação. Foi Thomas quem acertou o primeiro golpe. Empunhando a espada, rasgou o peito da criatura que vinha para cima dele com os braços esticados. A máquina cambaleou para trás, chiando ruidosamente, com faíscas vermelhas esguichando do peito como sangue. Jessamine riu diante da cena e atacou com o guarda-sol. A ponta giratória fatiou as pernas de duas das criaturas, derrubando-as e fazendo com que se debatessem no chão como peixes.

Mortmain pareceu contrariado.

— Ora, por favor. Você... — Estalou os dedos, apontando para um autômato que tinha algo parecido com um tubo metálico soldado no pulso direito. — Livre-se dela. Da Caçadora de Sombras.

A criatura levantou o braço desajeitadamente. Uma rajada de fogo vermelho foi cuspida pelo tubo metálico. Atingiu Jessamine em cheio no peito, jogando-a para trás. O guarda-sol escapou das mãos dela ao atingir o chão; seu corpo tremia e os olhos estavam abertos e vítreos.

Nathaniel, que tinha se colocado ao lado de Mortmain nas margens da briga, riu.

O ódio passou por Tessa vibrando como um raio, impactando-a com tamanha intensidade. Queria se jogar contra Nate, enterrar as unhas na bochecha do irmão e chutá-lo até que gritasse. Sabia que não seria muito difícil. Ele sempre foi covarde no tocante à dor. Começou a avançar, mas as criaturas, tendo lidado com Jessamine, já estavam indo em direção a ela. Thomas, com o cabelo grudado no rosto suado e um longo corte sangrando na frente da camisa, se moveu para colocar-se à frente dela. Lutava magnificamente com a espada, com golpes precisos. Dava para ver que ele estava acabando com as criaturas, mas ainda assim, elas se provavam surpreendentemente ágeis. E, desviando do caminho dele, os seres continuavam vindo com os olhos fixos em Tessa. Thomas girou para ela, o olhar feroz.

— Srta. Gray! Agora! Leve Sophie!

Tessa hesitou. Não queria correr. Queria lutar. Mas Sophie estava encolhida, petrificada atrás dela, com os olhos cheios de pavor.

— Sophie! — gritou ele, e Tessa pôde ouvir o que havia em sua voz; soube que estava certa quanto aos sentimentos que Thomas nutria por Sophie. — O Santuário! *Vá!*

— Não! — gritou Mortmain, voltando-se para a criatura que havia atacado Jessamine.

Ao erguer o braço, Tessa agarrou o pulso de Sophie e começou a arrastá-la para a escada. Um raio de fogo vermelho atingiu a parede ao lado delas, queimando a pedra. Tessa gritou, mas não desacelerou, puxando Sophie para a escadaria em espiral, o cheiro de fumaça e morte seguindo-as enquanto corriam.

Will atravessou o arco que separava o vestíbulo da sala seguinte — e parou. Jem estava lá, olhando ao redor com espanto. Apesar de não haver saídas além daquela pela qual tinham acabado de entrar, a sra. Dark não estava em lugar algum.

O ambiente, contudo, não estava nem perto de vazio. Provavelmente tinha sido uma sala de jantar um dia, e enormes quadros adornavam as paredes, apesar de terem sido rasgados e cortados a ponto de se tornarem irreconhecíveis. Um enorme lustre de cristal estava pendurado, envolto por teias de aranha que balançavam como antigas cortinas de renda. Provavelmente já esteve sobre uma mesa grande. Agora ficava acima de um chão de mármore pintado com uma série de desenhos necromânticos — uma estrela de cinco pontas dentro de um círculo, que por sua vez estava dentro de um quadrado. Dentro do pentagrama havia uma estátua de pedra repugnante, a figura de algum demônio horroroso, de membros contorcidos e garras nas mãos. Chifres despontavam da cabeça.

Ao redor estavam espalhados vestígios de magia proibida — ossos, penas e pedaços de pele, poças de sangue que pareciam borbulhar como champanhe escuro. Havia gaiolas vazias pelos cantos, uma mesa baixa cheia de facas ensanguentadas e vasilhas de pedra cheias de líquidos escuros com aspecto desagradável.

Em todos os espaços entre as cinco pontas do pentagrama havia símbolos antigos e rabiscos que machucaram os olhos de Will quando ele olhou. Eram o contrário dos símbolos do Livro Gray, que pareciam falar sobre glória e paz. Estes eram símbolos necromânticos que falavam de ruína e morte.

— Jem — disse Will —, estes não são os preparativos para um feitiço de ligação. É um trabalho de necromancia.

— Estava tentando trazer a irmã de volta, não foi o que ela disse?

— Sim, mas não estava fazendo nada além disso. — Uma terrível desconfiança sombria começou a florescer na subconsciência de Will.

Jem não respondeu; parecia estar com a atenção voltada para alguma coisa do outro lado da sala.

— Tem um gato — falou em um sussurro baixo, apontando. — Em uma daquelas gaiolas.

Will olhou para a direção apontada. De fato, um eriçado gato cinzento estava comprimido em uma das gaiolas de animais na parede.

— E?

— Ainda está vivo.

— É um gato, James. Temos coisas mais importantes com as quais nos preocupar...

Mas Jem começou a se moer. Alcançou a jaula do animal e a levantou, segurando-a na altura dos olhos. O gato parecia um persa cinzento, com olhos amarelos que observavam malevolamente o menino. De repente, arqueou as costas e chiou alto, com os olhos fixos no pentagrama. Jem levantou os próprios olhos — e ficou paralisado.

— *Will* — disse em tom de alerta. — Olhe.

A estátua no centro do pentagrama tinha se movido. Não mais agachada, havia se erguido até ficar de pé. Os olhos ardiam com um brilho sulfúrico. Somente quando a fileira tripla de bocas sorriu, Will percebeu que não era pedra, afinal, apenas uma criatura com a pele dura e acinzentada como tal. Um demônio.

Will recuou e atirou Israfel por reflexo, sem esperar que o gesto fosse adiantar. Não adiantou. Ao se aproximar do pentagrama, a lâmina bateu em uma parede invisível e caiu no chão de mármore. O demônio no pentagrama gargalhou.

— Me atacar, aqui dentro? — perguntou, com a voz fina e aguda. — Poderia trazer a tropa do Paraíso e ainda não poderiam fazer nada contra mim! Não há poder angelical capaz de romper este círculo!

— Sra. Dark — disse Will entre os dentes.

— Então me reconhece agora, não é? Ninguém nunca alegou que vocês, Caçadores de Sombras, fossem espertos. — O demônio exibiu os dentes esverdeados. — Eis a minha verdadeira forma. Uma surpresa desagradável para você, suponho.

— Ouso dizer que é uma melhora — disse Will. — Não tinha essa beleza toda antes, e pelo menos os chifres são dramáticos.

— Então o que você é? — perguntou Jem, colocando a gaiola, ainda com o gato dentro, no chão aos seus pés. — Pensei que você e sua irmã fossem feiticeiras.

— Minha irmã era feiticeira — sibilou a criatura que um dia foi a sra. Dark. — Eu sou um demônio de sangue puro, *Eidolon*. Um alterador de forma. Assim como sua preciosa Tessa. Mas ao contrário dela, não posso realmente *me tornar* aquilo que me transformo. Não consigo tocar as mentes dos vivos ou dos mortos. Então o Magistrado não me quis. — A voz da criatura soou levemente ferida. — Ele me escalou para treiná-la. A preciosa protegidinha dele. Assim como à minha irmã. Conhecemos os caminhos da Transformação. Conseguimos forçá-los em Tessa. Mas ela nunca agradeceu.

— Isso deve ter lhe ferido — disse Jem com sua voz mais tranquila. Will abriu a boca, mas ao ver o olhar de alerta de Jem, fechou outra vez. — Ver Tessa conseguir o que você queria sem apreciar o benefício.

— Ela nunca entendeu. A honra que estava recebendo. A glória que seria dela. — Os olhos amarelos ferviam. — Quando fugiu, a fúria do Magistrado se derramou sobre mim; eu o tinha desapontado. Estabeleceu uma recompensa pela minha captura.

Isso espantou Jem, ou pareceu espantá-lo.

— Quer dizer que De Quincey a queria morta?

— Quantas vezes preciso dizer que De Quincey não é o Magistrado? O Magistrado é... — O demônio se interrompeu com um rosnado. — Tenta me enganar, Caçador de Sombras, mas seu truque não vai funcionar.

Jem deu de ombros.

— Não pode ficar nesse pentagrama para sempre, sra. Dark. Eventualmente o resto do Enclave virá. E a mataremos de fome. E então será nossa, e sabe como a Clave lida com aqueles de desrespeitam a Lei.

A sra. Dark sibilou.

— Talvez ele tenha me renegado — disse —, mas ainda tenho mais medo do Magistrado do que de você, ou do seu Enclave.

Mais do que o Enclave. Ela deveria ter medo, pensou Will. O que Jem havia dito era verdade. O demônio deveria temer, mas não temia. Pela experiência de Will, quando alguém que deveria ter medo não tinha, a razão raramente era coragem. Normalmente significava que sabiam de algo que você não sabia.

— Se não nos contar quem é o Magistrado — disse Will, com a voz incisiva como aço —, talvez então possa me responder uma simples pergunta. O Magistrado é Axel Mortmain?

O demônio soltou um ganido, em seguida colocou as mãos ossudas sobre a boca e afundou, com olhos queimando, ao chão.

— O Magistrado. Vai achar que lhe contei. Jamais conquistarei o seu perdão agora...

— Mortmain? — repetiu Jem. — Mas foi ele quem nos alertou... Ah. — Pausou. — Entendi. — Estava muito pálido; Will sabia que os pensamentos de Jem estavam percorrendo a mesma estrada sinuosa que os dele próprio tinham acabado de atravessar. Provavelmente ele teria concluído antes, visto que Will desconfiava que Jem fosse de fato mais esperto do que ele, se não lhe faltasse a tendência a presumir o pior dos outros, e raciocinar a partir disto. — Mortmain mentiu para nós sobre as Irmãs Sombrias e o feitiço de ligação — acrescentou, pensando alto. — Aliás, foi Mortmain que colocou na cabeça de Charlotte que o Magistrado era De Quincey. Não fosse por ele, jamais teríamos desconfiado do vampiro. Mas por quê?

— De Quincey é uma fera desprezível — ganiu a sra. Dark, ainda agachada no pentagrama. Parecia ter decidido que não adiantava mais esconder. — Ele desobedecia Mortmain o tempo todo, querendo para si o título de Magistrado. Tal insubordinação merece castigo.

O olhar de Will encontrou o de Jem. Pôde perceber que ambos estavam pensando a mesma coisa.

— Mortmain enxergou uma oportunidade de jogar as suspeitas sobre um rival — disse Jem. — Por isso escolheu De Quincey.

— Ele deve ter escondido aquelas plantas de autômatos na biblioteca de De Quincey — concordou Will. — De Quincey nunca admitiu que fossem dele, ou sequer pareceu reconhecê-las quando Charlotte lhe mostrou. E Mortmain podia ter dito àqueles autômatos da ponte para alegarem estar trabalhando para o vampiro. Aliás, poderia ter colocado o selo de De Quincey no peito daquela garota mecânica e deixado na Casa Sombria para encontrarmos, tudo para desviar as suspeitas dele.

— Mas Mortmain não foi o único a apontar o dedo para De Quincey — disse Jem, com a voz pesada. — Nathaniel Gray, Will. O irmão de Tessa. Quando duas pessoas contam a mesma mentira...

— Estão trabalhando juntas — concluiu Will.

Sentiu, por um instante, algo que se aproximava de satisfação, mas rapidamente desapareceu. Não tinha gostado de Nate Gray, havia detestado a forma como Tessa o tratara, como se ele não fosse capaz de errar, e desprezou a si mesmo por sentir ciúmes. Saber que tinha razão quanto ao caráter de Nate era uma coisa, mas a que preço?

A sra. Dark riu, um som agudo e choramingado.

— Nate Gray — disse com desdém. — O cachorrinho humano do Magistrado. Vendeu a irmã para Mortmain, vocês sabem. Vendeu por um punhado de prata. Por apenas alguns agrados à vaidade. Jamais trataria minha própria irmã deste jeito. E vocês ainda dizem que demônios são maldosos e os humanos precisam ser protegidos contra nós! — A voz se elevou e ficou estridente.

Will a ignorou; sua mente estava a mil. Santo Deus, aquela história toda de Nathaniel sobre De Quincey não tinha passado de um truque, uma mentira para enviar a Clave em uma trilha falsa. Então por que Mortmain teria aparecido logo que saíram? *Para se livrar de nós, de mim e de Jem*, pensou Will, sinistramente. *Nate não tinha como saber que não iríamos com Charlotte e Henry. Teve que improvisar alguma coisa rapidamente quando ficamos para trás*. Daí o truque extra de Mortmain. Nate esteve com Mortmain desde o princípio.

E agora Tessa está no Instituto com ele. Will se sentiu enjoado. Queria virar de costas e correr pela porta, voltar para o Instituto e bater a cabeça de Nathaniel contra a parede. Somente anos de treinamento e medo de que algo acontecesse com Henry e Charlotte o mantiveram onde estava.

Will voltou-se para a sra. Dark.

— Qual é o plano dele? O que o Enclave encontrará ao chegar a Carleton Square? Chacina? *Responda*! — gritou. O medo fez sua voz estalar. — Ou, pelo Anjo, vou me certificar de que a Clave a torture antes de a matarem. Qual é o plano de Mortmain?

Os olhos amarelos da sra. Dark brilharam.

— Com o que o Magistrado se importa? — sibilou. — Com o que sempre se importou? Ele detesta os Nephilim, mas o que quer de verdade?

— Tessa — disse Jem imediatamente. — Mas ela está segura no Instituto, e mesmo o exército mecânico não pode invadir. Mesmo sem que estejamos lá...

Com a voz chiada, a sra. Dark falou:

— Uma vez, quando o Magistrado ainda confiava em mim, conversou comigo sobre um plano que tinha de invadir o Instituto. Planejava pintar as mãos das criaturas mecânicas com o sangue de um Caçador de Sombras, permitindo assim que as portas se abrissem.

— O sangue de um Caçador de Sombras? — repetiu Will. — Mas...

— Will. — Jem estava com a mão no peito, onde a criatura mecânica havia lhe rasgado a pele nos degraus do Instituto. — *Meu* sangue.

Por um instante, Will ficou completamente imóvel, olhando para o amigo. Então, sem uma palavra, virou-se e correu para as portas da sala de jantar; Jem, pausando apenas para pegar a gaiola do gato, foi atrás. Ao alcançarem-nas, elas se fecharam como se tivessem sido empurradas, e Will freou. Girou para ver Jem atrás, estarrecido.

No pentagrama, a sra. Dark uivava de tanto gargalhar.

— Nephilim — engasgou-se entre os gritos. — Tolo, tolo Nephilim. Onde está seu anjo agora?

Diante deles, chamas enormes lambiam as paredes, tocando as cortinas que cobriam as janelas, brilhando nos contornos do chão. As chamas ardiam em uma estranha cor azul-esverdeada e tinham um cheiro forte e ruim — um cheiro demoníaco. Dentro da gaiola, o gato estava agitado, se jogando contra as grades e berrando.

Will sacou uma segunda lâmina serafim do cinto e berrou:

— *Anael*! — Uma luz explodiu da lâmina, mas a sra. Dark apenas riu.

— Quando o Magistrado vir seus corpos incinerados — gritou —, me perdoará! Me receberá de volta!

A risada se elevou, alta e horrível. O quarto já estava escuro com a fumaça. Jem, levantando a manga para cobrir a boca, disse, tossindo, para Will:

— Mate ela, Will. Mate e o fogo vai parar.

Will, segurando firme no cabo de Anael, rosnou:

— Acha que não o faria se pudesse? Ela está no pentagrama.

— Eu *sei*. — Os olhos de Jem estavam carregados de significado. — Will, *faça-o cair*.

Porque era Jem, Will entendeu imediatamente, sem que ele precisasse ser explícito. Girando para ficar de frente para o pentagrama, ergueu Anael, que brilhava, mirou, e arremessou — não na direção do demônio, mas na da espessa corrente de metal que sustentava o enorme lustre. A lâmina atravessou a corrente como uma faca cortando papel, produzindo um ruído rasgado, e o demônio só teve tempo de gritar mais uma vez antes que o enorme lustre descesse, como um cometa de metal retorcido e de vidro estilhaçado. Will protegeu os olhos com o braço enquanto uma chuva de escombros caía sobre eles — pedaços de pedra, fragmentos de cristal e lascas de ferrugem. O chão balançou sob ele como num terremoto.

Quando tudo enfim ficou quieto, abriu os olhos. O lustre estava despedaçado e parecia os restos de um navio destruído no fundo do mar. Poeira subia como fumaça, e de um canto da pilha de vidro estilhaçado e metal, um rastro de sangue negro-esverdeado escorria pelo mármore.

Jem estava certo. As chamas se apagaram. O próprio Jem, ainda segurando a alça da gaiola do gato, examinava os escombros. Seus cabelos já claros tinham ficado ainda mais brancos com o pó de gesso, e as bochechas estavam sujas de cinzas.

— Muito bem, William — disse.

Will não respondeu; não tinha tempo para isso. Empurrando as portas — que agora abriram facilmente sob suas mãos —, correu para fora da sala.

Tessa e Sophie correram juntas pelos degraus do Instituto até Sophie dizer, arfando:

— Aqui! Esta porta! — Tessa a abriu e se apressou pelo corredor. Sophie arrancou o pulso do aperto de Tessa, voltando para fechar a porta atrás delas e passar a tranca. Apoiou-se nela por um instante, respirando forte, com o rosto marcado por lágrimas.

— Srta. Jessamine — sussurrou. — Acha que...

— Não sei — disse Tessa. — Mas ouviu Thomas. Temos que chegar ao Santuário, Sophie. É onde estaremos seguras. — *E Thomas quer que eu me certifique de que esteja em segurança.* — Terá que me mostrar onde fica. Não sei chegar sozinha.

Lentamente, Sophie concordou com um aceno de cabeça e se levantou. Em silêncio, guiou Tessa por vários corredores sinuosos até chegarem a um do qual se lembrava da noite em que conheceu Camille. Após tirar um lampião de um suporte na parede, Sophie a acendeu e elas se apressaram, até finalmente chegarem às grandes portas de ferro com os símbolos de *C*s. Diante das portas, Sophie pôs a mão na boca.

— A chave! — sussurrou. — Esqueci a maldita.... perdoe-me, senhorita-chave!

Tessa sentiu uma onda de raiva e frustração, mas se conteve. Sophie tinha acabado de ver uma amiga morrer nos próprios braços; não poderia culpá-la por esquecer uma chave.

— Mas sabe onde Charlotte guarda?

Sophie assentiu.

— Vou correr e buscar. Espere aqui.

Ela acelerou pelo corredor. Tessa observou enquanto ela se afastava até as mangas e o chapéu branco desaparecerem nas sombras, e ficou sozinha na escuridão. A única luz no corredor vinha da iluminação que vazava por baixo das portas do Santuário. Encostou na parede como se pudesse desaparecer nas sombras densas que se acumulavam ao seu redor. Não parava de ver o sangue vazando do peito de Agatha, manchando as mãos de Sophie; não parava de ouvir o som frio da risada de Nate enquanto Jessamine caía...

E a ouviu novamente, dura e quebradiça como vidro, ecoando pela escuridão atrás dela.

Certa de que estava imaginando coisas, Tessa virou-se, ficando de costas para as portas do Santuário. Diante dela, no corredor, onde há poucos instantes não havia nada, havia alguém. Alguém com cabelos claros e um sorriso no rosto. Alguém com uma faca longa e fina na mão direita.

Nate.

— Minha Tessie — disse. — Aquilo foi impressionante. Não pensei que nem você, nem a servente pudessem correr tão depressa. — Girou a faca entre os dedos. — Infelizmente para você, meu mestre me presenteou com certos... poderes. Consigo me mover com mais rapidez do que pode imaginar. — Sorriu. — Provavelmente muito mais do que você consegue, a julgar pelo tempo que demorou para entender o que estava acontecendo lá embaixo.

— Nate. — A voz de Tessa tremeu. — Não é tarde demais. Você pode parar com isto.

— Parar com *o quê*? — Nate olhou diretamente para ela, pela primeira vez desde que se ajoelhou diante de Mortmain. — Parar de adquirir incríveis poderes e vasto conhecimento? Parar de ser o assistente favorito do homem mais poderoso de Londres? Seria um tolo se parasse com isto, maninha.

— Assistente favorito? Onde ele estava quando De Quincey estava prestes a drenar todo o seu sangue?

— Eu tinha desapontado o Magistrado — disse Nate. — *Você* o desapontou. Fugiu das Irmãs Sombrias mesmo sabendo o que iria me custar. Seu amor fraterno deixa a desejar, Tessie.

— Deixei as Irmãs Sombrias me torturarem por você, Nate. Fiz *tudo* por você. E você... Você me deixou acreditar que De Quincey era o Magistrado. Tudo o que alegou que De Quincey fez foi na verdade obra de Mortmain, não é? Era ele quem me queria. Ele que contratou as Irmãs Sombrias. Toda aquela bobagem sobre De Quincey foi só para tirar o Enclave do Instituto.

Nate sorriu.

— O que a tia Harriet costumava dizer... Que a esperteza que vem tarde mal pode ser chamada de esperteza?

— E o que o Enclave encontrará ao chegar no endereço em que alegou ser o ninho de De Quincey? Nada? Uma casa vazia, uma ruína queimada? — Começou a recuar para se afastar dele até que as costas bateram nas frias portas de ferro.

Nate a seguiu, os olhos brilhando como a lâmina que tinha na mão.

— Oh, céus, não. Aquela parte foi verdade. Não adiantaria nada deixar que o Enclave percebesse logo que tinham feito papel de tolos, adiantaria? Melhor mantê-los ocupados, e a limpeza do esconderijo de De Quincey os deixará bastante ocupados de fato. — Deu de ombros. — Foi você quem me deu a ideia de deixar a culpa toda recair sobre o vampiro, sabia? Depois do que aconteceu na outra noite, ele era um homem morto, de qualquer forma. Os Nephilim estavam de olho nele, o que o tornava inútil para Mortmain. Enviar o Enclave para se livrar dele, e Will e Jem para livrar meu mestre da pestilenta sra. Dark... bem, são três coelhos com uma cajadada só, não é mesmo? E um plano muito inteligente de minha parte, se me permite dizer.

Estava se gabando, Tessa pensou enojada. Orgulhoso de si mesmo. Boa parte dela queria cuspir na cara do irmão, mas sabia que deveria mantê-lo falando, para se dar uma chance de pensar em uma maneira de escapar.

— Certamente nos enganou — disse, odiando a si mesma. — Quanto daquela história é verdade? Quanto é mentira?

— Boa parte é verdade, se quer saber. As melhores mentiras são baseadas ao menos em parte na verdade — desdenhou. — Vim para Londres achando que fosse chantagear Mortmain com meus conhecimentos sobre suas práticas ocultas. O fato foi que ele não deu a mínima para isso. Queria dar uma olhada em mim porque não tinha certeza. Ele não sabia se eu era o primeiro ou o segundo filho dos nossos pais. Achou que eu pudesse ser *você*. — Sorriu. — Ficou muito feliz quando descobriu que não era por mim que procurava. Queria uma menina.

— Mas por quê? O que ele quer comigo?

Nate deu de ombros.

— Não sei. Nem me importo. Disse que se eu a conseguisse para ele, e você fosse tudo o que ele esperava que fosse, faria de mim um discípulo. Depois que você fugiu, ele me entregou a De Quincey como vingança. E quando você me trouxe aqui, para o coração dos Nephilim, foi minha chance de oferecer ao Magistrado o que eu tinha perdido antes.

— Entrou em contato com ele? — Tessa se sentiu enojada. Pensou na janela aberta da sala de estar, no rosto ruborizado de Nate, na alegação de que não a tinha aberto. De algum forma, Tessa soube que foi naquele instante que Nate enviou um recado a Mortmain. — Você avisou onde estava? Que estava disposto a nos trair? Mas você podia ter ficado! Teria ficado seguro!

— Seguro e sem poder. Aqui sou um humano comum, fraco e desprezível. Mas como discípulo de Mortmain, estarei à direita dele quando governar o Império Britânico.

— Você está louco — disse Tessa. — Isto tudo é ridículo.

— Garanto a você que não é. Ano que vem, a essa altura, Mortmain estará no Palácio de Buckingham. O Império se curvará diante dele.

— Mas você não estará ao lado dele. Eu vi como ele olha para você. Não é um discípulo; é uma ferramenta. Quando conseguir o que quiser, ele o descartará como lixo.

O punho de Nate se apertou em torno da faca.

— Não é verdade.

— É, sim — disse Tessa. — Nossa tia sempre disse que você confiava demais nas pessoas. É por isso que é tão péssimo jogador, Nate. É um mentiroso, mas nunca consegue perceber quando estão mentindo para você. A tia dizia...

— Tia Harriet. — Nate riu suavemente. — Tão horrível a maneira como ela morreu... — Sorriu. — Não achou um pouco estranho demais quando enviei uma caixa de chocolates? Algo que eu sabia que *você* não ia gostar? Algo que eu sabia que apenas ela comeria?

Tessa sentiu náuseas, uma dor no estômago como se a faca de Nate a estivesse perfurando.

— Nate... Você não faria isso... A tia Harriet te amava!

— Você não tem ideia do que eu faria, Tessie. A menor ideia. — Ele falou rapidamente, quase febril de tanta intensidade. — Pensa em mim como um tolo. Seu irmão idiota que precisa ser protegido contra o mundo. Tão facilmente enganado e explorado. Ouvia você e a tia falando sobre mim. Sei que nenhuma das duas jamais achou que eu fosse chegar a algum lugar, jamais faria nada de que sentiriam orgulho. Mas agora fiz. *Agora fiz* — rosnou, como se não percebesse a ironia das próprias palavras.

— Virou um assassino. E ainda acha que tenho que sentir orgulho? Tenho vergonha de ser sua parente.

— Minha parente? Você não é sequer humana. É uma *coisa*. Não é parte de mim. A partir do momento em que Mortmain me contou o que você realmente é, você morreu para mim. Não tenho irmã.

— Então por que — disse Tessa, com a voz tão baixa que ela própria mal pôde ouvir —, continua me chamando de Tessie?

Por um instante, ele a olhou confuso. E, ao retribuir o olhar do irmão — aquele que achou que era tudo o que lhe restava no mundo — alguma coisa se moveu além do ombro de Nate, e Tessa se perguntou se estava vendo coisas, se estava prestes a desmaiar.

— Eu não estava chamando você de Tessie — disse. Parecia espantado, quase perdido.

Uma sensação insuportável de tristeza tomou conta dela.

— Você é meu irmão, Nate. Sempre será.

Ele apertou os olhos. Por um instante, Tessa achou que talvez ele tivesse *ouvido*. Que talvez fosse reconsiderar.

— Quando você pertencer a Mortmain — falou —, estarei ligado a ele para sempre. Pois terá sido eu a tornar isso possível.

O coração de Tessa afundou. A coisa atrás do ombro de Nate se moveu novamente, algo remexendo as sombras. Era real, pensou Tessa. Não estava imaginando coisas. Havia alguma coisa atrás dele. *Sophie*, pensou. Torceu para que a menina tivesse o bom-senso de fugir antes que Nate a atacasse com a faca.

— Venha comigo, então — disse ele. — Não há porque dificultar as coisas. O Magistrado não vai machucá-la...

— Não pode ter certeza disso — respondeu Tessa. A figura atrás de Nate estava quase alcançando-o. Tinha algo pálido e brilhante na mão. Tessa lutou para manter os olhos fixos no rosto de Nate.

— Tenho certeza. — Soava impaciente. — Não sou tolo, Tessa...

A figura explodiu em movimento. O objeto claro e brilhante se ergueu sobre a cabeça de Nate, e desceu com uma batida forte. Nate caiu para a frente, sucumbindo ao chão. A lâmina rolou da sua mão quando ele caiu sobre o tapete e ali permaneceu, parado, com sangue manchando o cabelo louro.

Tessa levantou os olhos. Sob a pouca luz, pôde ver Jessamine sobre Nate, com uma expressão furiosa no rosto e os restos de uma lampião ainda na mão.

— Talvez não seja um tolo. — Cutucou desdenhosamente com o pé o corpo caído de Nate. — Mas também não foi o seu momento mais brilhante.

Tessa só conseguiu a encarar.

— *Jessamine?*

A menina olhou para ela. O colarinho do vestido estava rasgado, o cabelo soltando dos grampos, e havia um hematoma roxo na bochecha direita. Derrubou o lampião, que quase bateu na cabeça de Nate mais uma vez, e disse:

— Estou bem, se é por isso que está com os olhos tão arregalados. Não era a mim que queriam, afinal.

— Srta. Gray! Srta. Lovelace! — Era Sophie, arfando por ter corrido pelas escadas. Em uma das mãos segurava a fina chave de ferro do Santuário. Olhou para Nate quando chegou ao fim do corredor, boquiaberta com a surpresa. — Ele está bem?

— Ah, e quem se importa se ele está bem? — disse Jessamine, abaixando para pegar a faca que Nate tinha deixado cair. — Depois das mentiras que ele contou! Mentiu para *mim*! Realmente acreditei... — Seu rosto ficou vermelho-escuro. — Bem, agora não importa. — Ela endireitou-se e voltou-se para Sophie, com o queixo erguido. — Não fique aí parada olhando, Sophie, abra a porta do Santuário antes que chegue sabe Deus o que e tente nos matar de novo.

Will saiu correndo da mansão, pelos degraus da frente, com Jem logo atrás. O gramado parecia desolado ao luar; a carruagem continuava onde deixaram. Jem ficou aliviado ao notar que os cavalos não tinham se assustado com todo o barulho, apesar de imaginar que Balios e Xanthos, pertencendo aos Caçadores de Sombras há tanto tempo, provavelmente já tinham visto coisa pior.

— Will. — Jem parou ao lado do amigo, tentando esconder o fato de que precisava recuperar o fôlego. — Precisamos voltar ao Instituto o quanto antes.

— Não faço objeção.

Will lançou um olhar penetrante para Jem, que se perguntou se seu rosto estava tão vermelho e febril quanto temia. A droga, que havia tomado em grandes quantidades antes de deixar o Instituto, estava se dissipando mais rápido do que deveria; em outro momento esta percepção teria enchido Jem de ansiedade. Agora deixou o assunto de lado.

— Acha que Mortmain esperava que fôssemos matar a sra. Dark? — perguntou, não porque achava a pergunta urgente e sim porque precisava de mais alguns instantes para recuperar o fôlego antes de subir na carruagem.

Will estava com o casaco aberto, e mexia em um dos bolsos.

— Imagino que sim — disse, quase distraído —, ou provavelmente torceu para isso, o que seria o ideal para ele. Claramente também quer De Quincey morto e decidiu usar os Nephilim como seu bando pessoal de assassinos. — Will sacou uma faca dobrável do bolso interno e olhou satisfeito para ela. — Um cavalo sozinho — observou — é mais veloz do que uma carruagem.

Jem segurou com força a gaiola que estava trazendo. O gato cinzento, atrás das grades, olhava em volta com olhos amarelos interessados.

— Por favor, não diga que vai fazer o que eu acho que vai, Will.

Ele abriu a faca e começou a andar.

— Não há tempo a perder, James. E Xanthos pode conduzir a carruagem muito bem sozinho, se apenas você estiver dentro.

Jem foi atrás, mas a gaiola pesada, somada à febre da sua exaustão, desacelerou o progresso.

— O que vai fazer com essa faca? Não vai matar os cavalos, vai?

— Claro que não. — Will ergueu a lâmina e começou a cortar os arreios de Balios, seu escolhido.

— Ah — disse Jem. — Entendi. Vai cavalgar como Dick Turpin e me deixar aqui. Você enlouqueceu?

— Alguém precisa cuidar do gato. — A cinta e as cordas que prendiam Balios caíram e Will montou.

— Mas... — Agora realmente assustado, Jem repousou a gaiola. — Will, não pode...

Era tarde demais. Will enterrou os calcanhares nos flancos do cavalo. Balios recuou e relinchou, Will se segurando de forma resoluta — Jem podia jurar que o viu *sorrindo* —, e o cavalo correu e atravessou o portão. Dentro de instantes, cavalo e cavaleiro haviam desaparecido de vista.

19
Boadiceia

A marquei como minha já em seu doce e primeiro respiro.
Minha, minha por direito, do berço até o último suspiro
Minha, minha — juraram nossos pais.
— Lord Alfred Tennyson, "Maud"

Quando as portas do Santuário se fecharam, Tessa olhou em volta, apreensiva. A sala estava mais escura do que no dia da visita de Camille. Não havia velas queimando nos candelabros, apenas luz enfeitiçada que piscava nos candeeiros nas paredes. A estátua do anjo continuava derramando suas lágrimas infinitas no chafariz. O ar da sala ainda era gélido, e Tessa estremeceu.

Sophie, tendo guardado a chave de volta no bolso, parecia tão nervosa quanto Tessa.

— Aqui estamos, então — disse. — É muito frio neste lugar.

— Bem, não ficaremos aqui por muito tempo, tenho certeza — disse Jessamine. Continuava segurando a faca de Nate, que brilhava em sua mão. — *Alguém* virá nos resgatar. Will ou Charlotte...

— E encontrará o Instituto cheio de monstros mecânicos — lembrou Tessa. — E Mortmain. — Estremeceu. — Não tenho certeza de que será tão simples quanto diz.

Jessamine olhou para Tessa com olhos escuros e frios.

— Bem, não precisa fazer soar como se a culpa fosse minha. Se não fosse por você, não estaríamos nesta situação.

Sophie, em meio aos pesados pilares, parecia muito pequena. A voz ecoou pelas paredes de pedra.

— Isso não é muito gentil, senhorita.

Jessamine se empoleirou na beira do chafariz, em seguida levantou-se novamente, franzindo o cenho. Agitada, esfregou as costas do vestido, agora úmidas.

— Talvez não, mas é verdade. A única razão pela qual o Magistrado está aqui é Tessa.

— Falei para Charlotte que era tudo culpa minha. — disse Tessa, baixinho. — Falei que era melhor me mandar embora. Ela não quis.

Jessamine balançou a cabeça.

— Charlotte tem o coração mole, assim como Henry. E Will, ele pensa que é o próprio Galahad. Quer salvar todo mundo. Jem também. Nenhum deles é prático.

— Suponho — disse Tessa — que se a decisão fosse sua...

— Você teria saído pela porta sem nada além do meu convite para ir embora — disse Jessamine, torcendo o nariz. Ao ver o jeito como Sophie olhou para ela, acrescentou: — Ora, francamente! Não seja tão moralista, Sophie. Agatha e Thomas ainda estariam vivos se eu estivesse no comando, não estariam?

Sophie empalideceu, a cicatriz na bochecha se destacando como a marca de um tapa.

— Thomas está morto?

Jessamine viu que tinha cometido um erro.

— Não foi o que quis dizer.

Tessa olhou para ela, severamente.

— O que aconteceu, Jessamine? Vimos você machucada...

— E nenhuma das duas pequenas preciosas fizeram muito para ajudar — disse Jessamine, sentando-se com um floreio na parede do chafariz, aparentemente esquecendo de se preocupar com o estado do vestido. —

Eu perdi a consciência... E quando acordei, vi que todos, exceto Thomas, tinham desaparecido. Mortmain também não estava mais lá, mas aquelas criaturas continuavam. Um deles começou a vir em minha direção e procurei meu guarda-sol, mas ele tinha sido destroçado. Thomas estava cercado pelas criaturas. Fui na direção dele, mas me disse para correr, então... Corri. — Ela empinou o queixo desafiadoramente.

Os olhos de Sophie brilharam.

— Você deixou ele lá? Sozinho?

Jessamine repousou a faca na parede com um ruído irritado.

— Sou uma dama, Sophie. Espera-se que um homem se sacrifique pela segurança de uma dama.

— Isso é uma *besteira*! — Os punhos de Sophie estavam cerrados nas laterais do corpo. — Você é uma *Caçadora de Sombras!* E Thomas é apenas um mundano! Poderia tê-lo ajudado. Não o fez porque é egoísta! E... e horrível!

Jessamine olhou espantada para Sophie, com a boca aberta.

— Como ousa falar comigo assim...

Mas interrompeu-se quando a porta do Santuário ressoou com o barulho de uma aldrava pesada contra a porta. Ressoou novamente, e em seguida ouviu-se uma voz familiar chamando por elas:

— Tessa! Sophie! É Will.

— Oh, Graças a Deus — disse Jessamine correndo para a porta, claramente tão aliviada por se livrar da conversa com Sophie quanto por ser resgatada. — Will! É Jessamine. Estou aqui também!

— E vocês três estão bem? — Will parecia ansioso de um jeito que apertou o peito de Tessa. — O que aconteceu? Corremos para cá de Highgate. Vi a porta do Instituto aberta. Como, em nome do Anjo, Mortmain entrou?

— Rompeu as barreiras de proteção de algum jeito — disse Jessamine amargamente, alcançando a maçaneta. — Não imagino como.

— Já não importa agora. Ele está morto. E as criaturas mecânicas estão destruídas.

O tom de Will era reconfortante — então por que, pensou Tessa, não se sentia segura? Virou-se para olhar para Sophie, que estava encarando fixamente a porta, com uma acentuada linha vertical entre os olhos, os lábios movendo-se de leve, como se murmurasse algo para si mesma. Sophie tinha a Visão, Tessa se lembrou — Charlotte mesma tinha lhe contado isso. O senso de desconforto de Tessa subiu e estourou como uma onda.

— Jessamine — gritou. — Jessamine, não abra a porta...

Mas era tarde. A porta estava escancarada. E na entrada estava Mortmain, cercado de monstros mecânicos.

Graças ao Anjo pelos feitiços de disfarce, pensou Will. A visão de um garoto cavalgando sem sela em um cavalo negro pela Farringdon Road normalmente bastaria para erguer sobrancelhas mesmo em uma metrópole caótica como Londres. Mas enquanto Will passava — o cavalo levantando lufadas de poeira londrina ao empinar e relinchar pelas ruas —, ninguém virou a cabeça ou piscou. No entanto, mesmo parecendo não vê-lo, encontravam razões para sair da frente — óculos derrubados, um passo para o lado para evitar uma poça na estrada — e não serem pisoteados.

Eram quase oito quilômetros de Highgate até o Instituto; tinham levado quarenta e cinco minutos para cobrir a distância de carruagem. Will e Balios levaram apenas vinte minutos na viagem de volta, apesar de o cavalo estar arfando e suado quando Will atravessou os portões do Instituto e freou nos degraus da frente.

Seu coração imediatamente afundou. As portas estavam abertas. Escancaradas, como se convidassem a noite. Era terminantemente proibido pela Lei do Pacto deixar as portas de um Instituto abertas. Ele estava certo; havia alguma coisa muito errada.

Desceu do cavalo, as botas fazendo muito barulho contra os paralelepípedos. Procurou uma maneira de prender o animal, mas como tinha cortado os arreios, não tinha como; além do mais, Balios parecia inclinado a mordê-lo. Deu de ombros e foi para os degraus.

Jessamine engasgou-se e deu um salto para trás quando Mortmain entrou no recinto. Sophie gritou e foi para trás de um pilar. Tessa estava chocada demais para se mexer. Os quatro autômatos, dois em cada lado de Mortmain, olhavam para frente com as faces brilhantes como máscaras de metal.

Atrás de Mortmain estava Nate. Uma atadura artesanal, manchada de sangue, estava amarrada em sua cabeça. A base da camisa — que era de Jem — tinha um rasgo esfarrapado. Seu olhar maligno recaiu sobre Jessamine.

— Sua vadia idiota — rosnou, e começou a avançar.

— Nathaniel. — A voz de Mortmain estalou como um chicote; Nate congelou. — Este não é o palco para suas vinganças mesquinhas. Preciso de mais uma coisa de você, e você sabe o que é. Pegue para mim.

Nate hesitou. Olhava para Jessamine como um gato encarando um rato.

— Nathaniel. Para a sala das armas. Agora.

Nate arrastou o olhar para longe de Jessie. Por um momento olhou para Tessa, a raiva em sua expressão se suavizando para um olhar de desprezo. Então se virou e saiu da sala; duas das criaturas mecânicas se afastaram de Mortmain e o seguiram.

A porta se fechou atrás dele e Mortmain deu um sorriso agradável.

— Vocês duas — disse, olhando de Jessamine para Sophie —, saiam.

— Não. — A voz era de Sophie, fraca porém teimosa, apesar de que, para surpresa de Tessa, Jessamine também não demonstrou qualquer inclinação em atender. — Não sem Tessa.

Mortmain deu de ombros.

— Muito bem. — Voltou-se para as criaturas mecânicas. — As duas meninas — disse ele. — A Caçadora de Sombras e a serviçal. Matem-nas.

Quando estalou os dedos, as criaturas mecânicas avançaram. Tinham a velocidade grotesca de ratos em fuga. Jessamine virou para correr, mas tinha dado apenas alguns passos quando um deles a agarrou, levantando-a do chão. Sophie correu entre os pilares como a Branca de Neve fugindo no bosque, mas pouco adiantou. A segunda criatura rapidamente a alcançou, empurrando-a no chão enquanto gritava. Jessamine, por outro lado, estava inteiramente calada; a criatura que a segurava havia colocado uma das mãos sobre sua boca e a outra na cintura, enterrando os dedos cruelmente. Seus pés chutavam o ar inutilmente, como os de uma criminosa se balançando em uma forca.

Tessa ouviu a própria voz surgindo da garganta como se fosse a de uma estranha.

— Pare. Por favor, por favor. Pare!

Sophie havia se livrado de sua criatura e fugia engatinhando pelo chão. Esticando-se, o monstro mecânico a pegou pelo tornozelo e a arrastou, o avental rasgando enquanto ela chorava.

— *Por favor* — disse Tessa novamente, fixando os olhos em Mortmain.

— *Você* pode fazer isso parar, srta. Gray — disse ele. — Prometa que não tentará fugir. — Os olhos de Mortmain ardiam ao olhar para ela. — Então as deixo ir.

Os olhos de Jessamine, visíveis acima do braço metálico que lhe tapava a boca, imploravam a Tessa. A outra criatura estava em pé, segurando Sophie, que se pendurava, flácida, em suas garras.

— Eu fico — disse Tessa. — Tem minha palavra. Claro que fico. Apenas solte as duas.

Houve uma longa pausa. Em seguida:

— Vocês ouviram — disse Mortmain aos monstros mecânicos. — Tirem as duas desta sala. Levem-nas para baixo. Não as machuquem. — Então sorriu, um tênue sorriso ardiloso. — Deixem a srta. Gray sozinha comigo.

Mesmo antes de atravessar as portas da frente, Will sentiu — era uma sensação incômoda de que algo terrível estava acontecendo ali. Na primeira vez que teve essa sensação, tinha 12 anos e segurava aquela maldita caixa — mas jamais imaginou que pudesse sentir algo assim no Instituto.

Primeiro viu o corpo de Agatha, no instante em que cruzou a entrada. Estava deitada de costas, os olhos vítreos encarando o teto, a frente do vestido cinza ensopada de sangue. Uma onda de raiva quase opressora se derramou sobre Will, deixando-o tonto. Mordendo o lábio com violência, curvou-se para fechar os olhos dela antes de se levantar e olhar em volta.

Havia sinais de luta por todos os cantos — fragmentos de metal cortado, engrenagens amassadas e quebradas, esguichos de sangue misturados a piscinas de óleo. Enquanto Will avançava em direção às escadas, pisou nos restos destroçados do guarda-sol de Jessamine. Cerrou os dentes e seguiu para a escadaria.

E lá, encolhido nos degraus mais baixos, viu Thomas, com os olhos fechados, imóvel em uma crescente piscina vermelha. Uma espada repousava no chão ao seu lado, um pouco afastada da mão dele; a ponta estava lascada e endentada como se tivesse sido usada para cortar pedras. Um grande pedaço irregular de metal se projetava de seu peito. Parecia um pouco com a lâmina rasgada de uma serra ou um pedaço de alguma engenhoca metálica maior, pensou Will ao se abaixar ao lado dele.

Will sentiu uma queimação seca no fundo da garganta. Sentia na boca um gosto de metal e fúria. Raramente se lamentava durante uma batalha; guardava as emoções para depois — aquelas que ainda não havia aprendido a enterrar tão profundamente a ponto de mal sentir. Vinha enterrando-as desde os 12 anos. O peito doía agora, mas a voz soou firme quando falou.

— Saudações e Adeus, Thomas — disse esticando a mão para fechar os olhos do outro. — *Ave*...

Uma das mãos se ergueu e o agarrou pelo pulso. Will olhou para baixo, atordoado, quando os olhos turvos de Thomas deslizaram para ele, castanho-claros sob o filme branco da morte.

— Não sou — disse com claro esforço — um Caçador de Sombras.

— Você defendeu o Instituto — disse Will. — Tão bem quanto qualquer um de nós teria feito.

— Não. — Thomas fechou os olhos como se estivesse exausto. O tórax subiu, quase imperceptivelmente; estava com a camisa ensopada, quase preta de tanto sangue. — Você os teria vencido, Mestre Will. Sei que teria.

— Thomas — sussurrou Will.

Queria dizer *fique quieto e estará bem quando os outros chegarem*. Mas Thomas certamente não estaria bem. Era humano; nenhum símbolo de cura poderia ajudá-lo. Will desejou que Jem estivesse aqui, em vez dele. Era Jem que alguém poderia querer diante da morte. Ele podia fazer qualquer um acreditar que as coisas ficariam bem, ao passo que Will secretamente desconfiava que houvesse poucas situações que sua presença não piorasse.

— Ela está viva — disse Thomas sem abrir os olhos.

— O quê? — Will foi pego de surpresa.

— Aquela por quem voltou. Ela. Tessa. Está com Sophie. — Thomas falou como se fosse um fato óbvio para qualquer um que Will teria voltado por Tessa. Tossiu, e uma grande massa de sangue vazou de sua boca e pelo queixo. Ele não pareceu notar. — Cuide de Sophie, Will. Sophie é...

Mas Will nunca descobriu o que Sophie era, porque de repente o aperto de Thomas relaxou e a mão caiu, batendo com força no chão de pedra. Will recuou. Já tinha visto a morte vezes o suficiente e sabia quando tinha chegado. Não houve necessidade de fechar os olhos de Thomas; já estavam fechados.

— Durma, então — disse, sem saber ao certo de onde vinham as palavras —, bom e fiel servo dos Nephilim. E obrigado.

Não era o suficiente, nem perto disso, mas era o que tinha. Will se levantou e correu pelas escadas.

As portas se fecharam atrás das criaturas mecânicas; o Santuário estava completamente silencioso. Tessa podia ouvir a água pingando no chafariz atrás de si.

Mortmain a olhava calmamente. Continuava não tendo medo de olhar para ele, pensou Tessa. Um homem pequeno, comum, com cabelos escuros ficando grisalhos nas têmporas e aqueles estranhos olhos claros.

— Srta. Gray — disse —, torcia para que a primeira vez que estivéssemos juntos fosse uma experiência mais agradável para ambos.

Os olhos de Tessa ardiam. Disse:

— O que você é? Um feiticeiro?

Seu sorriso foi breve e inexpressivo.

— Meramente humano, srta. Gray.

— Mas você faz mágica — disse. — Falou com a voz de Will...

— Qualquer um pode aprender a imitar vozes, com treinamento adequado — disse ele. — Um simples truque, como fazer uma moeda desaparecer. Ninguém nunca espera. Certamente não os Caçadores de Sombras. Acham que humanos não são bons em nada, tanto quanto não são bons para nada.

— Não — sussurrou Tessa. — Não acham isso.

A boca dele se retorceu.

— O quão rápido passou a amá-los, seus inimigos naturais. Logo a treinaremos para deixar isso para trás. — Ele avançou, e Tessa se encolheu. — Não vou machucá-la — disse ele. — Só quero lhe mostrar uma coisa. — Pôs a mão no bolso do casaco e tirou um relógio de ouro, muito bonito, em uma grossa corrente dourada.

Será que ele está querendo ver que *horas* são? Um impulso incontrolável de rir subiu do fundo da garganta de Tessa. Ela o impediu.

Entregou o relógio a ela.

— Srta. Gray — disse —, por favor, aceite isto.

Tessa o encarou.

— Não quero.

Mortmain foi em direção a ela outra vez. Tessa recuou até as saias tocarem a parede baixa do chafariz.

— Pegue o relógio, srta. Gray.

Tessa balançou a cabeça.

— Pegue — disse. — Ou vou chamar meus serviçais mecânicos novamente e farei com que esmaguem as gargantas das suas amigas até que morram. Só preciso ir até a porta para chamá-los. A escolha é sua.

Bile subiu pela garganta de Tessa. Encarou o relógio que ele estendia, pendurado na corrente de ouro. Claramente não tinha dado corda. Os ponteiros há muito haviam parado de girar, o tempo aparentemente congelado à meia noite. As iniciais J. P. S. estavam gravadas na parte de trás com escrita elegante.

— Por quê? — sussurrou. — Por que quer que eu pegue?

— Porque quero que se Transforme — disse Mortmain.

Tessa levantou a cabeça e o encarou, incrédula.

— *O quê?*

— Este relógio pertencia a alguém — disse ele. — Alguém que eu gostaria muito de rever. — A voz estava uniforme, mas havia alguma coisa por trás, uma fome ardente que aterrorizou Tessa mais do que qualquer violência teria. — Sei que as Irmãs Sombrias lhe ensinaram. Sei que conhece seu poder. É a única no mundo que pode fazer o que faz. Sei disso porque *lhe fiz.*

— Você me *fez*? — Tessa o encarou. — Não está dizendo... Não pode ser meu pai...

— Seu pai? — Mortmain deu uma rápida risada. — Sou humano, e não um membro do Submundo. Não existe demônio em mim, nem me relaciono com eles. Não há sangue compartilhado entre nós dois, srta. Gray. No entanto, se não fosse por mim, você não existiria.

— Não entendo — sussurrou Tessa.

— Não precisa entender. — O humor de Mortmain se alterava visivelmente. — Precisa fazer o que digo. E estou dizendo para se Transformar. *Agora.*

Era como estar diante das Irmãs Sombrias outra vez, assustada e alerta, com o coração acelerado, recebendo ordens para acessar a parte de si que a apavorava. Receber ordens para se perder naquela escuridão, naquele nada entre ela e o outro. Talvez fosse fácil fazer o que ele estava mandando — esticar a mão e pegar o relógio, se entregar à pele de outra pessoa como já tinha feito antes, sem vontade ou escolha própria.

Olhou para baixo, para longe do olhar fuzilante de Mortmain, e viu alguma coisa brilhando na parede do chafariz atrás de si. Um esguicho de água, pensou por um instante — mas não. Era outra coisa. Então falou, quase sem intenção.

— Não — disse ela.

Os olhos de Mortmain cerraram.

— Como?

— Eu disse não. — Tessa teve a sensação de estar fora do corpo, assistindo a si mesma enfrentar Mortmain, como quem observa uma estranha. — Não vou fazer. A não ser que me diga o que quis dizer quando falou que me fez. Por que eu sou assim? Por que precisa tanto do meu poder? O que pretende me forçar a fazer para você? Está fazendo mais do que simplesmente construir um exército de monstros. Posso ver isso. Não sou tola como meu irmão.

Mortmain guardou o relógio de volta no bolso. Seu rosto era uma máscara feia de raiva.

— Não — disse ele. — Não é tola como seu irmão. Ele é tolo e covarde. Você é tola com alguma coragem. Apesar de que pouco lhe adiantará. E são suas amigas que vão sofrer por isso. Enquanto você assiste. — Ele se virou e foi em direção à porta.

Tessa abaixou e pegou o objeto que brilhava atrás de si. Era a faca que Jessamine havia deixado lá, a lâmina brilhando sob a luz enfeitiçada do Santuário.

— Pare — gritou ela. — Sr. Mortmain. *Pare.*

Ele então se virou e a viu segurando a faca. Um olhar de divertimento enojado se espalhou em seu rosto.

— Francamente, srta. Gray — disse ele. — Realmente acha que pode me machucar com isso? Acha que vim completamente desarmado? — Ele puxou ligeiramente o casaco e ela viu o cabo de uma pistola, brilhando em seu cinto.

— Não — disse ela. — Não, não acho que possa machucá-lo. — Virou a faca, de modo que o cabo estivesse afastado dela e a lâmina apontando diretamente para o próprio peito. — Mas se der mais um passo em direção a essa porta, prometo a você, enfiarei essa faca no meu coração.

Consertar a bagunça que Will fez com os arreios da carruagem levou mais tempo do que Jem gostaria, e a lua estava preocupantemente alta quando finalmente atravessou os portões do Instituto e freou Xanthos ao pé da escada.

Balios, solto, estava ao lado do corrimão na base da escada, parecendo exausto. Will deve ter cavalgado como o diabo, pensou Jem, mas ao menos chegou em segurança. Era um pequeno conforto, considerando que as portas do Instituto estavam escancaradas, o que o deixou em pânico. A visão parecia tão errada que era como se estivesse vendo um rosto sem olhos ou um céu sem estrelas. Algo que simplesmente não estava certo.

Jem elevou a voz.

— Will? — chamou. — Will, está me ouvindo?

Quando não obteve resposta, saltou do assento do cocheiro da carruagem e esticou a mão para alcançar a bengala com cabeça de jade atrás dele. Segurou-a levemente, examinando o peso. Os pulsos tinham começado a doer, o que o preocupava. Normalmente a abstinência do pó demoníaco começava com uma dor nas articulações, um torpor que se espalhava lentamente até que o corpo inteiro estivesse queimando como fogo. Mas não podia se dar o luxo de sentir essa dor agora. Tinha que pensar em Will e em Tessa. Não conseguia se livrar da imagem dela nos degraus, olhando para ele enquanto pronunciava as palavras antigas. Ela parecia tão preocupada, e pensar que podia estar preocupada com ele despertou em Jem um prazer inesperado.

Virou-se para começar a subir os degraus, mas parou. Alguém já estava descendo. Mais de uma pessoa — um grupo. Estavam iluminados por trás pela luz do Instituto, e por um instante Jem piscou, enxergando apenas silhuetas. Algumas pareciam estranhamente disformes.

— Jem! — A voz era aguda, desesperada. Familiar.

Jessamine.

Despertando, Jem subiu as escadas, e então parou novamente. À sua frente estava Nathaniel Gray, as roupas rasgadas e sujas de sangue. Uma atadura improvisada enrolava sua cabeça e estava ensopada de sangue na têmpora direita. A expressão era sombria.

Em cada um dos lados, haviam autômatos mecânicos, como servos obedientes. Atrás haviam mais dois. Um segurava uma Jessamine que se debatia; o outro uma Sophie mole e semi-inconsciente.

— Jem! — gritou Jessamine. — Nate é um mentiroso. Ele estava ajudando Mortmain o tempo todo; Mortmain é o Magistrado, não De Quincey...

Nathaniel girou.

— Cale-a — ordenou para a criatura mecânica atrás.

Os braços metálicos apertaram Jessamine, que engasgou e se calou, o rosto branco de dor. Os olhos dela se voltaram para o autômato à direita de Nathaniel. Seguindo o olhar, Jem observou que a criatura segurava o familiar quadrado dourado da Pyxis nas mãos.

Ao ver o olhar de Jem, Nate sorriu.

— Ninguém além de um Caçador de Sombras pode tocá-la — disse. — Nenhuma *criatura viva*, quero dizer. Mas um autômato não é vivo.

— Foi tudo por causa disso? — perguntou Jem, estarrecido. — A Pyxis? Para que poderia servir para você?

— Meu mestre quer energias demoníacas, e energias demoníacas ele terá — disse Nate, com pompa. — E não irá se esquecer de que fui eu que consegui para ele.

Jem balançou a cabeça.

— E o que ele vai lhe dar? O que lhe deu para trair sua irmã? Trinta peças de prata?

O rosto de Nate se contorceu, e por um instante Jem achou que pudesse ver, através da bela máscara, o que realmente havia embaixo — algo tão maligno e repulsivo que o fez querer virar de costas e vomitar.

— Aquela coisa — disse ele —, não é minha irmã.

— É difícil acreditar, não é — disse Jem, sem fazer o menor esforço para esconder o desprezo —, que você e Tessa compartilhem alguma coisa, sequer uma única gota de sangue. Ela é muito melhor do que você.

Os olhos de Nathaniel se estreitaram.

— Ela não é problema meu. Pertence a Mortmain.

— Não sei o que Mortmain lhe prometeu — disse Jem —, mas posso garantir que se machucar Jessamine ou Sophie, e se tirar a Pyxis deste território, a Clave irá caçá-lo. Irá encontrá-lo. E matá-lo.

Nathaniel balançou a cabeça lentamente.

— Você não entende — disse ele. — Nenhum dos Nephilim entende. O máximo que podem me oferecer é me deixar viver. Mas o Magistrado pode prometer que *nunca vou morrer.* — Voltou-se para a criatura mecânica à esquerda, a que não estava segurando a Pyxis. — Mate-o — disse.

O autômato saltou em direção a Jem. Era muito mais rápido do que as criaturas que Jem havia enfrentado na Blackfriars Bridge. Mal teve tempo de apertar o botão que soltava a lâmina na ponta da bengala e levantá-la antes de a coisa chegar até ele. A criatura ganiu como um trem quebrando quando Jem enfiou a lâmina diretamente em seu peito e serrou de um lado para o outro, rasgando o metal. A criatura afastou-se girando, esguichando faíscas vermelhas como fogos de artifício.

Nate, atingido pela borrifada de fogo, gritou e saltou para trás, batendo nas chamas que queimavam e faziam buracos em suas roupas. Jem aproveitou a oportunidade para saltar dois dos degraus e bater nas costas de Nate com a parte lisa da bengala, derrubando-o de joelhos. Nate virou para procurar seu protetor mecânico, mas este estava cambaleando de um lado para o outro nos degraus, com faíscas jorrando do peito; parecia claro que Jem havia atingido um dos mecanismos centrais. O autômato segurando a Pyxis ficou estupidamente parado; claramente Nate não era prioridade.

— Soltem as garotas! — gritou Nate para as criaturas mecânicas que seguravam Sophie e Jessamine. — Matem o Caçador de Sombras! Matem ele, ouviram?

Livres, Jessamine e Sophie caíram no chão, ambas engasgando mas claramente ainda estavam vivas. O alívio de Jem foi breve, no entanto, porque o segundo par de autômatos avançou na direção dele com incrível velocidade. Atacou um deles com a bengala. A criatura saltou para trás, desviando, e o outro levantou a mão — não uma mão, na verdade, mas um bloco quadrado de metal, com a borda endentada como um serrote...

Ouviu-se um grito atrás de Jem, e Henry passou por ele, brandindo uma espada imensa. Golpeou com força, arrancando o braço erguido do autômato, que voou pelos ares. A criatura deslizou pelo paralelepípedo, faiscando e sibilando antes de pegar fogo.

— Jem! — Era a voz de Charlotte, que falava alto, alarmada. Jem virou-se e viu o outro autômato chegando por trás. Enfiou a lâmina na garganta da criatura, rasgando os tubos internos de cobre enquanto

Charlotte atacava os joelhos da coisa com o chicote. Com um ganido agudo, sucumbiu ao chão com as pernas destruídas. Charlotte, com o rosto pálido e determinado, chicoteou mais uma vez, enquanto Jem virava para que Henry, que tinha o cabelo ruivo grudado na testa pelo suor, abaixasse a espada. O autômato que havia atacado era agora um monte de sucata no chão.

Aliás, peças mecânicas estavam espalhadas por todo o pátio, algumas ainda queimando, como um campo de estrelas cadentes. Jessamine e Sophie estavam abraçadas; Sophie, cujo pescoço estava marcado com hematomas escuros, apoiava-se na outra menina. Jessamine olhou na direção dos degraus e encontrou os olhos de Jem. Ele achou que essa devia ser a primeira vez que ela realmente parecia feliz em vê-lo.

— Ele não está mais aqui — disse ela. — Nathaniel. Desapareceu com aquela criatura e a Pyxis.

— Não estou entendendo. — O rosto de Charlotte estava ensanguentado e a expressão era de choque. — O irmão de Tessa...

— Tudo o que ele disse era mentira — disse Jessamine. — Aquela história de mandar vocês atrás dos vampiros foi para despistar.

— Santo Deus — disse Charlotte. — Então De Quincey não estava mentindo... — Balançou a cabeça, como se quisesse livrá-la de teias de aranha. — Quando chegamos à casa dele em Chelsea, o encontramos com apenas alguns vampiros, não mais que seis ou sete. Certamente não eram os cem sobre os quais Nathaniel havia alertado, e ninguém conseguiu encontrar nenhuma criatura mecânica. Benedict acabou com De Quincey, mas não antes de o vampiro rir de nós por lhe chamarmos de Magistrado. Disse que Mortmain nos havia feito de bobos. *Mortmain*. E eu achei que ele fosse apenas... um mundano.

Henry sentou-se no degrau de cima, com a espada tilintando.

— Isto é um desastre.

— Will — disse Charlotte entorpecida, como que em um sonho. — E Tessa. Onde eles estão?

— Tessa está no Santuário. Com Mortmain. Will... — Jessamine balançou a cabeça. — Não percebi que estava aqui.

— Está lá dentro — disse Jem, levantando o olhar na direção do Instituto. Lembrou-se do sonho horrível que teve: o Instituto em chamas, um borrão de fumaça sobre Londres e enormes criaturas mecânicas passando por entre os prédios tal qual aranhas monstruosas. — Foi atrás de Tessa.

Mortmain empalideceu.

— O que está fazendo? — perguntou, indo em direção a ela.

Tessa colocou a ponta da lâmina no peito e pressionou. A dor foi aguda, repentina. Sangue floresceu sob o vestido.

— Não se aproxime.

Mortmain parou, o rosto contorcido de raiva.

— O que a faz pensar que me importo se está viva ou morta, srta. Gray?

— Como disse, você me fez — disse Tessa. — Por qualquer razão, desejava que eu existisse. Me valorizou o suficiente para não querer que as Irmãs Sombrias me causassem qualquer dano permanente. De alguma forma, sou importante para você. Ah, não *eu*, é claro. Meu poder. É o que importa para você. — Podia sentir o sangue, morno e úmido, escorrendo pela pele, mas a dor não era nada comparada à satisfação de ver o medo no rosto de Mortmain.

Ele falou entre os dentes:

— O que quer de mim?

— Não. O que quer de *mim*? Me diga. Me diga por que me criou. Diga quem são meus verdadeiros pais. Minha mãe era realmente minha mãe, meu pai o meu pai?

O sorriso de Mortmain estava contorcido.

— Está fazendo as perguntas erradas, srta. Gray.

— Por que sou... Isso que eu sou e Nate é apenas humano? Por que ele não é como eu?

— Nathaniel é apenas seu meio-irmão. Não é mais do que um ser humano e não é um bom modelo. Não se lamente por não ser parecida com ele.

— Então... — Tessa fez uma pausa. Estava com o coração acelerado. — Minha mãe não pode ter sido um demônio — disse baixinho. — Nem nada sobrenatural, porque a tia Harriet era irmã dela e era apenas humana. Então deve ter sido meu pai. Meu pai era um demônio?

Mortmain deu um sorriso feio e repentino.

— Abaixe a faca e lhe darei suas respostas. Talvez possamos até invocar o que foi seu pai, se está tão desesperada para conhecer o homem... Ou devo dizer "a coisa"?

— Então sou uma feiticeira — disse Tessa. Estava com a garganta apertada. — É isso que está dizendo.

Os olhos pálidos de Mortmain estavam cheios de desdém.

— Se insiste — disse ele —, suponho que essa seja a melhor palavra para o que você é.

Tessa ouviu a voz clara de Magnus Bane na cabeça: *Ah, é uma feiticeira. Acredite.* No entanto...

— Não acredito em nada disso — disse Tessa. — Minha mãe nunca teria... Não com um demônio.

— Ela não fazia ideia. — Mortmain soava quase lamentoso. — Não fazia ideia de que estava sendo infiel a seu pai.

O estômago de Tessa doeu. Não era nada que Tessa não tenha considerado antes, nada que já não tivesse imaginado. Mesmo assim, ouvir em voz alta era diferente.

— Se o homem que acreditava ser meu pai não era, e meu verdadeiro pai era um demônio — disse ela —, então por que não tenho a marca que os feiticeiros têm?

Os olhos de Mortmain brilharam com malevolência.

— De fato, por que não tem? Talvez por que sua mãe não fizesse ideia do que ela era, exatamente como você não faz.

— O que está querendo dizer? Minha mãe era humana!

Mortmain balançou a cabeça.

— Srta. Gray, continua fazendo as perguntas erradas. O que não entende é que houve muito planejamento para que você um dia existisse. O plano começou mesmo antes de mim, e eu dei sequência, sabendo que estava gerenciando a criação de uma coisa única no mundo. Uma coisa única que pertenceria a mim. Sabia que um dia me casaria com você e que você seria minha para sempre.

Tessa olhou para ele, horrorizada.

— Mas por quê? Você não me *ama*. Não me conhece. Nem sabia como eu era! Eu podia ser horrorosa!

— Não teria feito diferença. Podia ser tão feia ou tão bonita quanto quisesse. O rosto que veste agora é apenas um de milhares possíveis. Quando aprenderá que não existe uma *verdadeira* Tessa Gray?

— Saia — disse Tessa.

Mortmain a olhou com os olhos pálidos.

— O que foi que disse?

— Saia. Saia do Instituto. Leve os monstros com você. Ou irei apunhalar meu coração.

Por um instante ele hesitou, as mãos abrindo e fechando nas laterais do corpo. Era assim que devia se comportar quando era forçado a tomar decisões rápidas nos negócios — vender ou comprar? Investir ou expandir? Era um homem acostumado a avaliar situações instantaneamente, pensou Tessa. E ela era apenas uma menina. Que chance tinha de vencê-lo?

Ele lentamente balançou a cabeça.

— Não acredito que vá fazer isso. Pode ser uma feiticeira, mas ainda é uma jovem menina. Uma fêmea delicada. — Ele deu um passo em direção a ela. — A violência não é de sua natureza.

Tessa agarrou com firmeza o cabo da faca. Podia sentir tudo — a superfície dura e escorregadia sob os dedos. A dor onde perfurou a pele. As batidas do próprio coração.

— Nem mais um passo — disse com a voz trêmula —, ou vou fazer. Vou cravar a faca.

O tremor na voz pareceu dar convicção a ele; cerrou a mandíbula e deu um passo para a frente, confiante.

— Não, não vai.

Tessa ouviu a voz de Will na própria mente. *Tomou veneno em vez de se permitir ser capturada pelos romanos. Foi mais corajosa do que qualquer homem.*

— Sim — disse. — Farei.

Alguma coisa no próprio rosto deve ter mudado, pois a confiança deixou a expressão de Mortmain quando avançou contra ela, despido da arrogância, tentando desesperadamente alcançar a faca. Tessa girou para longe dele, voltando-se para o chafariz. A última coisa que viu foi a água prateada caindo acima dela ao empurrar a faca contra o peito.

Will estava sem fôlego quando se aproximou das portas do Santuário. Tinha combatido dois autômatos mecânicos na escada e pensou que estava tudo acabado quando uma das criaturas — após ter sido atacada diversas vezes com a espada de Thomas — começou a dar defeito. Ela empurrou a outra pela janela antes de entrar em colapso e cair pelas escadas em um redemoinho de metal e faíscas.

Will tinha cortes nas mãos e nos braços provocados pelos metais endentados das criaturas, mas não tinha parado para fazer um *iratze*. Sacou a estela enquanto corria, e chegou às portas fechadas do Santuário. Rabiscou a superfície das portas com a estela, criando o símbolo de abertura mais rápido de sua vida.

A tranca se abriu. Will levou uma fração de segundo para trocar a estela por uma das lâminas serafim no cinto.

— *Jerahmeel* — sussurrou, e enquanto a lâmina incandescia com fogo branco, chutou as portas do Santuário.

Will congelou, horrorizado. Tessa estava deitada, encolhida perto do chafariz, cuja água estava manchada de vermelho. A frente do vestido azul e branco estava escarlate, e o sangue se espalhava sob o corpo em uma poça crescente. Tinha uma faca na mão direita, o cabo manchado de sangue. Estava com os olhos fechados.

Mortmain se ajoelhava ao lado dela, com a mão no ombro da menina. Olhou para cima quando as portas se abriram e levantou cambaleando, afastando-se do corpo de Tessa. Tinha as mãos vermelhas de sangue e a camisa e o casaco manchados.

— Eu... — começou.

— Você a matou — disse Will. Sua voz soou estúpida aos próprios ouvidos, e muito distante.

Reviu em sua mente a biblioteca da casa onde havia morado com a família quando criança. As próprias mãos na caixa, dedos curiosos soltando o fecho. A biblioteca preenchida com o som de gritos. A estrada para Londres, prateada ao luar. As palavras que passaram por sua mente, diversas vezes, enquanto ele se afastava de tudo o que já tinha conhecido, para sempre. *Perdi tudo, perdi tudo.*

Tudo.

— Não. — Mortmain balançou a cabeça. Estava mexendo em alguma coisa, um anel na mão direita, feito de prata. — Não encostei nela. Foi ela quem fez isso consigo mesma.

— Mentira. — Will avançou, a forma da lâmina serafim sob os dedos, reconfortante e familiar, em um mundo que parecia se alterar e mudar como a paisagem de um sonho. — Sabe o que acontece quando enterro uma destas em carne humana? — disse rouco, erguendo Jerahmeel. — Queima enquanto corta. Vai morrer em agonia, queimando de dentro para fora.

— Acha que está sofrendo a perda dela, Will Herondale? — A voz de Mortmain estava carregada de tormento. — Sua dor não é nada comparada à minha. Anos de trabalho, sonhos, mais do que pode imaginar, desperdiçados.

— Então alegre-se, porque sua dor será de curta duração — disse Will, ao avançar com a lâmina esticada.

Sentiu cortar o tecido do casaco de Mortmain e não encontrou resistência. Ele cambaleou para a frente, então voltou a se endireitar e olhou fixamente. Alguma coisa tilintou no chão aos seus pés, um botão de bronze. A lâmina provavelmente o cortou do casaco de Mortmain. Mas a coisa piscou para ele do chão, como um olho desdenhoso.

Chocado, Will derrubou a lâmina serafim. Jerahmeel caiu no chão, ainda incandescente. Mortmain tinha desaparecido — completamente. Sumiu como um feiticeiro sumiria, um feiticeiro com anos de treinamento na prática da magia. Para um humano, mesmo um humano com conhecimentos ocultos, conquistar tal façanha...

Mas não importava; não agora. Will só conseguia pensar em uma coisa. *Tessa.* Parte desesperado, parte com esperanças, atravessou o salão até onde ela estava. O chafariz emitia seus ruídos reconfortantes enquanto ele se ajoelhava e a levantava nos braços.

Só a tinha segurado deste jeito uma vez, no sótão, na noite em que queimaram a casa de De Quincey. Aquela lembrança vinha a ele frequente e espontaneamente desde então. Agora era uma tortura. O vestido estava ensopado de sangue, assim como o cabelo, e o rosto também estava marcado. Will já tinha visto ferimentos o bastante para saber que ninguém podia perder tanto sangue e sobreviver.

— Tessa — sussurrou.

Abraçou-a. Agora não importava mais o que fazia. Enterrou o rosto na curva do pescoço dela, onde a garganta encontrava o ombro. O cabelo, já começando a enrijecer com sangue, lhe arranhou a bochecha. Podia sentir a pulsação através da pele.

Congelou. A *pulsação*? Seu coração saltou; afastou-se, querendo colocá-la no chão e a viu olhando para ele com olhos cinzentos e arregalados.

— Will — disse ela. — É você mesmo, Will?

Primeiro ele foi inundado por alívio e, em seguida, por pavor. Vira Thomas morrer diante de seus olhos, e agora isto. Ou talvez ela pudesse ser salva? Mas não com Marcas. Como integrantes do Submundo eram curados? Era um conhecimento que somente os Irmãos do Silêncio possuíam.

— Curativos — disse Will, meio para si mesmo. — Preciso buscar curativos.

Will começou a soltá-la, mas Tessa o pegou pelo punho com a mão.

— Will, precisa ter cuidado. Mortmain... Ele é o Magistrado. Estava aqui...

Will sentiu como se estivesse engasgando.

— Não fale. Economize suas forças. Mortmain se foi. Preciso buscar ajuda...

— Não. — Ela apertou ainda mais o punho dele. — Não precisa fazer isso, Will. *Não é meu sangue.*

— O quê? — disse, perplexo. Talvez estivesse delirando, pensou. Mas a pulsação e a voz estavam surpreendentemente fortes para uma pessoa que deveria estar morta. — O que quer que ele tenha feito com você, Tessa...

— *Eu* fiz — disse com a mesma voz firme. — Eu fiz comigo mesma, Will. Foi a única maneira de afastá-lo. Jamais teria me deixado aqui. Não se achasse que eu estava viva.

— Mas...

— Eu me *Transformei*. Quando a faca me tocou, eu me Transformei, só naquele instante. Foi uma coisa que Mortmain disse que me deu a ideia: que o truque do desaparecimento da moeda é simples e ninguém nunca espera.

— Não estou entendendo. E o sangue?

Ela concordou com a cabeça, seu pequeno rosto parecendo aliviado pelo prazer em contar a ele o que tinha feito.

— Teve uma mulher, uma vez, na qual as Irmãs Sombrias me obrigaram a me Transformar, que havia morrido com um tiro. Quando me Transformei nela o sangue jorrou por todo o meu corpo. Eu contei isso pra você? Achei que talvez tivesse, mas não importa... Lembrei, e me Transformei nela, só naquele instante, e o sangue veio, assim como antes. Virei de costas para Mortmain para que ele não pudesse me ver mudando e caí para a frente como se a faca realmente tivesse me perfurado... E a força da Transformação, já que eu fiz tudo tão depressa, me fez quase desmaiar de fato. Tudo ficou escuro e então ouvi Mortmain chamando o meu nome. Sabia que devia ter voltado a mim e que devia fingir estar morta. Acho que ele teria descoberto se você não tivesse chegado. — Olhou para si mesma, e Will poderia jurar que havia um tom ligeiramente presunçoso na voz quando falou: — Enganei o Magistrado, Will! Não achei que fosse possível, ele estava tão confiante sobre a sua superioridade em relação a mim. Mas me lembrei do que disse sobre Boadiceia. Se não fossem as suas palavras, Will...

Ela olhou para ele com um sorriso. O sorriso rompeu qualquer resquício de resistência — na verdade, estilhaçou. Ele tinha se despido das próprias defesas quando achou que ela estivesse morta, e não teve tempo de refazê-las. Sem ter o que fazer, puxou-a contra o próprio corpo. Por um instante ela o abraçou forte, calorosa e viva em seus braços. Seu cabelo esfregou na bochecha dele. O mundo tinha voltado a ter cor; ele podia respirar novamente, e naquele instante ele respirou ela. Tinha cheiro de sal, sangue, lágrimas e Tessa. Quando se afastou do abraço dele, estava com os olhos brilhando.

— Quando ouvi sua voz pensei que fosse um sonho — disse ela. — Mas era real. — Estudou o rosto dele com os olhos e, como que satisfeita com o que encontrou, sorriu. — Você é real.

Ele abriu a boca. As palavras estavam lá. Estava prestes a dizê-las quando uma onda de pânico passou por ele. O pavor de alguém que, vagando em uma bruma, para e percebe que está a poucos centímetros de um abismo. A maneira como olhava para ele — podia ler o que tinha em seus olhos, percebeu Will. Devia estar escrito com clareza ali, como palavras na página de um livro. Não teve tempo, nem chance, de esconder.

— Will — sussurrou. — Diga alguma coisa, Will.

Mas não havia nada a dizer. Havia apenas o vazio, como o que havia antes dela. E sempre haveria.

Perdi tudo, pensou Will. *Tudo.*

20

Terrível Maravilha

Todos os homens matam a coisa amada,
Por cada um deles isto seja ouvido,
Alguns o fazem com a expressão amargurada,
Alguns uma palavra lisonjeira tendo dito,
Com um beijo o faz o covarde,
Com a espada o que tem coragem!
— Oscar Wilde "The Ballad of Reading Gaol"

As Marcas que demonstravam luto eram vermelhas para os Caçadores de Sombras. A cor da morte era o branco.

Tessa não sabia disso, não tinha lido no *Códex*, e então se espantou ao ver os cinco Caçadores de Sombras do Instituto saindo para a carruagem, todos vestidos de branco como se fosse um casamento, enquanto ela e Sophie assistiam das janelas da biblioteca. Diversos membros do Enclave tinham sido mortos na limpeza do ninho de De Quincey. Oficialmente o enterro era para eles, apesar de também estarem enterrando Thomas e Agatha. Charlotte havia explicado que enterros de Nephilim geralmente eram apenas para Nephilim, mas uma exceção podia ser feita para aqueles que tivessem morrido a serviço da Clave.

Sophie e Tessa, no entanto, tinham sido proibidas de ir. A cerimônia em si ainda era fechada para elas. Sophie havia dito a Tessa que era melhor assim, que não queria ver Thomas queimar e ter as cinzas espalhadas na Cidade do Silêncio.

— Prefiro lembrar dele como era — disse —, e de Agatha também.

O Enclave havia deixado uma guarda lá, diversos Caçadores de Sombras que haviam se oferecido para ficar e cuidar do Instituto. Levaria um longo tempo, pensou Tessa, antes de o deixarem sem proteção novamente.

Tessa passou todo o tempo em que eles estiveram fora lendo na alcova da janela — nada ligado a Nephilim, demônios ou integrantes do Submundo. Era um exemplar de *Um conto de duas cidades* que havia encontrado na prateleira de Charlotte de livros de Dickens. Estava decidida a não pensar em Mortmain, Thomas ou Agatha, nas coisas que Mortmain havia dito a ela no Santuário — e, principalmente, não pensaria em Nathaniel e em onde poderia estar agora. Qualquer pensamento sobre o irmão fazia seu estômago apertar e os olhos arderem.

E isso não era tudo o que tinha em mente. Dois dias antes, tinha sido forçada a aparecer diante da Clave, na biblioteca do Instituto. Um homem que os outros chamavam de Inquisidor a interrogou diversas vezes sobre o tempo que passou com Mortmain, atento a qualquer mudança na história, até que ela estivesse exausta. Tinham perguntado sobre o relógio que ele ofereceu, se ela conhecia o dono ou se as inicias J. T. S. tinham algum significado para ela. Não tinham, ele o havia levado consigo quando desapareceu, Tessa afirmou, e isso provavelmente não mudaria. Interrogaram Will também, sobre o que Mortmain havia dito a ele antes de desaparecer. Will tolerou o interrogatório com total impaciência, o que não foi surpresa para ninguém, e eventualmente foi dispensado com sanções, por grosseria e insubordinação.

O Inquisidor até solicitou que Tessa tirasse as roupas para que pudesse ser revistada em busca de uma marca de feiticeiro, mas Charlotte descartou imediatamente essa possibilidade. Quando Tessa finalmente foi autorizada a ir embora, saiu pelo corredor atrás de Will, mas ele já tinha ido. Passaram-se dois dias desde então, e nesse tempo mal o tinha visto ou falado com ele, exceto por cumprimentos educados na frente dos outros. Quando o olhou, ele desviou o olhar. Quando deixou o recinto, torcendo para que ele fosse atrás, ele não foi. Era enlouquecedor. Não podia deixar de imaginar se era a única que achava que alguma coisa significante havia acontecido entre os dois no chão do Santuário. Tinha acordado de uma escuridão mais profunda do que qualquer outra que já houvesse encontrado durante uma Transformação antes e vira Will a segurando, com uma expressão de desespero estampada no rosto. E certamente não foi imaginação a maneira como tinha ele dito seu nome ou olhado para ela.

Não. Não podia ter imaginado isso. Will gostava dela, tinha certeza. Sim, tinha sido grosseiro quase o tempo todo desde que a conheceu, mas isso sempre acontecia em romances. Veja como Darcy foi grosso com Elizabeth Bennet antes de pedi-la em casamento, e até mesmo quando pediu. E Heathcliff nunca foi nada além de rude com Cathy. Mas tinha que admitir que em *Um conto de duas cidades*, tanto Sydney Carton quanto Charles Darnay tinham sido muito gentis com Lucie Manette. *No entanto tive a fraqueza, e ainda tenho, de desejar que soubesse com que maestria me acendeu, o monte de cinzas que sou, em fogo...*

O que mais perturbava era o fato de que desde aquela noite no Santuário, Will não tinha nem olhado para ela ou dito seu nome novamente. Pensava saber a razão para isso — supôs quando viu a maneira como Charlotte olhava para ela, como todos andavam quietos ao seu redor. Era evidente. Os Caçadores de Sombras a mandariam embora.

E por que não deveriam? O Instituto era para os Nephilim, não para integrantes do Submundo. Tinha trazido morte e destruição para o lugar no curto período em que estivera ali. Só Deus sabe o que aconteceria se permanecesse. É claro que não tinha para onde ir, nem ninguém para *ir de encontro*, mas por que isso importaria para eles? A Lei do Pacto era a Lei do Pacto; não podia ser alterada ou transgredida. Talvez acabasse morando com Jessamine, afinal, em alguma casa em Belgravia. Havia destinos piores.

O barulho das rodas da carruagem nos paralelepípedos lá fora, anunciando o retorno dos demais da Cidade do Silêncio, arrancou Tessa de seu sombrio devaneio. Sophie desceu as escadas apressadamente para saudá-los, enquanto Tessa observava pela janela enquanto saíam da carruagem, um a um.

Henry estava com o braço em volta de Charlotte, que se apoiava nele. Depois veio Jessamine com flores brancas no cabelo. Tessa teria admirado sua aparência, se não tivesse a leve suspeita de que Jessamine provavelmente gostava de funerais porque ficava especialmente bonita de branco. Depois veio Jem, e em seguida Will, parecendo duas peças de xadrez de um jogo estranho, visto que tanto o tom de cabelo prateado de Jem quanto as madeixas pretas de Will contrastavam com a palidez das roupas. Cavaleiro Branco e Cavaleiro Negro, Tessa pensou ao vê-los subindo os degraus e desaparecendo dentro do Instituto.

Tinha acabado de repousar o livro no assento ao lado quando a porta da biblioteca se abriu e Charlotte entrou, ainda retirando as luvas. Não estava mais de chapéu, e o cabelo castanho se destacava em cachos em volta do rosto.

— Pensei que fosse encontrá-la aqui — disse, atravessando a sala para se sentar na cadeira em frente a Tessa, que estava sob a janela. Colocou as luvas brancas na mesa e suspirou.

— E então, foi...? — começou Tessa.

— Horrível? Foi. Detesto funerais, apesar de o Anjo saber que já fui a muitos. — Charlotte pausou e mordeu o lábio. — Estou parecendo Jessamine. Esqueça o que disse, Tessa. Sacrifício e morte são partes da vida na Caça às Sombras, e sempre aceitei isso.

— Eu sei. — Estava muito silencioso. Tessa imaginou que pudesse sentir o coração batendo, como o tique de um relógio em uma grande sala vazia.

— Tessa... — começou Charlotte.

— Já sei o que vai dizer, Charlotte, e não tem problema.

Charlotte piscou.

— Sabe? Não... tem?

— Quer que eu vá embora — disse Tessa. — Sei que se reuniu com a Clave antes do funeral. Jem me contou. Não acreditei que eles concordariam com você em relação a me deixar ficar. Após todos os problemas e o horror que trouxe a vocês. Nate. Thomas e Agatha...

— A Clave não se importa com Thomas e Agatha.

— A Pyxis, então.

— Sim — disse Charlotte lentamente. — Tessa, acho que se enganou totalmente. Não vim para pedir que vá; vim pedir que fique.

— Ficar? — As palavras pareciam sem qualquer significado. Certamente Charlotte não estava falando sério. — Mas a Clave... Devem estar furiosos...

— *Estão* furiosos — disse Charlotte. — Comigo e com Henry. Fomos enganados por Mortmain. Ele nos usou como seus instrumentos, e permitimos isso. Senti tanto orgulho da maneira inteligente e hábil com que assumi o comando ao lidar com ele que em momento algum parei para pensar que talvez *ele* estivesse no comando. Não parei para pensar que nenhuma outra criatura viva, além de Mortmain e do seu irmão, havia confirmado que De Quincey era o Magistrado. Todas as outras provas eram circunstanciais e, no entanto, me deixei convencer.

— Era tudo muito convincente. — Tessa apressou-se em confortar Charlotte. — O selo que encontramos no corpo de Miranda. As criaturas na ponte.

Charlotte emitiu um ruído amargo.

— Eram todos personagens de uma peça que Mortmain armou. Sabia que, por mais que tenhamos pesquisado, não encontramos uma única prova que indique que outros membros do Submundo controlem o Clube Pandemônio? Nenhum dos membros mundanos faz ideia e, como destruímos o clã de De Quincey, os integrantes do Submundo estão mais desconfiados de nós do que nunca.

— Mas faz apenas alguns dias. Will levou seis semanas para encontrar as Irmãs Sombrias. Se continuar procurando...

— Não temos tanto tempo. Se o que Nathaniel disse a Jem for verdade, e os planos de Mortmain sejam utilizar as energias demoníacas dentro da Pyxis para animar as criaturas mecânicas, só temos o tempo que levarão para abrir a caixa. — Deu de ombros. — A Clave, óbvio, acredita que isso seja impossível. A Pyxis só pode ser aberta com símbolos antigos e somente um Caçador de Sombras pode desenhá-los. Porém, somente um Caçador de Sombras deveria poder ter acesso ao Instituto.

— Mortmain é muito esperto.

— Sim. — As mãos de Charlotte estavam firmemente entrelaçadas sobre o colo. — Sabia que foi Henry quem contou a Mortmain sobre a Pyxis? Como se chama, e o que faz?

— Não... — As palavras de conforto de Tessa sumiram.

— Ninguém mais poderia. Ninguém sabe disso. Só eu e Henry. Ele quer que eu conte para a Clave, mas não o farei. Já o tratam tão mal, e eu... — A voz de Charlotte falhou, mas o rosto estava firme. — A Clave está montando um tribunal. A minha conduta e a de Henry serão examinadas e votadas. É possível que percamos o Instituto.

Tessa ficou estarrecida.

— Mas você é ótima em comandar o Instituto! A maneira como mantém tudo organizado e no lugar, a forma como gerencia tudo.

Os olhos de Charlotte estavam úmidos.

— Obrigada, Tessa. O fato é que Benedict Lightwood sempre quis a posição de coordenador do Instituto para si, ou para o filho. Os Lightwood são uma família muito orgulhosa e detestam receber ordens. Não fosse o fato de que o próprio Cônsul Wayland nomeou a mim e ao meu marido como sucessores do meu pai, tenho certeza de que Benedict *estaria* no comando. Tudo o que eu sempre quis foi governar o Instituto, Tessa. Eu faria qualquer coisa para mantê-lo. Se ao menos você me ajudasse...

— Eu? Mas o que posso fazer? Não sei nada sobre política de Caçadores de Sombras.

— As alianças que firmamos com integrantes do Submundo são alguns dos nossos tesouros mais valiosos, Tessa. Parte da razão pela qual ainda estou aqui é minha parceria com feiticeiros como Magnus Bane e vampiros como Camille Belcourt. E você, você é muito valiosa. Sua habilidade já ajudou o Enclave uma vez; a ajuda que pode nos oferecer no futuro seria incalculável. E se souberem que é minha aliada, só vai me ajudar.

Tessa prendeu a respiração. Em sua mente viu Will — da forma como estivera no Santuário — mas, quase para sua surpresa, ele não era seu único pensamento. Pensou em Jem, com sua bondade e suas mãos gentis; em Henry lhe fazendo rir com suas roupas estranhas e invenções engraçadas; e até em Jessamine, com sua peculiar crueldade e, ocasionalmente, sua coragem.

— Mas a Lei — disse com a voz baixa.

— Não existe Lei contra você permanecer aqui como nossa convidada — disse Charlotte. — Procurei nos arquivos e não encontrei nada que possa impedi-la de ficar, se aceitar. Você aceita, Tessa? Vai ficar?

Tessa subiu correndo as escadas para o sótão; pela primeira vez no que parecia uma eternidade, estava com o coração quase leve. O lugar era essencialmente como se lembrava, as janelas pequenas e altas permitindo a entrada de um pouco de luz do sol poente, pois já era quase crepúsculo. Tinha um balde virado no chão; desviou dele no caminho para as escadas estreitas que levavam ao telhado.

Ele frequentemente pode ser encontrado lá quando está chateado, Charlotte tinha dito. *E raramente vi Will tão chateado. As perdas de Thomas e Agatha foram mais difíceis para ele do que previ.*

Os degraus acabavam em uma portinhola quadrada, com dobradiças em dos lados. Tessa abriu e foi para o telhado do Instituto.

Recompondo-se, olhou em volta. Estava no centro liso e espaçoso do telhado, cercado por uma grade enferrujada na altura da cintura. As barras da grade terminavam em acabamentos em formato de flor-de-lis. Na outra extremidade do telhado estava Will, apoiado na grade. Ele não virou, nem quando a portinhola se fechou atrás dela e ela deu um passo para a frente, esfregando as palmas das mãos arranhadas no tecido do vestido.

— Will — disse.

Ele não se moveu. O sol tinha começado a se pôr como uma torrente de fogo. Do outro lado do Tâmisa, fábricas cuspiam fumaça e deixavam rastros parecidos com dedos escuros contra o céu vermelho. Will estava apoiado na grade como se estivesse exausto, como se pretendesse cair sobre as pontas afiados como lanças e dar um fim a tudo. Não deu qualquer sinal de ter escutado Tessa se aproximar e se colocar ao lado dele. Dali, o telhado íngreme mostrava uma descida vertiginosa até os paralelepípedos abaixo.

— Will — disse novamente. — O que está fazendo?

Ele não olhou para ela. Estava olhando a cidade, um contorno preto contra o céu avermelhado. A cúpula de St. Paul's brilhava em meio ao ar sujo e o Tâmisa corria abaixo, escuro como um chá bem forte, marcado aqui e ali pelas linhas pretas das pontes. Formas escuras se moviam nas margens do rio — mendigos, procurando algo no lixo jogado na água, torcendo para encontrar alguma coisa valiosa que pudessem vender.

— Agora eu lembro — disse Will sem olhar para ela —, o que estava tentando me lembrar no outro dia. Era Blake. "*E observo Londres, uma terrível maravilha humana de Deus.*" — Olhou sobre a paisagem. — Milton achava que o Inferno fosse uma cidade, sabe. Acho que talvez ele estivesse mais ou menos certo. Quem sabe Londres seja apenas a entrada do Inferno e nós somos as almas amaldiçoadas que se recusam a passar, com medo de encontrar do outro lado algo pior do que o horror que já conhecemos.

— Will. — Tessa estava confusa. — Will, o que houve, o que aconteceu?

Ele segurou a grade com as duas mãos, os dedos embranquecendo. As mãos estavam cobertas por cortes e arranhões, as juntas marcadas de vermelho e preto. Também tinha hematomas no rosto, que obscureciam a linha da mandíbula e deixavam roxa a pele sob o olho. O lábio inferior estava cortado e inchado, e ele não tinha feito nada para curá-lo. Não podia imaginar por quê.

— Devia ter sabido — disse — que era um truque. Que Mortmain estava mentindo quando veio aqui. Charlotte sempre elogia minhas habilidades em termos de tática, mas alguém com este talento não confia tão cegamente. Fui um idiota.

— Charlotte acha que a culpa é dela. Henry acha que a culpa é dele. Eu acho que a culpa é *minha* — disse Tessa com impaciência. — Não podemos todos nos dar o luxo de nos culpar, podemos?

— Culpa sua? — Will parecia confuso. — Por Mortmain ser obcecado por você? Isso não me parece...

— Por ter trazido Nathaniel aqui — disse Tessa. Só falar em voz alta fez com que parecesse que seu peito estava sendo esmagado. — Por insistir que confiassem nele.

— Você o amava — disse Will. — Era seu irmão.

— Ainda é — disse Tessa. — E ainda o amo. Mas sei o que ele é. Sempre soube o que era. Só não queria acreditar. Acho que todos mentimos para nós mesmos às vezes.

— Sim. — Will parecia tenso e distante. — Suponho que sim.

Rapidamente, Tessa disse:

— Vim aqui porque tenho boas notícias, Will. Não vai me deixar contar o que é?

— Conte. — A voz dele estava exausta.

— Charlotte disse que posso ficar — disse Tessa. — No Instituto.

Will não disse nada.

— Disse que não há Lei que impeça — prosseguiu Tessa, um pouco desorientada. — Então não preciso ir embora.

— Charlotte jamais a faria ir embora, Tessa. Ela não suporta abandonar sequer uma mosca em uma teia de aranha. Nunca a abandonaria — Não havia vida e nem sentimento na voz de Will. Ele simplesmente relatava um fato.

— Pensei... — A animação de Tessa ia desaparecendo rapidamente. — Que fosse ficar ao menos um pouco satisfeito. Achei que estivéssemos nos tornando amigos. — Ela viu a linha da garganta dele se mover ao engolir em seco, as mãos endurecendo novamente contra a grade. — Como amigo — continuou ela, diminuindo a voz —, passei a admirá-lo, Will. A gostar de você. — Esticou o braço, com a intenção de tocar a mão dele, mas recuou, assustada com a tensão na postura dele, a brancura das juntas que agarravam a grade de metal. As marcas vermelhas de luto se destacavam, escarlates contra a pele branca, como se tivessem sido cortadas com faca. — Pensei que talvez...

Finalmente Will se virou para olhar diretamente para ela. Tessa ficou chocada com a expressão em seu rosto. As sombras abaixo dos olhos estavam tão escuras que pareciam ocas.

Continuou parada, olhando-o, desejando que falasse o que o herói de um livro falaria neste instante. *Tessa, meus sentimentos por você cresceram além de meros sentimentos de amizade. São tão mais raros e preciosos do que isso...*

— Vem aqui. — Foi o que ele disse ao invés. Não havia nada de convidativo em sua voz, ou na postura. Tessa combateu o instinto de se encolher e foi para perto dele, próxima o suficiente para que ele pudesse tocá-la. Ele esticou as mãos e tocou gentilmente seu cabelo, afastando as mechas sobre o rosto. — Tess.

Olhou para ele. Os olhos eram da mesma cor que o céu manchado de fumaça; mesmo ferido, o rosto era lindo. Queria tocá-lo, de um jeito instintivo que não conseguia explicar ou controlar. Quando ele se inclinou para beijá-la, ela se esforçou ao máximo para se segurar até que os lábios deles encontrassem os dela. A boca de Will tocou a dela, que sentiu um gosto de sal, o sabor que emanava da pele macia e ferida onde o lábio estava cortado. Ele a pegou pelos ombros e a puxou para perto, com os dedos entrelaçando o tecido do vestido. Mais até do que no sótão, sentiu-se presa à onda poderosa que a ameaçava com seu balanço, comprimindo e partindo seu corpo, destruindo-a com a suavidade com que o mar destruiria um pedaço de vidro.

Esticou as mãos para os ombros dele, mas ele recuou, olhando para ela, respirando forte. Estava com os olhos brilhantes, os lábios vermelhos e inchados agora tanto pelo beijo quanto pelos ferimentos.

— Talvez — disse ele —, devêssemos discutir nosso esquema, então.

Tessa, ainda com a sensação de que estava se afogando, sussurrou:

— Esquema?

— Se vai ficar — disse ele —, seria melhor sermos discretos. É melhor usarmos o seu quarto. Jem tende a entrar e sair do meu como se fosse a casa dele, e pode achar estranho se encontrar a porta trancada. Os seus aposentos, por outro lado...

— Usar o meu quarto? — repetiu. — Para quê?

O cantinho da boca de Will se contraiu para cima; Tessa, que estava pensando em como era lindo o formato dos lábios dele, demorou um instante para perceber, com uma leve surpresa, que o sorriso era frio.

— Não pode fingir que não sabe... Acredito que você não seja totalmente ignorante em relação ao mundo, Tessa. Não com aquele seu irmão.

— Will. — O calor saía de Tessa como o mar recuando da praia; sentia frio, apesar do ar de verão. — Não sou como meu irmão.

— Gosta de mim — disse Will. Sua voz era fria e segura. — E sabe que admiro você, do jeito que uma mulher sabe quando um homem a admira. Agora veio me contar que estará aqui, disponível para mim, por quanto tempo eu quiser. Estou oferecendo o que pensei que quisesse.

— Não pode estar falando sério.

— E você não pode achar que eu estava querendo dizer algo mais — disse Will. — Não há futuro para um Caçador de Sombras que se envolve com feiticeiros. É possível ser amigo deles, empregá-los, mas não...

— Casar-se com eles? — disse Tessa. Em sua cabeça, via claramente uma imagem do mar. Tinha recuado totalmente da costa, e podia enxergar as pequenas criaturas deixadas engasgando após sua passagem, se debatendo e morrendo na areia.

— Que direta. — Will sorriu; Tessa queria tirar aquela expressão do rosto dele com um tapa. — O que você esperava, Tessa?

— Não esperava que fosse me ofender. — A voz de Tessa ameaçou tremer, mas de algum jeito ela se manteve firme.

— Sua preocupação não pode ser as possíveis consequências indesejáveis de um flerte — disse Will. — Considerando que feiticeiros não podem ter filhos...

— O quê? — Tessa recuou como se tivesse sido empurrada. O chão pareceu instável sob seus pés.

Will olhou para ela. O sol havia sumido quase completamente no céu. Na quase escuridão, os ossos de seu rosto pareciam proeminentes e as linhas nos cantos da boca estavam rígidas como se estivesse sofrendo dor física. Mas quando falou, a voz estava normal.

— Não sabia disso? Pensei que alguém tivesse contado.

— Não — disse Tessa suavemente. — Ninguém me contou.

O olhar de Will estava firme.

— Se não está interessada na minha proposta...

— Pare — disse. Este momento, pensou, era como a borda de um caco de vidro, claro, afiado e doloroso. — Jem disse que você mente para parecer mau — disse ela. — E talvez seja verdade, ou talvez ele simplesmente deseje acreditar nisso. Mas não há razão ou desculpa para uma crueldade destas.

Por um momento ele pareceu incomodado, como se ela realmente o tivesse chocado. A expressão logo desapareceu, como o formato inconstante de uma nuvem.

— Então não há mais nada que eu possa dizer, há?

Sem mais uma palavra, ela deu as costas e se afastou dele, indo na direção dos degraus que levavam de volta ao interior do Instituto. Não virou-se para vê-lo olhando, uma imóvel silhueta escura contra as últimas brasas de um céu que ardia.

Filhos de Lilith, também conhecidos como feiticeiros, são, assim como mulas e outras raças híbridas, estéreis. Não podem produzir descendentes. Não se conhece exceções a esta regra...

Tessa levantou os olhos do *Códex* e olhou fixamente, para nada em particular, mas pela janela da sala de música, apesar de estar escuro demais lá fora para enxergar alguma coisa. Tinha buscado refúgio ali, não querendo voltar para o próprio quarto, onde eventualmente Sophie, ou pior, Charlotte, a descobririam se lamentando. A camada fina de poeira pairando sobre tudo na sala garantia uma probabilidade menor de ser encontrada.

Ficou imaginando como tinha deixado escapar de seu conhecimento estas informações sobre feiticeiros antes. Para ser justa, não estava na seção de feiticeiros do *Códex*, mas na última parte, que falava sobre raças híbridas do Submundo, tais como semifadas e semilobisomens. Não havia semifeiticeiros, aparentemente. Feiticeiros não podiam ter filhos. Will não mentira para machucá-la, falou a verdade. O que parecia pior, de certa forma. Ele sabia que suas palavras não eram um golpe leve, facilmente superável.

Talvez tivesse razão. O que mais podia imaginar que aconteceria? Will era Will, e não deveria ter esperado que ele fosse qualquer outra coisa. Sophie havia alertado e mesmo assim Tessa não escutou. Sabia o que a tia Harriet teria dito sobre meninas que não ouviam bons conselhos. Um leve ruído sussurrado a interrompeu. Virou-se, e primeiramente não viu nada. A única luz no quarto vinha de um solitário candeeiro de luz enfeitiçada. A luz brilhante brincava sobre o piano e a forma escura da harpa coberta com um tecido pesado. Enquanto observava, dois pontos brilhantes de luz surgiram, perto do chão, com uma estranha cor verde-amarelada. Vinham em sua direção, as duas no mesmo ritmo, como lâmpadas gêmeas.

Tessa expirou repentinamente o ar que vinha prendendo. *Ah, claro.* Inclinou-se para a frente.

— Aqui, gatinho. — Emitiu um ruído de persuasão. — Aqui, gatinho, gatinho!

O miado do gato em resposta se perdeu no barulho da porta se abrindo. Vazou luz para dentro e, por um instante, a figura na entrada era uma sombra.

— Tessa? Tessa, é você?

Tessa reconheceu a voz imediatamente — foi tão próxima da primeira coisa que havia dito a ela, na noite em que entrou no quarto: *Will? Will, é você?*

— Jem — disse, resignada. — Sim, sou eu. Seu gato parece ter vagado para cá.

— Não posso dizer que estou surpreso. — Jem parecia entretido. Podia vê-lo claramente agora que tinha entrado luz no ambiente; a luz enfeitiçada do corredor inundava o aposento, e até mesmo o gato estava claramente visível, sentado no chão e limpando o rosto com a pata. Parecia furioso, como gatos persas sempre parecem. — Ele é um pouco andarilho. É como se exigisse ser apresentado a todos... — Jem se interrompeu, olhando para o rosto de Tessa. — O que houve?

Tessa foi tão pega de surpresa que gaguejou.

— P-por quê?

— Estou vendo no seu rosto. Aconteceu alguma coisa. — Sentou-se no banco do piano, diante dela. — Charlotte me deu a boa notícia — disse, enquanto o gato se levantava e atravessava a sala até ele. — Ou pelo menos, achei que fosse boa. Não está feliz?

— Claro que estou feliz.

— Humm. — Jem não pareceu convencido. Abaixado, esticou a mão para o gato, que esfregou a cabeça em seus dedos. — Bom gatinho, Church.

— Church? Esse é o nome do gato? — Tessa se divertiu apesar de tudo. — Meu Deus, ele não era da sra. Dark ou coisa do tipo? Talvez Church não seja o melhor nome para essa coisa!

— Para *ele* — corrigiu Jem fingindo indignação —, e não era propriamente delas, mas sim uma pobre criatura que seria sacrificada como parte de um feitiço necromântico. E Charlotte disse que seria bom ficarmos com ele porque dá sorte ter um gato na igreja. Então começamos a chamá-lo de coroinha da igreja, e o nome pegou... — Deu de ombros. — Church. E se o nome ajudá-lo a se manter fora de perigo, melhor ainda.

— Acho que ele está me olhando com um ar de superioridade.

— Provavelmente. Gatos acham que são superiores a todos. — Jem acariciou Church atrás das orelhas. — O que está lendo?

Tessa mostrou para ele o *Códex*.

— Will me deu...

Jem se esticou e pegou dela, com tanta agilidade que Tessa não teve tempo de tirar a mão de onde estava, que ainda marcava a página que estava analisando. Jem olhou, então voltou-se novamente para ela, com a expressão mudando.

— Não sabia disto?

Ela balançou a cabeça.

— Não que eu sonhasse em ter filhos — disse ela. — Nunca tinha pensado tão longe. É que parece ser mais uma coisa que me separa da humanidade. Que faz de mim um monstro. Que me difere.

Jem ficou em silêncio por um longo momento, acariciando o pelo do gato com os dedos longos.

— Talvez — disse ele —, não seja tão ruim ser diferente. — Inclinou-se para a frente. — Tessa, sabe que apesar de, ao que tudo indica, você ser uma feiticeira, tem uma habilidade que nunca vi antes. E não tem marca de feiticeiro. Com tanta coisa incerta a seu respeito, não pode deixar que esta informação lhe desespere.

— Não estou desesperada — disse Tessa. — É só que... Passei as últimas noites em claro. Pensando nos meus pais. Mal me lembro deles, mas não consigo deixar de imaginá-los. Mortmain disse que minha mãe não sabia que meu pai era um demônio, mas será que estava mentindo? Disse que ela não sabia o que *ela* era, mas o que isso significava? Algum dia ela soube o que eu era, que não era humana? Foi por isso que saíram de Londres daquele jeito, tão secretamente, escondidos pela escuridão? Se sou resultado de alguma coisa... alguma coisa horrorosa... que foi feita com a minha mãe sem que ela soubesse, então como poderia ter me amado?

— Eles a esconderam de Mortmain — disse Jem. — Deviam saber que estava atrás de você. Durante todos esses anos ele a procurou, e a mantiveram segura, primeiro seus pais, depois sua tia. Uma família que não ama não faz isso. — O olhar estava fixo no rosto dela. — Tessa, não quero fazer promessas que não posso cumprir, mas se realmente quer saber a verdade sobre seu passado, podemos procurar. Depois de tudo o que fez por nós, lhe devemos isso. Se existem segredos a serem descobertos sobre como você se tornou o que é, podemos descobrir, se for o que deseja.

— Sim. É o que eu quero.

— Você pode — disse Jem —, não gostar do que vai descobrir.

— É melhor saber a verdade. — Tessa se surpreendeu pela convicção na própria voz. — Eu sei a verdade sobre Nate agora, e por mais dolorosa que seja, é melhor do que uma mentira. É melhor do que continuar amando alguém que não pode me amar de volta. Melhor do que desperdiçar todo esse sentimento. — Sua voz tremeu.

— Acho que ele amava você — disse Jem —, e ama, à sua maneira, mas você não deve se preocupar com isso. É grandioso tanto amar quanto ser amado. O amor não é algo que possa ser desperdiçado.

— É difícil. Só isso. — Tessa sabia que estava se lamentando, mas não conseguia parar. — Ser tão sozinha.

Jem se inclinou para a frente e olhou para ela. As Marcas vermelhas se destacavam como fogo em sua pele branca, fazendo com que Tessa pensasse nas estampas que bordavam as extremidades das túnicas dos Irmãos do Silêncio.

— Meus pais, assim como os seus, estão mortos. Assim como os de Will, os de Jessie, e até mesmo os de Henry e os de Charlotte. Não tenho certeza de que haja alguém no Instituto que não seja órfão. Do contrário, não estaríamos aqui.

Tessa abriu a boca, então fechou-a novamente.

— Eu sei — disse. — Desculpe. Eu estava sendo completamente egoísta em não pensar...

Ele levantou a mão.

— Não culpo você — disse. — Talvez esteja aqui porque de outra forma estaria sozinha, mas eu também. E Will. E Jessamine. E até mesmo, em certo ponto, Charlotte e Henry. Onde mais Henry poderia ter um laboratório? Onde mais Charlotte poderia permitir que sua mente brilhante trabalhasse como faz aqui? E apesar de Jessamine fingir que odeia tudo, e de Will jamais admitir que precisa de alguma coisa, ambos criaram lares nesse lugar. De certa forma, não estamos aqui só porque não temos para onde ir; não precisamos de outro lugar, porque temos o Instituto, e aqueles que moram aqui são nossa família.

— Mas não são *minha* família.

— Eles podem ser — disse Jem. — Logo que vim para cá, eu tinha 12 anos. Decididamente não parecia a minha casa naquela época. Tudo o que eu via era que Londres não era como Xangai e que eu sentia falta de casa. Então Will foi a uma loja no East End e comprou isto para mim. — Puxou o cordão pendurado no pescoço, e Tessa viu que o brilho verde que tinha notado antes era um pingente de pedra verde em forma de mão fechada. — Acho que ele gostou porque o faz lembrar um punho. Mas era jade, e ele sabia que jade vinha da China, então trouxe para mim e pendurei em um cordão para usar, e ainda uso.

Falar em Will fez o coração de Tessa se contrair.

— Acho que é bom saber que ele pode ser gentil às vezes.

Jem olhou para ela com olhos aguçados cor de prata.

— Quando entrei... Aquele olhar no seu rosto... Não era só por causa do que leu no *Códex*, era? Era por causa de Will. O que ele disse para você?

Tessa hesitou.

— Deixou bem claro que não me queria aqui — disse, afinal. — Que minha permanência no Instituto não é a oportunidade feliz que achei que fosse. Não na visão dele.

— E logo depois eu disse que deve considerá-lo parte da sua família — disse Jem com um pouco de pesar. — Não foi à toa que reagiu como se eu tivesse dito que uma desgraça tinha acontecido.

— Sinto muito — sussurrou Tessa.

— Não sinta. Will que devia sentir. — Os olhos de Jem escureceram. — Vamos jogá-lo na rua — proclamou. — Prometo que antes de amanhecer ele já terá ido embora.

Tessa se espantou e se sentou, ereta.

— Ah... não, não pode estar falando sério...

Ele sorriu.

— Claro que não estou. Mas se sentiu melhor por um instante, não foi?

— Foi como um lindo sonho — disse Tessa solenemente, mas sorriu ao dizer, o que a surpreendeu.

— Will é... difícil — disse Jem. — Mas família é difícil. Se não achasse que o Instituto fosse o melhor lugar para você, Tessa, eu não diria que é. E cada um pode construir a própria família. Sei que não se sente humana, se sente diferente, longe da vida e do amor, mas... — A voz dele falhou ligeiramente, era a primeira vez que Tessa ouvia Jem parecer incerto. Ele limpou a garganta. — Prometo que o homem certo não se importará.

Antes que Tessa pudesse responder, ouviu uma batida forte no vidro da janela. Olhou para Jem, que deu de ombros. Ele também ouviu. Atravessando a sala, viu que de fato havia alguma coisa lá fora — uma forma escura e alada, como um pequeno pássaro lutando para entrar. Tentou abrir a janela, mas parecia emperrada. Virou-se, mas Jem, que já estava ao seu lado, abriu para ela. A forma escura voou para dentro, direto para Tessa. Ela ergueu as mãos e pegou-a no ar, sentindo as asas afiadas de metal batendo contra as palmas. Ao segurá-lo, elas se fecharam, assim como os olhos. Mais uma vez segurava a espada de metal, parado, como se esperasse ser acordado outra vez. *Tique-taque*, começou a bater o coração mecânico em seus dedos.

Jem virou de costas para a janela aberta, o vento bagunçando seu cabelo. Sob a luz amarela, brilhava como ouro branco.

— O que é?

Tessa sorriu.

— Meu anjo — disse.

Epílogo

Estava tarde, e as pálpebras de Magnus Bane iam fechando de exaustão. Repousou *Odes*, de Horácio, na ponta da mesa e olhou pensativo para as janelas que davam vista para a praça, marcadas pela chuva.

Esta era a casa de Camille, mas hoje ela não estava; parecia improvável a Magnus que ela fosse voltar pelas próximas noites, se é que não demoraria mais. Tinha deixado a cidade após aquela noite desastrosa na casa de De Quincey, e apesar de ele ter mandado um recado avisando que já era seguro voltar, duvidava que retornasse. Não podia deixar de se perguntar se, agora que tinha se vingado do clã de vampiros, ela ainda quereria sua companhia. Talvez ele não tivesse passado apenas de algo para jogar na cara do vampiro.

Ele sempre podia partir — fazer as malas e ir embora, deixar todo esse luxo emprestado para trás. Esta casa, os criados, os livros, até suas roupas, eram dela; tinha vindo para Londres sem nada. Não era como se Magnus pudesse ganhar o próprio dinheiro. Tinha sido bastante rico no passado, por vezes, apesar de que ter muito dinheiro geralmente o entediava. Mas permanecendo aqui, por mais irritante que fosse, ainda estaria no caminho mais provável de ver Camille outra vez.

Uma batida à porta o acordou do devaneio, e ele se virou, vendo Archer, o criado, na frente da entrada. Archer era subjugado de Camille há anos e olhava com desprezo para Magnus, provavelmente por acreditar que uma ligação com o feiticeiro não fosse correta para sua adorada patroa.

— Tem alguém aqui que quer vê-lo, senhor — Archer arrastou a palavra "senhor" o suficiente para fazê-la parecer ofensiva.

— A esta hora? Quem é?

— Um dos Nephilim. — Um leve desgosto coloriu as palavras de Archer. — Ele diz que o assunto é urgente.

Então não era Charlotte, a única dos Nephilim de Londres que Magnus esperaria ver. Já fazia muitos dias desde que vinha ajudando o Enclave, observando enquanto interrogavam mundanos apavorados que haviam sido sócios do Clube Pandemônio, e utilizando magia para remover suas lembranças ao fim da provação. Um trabalho desagradável, mas a Clave sempre pagou bem, e era sábio se manter em bons termos com eles.

— Ele também está — acrescentou Archer, intensificando o desgosto —, muito molhado.

— Molhado?

— Está chovendo, senhor, e o cavalheiro não está de chapéu. Ofereci-me para secar as roupas, mas ele recusou.

— Muito bem. Mande entrar.

Os lábios de Archer se contraíram.

— Está esperando na sala. Pensei que pudesse querer se aquecer perto do fogo.

Magnus suspirou por dentro. Podia, é claro, exigir que Archer levasse o convidado até a biblioteca, um cômodo que preferia. Mas parecia muito esforço por nada, e, além disso, se o fizesse, o criado ficaria de mau humor pelos próximos três dias.

— Muito bem.

Satisfeito, Archer se retirou, permitindo que Magnus fosse sozinho até a sala. A porta estava fechada, mas dava para ver pela luz que brilhava por baixo dela que havia fogo e luz dentro da sala. Abriu a porta. Este era o cômodo preferido de Camille e tinha seus toques decorativos. As paredes eram pintadas de vermelho, os móveis de madeira importados da China.

As janelas que dariam vista para a praça eram cobertas por cortinas de veludo que iam do chão ao teto, bloqueando qualquer luz. Havia alguém na frente da lareira, com as mãos nas costas — uma figura esguia e de cabelo escuro. Quando se virou, Magnus o reconheceu imediatamente.

Will Herondale.

Ele estava, como dissera Archer, molhado, como alguém que não se importava em pegar chuva. As roupas estavam ensopadas, o cabelo caindo nos olhos. Água corria pelo rosto como se fossem lágrimas.

— William — disse Magnus sinceramente surpreso. — O que está fazendo aqui? Aconteceu alguma coisa no Instituto?

— Não. — A voz de Will parecia engasgada. — Estou aqui por conta própria. Preciso da sua ajuda. Não existe... Não existe absolutamente ninguém a quem possa recorrer.

— É mesmo...

Magnus olhou mais de perto para o garoto. Will era lindo; Magnus já tinha se apaixonado muitas vezes ao longo dos anos, e normalmente qualquer tipo de beleza mexia com ele, mas a de Will nunca o fez. Havia algo de sombrio nele, algo escondido e estranho que era difícil de se admirar. Não parecia mostrar nada de verdadeiro ao mundo. No entanto, agora, sob o cabelo negro molhado, estava branco como um pergaminho, as mãos tão firmemente cerradas que tremiam. Parecia claro que alguma terrível perturbação o rasgava de dentro para fora.

Magnus esticou a mão atrás de si e trancou a porta.

— Muito bem — disse. — Por que não me conta qual é o problema?

Observações sobre a Londres de Tessa

A Londres de *Anjo Mecânico* é, até onde consegui formular, uma mistura do real com o irreal, o popular e o esquecido. A geografia da verdadeira Londres vitoriana é respeitada ao máximo, mas por vezes não foi possível. Para aqueles com dúvidas em relação ao Instituto: houve de fato uma igreja chamada *All-Hallows-the-Less*, que queimou no grande incêndio de Londres em 1866; contudo, se situava na Upper Thames Street, não onde a coloquei, à direita da Fleet Street. Aqueles que conhecem Londres reconhecerão o local do Instituto, e a forma em espiral, como sendo a da famosa St Bride's Church, adorada por jornaleiros e jornalistas, que não é citada em *Anjo Mecânico*, pois o Instituto tomou o seu lugar. Não existe Carleton Square na verdade, apesar de haver Carlton Square, Blackfriars Bridge, Hyde Park, Strand — até a sorveteria Gunther's: todos existentes e apresentados de acordo com as minhas melhores habilidades de pesquisa. Às vezes penso que todas as cidades têm uma sombra, onde a lembrança dos grandes eventos e dos grandes lugares permanecem mesmo depois que os próprios lugares desaparecem. Com este fim, *havia* uma Taverna do Diabo na Fleet Street and Chancery, onde Samuel Pepys e o doutor Samuel Johnson bebiam, e, apesar de ter sido demolida em 1787, gosto de pensar que Will pode visitar sua sombra em 1878.

Observação sobre a Poesia

As citações de poesia nos começos de cada capítulo são quase todas retiradas de poesias que Tessa teria conhecido, da época dela, ou anterior. As exceções são os poemas de Wilde e Kipling — ainda poetas vitorianos, porém posteriores aos anos de 1870 — e o poema de Elka Cloke no começo do volume, "Canção do Rio Tâmisa", que foi escrito especificamente para este livro. Uma versão mais longa do poema pode ser encontrada no site da autora: elkacloke.com

Este livro foi composto na tipologia Minion-Pro,
em corpo 11,5/15 e impresso em papel off-white no
Sistema Cameron da Divisão Gráfica da Distribuidora Record.